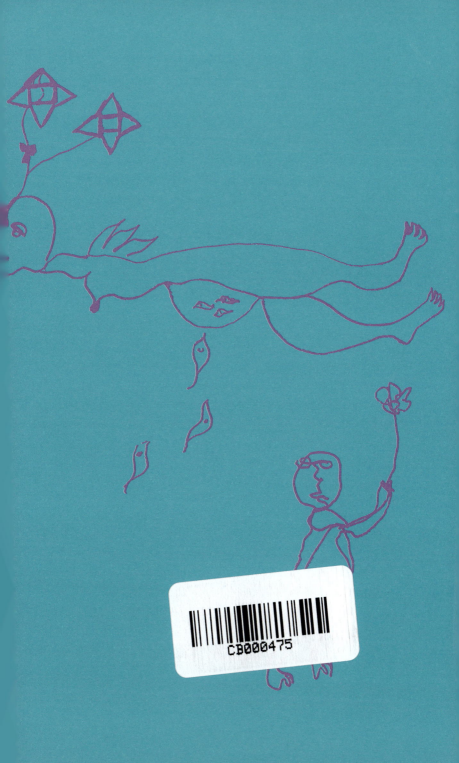

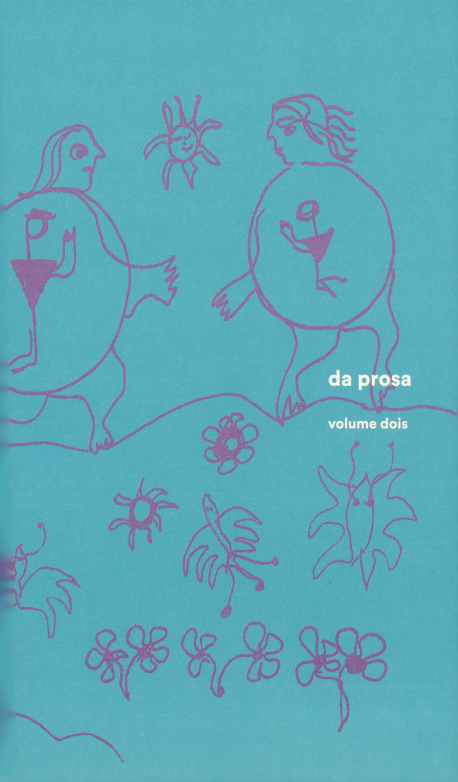

Copyright © 2018 by Daniel Bilenky Mora Fuentes

Grafia atualizada segundo o Acordo Ortográfico da Língua Portuguesa de 1990, que entrou em vigor no Brasil em 2009.

Capa e projeto gráfico
Elisa von Randow

Fotos de capa e luva
Fernando Lemos

Seleção de desenhos
Ana Lima Cecilio

Ilustrações
Hilda Hilst, Centro de Documentação Cultural Alexandre Eulálio, CEDAE (IEL, Unicamp)

Preparação
Andressa Bezerra Corrêa

Revisão
Márcia Moura
Jane Pessoa

Dados Internacionais de Catalogação na Publicação (CIP)
(Câmara Brasileira do Livro, SP, Brasil)

Hilst, Hilda, 1930-2004.
 Da prosa / Hilda Hilst. — 1ª ed. — São Paulo :
Companhia das Letras, 2018.

ISBN: 978-85-359-3086-3

 1. Ficção brasileira 2. Prosa brasileira I. Título.

18-13922   CDD-869.1

Índice para catálogo sistemático:
1. Ficção: Literatura brasileira 869.1

4ª reimpressão

Todos os direitos desta edição reservados à
EDITORA SCHWARCZ S.A.
Rua Bandeira Paulista, 702, cj. 32
04532-002 — São Paulo — SP
Telefone: (11) 3707-3500
www.companhiadasletras.com.br
www.blogdacompanhia.com.br
facebook.com/companhiadasletras
instagram.com/companhiadasletras
twitter.com/cialetras

Sumário

volume um

10 Apresentação

13   Fluxo-floema (1970)
163 Kadosh (1973)
289 Pequenos discursos. E um grande (1977)
337 Tu não te moves de ti (1980)

volume dois

11   A obscena senhora D (1982)
59   Com os meus olhos de cão (1986)
103 O caderno rosa de Lori Lamby (1990)
153 Contos d'escárnio — Textos grotescos (1990)
229 Cartas de um sedutor (1991)
307 Rútilo nada (1993)
323 Estar sendo. Ter sido (1997)

407 Cinco pistas para a prosa de ficção de Hilda Hilst — Alcir Pécora
419 A palavra deslumbrante de Hilda Hilst — Carola Saavedra
433 Um grande pudim de cenoura — Daniel Galera
451 Sobre a autora

A OBSCENA SENHORA D

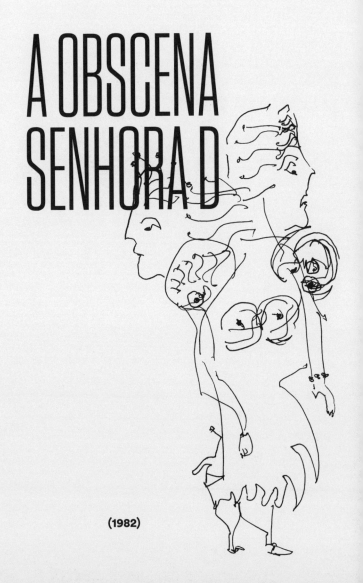

(1982)

*Respiro e persigo
uma luz de outras vidas.
E ainda que as janelas se fechem, meu pai
É certo que amanhece.*

*Dedico este trabalho, assim como o anterior,
Da morte. Odes mínimas, e também meus trabalhos
futuros (se os houver) à memória de Ernest Becker,
por quem sinto incontida veemente apaixonada
admiração.*

H. H.

*Para poder morrer
Guardo insultos e agulhas
Entre as sedas do luto.*

*Para poder morrer
Desarmo as armadilhas
Me estendo entre as paredes
Derruídas.*

*Para poder morrer
Visto as cambraias
E apascento os olhos
Para novas vidas.
Para poder morrer apetecida
Me cubro de promessas
Da memória.*

*Porque assim é preciso
Para que tu vivas.*

VI-ME AFASTADA DO CENTRO de alguma coisa que não sei dar nome, nem porisso irei à sacristia, teófaga incestuosa, isso não, eu Hillé também chamada por Ehud A Senhora D, eu Nada, eu Nome de Ninguém, eu à procura da luz numa cegueira silenciosa, sessenta anos à procura do sentido das coisas. Derrelição Ehud me dizia, Derrelição — pela última vez Hillé, Derrelição quer dizer desamparo, abandono, e porque me perguntas a cada dia e não retéus, daqui por diante te chamo A Senhora D. D de Derrelição, ouviu? Desamparo, Abandono, desde sempre a alma em vaziez, buscava nomes, tateava cantos, vincos, acariciava dobras, quem sabe se nos frisos, nos fios, nas torçuras, no fundo das calças, nos nós, nos visíveis cotidianos, no ínfimo absurdo, nos mínimos, um dia a luz, o entender de nós todos o destino, um dia vou compreender, Ehud
compreender o quê?
isso de vida e morte, esses porquês
escute, Senhora D, se ao invés desses tratos com o divino, desses luxos do pensamento, tu me fizesses um café, hen? E apalpava, escorria os dedos na minha anca, nas coxas, encostava a boca nos pelos, no meu mais fundo, dura boca de Ehud, fina úmida e aberta se me tocava, eu dizia olhe espere, queria tanto te falar, não, não faz agora, Ehud, por favor, queria te falar, te falar da morte de Ivan Ilitch, da solidão desse homem, desses nadas do dia a dia que vão consumindo a melhor parte de nós, queria te falar do fardo quando envelhecemos, do desaparecimento, dessa coisa que não existe mas é crua, é viva, o Tempo. Agora que Ehud morreu vai ser mais difícil viver no vão da escada, há um ano atrás quando ele ainda vivia, quando tomei este lugar da casa, algumas palavras ainda, ele subindo as escadas

Senhora D, é definitivo isso de morar no vão da escada? você está me ouvindo Hillé? olhe, não quero te aborrecer, mas a resposta não está aí, ouviu? nem no vão da escada, nem no primeiro degrau aqui de cima, será que você não entende que não há resposta? Não, não compreendia nem compreendo, no sopro de alguém, num hálito, num olho mais convulsivo, num grito, num passo dado em falso, no cheiro quem sabe de coisas secas, de estrume, um dia um dia um dia
Quando Ehud morreu morreram também os peixes do pequeno aquário, então recortei dois peixes pardos de papel, estão comigo aqui no vão da escada, no aquário dentro d'água, não os mesmos, a cada semana recorto novos peixes de papel pardo, não quero mais ver coisa muito viva, peixes lustrosos não, nem gerânios maçãs romãs, nem sumos, suculências, nem laranjas
Engolia o corpo de Deus a cada mês, não como quem engole ervilhas ou roscas ou sabres, engolia o corpo de Deus como quem sabe que engole o Mais, o Todo, o Incomensurável, por não acreditar na finitude me perdia no absoluto infinito
te deita, te abre, finge que não quer mas quer, me dá tua mão, te toca, vê? está toda molhada, então Hillé, abre, me abraça, me agrada
Engolia o corpo de Deus, devo continuar engolia porque acreditava, mas nem porisso compreendia, olhava o porco-mundo e pensava: Aquele nada tem a ver com isso, Este aqui dentro nada tem a ver com isso, Este, O Luminoso, O Vívido, O Nome, engolia fundo, salivosa lambendo e pedia: que eu possa compreender, só isso. Só isso, Senhora D? Compreender o jogo brinquedo do Menino Louco, pensa um pouco, Hillé, pensa no sinistro lazer de uma criança louca, ou pensa em crianças brincando com gatinhos, com ratos, com tristes cadelas vadias, ó vinde a mim as criancinhas, que sabemos nós de criancinhas? Como pôde dizer isso, ele que dizia que muito sabia?
Casa da Porca, assim chamam agora a minha casa, fiquei mulher desse Porco-Menino Construtor do Mundo, abro a janela nuns urros compassados, espalho roucos palavrões, giro as

órbitas atrás da máscara, não lhes falei que recorto uns ovais feitos de estopa, ajusto-os na cara e desenho sobrancelhas negras, olhos, bocas brancas abertas? Há máscaras de focinhez e espinhos amarelos (canudos de papelão, pintados pregos), há uma máscara de ferrugem e esterco, a boca cheia de dentes, há uma desastrada lembrança de mim mesma, alguém-mulher querendo compreender a penumbra, a crueldade — quadrados negros pontilhados de negro — alguém-mulher caminhando levíssima entre as gentes, olhando fixamente as caras, detendo-se no aquoso das córneas, no maldito brilho
Hillé, andam estranhando teu jeito de olhar
que jeito?
você sabe
é que não compreendo
não compreende o quê?
não compreendo o olho, e tento chegar perto.
Também não compreendo o corpo, essa armadilha, nem a sangrenta lógica dos dias, nem os rostos que me olham nesta vila onde moro, o que é casa, conceito, o que são as pernas, o que é ir e vir, para onde Ehud, o que são essas senhoras velhas, os ganidos da infância, os homens curvos, o que pensam de si mesmos os tolos, as crianças, o que é pensar, o que é nítido, sonoro, o que é som, trinado, urro, grito, o que é asa hen? Lixo as unhas no escuro, escuto, estou encostada à parede no vão da escada, escuto-me a mim mesma, há uns vivos lá dentro além da palavra, expressam-se mas não compreendo, pulsam, respiram, há um código no centro, um grande umbigo, dilata-se, tenta falar comigo, espio-me curvada, *winds flowers astonished birds, my name is Hillé, mein name madame D, Ehud is my husband, mio marito, mi hombre,* o que é um homem?
escuta, Hillé, aqui na vila, está me ouvindo Senhora D?
sim
então escuta, aqui na vila me perguntam por você todos os dias, eles me veem trazer o leite, a carne, as flores que eu te trago, querem saber o porquê das janelas fechadas, tento explicar que

a Senhora D é um pouco complicada, tenta, Hillé, algumas vezes lhes dizer alguma palavra, você está me ouvindo? ando cheio dos sussurros, das portas entreabertas quando passo pela rua, ando cheio, está me ouvindo? te amo, Hillé, está escutando?
sim
olhe, esse teu fechado tem muito a ver com o corpo, as pessoas precisam foder, ouviu Hillé? te amo, ouviu? antes de você escolher esse maldito vão da escada, nós fodíamos, não fodíamos Senhora D?
sim
e você gostava. me lembro das noites que você fazia o café, depois o roupão branco, teus peitos apareciam, eles não caíram os teus peitos, o que é que você faz, hen? escute Senhora D, estou descendo a escada, bem devagar, está ouvindo os meus passos?
sim
então estou descendo, escuta, também posso foder nesse ridículo vão de escada
não venha, Ehud, posso fazer o café, o roupão branco está aqui, os peitos não caíram, é assustador até, mas não venha, Ehud, não posso dispor do que não conheço, não sei o que é corpo mãos boca sexo, não sei nada de você Ehud a não ser isso de estar sentado agora no degrau da escada, isso de me dizer palavras, nunca soube nada, é isso nunca soube
você se deitava comigo, mesmo não sabendo
sim
perguntando sempre mas deitava.
sim
quer dizer que nunca mais a gente vai meter?
não sei
Vai voltando ao quarto, vai subindo as escadas, é ereto, magro, longilíneo, as sobrancelhas eriçadas, coça com o indicador a bochecha pálida, o mesmo gesto de menino, há um traço rosado nesse pequeno espaço, a bochecha pálida e um traço, um lustro. Cicatriz. Um gato. E o que quer dizer isso de Ehud não estar mais? O que significa estar morto? O traço, a fita mínima na bochecha

pálida, o lustro encontrou outro rosto? Estar morto. Se Ehud Foi algum dia, continua sendo, se não Foi, NUNCA SERIA, mas antes de ser Ehud não era, e então depois Foi não sendo? As horas. Êxtase. Secura. Ardi diante do lá fora, bebi o ar, as cores, as nuances, parei de respirar diante de uns ocres, umas fibras de folha, uns pardos pequeninos, umas plumas que caíam do telhado, branco-cinza, cinza-pedra, cinza-metal espelhado, e tendo visto, tendo sido quem fui, sou esta agora? Como foi possível ter sido Hillé, vasta, afundando os dedos na matéria do mundo, e tendo sido, perder essa que era, e ser hoje quem é?
Quem a mim me nomeia o mundo? Estar aqui no existir da Terra, nascer, decifrar-se, aprender a deles adequada linguagem, estar bem
não estou bem, Ehud
ninguém está bem, estamos todos morrendo
Antes havia ilusões não havia? Morávamos nas ilusões. Ehud, e se eu costurasse máscaras de seda, ajustadas, elegantes, por exemplo, se eu estivesse serena sairia com a máscara da serenidade, leve, pequenas pinceladas, um meio sorriso, todos os que estivessem serenos usariam a mesma máscara, máscaras de ódio, de não disponibilidade, máscaras de luto, máscaras do não pacto, não seria preciso perguntar vai bem como vai etc., tudo estaria na cara
Não pactuo com as gentes, com o mundo, não há um sol de ouro no lá fora, procuro a caminhada sem fim, te procuro, vômito, Menino-Porco, ando galopando desde sempre búfalo zebu girafa, derepente despenco sobre as quatro patas e me afundo nos capins resfolegando, sou um grande animal, úmido, lúcido, te procuro ainda, agora não articulo, também não sou mudo, uns urros, uns finos fortes escapam da garganta, agora eu búfalo mergulho, uns escuros
Senhora D, a viva compreensão da vida é segurar o coração. me faz um café
E nos escuros, eu búfalo não temo, sou senhor de mim, não sei o que é escuro mas estou amoldado, a água nos costados, deslizo

para dentro de mim, encantamento de um focinho de águas, nem te pressinto, vibro as patas, sou senhor do meu corpo, um grande corpo duro, eu búfalo sei da morte? eu búfalo rastejo o infinito? segurar o coração foi isso que você disse?
e pedi um café também
um dia me disseram: as suas obsessões metafísicas não nos interessam, senhora D, vamos falar do homem aqui agora. que inteligentes essas pessoas, que modernas, que grande cu aceso diante dos movietones, notícias quentinhas, torpes, dois ou três modernosos controlando o mundo, o ouro saindo pelos desodorizados buracos, logorreia vibrante moderníssima, que descontração, um cruzar de pernas tão à vontade diante do vídeo, alma chiii morte chiii, falemos do aqui agora.
falando sozinha senhora D? sabe, Hillé, você deve ver as pessoas, você deve foder comigo, deve se arrumar um pouco, outro dia vi uma saia longa dessas que você usa mas tão linda, uns frisos escarlates, o tecido amanteigado púrpura, entrei na loja e pensei comprá-la, a mocinha disse ficará lindo na sua senhora, ela é alta? magra? eu disse bem, nem muito alta nem muito magra, é loira, tem sardas, não podia falar dos teus peitos duros mas falei tem um lindo busto, ah isso falei, aliás observação inútil em relação à saia, mas falei, então se é loira, senhor, vai ficar adorável nesses tons, ia comprar mas aí vi pequenos esgarçados, tocando o tecido dava a impressão de que estava tostado do sol das vitrinas, parecia velho de perto, coisa usada, então não quis, mas deve haver outras, hen, não gostarias?
Se sou zebu também caminho aos bandos, sou triste de olhar, quero dizer que não terás muita luz no olho se me olhares, a cabeça procura sempre o chão, o beiço quer o verde sempre, se levanto a cabeça olho como quem não vê, procuro como quem não procura, corro se os outros correm ouvindo a voz do homem he boi he boi, que coisa crua empedrada a voz do homem, que cheiro o cheiro do homem, sendo girafa olho alto, estufo de langores, sobrepasso, sendo girafa no vão da escada encolho, franzida me agacho, sendo girafa te procuro mais perto, lam-

bedura acontecível isso de Hillé ser búfalo zebu girafa, acontecível isso de alguém ser muito ao mesmo tempo nada, de olhar o mundo como quem descobre o novo, o nojo, o acogulado, e olhando assim ainda ter o olho adiáfano, impermissível, opaco
senhora D, senhora D, olhe, dois pãezinhos para a senhora, fui eu mesma que fiz, sou sua vizinha, se lembra? olhe senhora D, não pode se trancar assim, a morte é coisa que não se pode dar jeito, né, o senhor Ehud ficaria triste lhe vendo assim, tá morto né, a morte vem pra todos, a senhora também podia colaborar com a vizinhança né, essas caras que a senhora anda pondo quando resolve abrir a janela assustam minhas crianças, ai ai senhora D não faz assim agora, isso é coisa de mulher desavergonhada, ai que é isso madona, tá mostrando as vergonhas pra mim, ai ó Antônia, ó Tunico, só quis dar o pão pra ela e olha como ficou, tá pelada, ai gente, embirutou, credo nossa senhora, é caso de polícia essa mulher
quem te mandou, Luzia, entrar na casa da mulher, hen, quem te mandou? se ela ficou pelada tá na casa dela, volta pra casa mulher, que pão que nada, não tá vendo que o demo tomou conta da mulher? porca, exibida cadela, ainda bem que é só no pardieiro dela que mostra as vergonhas
é nada, e as caretonas que exibe na janela, alguém tem o direito de assustar osotro assim?
he he Luzia, teu traseiro também assusta muita gente
teu cu também, tua *faccia*
tua boca repelente sem dente também
credo a vizinhança endoidou
olha a freira passando
olha o doutor com a madama dele
olha o cuzaço da madama do doutor
Diante da vila, das casas quase coladas, entre as gentes sou como uma grande porca acinzentada, diante de muitos a quem conheci sou uma pequena porca ruiva, perguntante, rodeando mesas e cantos, focinhando carne e ossatura, tentando chegar perto do macio, do esconso, do branco luzidio do teu osso, diante de

minha mãe fui apenas pergunta, altaneria, paradoxo, Hillé diante do pai foi o segredo, a escuta, a concha, o que é paixão? o que é sombra? eu mesmo te pergunto e eu mesmo te respondo: Hillé, paixão é a grossa artéria jorrando volúpia e ilusão, é a boca que pronuncia o mundo, púrpura sobre a tua camada de emoções, escarlate sobre a tua vida, paixão é esse aberto do teu peito, e também teu deserto. E sombra, Hillé, é nosso passo, nossa desesperançada subida. E para Ehud, Hillé, foi apenas uma letra D, primeira letra de Derrelição, doce curva comprimindo uma haste, verticalidade sempre reprimida, cancela, trinco, tosco cadeado. Textos, palavras, e derepente a mão do Porco-Menino me entupindo a boca de terra, de cascalho, de palha. Engasgo neste abismo, cresci procurando, olhava o olho dos bichos frente ao sol, degraus da velha escada, olhava encostada, meu olho naquele olho, e via perguntas boiando naquelas aguaduras, outras desde há muito mortas sedimentando aquele olho, e entrava no corpo do cavalo, do porco, do cachorro, segurava então minha própria cara e chorava
que foi Hillé?
o olho dos bichos, mãe
que é que tem o olho dos bichos?
o olho dos bichos é uma pergunta morta.
E depois vi os olhos dos homens, fúria e pompa, e mil perguntas mortas e pombas rodeando um oco e vi um túnel extenso forrado de penugem, asas e olhos, caminhei dentro do olho dos homens, um mugido de medos garras sangrentas segurando ouro, geografias do nada, frias, álgidas, vórtice de gentes, os beiços secos, as costelas à mostra, e rodeando o vórtice homens engalanados fraque e cartola, de seus peitos duros saíam palavras Mentira, Engodo, Morte, Hipocrisia, vi o Porco-Menino estremecendo de gozo vendo o Todo, suas mãozinhas moles reverberavam no cinza oleoso, ele estendia os dedos miúdos para o alto, procurava quem? Seu irmão gêmeo, estático, os olhos cegos em direção ao próprio peito, a cabeça pendida, o corpo perolado, excrescência e nácar.

Venho, Senhora D, a pedido da vila, a confissão, a comunhão, não quer? meu nome é
de onde vem o Mal, senhor?
misterium iniquitatis, Senhora D, há milênios lutamos com a resposta, coexistem bons e maus, o corpo do Mal é separado do divino.
quem criou o corpo do Mal?
Senhora D, o Mal não foi criado, fez-se, arde como ferro em brasa, e quando quer esfria, é gelo, neve, tem muitas máscaras, por sinal, não gostaria de se desfazer das suas, e trazer a paz de volta à vizinhança?
e como é o corpo do Mal?
de escuridão e ouro
só tenho coisas baças, peixes pardos, frutas secas, sacos, ferrugem, esterco e meu próprio barro: a carne.
por que fecha sempre as janelas?
e por que devo abri-las?
e por que as abre derepente e assusta as gentes e grita?
o corpo é quem grita esses vazios tristes
por que não alimenta o corpo com benquerença, aceitando o agrado dos outros?
porque o corpo está morto
e a alma?
a alma é hóspede da Terra, procura e te olha os olhos agora, e te vê cheio de perguntas sou um homem como outro qualquer, Senhora D
então rua rua, fora, despacha-te homem como outro qualquer
Abro a janela enquanto ele se afasta, invento rouquidões, grunhidos coxos, uso a máscara de focinhez e espinhos amarelos (canudos de papelão, pintados pregos), respingo um molho de palavrões, torpes, eruditos, pesados como calcários alguns, outros finos pontudos, lívidos, grossos como mourões pra segurar touros nervosos, secos como o sexo das velhas, molhados como o das jovens cadelas, fulgurosos encachoeirados num luxo de drapejamento, esgoelo, e toda vizinhança se afasta da janela,

vagidos de criança, roncos, latidos, depois com estrondo me fecho. Deito sobre a palha no meu vão de escada, toco dentro das águas os peixes pardos, esfarelam-se, é preciso recortar os novos, talvez deva usar um papel mais encorpado para resistirem mais tempo dentro d'água, o mundo, ah por que não me colocaram uma crosta calosa, ao invés da carne uma matéria de fibras muito duras, e esticadas e tesas, essas cordas do arco, justapostas, ligadas, Jonathas e David fundidos, cordas de outra carne, massa imbatível e viva sobre Hillé, iria suportar a caduquice do mundo, o soco, a selvageria, a bestialidade do século, a fetidez da terra, iria suportar até, com Jonathas e David fundidos sobre a carne, as retinas cruas, as córneas espelhadas, as mil perguntas mortas. Iria? suportaria guardar no peito esse reservatório de dejetos, estanque, gelatinoso, esse caminhar nítido para a morte, o vaidoso gesto sempre suspenso em ânsia para te alcançar, Menino-Porco? Suportaria o estar viva, recortada, um contorno incompreensível repetindo a cada dia passos, palavras, o olho sobre os livros, inúmeras verdades lançadas à privada, e mentiras imundas exibidas como verdades, e aparências do nada, repetições estéreis, farsas, o dia a dia do homem do meu século? e apesar dessa poeira de pó, de toda cegueira, do aborto dos dias, da não luz dentro da minha matéria, a imensa insuportável funda nostalgia de ter amado o gozo, a terra, a carne do outro, os pelos, o sal, o barco que me conduzia, umas manhãs de quietude e de conhecimento, umas tardes-amora brevíssimas espirrando sucos pela cara, rosada cara de juventude e vivez, e uma outra cara de mansa maturidade, absorvendo o que via, lenta, os ouvidos ouvindo sem ressentimento.
deverias ter casado com outro
por quê?
esses doutos, falantes, esses da filosofia, ai, devemos nos amar, Hillé, para sempre, eu te dizia: tu tens vinte agora, eu vinte e cinco, pensa tudo isso não vai voltar, não terás mais vinte nem eu vinte e cinco, teremos cinquenta cinquenta e cinco, e vais ficar

triste de teres perdido o tempo com perguntas, pensa como serás aos sessenta. eu estarei morto.
por quê?
causa mortis? acúmulo de perguntas de sua mulher Hillé.
Subíamos juntos os degraus desta mesma escada. a cama. o gozo. o ímpeto. depois sono e tranquilidade de Ehud. seus débeis sonhos? modéstia. humildade. e cólera muitas vezes: vida, morte, teu trânsito daqui pra lá, porra, esquece, segura meu caralho e esquece, te amo, louca. Bonito Ehud. Afilado, leve, caminhava de um jeito como se soubesse que encontraria tudo nos seus lugares certos, como se nele Ehud, morasse o Tempo, e Ehud o domasse. Por que me escolheu? Talvez porque no início pensasse que eu encontraria as respostas, e ele então saberia?
você vai achar, Hillé, seja o que for que você procura.
como é que você sabe?
porque nada nem ninguém aguenta ser assim perseguido
o que é Derrelição, Ehud?
vem, vamos procurar juntos, Derrelição Derrelição, aqui está: do latim, *derelictione*, Abandono, é isso, Desamparo, Abandono. Por quê?
porque hoje li essa palavra e fiquei triste
triste? mesmo não sabendo o que queria dizer?
DERRELIÇÃO. não, não parece triste, talvez porque as duas primeiras sílabas lembrem derrota, e lição é sempre muito chato. não, não é triste, é até bonita. Desamparo, Abandono, assim é que nos deixaste. Porco-Menino, menino-porco, tu alhures algures acolá lá longe no alto aliors, no fundo cavucando, inventando sofisticadas maquinarias de carne, gozando o teu lazer: que o homem tenha um cérebro sim, mas que nunca alcance, que sinta amor sim mas nunca fique pleno, que intua sim meu existir mas que jamais conheça a raiz do meu mais ínfimo gesto, que sinta paroxismo de ódio e de pavor a tal ponto que se consuma e assim me liberte, que aos poucos deseje nunca mais procriar e coma o cu do outro, que rasteje faminto de todos os sentidos, que apodreça, homem, que apodreças, e decomposto,

corpo vivo de vermes, depois urna de cinza, que os teus pares te esqueçam, que eu me esqueça e focinhe a eternidade à procura de uma melhor ideia, de uma nova desengonçada geometria, mais êxtase para a minha plenitude de matéria, licores e ostras vem vem depressa, Hillé, olha um bichinho tão delicado engolindo o outro

tira, Ehud, não deixa, para para

não grita, imagine, quem sou eu para decidir da vida e da fome de um outro

Quem sou eu para te esquecer Menino Precioso, Luzidia Divinoide Cabeça? se nunca fazes parte do lixo que criaste, ah, dizem todos, está em tudo, no punhal, nas altas matemáticas, no escarro, na pia, nas criancinhas mortas, no plutônio, no actínio, na graça do teu pimpolho, no meu vão de escada, nesta palha, em Ehud morto. Ele está em ti, Ehud, agora que estás morto? como é o Menino Precioso dentro de Ehud morto? fervilha, tem muitas cores, pulula, Corpo de Deus em Ehud morto é difícil de ser visto pelo olho do vivo, cobrimos nosso rosto, volteamos, procuramos para as nossas narinas um tecido grosso, Ehud morto possuído de Deus é um todo de carne repulsiva, um esgarçoso de brilho e imundície, Ehud tuas unhas limpíssimas escovadas a cada dia, tua lisa mucosa, o ventre que cuidavas, as omoplatas retas, os pés de Ehud, longos, sóbrias as curvas das arcadas, os pequenos espaços do teu corpo de carne são do Todopoderoso agora propriedades, como estão, Ehud, teus pequenos espaços de carne? E teu esôfago, tua língua, e os pelos das tuas sobrancelhas eriçadas, e as pálpebras pálidas, e as mãos e as palmas? E o sexo, Ehud? se cuidasses um pouco do teu corpo, Hillé, andas curvada

o que é o corpo?

se caminhasses um pouco, por exemplo: duas vezes por dia subias e descias a pequena ladeira aqui da vila, respiravas lenta, um certo ritmo é bom quando se caminha, lembra como caminhávamos? te lembras de um brilho que vias numa pequena colina naquele passeio às águas? e como te esforçaste para subir a colina?

e o que era afinal aquele brilho?
sim, me lembro, uma tampinha nova de garrafa, uma tampinha prateada como são todos os brilhos no cume de todas as colinas. exageros. a Terra não é uma tampinha prateada
como será a cara DELE hen? é só luz? uma gigantesca tampinha prateada? não há um vínculo entre ELE e nós? não dizem que é PAI? não fez um acordo conosco? fez, fez, é PAI, somos filhos. não é o PAI obrigado a cuidar da prole, a zelar ainda que a contragosto? é PAI relapso?
estavas suada. um vestido de ramas, azulado, onde é que foi parar aquele vestido? e um colar mínimo, de âmbar, perdeste? dizias: Ehud, vem, corre, brilha demais para não ser nada.
aí achei a tampinha
é. está bem. mas vamos esquecer, já mudaste a cara.
achei a tampinha e dei um grito, não foi, Ehud? e chorei esgoelada
foi. mas por favor vamos esquecer. fui falando mas não me lembrava do fim.
eu gritando que Deus era um menino louco e
vamos dormir, vem.
Um menino louco, vamos dormir vem, sim vamos dormir, como é o Tempo, Ehud, no buraco onde te encontras morto? como vive o Tempo aí? Escuro, e derepente centelhas de cores, como é o Tempo do inchado, do verme, do asqueroso? O que é asqueroso? Como é o Tempo no úmido do fosso? Pergunto ao Menino Louco: estás aí com Ehud? Morte, asqueroso, inchado, vermes, fosso fazem parte de Ti? Hillé, nada de mim é extensão em ti
Não fizemos um acordo?
O quê?
Não és Pai?
Nem sei de mim, como posso ser extensão num outro?
Não houve um contrato?
Quê? Estás louca. Vivo num vazio escuro, brinco com ossos, estou sujo sonolento num deserto, há o nada e o escuro
Não te escuto

Digo que durmo a maior parte do tempo, que estou sujo
O quê? O quê, meu Deus? Não te escuto
Que um dia talvez venha uma luz daí
Quê?

É uma sapa velha. Viu a pele pintada? É sarda. Ainda tem umas boas tetas. Credo, teta de sapa. Podemos botar fogo na casa durante a lua nova. Com as casas quase coladas? Dá-se um jeito, fogaréu que vai dar gosto. O Nonô metido a demo, a polícia, tu sabe que vive enfiando prego no cu do gato, pois é, pois o Nonô se mijô quando viu a caretona dela na janela. Casa da porca. Olhe, eu tive um porco que era um ouro, era um porco de bem, macio, gordo como poucos, atendia pelo nome de Nhenhen, foi ficando tão gordo tão macio tão delicadeza, que foi servido só de sobremesa. Olha, eu comi outro dia uma carne, o sangue na tigela era sangue grosso, uma beleza, a Lazinha se lambuzava toda, passava até no rosto, ficou corada como imagem da virgem, uma que tinha lá na minha cidade, comemos tanto que o umbigo ficou esticado, depois foi duro pra durmi, tive que durmi de lado, e pra metê, meu chapa, nem se fala, eu e a Lazinha, dois bumbo se batendo, sabe Antonão, a vida é tão cheia de tranquera, porca sapa velha, que se a gente não enche o bucho e não dá uns mergulho nos buraco das mulhé, vezenquando uns murro numas gente, cuspidas escarradas, uma paulada no cachorro, esses descanso, se a gente não faz isso Antonão, a vida fica triste. é, tá certo, isso de comer e de meter faz muito gosto, que coisa que tem mais na vida? que coisa? depois da morte os bicho, nem fumo pra pito, nem meteção nem nada, depois da morte aquela fome, aquela escuridão, tu acredita em alma de defunto seu Tunico? besteira, o mundo tá muito voluído, não tem mais disso não. e Deus? olhe, isso é assunto de padre, de ministro, de político, é Deus todo dia dentro da boca, de dia Deus, de noite a teta de uma, a pomba de outra, eles é que se regaleiam, viu?
Miudez, quentura, gosto. Mover-se pouco. Não dizer. As mãos

na parede. No corpo. Pensar o corpo, tentar nitidez. Hillé menina tateia Ehud menino. Dedos dos pés. Se a gente mastigasse a carne um do outro, que gosto? e uma sopa de tornozelo? E uma sopa de pés? Na comida não se põe pé de porco? Por que tudo deve morrer hen Ehud? Por que matam os animais hen? Pra gente comer. É horrível comer, não? Tudo vai descendo pelo tubo, depois vira massa, depois vira bosta. Fecha os olhos e tenta pensar no teu corpo lá dentro. Sangue, mexeção. Pega o microscópio. Ah, eu não. Que coisa a gente, a carne, unha e cabelo, que cores aqui por dentro, violeta vermelho. Te olha. Onde você está agora? Tô olhando a barriga. É horrível Ehud. E você? Tô olhando o pulmão. Estufa e espreme. Tudo entra dentro de mim, tudo sai. Não tem nada que só entra? Não. E Deus? Deus entra e sai, Ehud? Isso não sei. O padre diz que Deus está dentro do coração. Então espia o teu, vê se ele tá lá dentro. Tô espiando. Taí? Não. Deixa eu escutar o teu coração. Nossa, tá batendo. Claro, o teu também, deixa eu escutar. Sabe, Hillé, você tem cheiro diferente do meu, tem cheiro de leite. Imagine. Tem sim. Te cheira. O pai tem cheiro bom, a mãe também. Eles usam perfume. Por quê? Não é bom a gente cheirar o cheiro da gente? Não sei. Por que a gente se veste? É feio ficar pelado? Eles dizem que é. Por quê? Olha a lagarta, ela tá pelada, coitada. Ehud, escuta: você já viu Deus? Eu não, Deus me livre. Por quê? Ah, sei lá, a gente não conhece. Ehud, escuta: você também vai morrer? Eu não. Como é que você sabe? Só gente velha é que morre. Você vai ficar velho também. Eu não.
Sessenta anos. Ela Hillé, revisita, repasseia suas perguntas, seu corpo. O corpo dos outros. Como é que foi mesmo isso do Rimbaud carregando ouro? Quarenta mil francos em ouro. Judiou do corpo? Ele tinha uma amante abissínia, ele era delicado e doce com ela, ele andava muito, sempre faminto. Depois não, depois tinha ouro. Por que o ouro é ouro? Por que o dinheiro é dinheiro? Por que me chamo Hillé e estou na Terra? E aprendi o nome das coisas, das gentes, deve haver muita coisa sem nome, milhares de coisas sem nome, e nem porisso elas deixam de ser

o que são, eu se não fosse Hillé seria quem? Alguém olhando e sentindo o mundo
Alguém, nome de ninguém
esse aí não é nada
esse sim é alguém
Revisito, repasseio, passeio novamente em nova visita paisagens e corpo, eu teria amado Franz K, riríamos, leríamos juntos com Max e Milena nossos textos bizarros, e cartas, conferências, segredos em voz alta, eu teria amado Tausk e teríamos nos matado juntos, tiro e forca, dois corpos mutilados, teus olhos, Tausk, teus maxilares, tua alma, Victor, toda tua perdição, nunca haveria respostas, nunca, anotaríamos em roxo nossas irrespondíveis perguntas, tudo uma só pergunta
assinado: Tausk-Hillé.
E sobre as tumbas esse mesmo sinal em granito rosa, majestoso, ao redor umas sempre-vivas, uns lírios quem sabe, uns espinhos para Lou e Freud se machucarem, ah, não viriam, isso sabemos, ela talvez viesse na manhã fria, sua gola de pele, Tausk-Hillé, tão brilhante que vocês eram, então mataram-se?
Está me ouvindo, Hillé? Eu disse que estou sujo, entre os ossos, num vazio escuro.
Eu também, Senhor, eu também.
Convém lavarmo-nos, pelos e sombras, solidão e desgraça, também lavei Ehud no fim algumas vezes, sovacos, coxas, o escuro buraco, sexo, bolotas, Ai Senhor, tu tens igual a nós o fétido buraco? Escondido atrás mas quantas vezes pensado, escondido atrás, todo espremido, humilde mas demolidor de vaidades, impossível ao homem se pensar espirro do divino tendo esse luxo atrás, discurseiras, senado, o colete lustroso dos políticos, o cravo na lapela, o cetim nas mulheres, o olhar envesgado, trejeitos, cabeleiras, mas o buraco ali, pensaste nisso? Ó buraco, estás aí também no teu Senhor? Há muito que se louva o todo espremido. Estás destronado quem sabe, Senhor, em favor desse buraco? Estás me ouvindo? Altares, velas, luzes, lírios, e no topo uma imensa rodela de granito, umas dobras no mármore, um

belíssimo ônix, uns arremedos de carne, do cu escultores líricos.
E dizem os doutos que Tua Presença ali é a mais perfeita, que ali
é que está o sumo, o samadhi, o grande presunto, o prato.
me chamaste, Ehud?
Senhora D, querida Hillé, murmuras hen? os segredos da carne
são inúmeros, nunca sabemos o limite da treva, o começo da luz,
olhe, Hillé, não gostarias de me fazer um café? os intrincados da
escatologia, os esticados do prazer, o prumo, o todo tenso, as
babas, e todas as tuas escamosas escatologias devem ser discuti-
das com clérigos, confrades, abriste por acaso hoje o jornal da
tarde? Não. Então não abriste. pois se o tivesses feito terias visto
a fome, as criancinhas no Camboja engolindo capim, folhas, o
inchaço, as dores, a morte aos milhares, se o tivesses feito terias
visto também que não muito longe daqui um homem chamado
Soler teve suas mãos mutiladas, cortadas a pedaços, perdeu mais
de quatro litros de sangue antes de morrer, e com ele morreram outros golpeados com cacetetes, afogados em recipientes
contendo água imunda e excrementos, depois pendurados pelos
pés, estás me ouvindo, Hillé? matam, torturam, lincham, fuzi-
lam, o Homem é o Grande Carrasco do Nojo, ouviste?
Sim.
Então, Senhor, Menino Precioso, ouviste Ehud também? Meu
nome é Nada, faço caras torcidas, as mãos viradas, vou me ar-
rastando, capengo, só eu e o Nada do meu nome, minhas mes-
quinharias, meu ser imundo, um Nada igual ao Teu, repensando
misérias, tentando escapar como Tu mesmo, contornando um
vazio, relembrando. Tens memória? Nostalgia? Um tempo foste
outro e agora és um que ainda se lembra do que foi e não o é
mais? Tiveste inestimáveis ideias, soterradas hoje, monturo e
compaixão? Alguém se dirigiu a Ti com tais pedidos? Estes: olhe,
Hillé, toma esta peneira e colhe água do rio com ela, olha, Hillé,
aqui tens a faca, corta com ela a pedra, pedaço por pedaço, depois planta e vê se medra, olha, Hillé, aqui tens o pão mas só
podes comê-lo se dentro dele encontrares o grão de trigo inteiro,
e de quem o colheu a própria mão, olha, Hillé, aqui tens a tocha

e o fogo, engole, e assim veremos o que se passa nos teus ocos.
olha Hillé a face de Deus
onde onde?
olha o abismo e vê
eu vejo nada
debruça-te mais agora
só névoa e fundura
é isso. adora-O. Condensa névoa e fundura e constrói uma cara.
Res facta, aquieta-te.
E agora vejamos as frases corretas para quando eu abrir a janela à sociedade da vila:
o podre cu de vocês
vossas inimagináveis pestilências
bocas fétidas de escarro e estupidez
gordas bundas esperando a vez. de quê? de cagar nas panelas
sovacos de excremento
buraco de verme no oco dos dentes
o pau do porco
a buceta da vaca
a pata do teu filho cutucando o ranho
as putas cadelas
imundos vadios mijando no muro
o pó o pinto do socó o esterco o medo, olha a cançãozinha dela, olha o rabo da víbora, olha a morte comendo o zoio dela, olha o sem sorte, olha o esqueleto lambendo o dedo
o sapo engolindo o dado
o dado no cu do lago, olha, lá no fundo
olha o abismo e vê
eu vejo o homem. escuta escuta, queria te contar esta estória, aquieta-te:
enquanto ela morria, o homem fornicava
com quem?
com a criada que cuidava dela. ruídos de gozo e agonia, duetos, scherzos, moderatos, sons de cítara e sabre
era um louco

não. um homem
bem, então um homem louco
não, um homem, apenas o sexo saudável, um que não amolece diante do sangue, do cheiro, que vê vida e morte tudo natural, naa tuu rall, tudo é muito natural, morrer ó morrer faz parte da vida, mocinha, que bobagem, óóóóóhhh
Enquanto agonizava ela dizia: um dia juntos outra vez, meu amor, obrigada por tudo, é a tua mão essa que sinto na minha?
e era a mão dele?
não, eu menti, era a minha mão, eu disse sim estaremos juntos, imitei a voz dele, escorria das narinas um baço rosado, eu ia enxugando suor e corrimentos, através das paredes vinham os uivos da outra, nomes pequeninos, cochichos, falinhas de grilo, curtos ganidos, doçuras. Agonizava essa e eu encostava o ouvido à sua boca, ouvia: querido, perdoa incompreensão, recusa, indiferença de muitos dias, perdoa solidões, os contatos com o nada, a palha colada à alma, perdoa se não te dei claridade, emoção, se quando tu me querias os olhos se banhavam de umas águas do passado
Eu Hillé respondia esquece esquece, está tudo bem agora. Mentia.
é preciso que eu fale, é a hora da morte, não é? avançam os guardados da alma, alguns toscos pesados, brilhos, me escuta por favor, tudo se esvai, escuta
Eu Hillé respondia sim estou perto escuto
sabe, às vezes queremos tanto cristalizar na palavra o instante, traduzir com lúcidos parâmetros centelha e nojo, não queremos?
sim
então, eu queria também, queria sim tocar teu medo teu amor tua vaidade de homem, existir no teu sonho, me ouves?
sim
espera, que gritos são esses agora?
hen?
como se alguém estivesse morrendo antes de mim, *se muere alguien*?

não, eu não escuto nada. Mentia.
ouve, sim sim, alguém agoniza antes de mim
Gritos como facas rombudas, soluços, *me muero sí, me muero*,
as pedras polidas, o frio, há anos que te procuro
eu também.
há anos que queria ter cordas, malhas de fio-ferida à minha
volta, há anos que queria pertencer, ouviste?
sim.

Ehud, tua macieza me voltando, lividez do teu rosto, dentes saliva, espasmo vivo e grosso, que coisa o corpo vivo e jovem, que rutileza lá dentro, quantos anos temos agora? vinte? vinte dois? vinte cinco? o pranto da velhice relembrando, o pardacento, o esfarinhado sobre a mesa, era o pão? que coisas tínhamos sobre a mesa? romãs e laranjas.
o esfarinhado no corpo da alma agora, papéis sobre a mesa, palavras grudadas à página, garras, frias meu Deus, nada me entra na alma, palavras grudadas à página, nenhuma se solta para agarrar meu coração, tantos livros e nada no meu peito, tantas verdades e nenhuma em mim, o ouro das verdades onde está? que coisas procurei? que sofrido em mim se fez matéria viva? que fogo, Hillé, é esse que sai das iluminuras, folheia, vamos, toca
se está *muriendo, sí*, que gemidos meu Deus, não tenho muito tempo, muitos que se foram estão por perto, é a hora, viver foi uma angústia escura, um nojo negro
não fales assim, não o ódio agora, o ódio não
viver é afundar-se em cada caminhada, como me arrastei, que peso, que vaidade, e tu uma ternura sobre os meus ossos, uma redondez sobre os espinhos, um luxo de carícias
aquieta-te, deixa-me limpar o molhado da cara
a gosma da boca, aqui, limpa, já está bem, está bem, preciso continuar, olha, quis te tocar lá dentro na ferida da vida, ouviste? segurei o toque para te fazer em dor, em mais dor, ouviste? ah cadela lixo porca maldita eu mesma

não fales assim, não nesta hora
não é a hora da morte? por que me interrompes nesta hora? cala-te, é morte minha. sempre que te deitavas comigo, homem, a carne era inteira loucura e sedução, não enfiavas os dedos, o sexo, não sentias?
sim
a vida foi isso de sentir o corpo, contorno, vísceras, respirar, ver, mas nunca compreender. porisso é que me recusava muitas vezes. queria o fio lá de cima, o tenso que o OUTRO segura, o OUTRO, entendes?
que OUTRO *mamma mia*?
DEUS DEUS, então tu ainda não compreendes?

Pequena porca ruiva, escuridão e chama nos costados, os olhinhos pardos, *rojo corazón*, rugas fininhas no lombo e nas virilhas, porca Hillé, medo e mulher, tocaste *las cumbres del amor*, tocaste? Ehud com vinte? Hillé com quinze? Ehud com cinquenta? Quando foi isso de perdição e luz, isso sem nome, cordão de ouro e fogo cindindo os teus meios, te deitavas terra e viuvez mas Ehud te tocava e viravas barca, incandescência, um grosso aguar, um sol de estupor também escuro e violento. Como era isso de estar sendo hen? isso de estar sendo, tempo vivo, estar sendo
Enquanto tu morrias, Ehud, minha carne era tua, e disciplina e ascese tudo que me pretendi para livrar o coração de um fogo vivo, ah, inútil inútil os longos exercícios, a fome do teu toque ainda que me recusasse, então tu não compreendias? queria escapar, Ehud, a boca numa fome eterna da tua boca, a vida era resplendor e prata, demasiada rutilância se tu me tocavas, e sinistra e soluçosa e nada quando tu não estavas
lamá sabactani
Enquanto tu morrias eu te abraçava numa fúria alagada, numa sórdida doçura, minha alma era tua? o desejo era demasiado para a carne, que grande fogo vivo insuportável, que luz-ferida, que torpe dependência uma outra Hillé sussurrava muito fria e

altiva, uma outra Hillé fingindo mansidão e langor, roliça, passiva, perla sobre o fastídio de *los* mármores.
me queres?
claro
pergunto se me amas, Hillé
perguntas perguntas, como se fosse simples isso de amar, como se o peito soubesse desse adorno, como posso saber se a alma não compreende?
a alma sente
a carne é que sente
Altivez. Mentira. E depois tu saías e eu desenhava teu rosto sobre o meu, teu longo corpo, turva e inundada de ti repetia palavras: rocio, júbilo, *hermosura, remolino, sconvolgente,* Hillé *sconbussolata,* Hillé *perduta*
Tens uma máscara, amor, violenta e lívida, te olhar é adentrar-se na vertigem do nada, iremos juntos num todo lacunoso se o teu silêncio se fizer o meu, porisso falo falo, para te exorcizar, porisso trabalho com as palavras, também para me exorcizar a mim, quebram-se os duros dos abismos, um nascível irrompe nessa molhadura de fonemas, sílabas, um nascível de luz, ausente de angústia
melhor calar quando teu nome é paixão
Duas Hillé, uma tua senhora D, dois Ehud, um o que se mostrava nos cotidianos, leveza e carranquez, outro um Ehud de mim, sonhado, ou eras tu mesmo aquele que eu queria, sóbrio, os passos largos, lentidões, e uma Hillé lagamar, escura, presa à Terra, outra Hillé nubívaga, frescor e molhamento, e entre as duas uma outra que se fazia o instante, eterna, oniparente
procura compreender, Hillé, agora que estou morrendo
compreender o quê, Ehud?
nomeia as ilusões, afasta-te da vertigem
hen?
loucura é o nome da tua busca. esfacelamento. cisão.
derrelição.
também senhora D, também. quando eu não estiver mais, ouviu?

quando eu não estiver mais evita o silêncio, a sombra, procura o gesto, a carícia, um outro, procura um outro, e que ele conheça o teu corpo como eu conheci, ensina-o se for inábil e tímido, busca tua salvação, empurra o espírito para uma longa viagem, afasta o espírito
Toma-me, Mãe Primeira, estou cega e no fundo do rio, encolho-me, todos os buracos cheios d'água, vejo passar agigantados sentimentos, excesso ciúme impotência, miséria de ser, quem foi Hillé se nunca foi um nome? Hillé doença, obsessão, tocar as unhas desse que nunca se nomeia, colocar a língua e a palavra no coração, toma meu coração, meu nojo extremado também, vomita-me, anseios, estupores, labiosidades vaidosas, toma os meus sessenta, sessenta anos vulgares e um único aspirar, suspenso, aspirei vilas, cidades, nomes, conheci um rosto sem face, um homem sem umbigo, um animal que falava e os olhos mordiam, uma criança que deu dois passos e contornou o mundo, um velho que esquadrinhou o mundo mas quando voltou à casa viu que não havia saído do primeiro degrau de sua escada, vi alguém privado de sentimentos, nulo, sozinho como Tu mesmo Menino-Porco, era esticado e leve, era rosado, e não sentia absolutamente nada, um dia na praia começou a correr em direção ao mar, mergulhou, e nunca mais emergiu, eu vi quando se fez em curva e apontou a cabeça para as águas, vi dorso, nuca, brilhos, brilhos na cabeça, pensei: estranho, moveu-se como quem sentiu. Vi um lago de ouro, eu mesma, quando te toquei, Ehud, pela primeira vez, e uma luz na tua cara tão difusa e em pontas que senhora D, podia por favor abrir um pouco a janela? só um instantinho, sabe o que é, é que tem um homem aqui que sabe fazer benzeduras, sabe o que é, senhora D, espera um pouco, o homem tá dizendo umas coisas, presta atenção senhora D. quem? ah sim, o homem tá dizendo que Asmodeu, Asmodeu a senhora conhece né? ele diz que sim que a senhora conhece, então, se a senhora conhece não precisa dizer muito mais, mas o homem tá dizendo que Asmodeu tá aí dentro do seu peito, hen? quem mais, moço? tem mais um aí senhora D, péra um pouco que o

nome desse é mais difícil, ah sim, Astaroth, é isso, credo Astaroth, é isso, esses dois tão aí, é o homem que diz, ele também tá dizendo que esses é que fazem a senhora assim, viu senhora D? senhora D?
e uma luz na tua cara tão difusa e em pontas que
e esses dois são fogo, senhora D
vá depená o sabiá, senão te dou uma carovada uma muqueta
chi credo, mulher nenhuma fala assim, vade-retro.
o quê? Vade-retro é uma coisa pros dois que estão aí, pros demônios saírem.
e uma luz na tua cara tão difusa e em pontas que a boca amanheceu com a luz dos rubis, e vi uma pedra exsudando, um extensor encolhendo, um livro tentando olhar-se e ler-se, um sonho caminhando, uma ponte enterrada, isso muito triste uma ponte enterrada. Cisão. Esfacelamento. Um oco ardente de luz, o nome das coisas, quem tem o nome das coisas? Encostei a testa na tua testa, Menino-Porco, dois vazios teus olhos, dois assombros, nenhum sentimento nesses dois funis, entre nós nenhum parentesco
sabe, Hillé, às vezes penso que fomos pai e filha, mãe e filho, irmão irmã, que houve lutas e nós, e fios de sangue, que eu tinha fome de ti, que eu te matei, que saía de tuas narinas um cheiro de noite dor incesto e violência, que eras velha e moça e menina, que uns guizos em mim se batiam estridentes cada vez que eu te olhava, que havias sido minha desde sempre, barro e vasilha, espelho e amplidão, infinitas vezes nós dois em flashes nítidos rapidíssimos, recortados em ouro, em negro, numa luz esvaída sombra e sépia, nós dois muito claros num parapeito de pedra cor de terra, depois me vi a mim nos corredores brancos, atado, e tu mesma a dez passos de mim, a voz um fundo, longe: lembra-te, sou eu, não podes ter esquecido, Ehud, sou eu, e alguém te segurou, Hillé, antes que me esbofeteasses a cara. Eras tu, sim, mas naquele instante eu me pensava Deus e me sabendo Deus me sabia louco. E nunca nos compreendemos como existências, atados os dois como cão e cadela, mas teu sonho era o meu, teu sangue, tua vida a minha

Há lugar para a carne no teu coração, Senhor? Há uns veios fundos e gemidos com o som do UMM? Ehud, sabes como é a palavra Intelecto em russo? É UMM. O M prolongado UMMMMMMMM. a carne é que deveria ter o som do UMM, é assim no teu peito, Senhor, o sentir da carne? de lá do escuro venho vindo, teias à minha volta, estou presa a ti, do UMM à carne, um torcido elastiçoso no espaço de nós dois, não te separes nunca, não tentes, é sangue e gosma, é dubiez na aparência mas é cristal de rocha, vívido empedrado, é úmido também, UMM, o intelecto pulsando, a carne remançosa na aparência, se me olhas não vês febricidade mas se me tocas te seguro numas duras babas, tu e eu, um único novelo espiralado, não te separes nunca, não tentes, subo até teus tornozelos, vou te lambendo lassa, aspiro pelos, cheiros, encontro coxa e sexo, queria te engolir, Ehud, descias em UMM pela minha laringe, UMM pelas minhas tripas, nódulos, lisuras, trituro teus conceitos, teu roxo intelecto, teu olhar para os outros, te engulo Ehud, altaneria, porte, teu compassado, teu não saber de mim, teu muito-nada compreender, deslizas em UMM pelos tubos das vísceras, teu misturar-se a mim, adentrado desfazido, não és mais Ehud, és Hillé e agora não te temo
murmuras hen? e é tudo tão simples, Hillé, um azul seboso, um passar sobre, alguns tombos.
o quê?
a vida, azul seboso. tu crias um caminho de dores para ti, Hillé, o coração e o UMM também são ilusões, descansa.
não posso, as coisas pulsam, tudo pulsa, há sons o tempo inteiro, tu não ouves? os sons da cor, teu som, Ehud
como é o meu som?
quando caminhas pela casa me dizendo mentiras, te fazendo leve, é estridente, uniforme, o apito do homem do trem antes do trem sair, tu sabes. aos poucos te incorporas ao existir do trem e começas a ser o som nevoento das rodas, expulsas uns chiados senhora D, teu som é o som do UMM, me assusta, sabes?
depois quando te deitas e me tocas, uns graves curtos vão se fazendo, olhe, se os figos emitissem sons quando os abrimos seria

esse teu som nessa hora quando me tocas
e depois?
quando os cães raspam uma terra úmida
sim, afundam o focinho também, aspiram
expectativa, alguma coisa viva por ali
alguns só raspam a terra para espojarem-se depois, de costas
não tu, Ehud, é como se o vento, a terra, a dura cartilagem, em
saliva e cheiro me tocassem, tubas, flautas
deves ouvir Mussorgsky, nem sonatas, nem trios, nem quartetos
de cordas, só vida, palpitação. Se pudesses esquecer, Hillé, teias,
torsões, sentir a minha mão sem o teu vivo-morte, te acaricio
apenas, olha, é a mão de um homem, vê que simples, dedos, mornura, te acaricio apenas, e tua pele teu corpo vai sentir a minha
mão como se a água te circundasse, não sou eu Ehud experienciado em ti, me vês como nunca me pude ver, eu Ehud não sou
esse que vivencias em ti, és Hillé apenas, Hillé que pode ser feliz
só sendo assim tocada, não é bom? fecha os olhos procura imaginar o vazio, o azul seboso, pequenos tombos, eu um homem
te tocando porque te amo e porque o corpo foi feito para ser tocado, toca-me também sem essa crispação, é linda a carne, não
mete o Outro nisso, não me olhes assim, o Outro ninguém sabe,
Hillé, Ele não te vê, não te ouve, nunca soube de ti, sou eu Ehud,
sopro e ternura, sim claro que também avidez e sombra muitas
vezes, mas é apenas um homem que te toca, e metemos, é isso
senhora D, merda, é apenas isso
se muere alguien?
agora vamos, tira a roupa, pega, me beija, abre a boca, mais, não
geme assim, não é para mim esse gemido, eu sei, é pra esse Porco-Menino que tu gemes, pro invisível, pra luz pro nojo, fornicas com aquele Outro, não fodes comigo, maldita, tu não fodes
comigo
ah ela não é certa não, tá pirada da bola, e isso pega, tu não lembra que meu marido pifô quando não pude fazer aquele bacalhau
tu não lembra? começô berrando cadê o bacalhau mulher e eu
dizendo porra Juvêncio que bacalhau? porque não tinha bacalhau,

madona, aqui em casa, aí eu dizia te acalma a gente vai buscar, que é isso Juvêncio, e pois é, espumô, babô, caiu duro. e meu avô que se escondeu de todos derepente porque achava que era um morango e ia ser chupado. isso pega. e o Joca que enfiô o dedo no cu da criança do Zitinho dizendo que lá era a boca de Deus.
virge nossa
e a pretinha, cês não lembra?
qual?
aquela que era preta e se atirô no cal, tô dizendo que pega
credo qual?
pois a única preta aqui da vila que ficô branca
ahnnn, aquela, mas aquela não tava loca não, queria zarpá mesmo pro outro lado
virge tá todo mundo mal, ontem também senti uns troço aqui por dentro
tu precisa é metê, Dia Dez
não me chama de Dia Dez, tu sabe que eu não gosto.
por que hen pai chamam ele de Dia Dez?
porque ele grita pra mulher todo dia: hoje não, só dia dez
por que pai?
a muié qué metê, menino, e ele só mete de cabeça fresca, no dia do pagamento dele: dia dez
cala boca, nhola
pai, tu sabe qual é o cúmulo da paciência?
não, idiotinha, qualé?
é cagá na gaiola e esperá a bosta cantá. que cara, pai, que cara que tu faz pra mim, eu não pedi pra nascê, tu é que me fez, e passarinho que come pedra sabe o cu que tem.

Los rios, las cadenas, la cárcel, o cárcere de si mesma, sessenta anos, adeus Hillé, desconheces quase toda tua totalidade, que contornos havia aos quinze anos aos vinte, lá dentro do ventre, que águas, plasma e sangue, que rio te contornava? que geografia se desenhava no teu rosto, e o rosto daquela que te carregava na

barriga, como era? como te carregava essa que habitavas? como eras, Hillé, antes que o amor surgisse entre aquelas duas almas, pai-mãe, quando ele era jovem e se perguntava que mulher se deitaria sob seu grande corpo, que fúria de palavras lhe viria à boca, amada, loca, luz que caminhou baça sob as águas, então eras tu?
sabes, Hillé, às vezes penso que se ficares sozinha, se eu morrer antes, sabe, às vezes penso que deves ter um homem jovem porque
sim Ehud
porque sabes muitas coisas, essas da alma, e um saber demasiado
oscurece el alma
isso mesmo, e porisso talvez alguém de vinte, vinte cinco, meio diminuído, sensualão
Rimbaud tinha dezenove quando escreveu aquilo
é, mas é raro, moçoilos são fracotes no UMM, e então continuando, um de vinte, vinte cinco talvez, duro e vigoroso, um que não sucumba diante do mosaico intumescido de cores vivas onde desenhas a vida, e num canto lá em cima desse grande mosaico um negrume de vísceras, um desespero só teu, esse negrume teu que busca
es que busco La Cara, La Oscura Cara
bobagem. então continuando, esse muito jovem há de sorrir diante do teu discurso, te põe de imediato a mão nas tetas e diz teu Deus sou eu, Hillé, já me encontraste, e se ainda continuares com tuas pretensas justas palavras e tua cara de pedra quando falas na busca, esse muito jovem há de te mostrar
já sei. uma bela caceta
isso. e delicado mas firme te faz abrir as pernas e repete
sei. teu Deus sou eu.
acertaste. então balbuciarás uns secos eruditos, e gosmas de desgosto ainda na tua cara, um rictos que deformará tua linda boca, mas aos poucos
já sei
então sabes. escolhe alguém que não te leve a sério, porque
sim Ehud, *el alma de Hillé se oscurece por lo mucho que sabe.*

Como um grande buraco transbordante de águas, ah, não fizeram valetas? vê como a água se espraia em direção a nada, vai avançando, engolindo tudo no caminho. Engulo-te homem Cristo no caminho das águas, se eras homem sabias desse turvo no peito, desse grande desconhecimento que de tão grande se parece à sabedoria, de estar presente no mundo sabendo que há um pai eternamente ausente.
Hillé, teu pai está morrendo, te chama
longa breve plena vida bastando para a vida, por que esperas demais se as coisas estão aí à tua frente? é só sentir, minha filha, e olhar além do muro
olha só, a loca tá nos olhando
revira os olhinhos de porca
credo como tá desgrenhada.
e... filha... ainda fechando as janelas, curvando a nuca, sozinha nesta escuridão, o que te parece parco e pequenino, um filete de vida desaguando magro sobre toda tua superfície de carne e víscera, ainda isso é pleno e basta para a vida, Hillé, perguntar não amansa o coração.
pai, lembra-te de mim quando estiveres lá, do outro lado
me dá tua mão
lembra-te que perguntaste como ficava a alma na loucura? quando te fores, responde-me de lá.
aperta a minha mão
lembra-te que me prometeste que me guardarias para que eu não enlouquecesse, e agora sozinha, vazio o teu espaço, aperta-me como a uma criancinha Hillé, deixa-me subir ao barco que me levará ao outro lado. onde está Ehud?
aqui, estou aqui, tua filha vai ficar bem, eu estarei ao lado para sempre
cuida. não deixa que faça as minhas mesmas perguntas, a casa deve ficar mais clara, casa de sol, entendes? na sombra, Hillé se faz mais sábia, pesa, mergulha em direção às conchas, quer abri-las, pensa que há de encontrar as pérolas e talvez encontre, mas não suportará, entendes? te falo ao ouvido, não há coisa alguma

dentro delas
das conchas?
dentro das pérolas, Ehud, nada, ocas, entendes? afasta Hillé de mim na minha agonia, pelas mãos, pelo hálito, pelo grande fogo saindo do seu corpo ela me segura a esta vida. e devo ir. o perfil dos lobos
o quê, pai?
o perfil dos lobos, Hillé, um ramo de adagas, túneis, uivos e centelhas, farejo o infinito, torci-me inteiro, aspirei meus avessos, queria tanto conhecer e agora não só me esqueci do que queria conhecer como também não tenho a lembrança do início de todo esquecimento, lembro-me do perfil dos lobos, eu sei que os vi, ou eram homens? ou era eu mesmo duplicado, todo tenso, pelos e narinas, ah muito amoroso, eu fui um lobo, Hillé? amei alguém que se parecia contigo, minha filha, toca-me, talvez me lembre, tinha um nome longo ís e ás e es, mas isso não importa, cola-se àquele rosto um outro rosto, nítidas dissimetrias, esse alguém me conhece nos meus mínimos, esse alguém dois, essa mulher duas, Ehud, faça com que ela se deite aqui comigo, essa tua mulher minha filha.
sai, Hillé, teu pai terá uma longa e agressiva agonia.
eu quero ficar
que se deite aqui e sinta comigo os murmúrios, palavras que deslizam numa teia, uma estacou agora, e vagarosamente uns fios brilhosos se torcem à sua volta, meu deus, vão recobri-la, que palavra, que palavra? CONHECIMENTO, Hillé, ainda posso vê-la, CONHECIMENTO sendo sufocada por uns fios finos e de matéria densa. pronto. apagou-se. havia tardes, Hillé, tardes de palha, estalidos, securas, eu ia andando e sentia nada, sentia sim um descolorido pedregoso, sei que olhava as navalhas da pedra, sei que sangrava mas não sentia dor, eram pés de palha que sangravam, eu inteiro era vazio, estofado de palha, terra e palha eu inteiro. e deitei-me ali sobre as navalhas
e então, pai?
então fui cortado em delicadíssimos pedaços

como cortamos a salada de acelga
sim, Hillé, é isso, um montículo de palha e terra, minúcias, salada de acelga, é bem isso, e o que foi a vida? uma aventura obscena, de tão lúcida.
Me deitei ao teu lado na tua agonia, escutei verdades e vazios. Inutilidades. Caminho com pés inchados, Édipo-mulher, e encontro o quê? Memórias, velhice, tateio nadas, amizades que se foram, objetos que foram acariciados, pequenas luzes sobre eles nesta tarde, neste agora, cerco-os com minha pequena luz, uma que me resta, ínfima, amarela, e eles continuam estáticos e ocos, sobre as grandes mesas, sobre as arcas, sobre a estante escura, sonâmbula vou indo, meu passo pobre, meu olho morrendo antes de mim, a pálpebra descida, crestada, os ralos cabelos, os dentes que parecem agrandados, as gengivas subindo, procuro um naco de espelho e olho para Hillé sessenta, Hillé e emoções desmedidas, fogo e sepultura, e falas falas, desperdícios
a vida foi, Hillé, como se eu tocasse sozinho um instrumento, qualquer um, baixo, flautim, pistão, oboé, como se eu tocasse sozinho apenas um momento da partitura, mas o concerto todo onde está? Desperdícios sim, tentar compor o discurso sem saber do seu começo e do seu fim ou o porquê da necessidade de compor o discurso, o porquê de tentar situar-se, é como segurar o centro de uma corda sobre o abismo e nem saber como é que se foi parar ali, se vamos para a esquerda ou para a direita, ao redor a névoa, abaixo um ronco, ou acima? Águas? Vozes? Naves? Recomponho noites de sofisticações, política, deveres, uma sociologia do futuro, um estar aqui, me pedem, irmanada com o mundo, e atuar, e autores, citações, labiosidade espumante, o ouvido ouvindo antes de tudo a si próprio mas respondendo às gentes com elegância propriedade esmero como se de fato ouvisse as gentes, teatro, tudo teatro
me responde, filha, o concerto todo onde está?
me responde, Ehud, o concerto todo onde está?
isso de procurar a orquestra, senhora D, é coisa de vadios, sabe-se lá, mudaram-se todos, que te importa o som de todos se tens o

teu? digo-te que a treva há de invadir a luz que ainda tens se qual?
a ínfima, amarela. se persistires o escuro toma conta de tudo, anda me faz um café, um chocolate ia bem, e aqueles pãezinhos, as broas, ainda não estão duras demais, estão? e olha, Hillé, amanhã sem falta vou te comprar uma saia, quem sabe descubro uma de um vermelho fosco, de uns fios de ouro velho, e colocas a tua blusa trançada de branco e dourado e soltando o cabelo, assim, vem cá
estão ralos
estão lindos. e compramos um vinho e
Quem foi, Ehud, que apagou meu envoltório de luz, quem em mim pergunta o irrespondível, quem não ouve, quem envelhece tanto, quem desgasta a ponta dos meus dedos tateando tudo, quem em mim não sente?
sabe que o mocinho verdureiro passou hoje pela janela dela e a porca quis tocar a cabeça do boneco? porque ele é bem bonitinho o boneco verdureiro
quem que cê disse?
o Zico, tô te dizendo, a bruxa quis afagar a cabecinha dele, hoje ela tava sem máscara, com a cara dela mesma, toda amarfanhada, e aquela blusa cor de bosta toda trançada, o mocinho olhou com o zoio assim ó, parou, e cuspiu na mão dela
credo, que gente ruim também
tu defende a porca?
é caridade, né gente, a mulher tá sozinha, escurecendo
ela ficou olhando o cuspe, fechô a mão, fechô a janela bem devagar
pro cuspe não cair
São muitas as risadas, devo lembrar-me da minha? Em algum lugar alguém falou da metafísica da risada, de tratados até, risadas... um gorgulho na garganta, as bochechas franzidas, tu rias, Ehud? Rias, pai? Rias, Hillé? Eu ria muito quando minha amiga L arrumava os pés, lixava aquelas unhas com tanto cuidado, o dedão era o preferido, ficava lindo o dedão, eu dizia: Ó L, alguém

vai te chupar o dedão? Então ríamos.
teu pé é bonito, Hillé, caminhou pouco mas sabe quase tudo
Os pés do pai, magros, brancos, algumas veias explodindo em
azul. Alguns loucos ficam de pé, parados, horas e horas
não tá cansado não?
A resposta não vem, o olhar um cinza esticado, longo, derepente
um metal de ponta, seco, furante, um raivoso de garra, um nojo,
duas aves se batendo, sangue no peito, nas unhas
é que os teus pés estão roxos, pai
puta Hillé, igualzinha à mãe, esses tons afáveis esconden a bola
negra da mentira, ah como parece delicada a avezinha, que pios,
que penugem, que redondinho claro esse olho dourado, mas lá
dentro o fundo garreia o teu coração, exige o teu coração por
que ele diz isso, Ehud?
quem é que sabe o que vê
em mim?
nele, Hillé, nele
em mim, Ehud, na minha cara um estupor, um nunca compreender, um enrugado mole, olha como é a minha cara sem o teatro
para o outro
um pouco caidinha sim
desesperada Ehud, porque todas as perdas estão aqui na Terra, e
o Outro está a salvo, nas lonjuras, *en el cielo*, a salvo de todas as
perdas e tiranias, e como é essa coisa de nos deixar a nós dentro
da miséria? que amor é esse que empurra a cabeça do outro na
privada e deixa a salvo pela eternidade sua própria cabeça? e o
que Ele fez com Jó, te lembras?
teu deus está a salvo, Hillé, fica contente
que boniteza isso de amá-lo nos seus confins e chafurdar por
aqui
Ter sido. E não poder esquecer. Ter sido. E não mais lembrar.
Ser. E perder-se. Repeti gestos palavras passos. Cruzei com tantos rostos, alguns toquei, que sentimentos eram Hillé quando
cruzava tocava aqueles rostos? Te busquei, Infinito, Perdurável,
Imperecível, em tantos gestos palavras passos, em alguma boca

fiquei, curva sinuosidade, espessura, gosto, que alma tem essa boca? E os gestos, meu Deus, como os tomei para mim: lerdos frívolos pausados recebendo o mundo, afoitos grotescos. E os gestos passos palavras daqueles que me fizeram sentir amor, gratidão em mim inteira, e que ouro que suculências que aroma desejaria ter tido, e casas brilhos, aves, poemas, luz desejaria ter tido, tudo aos pés desses que me fizeram sentir amor. Caminhei escura pelas ruas, parei à margem de alguns rios escuros também, e torpe e nítida para mim mesma convivi com Hillé e seus negrumes, sua minimez, seu ter sido e esquecer, seu ter sido e não mais lembrar, seu ser e perder-se. Hoje convivo com Derrelição, com a senhora D, seu grandiloquente lá de dentro, seu sempre ficar à frente de um Outro que não a escuta, posta-se diante Dele de todos os modos, velha idiota. Mãos na cintura, é a hora dos tamancos: então, Porco-Menino, estou aqui em trevas, em miséria, acelerada na veia e na víscera, então, é bom estar a salvo dos piolhentos como eu mesma? Ou quando se ajoelha, os olhos rubros destilando vertentes:
acode-me, meu Pai, me lembro de tão pouco mas ainda sei que és Pai, olha-me, toca-me, como se o Outro tivesse tempo para se deter em velhotas frasescas, escolhendo ditados, sabe que se vira no avesso para fazer ribombar com sua fala pomposa os ouvidos do Ausente, e como arremeda modéstia humildade pobreza até: eu Nada, eu nome de Ninguém, eu à procura da luz numa cegueira silenciosa
e agora alisa os peixes de papel, esfarelam-se nas suas mãos sempre úmidas, vai até a pia, lava-se, enxuga-se na saia ensebada, olha entre as frestas da janela, volta-se, ajoelha-se no vão da escada, e daqui a pouco tu podes vê-la levitando, o cabelo ralo tocando o teto da casa, e não foi milagre do Outro não, é ela mesma e seus ardores nojentos, seu fogo de perguntas, seu encarnado coração que levanta esse pesado tosco que é seu corpo, vejam, está ali, o couro rosado tocando o teto, de mãos postas a porca, como se além do teto no espaço através do telhado o olho do Senhor sobre essa toda pensante, pousado ela pensa, o olho do Senhor de ouro

e lírio sobre o couro velhusco da senhora D. Pousado. Que amou Ehud ela diz, ó por favor, enquanto o coitado viveu atormentou neurônios e sentidos do afável senhor, sempre sempre o enrodilhado perguntante, na hora da comida, da trepada, do sono, até na privada inventou que a luz de umas rosáceas incidia na coxa, reverberava nos ladrilhos, que até ali estava o Senhor, quero dizer até ali o fulgor de alguma coisa viva que ela não sabia. Ehud manso, chinelos, o jornal na mão, à espera de um café que ela nunca fazia

sim, Hillé, por certo deve estar por aí o teu Senhor. Sinuosa, juncos torcidos de intrigas metafísicas, aos poucos foram se afastando dela, alguns casais, supostos amigos, perguntava às madamas derepente: você sente às vezes o irreal desses ires e vires, o ininteligível de todos os passos, hen, sente? A madama olhava o marido, abestada, o marido dizia: sabe, Hillé, minha mulher não entende essas angústias da gente.

a mulher: ahnn, não entende é?

o marido: não é isso, benzinho, Hillé quer dizer que

a mulher: quer dizer o caralho, tu entendes muito é de meter

e taponas, empurrões, o marido tropeçando e pedindo desculpas pela grosseria da mulher, e Ehud um sorriso miúdo, adoçado, e Hillé: meu Deus, alguma coisa errada não foi, Ehud?

claro que não, senhora D

Hei de estar contigo, com teus nós, teu rosto de maçãs, bravias, duras, morta sim é que estarei inteira, acabada, pronta como fui pensada pelo inominável tão desrosteado, morta serei fiel a um pensado que eu não soube ser, morta talvez tenha a cor que sempre quis, um vermelho urucum, ou um vermelho ainda sem nome tijolês-morango-sépia e sombra, a teu lado eu cromo feito em escarlatim, acabados nós dois, perfeitíssimos porque mortos, as mãos numa entrelaçadura de muito luzimento, mão minha que tocou teu corpo luxesco, comprido, teu corpo uma brilhância incircunscritível, tão doce para minha língua muito em timidez, mais doce ainda na corriqueirice dos dias, puro meloso depois, tua boca em mim, cheia de colibris tua boca, mortos um

dia os dois, atados, um irrompível eterno, as gentes vão olhar abrindo os olhos em boca de poço. Mas nas nossas caras, pernas, tronco, na luminância das nossas mãos nenhum recado ou talvez sim um logogrifo, chispas, um canto vindo da ossatura da terra, um feixe de puro branco. Laumim. Ancas. Hillé, minha filha, boas e vadias e solenes ilusões, movemo-nos pelas ilusões, gigantescas e fofas, fiquei lumpesinando dentro delas e como gostei, Hillé, anos apenas, mas que deliciosa deixação
as ilusões, pai?
e que desgosto compreender, saber à frente dos passos.
esquizofasia, senhora D, deixa teu pai morrer
fica, Hillé, deita-te aqui comigo, traz um espelho
pra quê?
quero ver minha cara. que horas?
madrugada
então vem, deita-te aqui, segura o espelho assim, madrugada, lúrida cara
o quê, pai?
lúrida cara, arranjo nomes, palavras para guardar na arca
que arca?
não disseram isso? porque guardei palavras numa grande arca e as levarei comigo, não disseram isso em algum lugar? então guarda para tua arca: lúrido, undívago, intáctil
Convém que sejam dois peixes de papel porque se recorto apenas um ele se desfaz mais depressa, já notei, será possível que até as coisas precisem de seu duplo? mais depressa no fosso se sozinhas? Hillé e mais alguém, seria bom. Mas o quê? Quem? Quem ou que seria Hillé tão duro e som? Tão estridência, arcada, sabichona, misto de mulher e intelijumência? Rimas soltas voejando o vão da escada, rotas rimas, fistulosas, rimas na margin da viuvez, uma cantoria esmagada na planta dos pés
hembra dura, cerrada
los duros en la cara
hembra de piedra mala
Madura. A boca visguenta no calhau do medo. Em abstinência de

compreensão, no entanto compreendendo. Ó cantatriz, acaba ainda hoje teu falar demostênico, injúrias, perdições, que compridez a vida, o rombo na cara da alma, juntaram vômitos e feridas, dúvidas pontudas, um arcabouço colmilhoso, uma fístula frenética mas cheirando a jasmim, rompantes de susto, um ser-mulher tão machetado de redondos de ferro, de tumidez e pregos, um ser-mulher quase inconcesso de tão disparatado e novo, e muito velho esse ser, sua alma vem de águas lá de dentro das pedras e teve pai e mãe mas também nunca os teve porque veio de um Outro dizendo num dejúrio:

que é isso pai e mãe? por que me perguntas coisas que nunca ouvi? quem te colocou nomes na boca? que eu os inventei? Hillé, estás louca, de mim somente um todo de ti, arquejei, dobrei-me lunulado, esforço em magma para colocar de pé esses ossos de ti, e agora inventas nomes pai e mãe dizendo que eu os coloquei nas tuas cordas de dentro? que eu fiz nascer o quê? ruídos de sentimentos? Estás louca. Insonioso, esquecendo a cor do tempo, fui espumando lento um ser-mulher a meu gosto. E eras tu. A meu gosto. Jamais um alvoroço de sons que não conheço. Que sentimentos, que sentimentos?

quente a tua cama, pai, tua testa, quente. queimas. a morte é fria. então ainda não é hora.

Um ser que se descasca. Sem Deus. Sinistrosa lassa. Vai rebrilhar escura no seu osso. E por que eu te amei, Hillé? Ó meu deus, meu deus. Teu deus miúdo agora te pergunta, Ehud: havia outras mulheres, não havia? Por que escolheste a minha? Havia Antônias Letícias Lídias Açucenas, mil Marias, do Carmo da Aparecida da Graça, Maria Lúcia, Cristina. Desta te lembras? Que soberba naquela anca pura. E todas frívolas, benditas, amenas num falatório aguado, chiavam, os dentinhos magnos, coxas que se abriam sempre, estremeçõezinhos vagos, delícias acabadas para Ehud modesto

sábio é o que tu és, Ehud

por quê, senhora D?

ao teu redor um tempo conhecido palmilhado, o olhar de quem

conheceu muito, e porque quis, desaprendeu.
e o teu? e o teu olhar?
o olho obsceno do meu Deus
Sorrio diante da megalômana. Sedutora. Fêmea e força. E continuo no roteiro da saudade dos meus mínimos. Do que fui antes de conhecê-la. Dos passeios supostamente castos e no meio das minhas pernas um túmido agitado, das mãozinhas inábeis e ainda assim deliciosas daquelas senhoritas, ocas senhoritas, pequenas repolhudas, eu falava orifício e elas respondiam ah sim sabemos, aqueles prédios altos. Agora senhoras. E onde estão? Onde? Bem, mas devo voltar e dizer à Hillé: não procura o pai, procura a ti. Rebusco-me para um dizer distraído e antes de fazê-lo Hillé me antecede: sabes, Ehud, quando penso em procurar-me a mim, assoma um tropeço sem trégua, e afrontas no equilíbrio, pé e cara, e vejo os retratos lá longe, reduzidos, redutores também, a vida-retrato no funil do infinito
quem é essa aqui piquinininha, essa que cobre o olho da luz?
sou eu Hillé
e te lembras dessa hora? te lembras desse aguilhão no olho?
Luz que não vem mais. Sucção que aspiro, boca e olhos abertos numa incondicionada espera, tento apoderar-me dos definitivos, isto é definitivo, Hillé, não pergunta mais, há tolices pestilentas acabando em perguntas, parênteses absurdos, notas ao pé da página tão serpenteadas, tão mexidosas, e outras quietas, quase severas, porejando apenas um levantar de sobrancelhas, um repuxão na boca, notas ao pé da página que não esqueces jamais, cada vez que te lembras desejas repouso, extrema-unção, um passo à frente abismoso e último. O quê? O quê? Que coisas diz esta nota ao pé da página? Encorpada densa resistível não queres mais, vou esquecê-la, mas aí um pequeno clarão inundando pés e canelas: então viram isso? na lasca de uma pedra encontraram um todo ser vivo? encontraram um olho ígneo na rocha, no cristal? torradas, Hillé, pepinos e geleias, um sanduíche novo para você
escute, Ehud, lê lê esta nota ao pé da página pensei pepinos e geleia porque, vê só, as cores são fantásticas, verde e rubro, o prazer

do olho faz abrir a boca, claro, e olhe, senhora D, ninguém no mundo te fará jamais esses sanduíches, um gozo ameno
mas escuta Ehud
e tem mais, amanhã teremos um flambado de reis, amendoins morangos e um licor do fundo da geena, voluptuoso, com lasquinhas de ouro
que na lasca de uma pedra encontraram
e um vinho do meu avô. e velas.
que encontraram um todo ser vivo
o teu cabelo está lindo hoje
e um olho ígneo num cristal de rocha, lê lê, esta nota ao pé da página
E eu Ehud posso lhe oferecer tudo, mexilhões, lagostas, molhos de mostarda manteiga e vinho velho. Há alguns anos atrás, atirava-a na cama e era brusco e caótico e sôfrego e virtuoso, e durante algum tempo amada minha Hillé, nós dois o mundo, nós dois um vivo habitável, uma casa, uma aldeia, uma cidade, tateios que percorríamos juntos, geografias perfumadas, carne de homem e de mulher um macio nervoso, um-dois-só e complicados nós e esticâncias, luzes lá por dentro, palmas dos pés, dedilhos, aguaceiras.

Convivo há alguns dias com a senhora P, a porca que escapuliu do quintal de algum. Abri a porta e ela entrou numa corrida guinchada, bambolando. Lá fora o estriduloso da vizinhança, depois silêncio, depois algumas chalaças gritadas mas nem tanto. Depois algum lapuz berrou: vá vá Dominico, deixa a porca pra louca, tu tem tantas, porca e louca se entendem. Ficou num esquinado ao lado da cozinha, achei uns guardados de milho, dei água, umas verduras velhas arrancadas do que foi horta um dia no quintal. Olhei a macieira de maçãs azedinhas, disse que não tocaria mais coisa tão viva mas toquei, vivas nem tanto, são pequenas maçãs, esboçam o vermelho, tímidas em redondez, mais desengonço que redondo, não me queimam as mãos. Tento sair da minha pulverescência, e olho longamente a senhora P. Me olha. É parda, soturna, medrosa, no lombo uma lastimadura, um rombo sanguinolento. Hoje pude me aproximar muito lenta, e como diria o sóbrio: pensei-lhe os ferimentos. Roxo-encarnado sem vivez este rombo me lembra minha própria ferida, espessa funda ferida da vida. Porque não me tocaste, Senhor, e nem me pensaste sóbrio os ferimentos, porque nem o calor da ponta dos teus dedos foi sentido por mim, porque mergulho num grosso emaranhado de solidões e misérias e te buscando emerjo de mim mesma as mãos cheias de lodo e de poeira, este meu roxo-encarnado sem vivez reside em mim há séculos, lapidescente na superfície mas fervilhante e rubro logo abaixo, eterno em dor com a tua esquivez. Rimas pesadas ciciosas, sem intenção, e os unguentos no lombo da senhora P, roçados de focinho, fungadas mornas no meu braço, os olhos um aquoso de incompreensão e de doçura, um sem-Deus sem-Deus hifenizado sempre, sem-Deus sem-Deus. Conheces o canto do pássaro sem-fim, senhora P? sem-fim, sem-fim, sem-fim nosso existir sem--Deus. E me vem que só posso entender a senhora P, sendo-a. Me vem também, Senhor, que de um certo modo, não sei como, me vem que muito desejas ser Hillé, um atormentado ser humano. E SENTIR. Ainda que seja o aguilhão de um roxo-encarnado aparentemente sem vivez.

E há de vir um tempo, meu pai, que tu e eu não estaremos mais, nem Ehud, e estaremos onde num sem tempo? Que hei de ficar tão velha e rígida como um tufo de urtigas
as urtigas são veludosas
Que hei de ficar tão velha e rígida como um tufo de urtigas, e leve num sem carnes, e tateante de coisas mortas, a cabeça fremente de clarões, a boca expelindo ainda palavras-agonia, datas, números, o nome dos meus cães, bacias de água quente pela casa
os pés estão gelados, traz as bacias, deixa-me esfregar assim, ah, não adianta

o nome dos meus cães, dos três pássaros, pedaços de frases
    incrível   sol   morrendo
    noite   dor   daqui a pouco
    luz   palidez   amanhã
    estranho   cães   sabem
incrível o sol de hoje e ela morrendo
à noite ela tem muita dor e é noite daqui a pouco
na luz vê-se mais a palidez, ela resiste até quando?
até amanhã, disseram
estranho, os cães ficam todos ao redor, eles sabem
sabem sim, os cães de Hillé sabem
como todos os cães
não
olha, até a porca vem vindo
a senhora P. é esse o nome que Hillé deu à porca
Hillé era turva, não?
um susto que adquiriu compreensão.
que cê disse, menino?
o que você ouviu: um susto que adquiriu compreensão. isso era Hillé.
Ahn. cê é daqui, menino?
eu moro longe. mas conheci Hillé muito bem.
como cê chama?
me chamam de Porco-Menino.
Por quê?
Porque eu gosto de porcos. Gosto de gente também.
Ahn.

Livrai-me, Senhor, dos abestados e dos atoleimados.

                                        Casa do Sol, 4 de setembro de 1981

COM OS MEUS OLHOS DE CÃO

(1986)

Vita brevis, sensus ebes, negligentiae torpor et inutiles occupationes nos paucula scire permittent. Et aliquotients scita excutit ab animo per temporum lapsum frudatrix scientiae et inimica memoriae praeceps oblivio.

[*A brevidade da vida, a rudez dos sentidos, o torpor da indiferença e ocupações sem proveito nos permitem conhecer muito pouco. Repetidamente, o veloz olvido, ilusão do conhecimento e inimigo da memória, sacode do espírito, com o tempo, até o que sabemos.*]

NICOLAU COPÉRNICO

[...] *je saisis en sombrant que la seule verité de l'homme, enfin entrevue, est d'être une supplication sans réponse.*

[*Percebo, afundando, que a única verdade do homem, enfim vislumbrada, é ser uma súplica sem resposta.*]

GEORGES BATAILLE

À memória de Ernest Becker

A meus amigos
José Antonio de Almeida Prado
Mario Schenberg
Newton Bernardes
Ubiratan d'Ambrosio

A cruz na testa
Os dados do que fui
Do que serei:
Nasci matemático, mago
Nasci poeta.
A cruz na testa
O riso seco
O grito
Descubro-me rei
Lantejoulado de treva
As facas golpeando
Tempo e sensatez.

Deus? Uma superfície de gelo ancorada no riso. Isso era Deus. Ainda assim tentava agarrar-se àquele nada, deslizava geladas cambalhotas até encontrar o cordame grosso da âncora e descia descia em direção àquele riso. Tocou-se. Estava vivo sim. Quando menino perguntou à mãe: e o cachorro? A mãe: o cachorro morreu. Então atirou-se à terra coalhada de abóboras, colou-se a uma toda torta, cilindro e cabeça ocre, e esgoelou: como morreu? como morreu? O pai: mulher, esse menino é idiota, tira ele de cima dessa abóbora. Morreu. Fodeu-se disse o pai, assim ó, fechou os dedos da mão esquerda sobre a palma espalmada da direita, repetiu: fodeu-se. Assim é que soube da morte. Amós Kéres, quarenta e oito anos, matemático, parou o carro no topo da pequena colina, abriu a porta e desceu. De onde estava via o edifício da Universidade. Prostíbulos Igreja Estado Universidade. Todos se pareciam. Cochichos, confissões, vaidade, discursos, paramentos, obscenidades, confraria. O reitor: professor Amós Kéres, certos rumores chegaram ao meu conhecimento. Pois não. Quer um café? Não. O reitor tira os óculos. Mastiga suavemente uma das hastes. Não quer mesmo um café? Obrigado não. Bem, vejamos, eu compreendo que a matemática pura evite as evidências, gosta de Bertrand Russell, professor Amós? Sim. Bem, saiba que jamais me esqueci de uma certa frase em algum de seus magníficos livros. Dos meus? O senhor escreveu algum livro, professor? Não. Falo dos livros de Bertrand Russell. Ah. E a frase é a seguinte: "a evidência é sempre inimiga da exatidão". Claro. Pois bem, o que sei sobre suas aulas é que não só elas não são nada evidentes como... perdão, professor, alô alô, claro minha querida, evidente que sou eu, agora estou ocupado, claro meu bem, então vai levá-lo ao dentista, sei sei... Amós passou a língua sobre as gengivas. Também deveria ir ao dentista (claro que ele tem que ir), com a idade tudo vai piorando ele chegou a me dizer da última vez, quando foi mesmo? não importa, mas disse senhor Amós há uma tensão em toda sua mandíbula, tensão de um executivo falindo, é fantástico, o senhor não acorda com dores nos maxilares? Acordo. Então é isso, temos de acertar a sua arcada. Quanto? Ah, é um trabalho difícil. Mas quanto? (mas minha querida, o garoto tá muito manhoso, tem que ir, os dentistas agora são verdadeiras moças, deixa que eu falo com ele, um instante só professor.) Pois não. Ah, dispendioso, veja, temos de acertar todos os dentes de cima e quase todos os de baixo, e os de baixo são importantíssimos, nunca se deve perder um dente de baixo, são suportes para futuras pontes, o seu aqui de baixo tá todo roído. (alô filhinho, papai quer que você vá ao dentista, não começa com isso, compro o tênis sim, drops, sei, o quê? shorts? ah, isso não garanto, então levo levo, certo filhinho, alô, evidente que sou eu minha querida, ele vai sim, chego cedo sim tchau tchau.) Bem, onde é que estávamos, professor Amós? Respondo: nas evidências. Ah sim. Colocou os óculos novamente: o senhor parece não me levar a sério. Como assim? Notei que sorriu de um jeito um pouco, digamos, professor, um jeito condescendente, assim como se eu fosse... tolo? Impressão sua, apenas também me lembrei de uma frase. Diga, professor. Então digo a frase: "inventar um simbolismo novo e difícil no qual nada

pareça evidente", ele achava isso bom. Quem? Bertrand Russell. Ah. Continuemos, professor, não posso me demorar muito mas por favor tire férias, vinte dias, descanse. Mas o senhor não me falou claramente dos rumores. Como queira: há evidentes sinais de vaguidão. Como? De alheamento, se quiser, sim, de alheamento de sua parte durante as aulas, frases que se interrompem e que só continuam depois de quinze minutos, professor Amós, quinze minutos é demais, consta que o senhor simplesmente desliga. Desligo? Que frases eram? Não importa, por favor descanse, tome vitaminas, calmantes. Tira novamente os óculos, cobre o lábio de cima com o de baixo, suspira, sorri: vamos vamos, não se aborreça, o senhor tem sido sempre escorreito, excelente mesmo, mas cá entre nós... O reitor segura-me o braço, comprime seus dedos ao redor do meu pulso: cá entre nós, eles não estão entendendo mais nada. Quem? Seus alunos, professor, seus alunos. Estranho digo, na última aula repensamos fraldas, inícios... a raiz quadrada de um número negativo. Citei um matemático do século doze, Bramine Bascara: "o quadrado de um número positivo, tal como o de um número negativo, é positivo. Portanto a raiz quadrada de um número positivo é dupla, ao mesmo tempo positiva e negativa. Não há raiz quadrada de um número negativo, pois o número negativo não é um quadrado", no entanto Cardan, no século dezesseis... O reitor mordeu o lábio inferior, mais precisamente o canto direito do lábio inferior, fitou-me longamente, estendeu a mão: boa sorte, professor, férias. Atravesso o pátio. Depois corredores, gramados. Na adolescência a professora de redação pedira três contos breves. *Short stories*, meninos, sabem o que são *short stories*? Alguns babacas levantaram a mão. Muito bem, quem não souber pergunta aos outros, muito bem. Dois de meus colegas mostraram-me continhos imbecis, farfalhar de folhas passarelhos nos ramos brisas na cara etc. Aí escrevi:
Primeiro conto (vulgo *short stories*) — Mãezinha, ando farto das tuas besteiras sobre moralidade e família à hora do jantar. Já te vi várias vezes chupando o pau de papai. Me deixa em paz. Assinado, Júnior.

Segundo conto (vulgo *short stories*) — Vidinha, pensa bem, tu tem cinquenta e eu vinte e cinco. Tu diz que é o espírito que conta. Eu compreendo Vidinha, mas tô me mandando. Não deprime. A gente se cruza, tá? Assinado, Laércio. Toda essa fala eu ouvi tomando guaraná no balcão de um armazém. Ele era um garotão, ela uma gordota de olho pretinho.
Terceiro conto (vulgo *short stories*) — O nome dele é Sol e Adultério. O do meu marido é Elias. Meus filhos se chamam Ednilson e Joaquim. Tenho vontade que todos morram. Menos ele. (Aquele primeiro, luz e cama.) Sinto muito meu Deus, mas é assim. Assinado: Lazinha. Deste eu gosto muito. Adultério lhe parecia na adolescência uma palavra belíssima. Agora também. Depois da aids, menos. Luz e cama foi um achado. A professora esbofeteou-lhe a cara. O pessoal do farfalhar de folhas passarelhos nos ramos brisas na cara teve como prêmio um piquenique. As notas mais altas de redação praqueles bobocas. Amós foi expulso. Perdeu o ano. Pegou pneumonia. Os coleguinhas mandaram-lhe um poema breve: Bancou o sabido, o espertinho, o vivo/ e só se fodeu/ Amós, o inventivo.

> Entre paredes, colado
> Sou eu e um dado:
> Vivo de mim apartado.
> Nos quatro lados
> Um gozo de alacridades:
> Ventura de ser lançado
> No seu túnel de funduras.

Compreendera apenas naquele instante. E agora não mais? Lembrava-se perfeitamente de tudo. Fora como sempre até o topo daquela pequena colina. Gostava de estar lá pois ainda se viam uns verdes pardacentos, um lagarto apressado atravessando um atalho, e se voltava as costas para o edifício da Universidade via lavouras de algodão e de café. Ali ficava apenas olhando. Esvaziado. Algumas vezes pensava no seu modesto destino. Tivera ilusões? Jovem, desejou uma não evidência demonstrada, uma breve e harmoniosa equação que cintilasse o ainda não explicado. Palavras. Essas eram as teias finíssimas que jamais conseguira arrancar perfeitas inteiriças da massa de terra dura e informe onde jaziam. Não queria efeitos enganosos, nem sonoridades vazias. Criança, nunca soube explicar-se. Um furacão de perguntas quando o passeio tinha sido um nada, até ali mais adiante pra ver o cachorro do sítio vizinho ou o bando de periquitos voltando naquele resto de tarde, fui até alimaisadiante, só isso. Diziam: por quê? Pra quê? Que cachorro? A esta hora? Ver o que no cachorro, que periquito? Eu respondia: Ali mais adiante porque são bonitos. Ficava todo vermelho repetindo as palavras ali mais adiante porque são bonitos. Depois, furioso, quando lhe perguntavam sobre sentimentos. Como formular as palavras exatas, várias letras unidas, encadeadas, pequenas ou extensas palavras, arrancar de dentro de si mesmo as teias finíssimas, inteiriças que ali repousavam? Estavam ali, sabia, mas como arrancá-las? Tudo se desmancharia. Gostava de ler poetas japoneses. Um deles, Buson, tem um poema assim:

> Olhai a boca de Emma O!
> Parece que vai cuspir
> Uma peônia!

Poesia e matemática. Rompe-se a negra estrutura de pedra e te vês num molhado de luzes, um nítido inesperado. Um nítido inesperado foi o que sentiu e compreendeu no topo daquela pequena colina. Mas não viu formas nem linhas, não viu contornos nem luzes, foi invadido de cores, vida, um fulgor sem clarão, espesso, formoso, um sol-origem sem ser fogo. Foi invadido de significado incomensurável. Podia dizer apenas isso. Invadido de significado incomensurável. E como foi a noite anterior? Sua mulher, a singular Amanda, galopava o quarto de um canto a outro, seus braços morenosos alçavam-se e despencavam agitados: Amós, número é bom quando se tem conta no banco tá? A camisola é verde-pálido, de jérsei, esse que fica colado nas tetas, na barriga, ele pensa eu não podia ter casado nem ter tido filho algum, o filho entra no quarto: mãe, o pai que é bom de aritmética, diz pra ele fazer esse problema aqui. De jeito nenhum eu digo. Toco-me. Estou de pijama também verde-clarinho. Ela tem mania de combinar cores. Olho para o espaldar da cama. No centro um círculo de tecido ramoso. Que cor? Verde-clarinho. Sinto um pouco de enjoo. Deviam dinamitar todas as camas. Esta. Olho o dorso das mãos, as veias parecem mais saltadas, penso no que estas mãos poderiam ter feito. Carpintaria teria sido bom. Mesas cadeiras oratórios por que não? Estaria ajoelhado agora? Catres. Uma só pessoa é que cabe num catre. Esses estreitos. O menino começa a chorar. Eu digo dá logo isso. Amanda: coisa nenhuma, faz o problema sozinho e quer saber? Tá na hora de deitar. O menino continua chorando. Que engodo tudo isso de filhos e casamento, penso um tiro no peito e a outra fica aí galopando eternamente com sua camisola verde-clarinho, suas tetas, suas coxas. Um tiro no peito. É preciso amar, Amós, afinal é tua mulher, é teu filho. Vai deitar, filho, faz sozinho que é melhor pra você. O menino sai. Vem cá, Amanda. Não vem. O discurso é extenso. Ficaram-me alguns trechos: jantar, casa de amigos, restorantes, dançar às vezes por que não. Amanda entediada. Os braços continuam sua batalha aérea. Dançar. Lembro-me de Osmo, um amigo de quem? Não sei bem, sei que matou uma ou duas mulheres por causa dessa mania de dançar. Ele enredado com Deus, nos abismos (era filósofo) e elas querendo dançar. Tento fazer com que Amanda se deite. Ela quer continuar discursando. Um tiro no meu peito ou no dela? Digo-lhe que discurse deitada. Ela enfim se deita. Entre eu e Amanda o quê? O que são sentimentos afinal? Como é que vão-se embora assim sem um fio de vestígios? Alguma vez estiveram ali? Afinal tudo deixa um certo rasto. Na morte ossos, depois cinzas. Vestígios na urna. O passo de alguém. Aquele estava de tênis. Aquele, de botas. Olha a marca do taco aí. Fios de cabelo que ficam por toda parte. Dentes guardados. Não acabam nunca se guardados.

Na boca apodrecem. Na caixinha de metal aquele dente lá, para sempre. Teu dentinho de leite, vê, filhinho. E o marmanjo com cinquenta. Aquele dente ali. *Forever. In aeternum.* Onde é que você vai, Amós? Vou pegar aquele meu dente na gaveta. Agora? Agora sim Amanda. Abro a gaveta e espio. Está ali. Pois não vai estar mais. Vou até a privada. Puxo a descarga. Vai indo pelos canos, presumo, vai indo, depois na fossa? Para sempre na fossa? Ou fica roído como se ficasse na boca? Fossa-boca. O que você fez, Amós? Boca-fossa. Cossa. Responder aos demais. A alguns. Esquecer os "consideremos" "por conseguinte" "suponhamos" "daí que se deduz" e tentar a incoerência de muitas palavras, de início soletrar algumas sigilosamente junto ao coração, por exemplo Vida, Entendimento, e se a pergunta vier, despejar o tambor de latão em cima daquele que pergunta, morreu é? morreu de letras. Como assim? Ora, perguntou algo a alguém matemático e o cara que não falava há anos só número, sabe, verbalizou hemorragicamente. Quê? Isso mesmo, golfadas de palavras. O outro não aguentou. O cadáver mais letrado que já vi, uma beleza, cara, escurinho de letras. Vamos indo. Aos vinte Amós levava os livros pro bordel. Cálculo infinitesimal. Topologia. Que calmaria aquilo de manhãzinha. E ali havia também Libitina que era rara. E a dona, Maria Ancuda: pode ficá meu lindo, fica fica, fica estudando, só que depois tu dá uma mãozinha praquele meu contador que é uma besta. E Libitina. Ai. Teu nome é Libitina mesmo? É sim, confundiram com outro.

Um primo da minha mãe disse pro suposto meu pai que Libitina tinha qualquer coisa a ver com a palavra paixão. A mãe achou bonito.
Paixão? Não era libido não?
O quê? E eu sei, Amós? Só sei que depois disseram que tava tudo errado. Um primo desse meu outro primo procurou saber nos livros e descobriu que Libitina era uma velha que tomava conta dos presentes que a gente faz pros mortos. Micologia.
Quê? Não é mitologia não?

E eu sei, Amós? Escuta, tu fala tão pouco. Tu vem aqui, traz os livros, e nem tem letra nesses livros, que jeito besta de ficá aqui. Sabe que tu tem um apelido?
Ah é?
Brocha-Mula.
Por quê?
Porque de tão serioso que tu é, tão fechadão, tu é capaz de brochá uma mula toda prontinha na beira do barranco. Fala um pouquinho com a sua Libitina, fala benzinho. Era toda dura. Como se você pegasse em borracha, aquelas retangulares, branconas. Os pés ínfimos, quadradinhos, fofudos. As pernas um tronco só, do tornozelo ao joelho. As coxas melancias estufadas. O púbis saltado como se de espanto te visse pela primeira vez, e estava ali saltando. Rija Libitina, os peitinhos dos vinte. Arfava fingindo, expulsava ós ais benzinho tu me mata me corta de gilete me põe o armário em cima e outras idiotias, os dentes de criança, a gengiva larga, põe no meio das minhas coxas teus livrinhos, ela pediu uma vez como se suspeitasse de alguma tara minha, não quer? não quer gozar pertinho do que você mais gosta, desses teus livros hein, não quer benzinho?

> Meu muitas fomes
> Meu cerne tão pontilhado:
> Vivo no escuro dos eus
> Sou dado-dardo, sou guincho
> Lago-lingote, desvãos
> Sou nicho, pássaro alto
> Buscando *semilla*, grão

Suponhamos que com poucas palavras se evidencie muito: um a mais-menos não programado, resposta-demasia assustando por síntese o outro e a si mesmo, esse que respondeu. Talvez o Infundado tenha razão enterrando a âncora no riso. Alguém questionou o riso com originalidade. Canetti, se não me engano. "Ri-se em vez de comer." E mais: "os movimentos que partem do diafragma e que são característicos do riso, aparentemente servem para substituir, resumindo, toda uma série de movimentos peristálticos". Canetti sim. Massa e Poder. Devora-me, Senhor. Há um mais-menos em mim que só me assusta. E há Amanda e a criança. A casa. A Universidade. Há livros por todas as partes e já não me interesso por eles. Depois daquilo que não sei explicar. De significado incomensurável. E o que eu fazia nessa hora? Estava ali no topo da pequena colina. Pensava nos transcendentes? Na teoria dos números? Não. Na teoria dos ideais? Não. Fermat? Eratóstenes? Não. Olhava a ponta dos meus sapatos, os bicos esfolados, revirei o pé direito, é, a sola também está mal, duas formigas escuras passaram rente ao sapato esquerdo, detive-me naquele caminhar, confabulavam agora, então pensei que sons os meus ouvidos não captavam, que sons fariam as formigas, tocando-se emitiam sons? Sorri. E aquilo. Há dias Amanda me dissera que eu sorria de um jeito novo. Novo? perguntei. É, esquisito, você não sorria assim. Mas eu estava sorrindo? Claro que estava sorrindo, Amós, pelo menos a boca ficou esticada, olha, você está sorrindo quase sempre, e mostrou, assim. A boca fez um imperceptível movimento para a direita, um pequeno vinco desse lado do rosto. É, parece um sorriso sim. Mas por que sorria eu?

>Feito de gosma e riso
>Jogador de mitos
>Equaciono quimeras
>Sou começo e roliço
>E vou descendo o abismo
>Do teu terço.

Formigas. Um mundo animado e coeso. Superprodução. Silos. Teriam enfermarias? Estou mal. Curto-circuitando. Pequenos corpos agitando-se em perfeita saúde. Lá no sítio elas trabalhavam à noite, na varanda. O pai dizia que não havia dinheiro pra matar tanta formiga. Matar? elas trabalham tanto. E aqueles corpinhos como podiam mover-se? Que sopro sobre aqueles corpinhos? O que era isso que fazia com que elas andassem, escolhessem as folhas, soubessem roteiros, escaninhos? O pai ia raspando a sola das botas sobre as fileiras, eu entrava no meu quarto cheio de compaixão. Os sentimentos. Dolorosos, intensos, pulsando sem descanso, o corpo era um pulsar trêmulo, uma contínua massa viva tentando esconder-se, havia perigo na vida, havia perigo no pai. As palavras foram sumindo da minha boca. Uma ou outra às vezes cintilava, o brilho no costado de algum peixe quando ele sai debaixo da pedra, dá duas ou três voltas rápidas e retorna à toca. Vida tão colorida, mãe, dá medo essas cores da vida, eu disse de manhãzinha olhando o rosa-roxo do capim. Ela me olhou como quem entendeu. Estranho essas mulheres delicadas que se casam com homens crus, o sangue sempre à mostra, grosseria e rudeza, elas gostam é? Mas por que se tornam mais tarde tão secas, mudas, muda minha mãe como eu mesmo mudo, piedade e estupor e de tanto e porisso mesmo mudo? Ele: tem gente que pensa que o garoto é mudo. A mãe: gente boba. Ele: uns taponas na boca e ele vai abri-la, vai ver. Mudo? A mãe punha-se de pé, olhava o pai de frente. Ele tossia, disfarçava. Depois ia andando: filhos, que maçada.

    Vi palavras e números
    Círculos, tangentes
    Extensos teoremas
    Nas costas esguias
    De um andarilho de sóis do meio-dia.
    Olhou-me entre farrapos:
    Números, palavras?
    Oh, não senhor, a miséria é que é.
    Mas meu muito obrigado
    De me pensar a mim um quadro-negro
    Pois são apenas chagas nas minhas costas.
    Tentei segui-lo.
    Entrou num morro de moitas.
    Entrei.

Túnel vazio
Dando pro todo que caminhei.

Olhava números fórmulas equações teoremas e aquilo era um gozo, um gelado fogoso, uma vigília-dorso por onde eu sozinho podia ir caminhando sem a fala-ruptura dos outros, logicidade e razão e no entanto a possibilidade da surpresa como se desdobrássemos uma peça de seda, triângulos azuis na superfície fresca e derepente o fosco de umas grades, linhas que podemos separar e recompor em triângulos novamente, sim, isto podíamos, mas onde aquele azul, onde? E tudo recomeça, a paciência desses animais cavando infinitamente um fosso, até que um dia (eu esperava, por que não?) a transparência inunda corpo e coração, corpo e coração de mim, Amós, animal cavando infinitamente um fosso. Na matemática, o velho mundo de catástrofes e sílabas, de imprecisão e dor, se estilhaçava. Não via mais caras cruas retorcendo-se em perguntas, em lágrimas tantas vezes, não via o olhar do outro sobre o meu, que coisa pode ser uns olhos sobre os teus, uns olhos sobre a tua boca. Esperando que espécie de palavra? Que formidáveis crueldades acontecendo a cada dia, os humanos se encontrando e nos bom-dia boa-tarde que segredos, que crimes, que cálice de mentiras principalmente nos boa-noite, boa-noite de maridos de amantes, de supostos amigos, boa-noite meu amor me diz Amanda, saciada neste instante, os braços enfim repousados, uma das mãos sobre o meu peito, que esforço para completar aquele ato, que esforço o meu, deboches que arranquei lá de um escuro de mim, Amanda-Libitina entrelaçadas, eu nu nos meus quarenta e oito chupando-lhe o do meio, os pelos molhados, eu nu aos vinte soberanamente chupado, as duas bocas salivando sobre este pobre pau, então levanto os lençóis e olho pau e coxas e me vem a certeza do sorriso, sim, estou sorrindo daquele jeito contado por Amanda, vou até o espelho, é isso, um perceptível movimento para a direita, um pequeno vinco desse lado do rosto. E por que sorria eu? Algum gaiato vai citar "um certo sorriso". Daquela que Amanda lê.

Salto sobre o caminho
Coaxo. Um linguajar de coxos
Atravanca os rastros
Que devo perseguir
Para seguir à luz desta poeira.

Andava colado às paredes, esbarrava nos batentes das portas, muitas vezes tropeçava sem motivo algum, havia uma pedra ali? Os tacos do assoalho desnivelados? Não. Também tropeçava nos poemas que mentalmente construía, envesgados haikus surgiam-lhe no momento de começar a aula:

Um caminho sem passos.
A asa da ave toca
Essa virgindade.

Duração. Duradouro.
O ouro do teu nome
Na água que escorre.

Debaixo das romãs
Toquei teu rosto.
Dormiste?

Quinze minutos disse o reitor? Sim, a frase foi esta: quinze minutos é demais, professor. Quinze minutos? Para mim apenas um segundo. Uma pequena abelha, essa que se chama Estrelinha, (não mata, pai, e aquela Estrelinha) pousou no dorso da mão. Penso que fiquei apenas cinco segundos olhando:

É verão.
A pequena abelha
Pousa.
Falarei sobre Zenão?

Me dou conta de que a sala está vazia. Acendo um cigarro. Alguém abre a porta, pede desculpas, fecha-a novamente. Volto-me para o quadro-negro. Há ali um recado. Um poema: "esperamos sua volta/ cuide-se/ antes que se feche a porta". Levanto-me e é como se estivesse um pouco embriagado. As carteiras dispostas em semicírculo. É, falta a outra metade. Também uma metade de mim sabe que Amós está aqui e que a esta hora deveria estar composto, perfeitamente recortado diante do olhar de todos, de costas, frente ao quadro-negro: tomemos por exemplo, usando tal fórmula encontramos, consideremos, suponhamos, imaginemos agora, segundo nossa regra, esperemos um momento, mas isto é apenas uma impressão etc.

    Um poema calçando seus sapatos.
    Inteiro se preparando.
    E senhores
    Salsichando fatos
    Minúsculos arrotos
    Esvoaçando assombrados pela sala

    Corredores rosados
    da Universidade.
    Escaninhos pulsando
    Texto e geometria.
    Vomito nu sobre o asfalto.

    Ouço:
    Is this, my friend, this sally thing
    You call a Nobel Prize?
    — *How odd.*
    — *I think it's nice.*
    — *Superb!* Matemático, é?

Me vem piedade de Amanda. Tem, me olhando, um olhar estúpido e infantil. Algum seminarista vai dizer que criança não pode ter olhar estúpido. Eu sempre tive medo de crianças, (acho que o pai, no mais fundo, também) que me cuspam na cara no olho no peito. Aliás um filhinho de uma amiga de Amanda cuspiu no meu copo de uísque numa dessas festinhas maçantes, aniversarinho de um Júnior, vem Amanda, vem, depois jogamos um joguinho, pois bem, cuspiu, e outro magriço soltou um peido esticado que esquentou minhas canelas, e foi se mandando vagaroso, na cabeça aquele chapéu-cone de papelão. Amanda esganiça breve: Amós eu tenho trinta anos, entende? Trinta anos. Digo que não entendo. Ela explica: eu quero dizer que sou jovem, Amós, e viver com você é como se estivesse morta, entende? Credo, Amanda, digo que não, por quê? Te vejo a cada dia mais velho, mais calado, você não fala um A com minhas amigas, nem com aquele matemático que parece que te adora. Quem? O Isaiah. É que a gente se entende. Como se entende se vocês quase nunca se falam? Eu entendo Isaiah, entendo sim, Amanda. Eu não conto que Isaiah vive com uma porca dentro de casa. Isaiah: peguei um afeto, Amós, por esse animalzinho, ela se chama hilde e apareceu sem mais nem menos lá em casa, é afável, boníssima, me faz grande companhia. E a matemática? Ah, me ajuda muito ter a hilde em casa, não aborrece, não loqueia, é branda paciente silenciosa. Uns fungados às vezes, mas isso só me esquenta, por dentro, sabe? Sei. Amanda continua: Amós, você está esquisito. Inclina-se sobre mim. Estou sentado. Vejo o rego dos peitos e os penduricalhos no pescoço. Ela diz: você está fedendo. Digo: aquele magriço é que peidou. Ah. Você está esquisito. Você sabia que eu era assim meio atrapalhado. Como atrapalhado, Amós? Você nunca foi atrapalhado, você é um professor de matemática pura, você é um professor de universidade, você fez tese tudo aquilo, lembra? Você era simplesmente adorável. Adorável é? E diziam que você era brilhante. Brilhante é? Por favor, Amós, me diz o que há. Nem tomo meu uísque. Nem poderia. Vou pra casa.

Quando me darás, ó Grande Riso,
Um cordão de ágatas ou de fios de água

Finos como aqueles sedosos
Que pendem das anêmonas
Quando? Para que eu possa
Te laçar, escuridão e gozo
Meus eus desintegrados
E APENAS
O tu de ti em mim
Quando
Este amor regrudado a seu osso?

Suspeitas. Cochichos que incendeiam os cantos, quinas. Eu estirado no sofá, olhando o teto. Uma amiga de Amanda: posso sentar-me aqui na beiradinha? As nádegas junto à minha cintura. Lagartixas lá em cima. As patinhas agarradas às tábuas largas. Agarro-me àquela compreensão, aquela no topo da colina. Um universo unívoco sim. Um perfeito esplêndido Absoluto. Uma pequena fórmula injetada de luz. A possibilidade de Amós ter sentido isso de significado incomensurável gerou perda ou ganho? Ao redor objetos, estantes, livros, a bicicleta do filho, os cadernos, a pequena construção onde mora, paredes teto assoalho, e o velho carro lá fora, e os dois seres com os quais convive, e gavetas com algumas camisas e meias e cuecas, vestidos de Amanda, roupas do menino, eu aqui estirado no sofá, as nádegas da outra ainda me esquentando a cintura, e falas adoçadas, doce de abóbora (quer?) e estultice, passeio de carro (quer?) e insensatez, chazinho (quer?) uísque (quer?). Mas tem? A gente compra diz Amanda, claro que a gente compra diz a nádega quente, reflito: depois daquilo de significado incomensurável só duas opções: viver a vida num patético indecente, tresudar obscenidade, por que não? Encher a cara a cada noite, e vicioso, babante, sacudir o pau vezenquando para as amigas de Amanda, sabichonas emplumadas, psicólogas historiadoras donas de casa comunicadoras, mulheres de meus colegastros, e meter-lhes a bronha no meio das pernocas, tesudo e genial explodindo em haikus, hein? Fecho os olhos. A segunda opção: largar casa Amanda filho universidade. Ter nada. Perto de algum muro encostar a carcaça e aí vem alguém: tá com fome, moço? Digo que sim e vem o pedaço de pão (sem manteiga) e o prato de comida. Ou não vem? Ou vem aquela frase: parece moço ainda, não pode trabalhar? Estertoro, digo que não, idiota, não vou trabalhar nunca mais, porque senti aquilo e compreendi naquele instante aquilo, ouviu? Chamam a polícia. Será? Só porque me encosto no muro de alguém e estertoro? O da cruz, por muito menos escorraçaram-no. Só pra limpar o suor. Ganhar fôlego. Senti o não sentível, compreendi o não equacionável. Se Kadek ainda estivesse vivo eu poderia juntar-me a ele. Estudou dez anos a curva de Moebius. Era rico. Que adega. Depois só cachaça. Consta que um cara ouviu a frase final, Kadek agonizando no capim: alado e ocre pássaro da sorte, ele disse. Mas havia algum pássaro passando por ali? Isaiah e eu perguntamos. Não vi não, seos doutô, a bem da verdade vi dois anus preto mas muito lá. Lá onde? Bem lá no cu do céu seos dotô. Uísque, é? Acho que seria bom. As duas se apressam engalinhadas. Amanda: olhe, se depois de uns bons uísques você não melhorar chamo tua mãe. Mamãe? Isso mesmo, Amós, porque só mãe é que compreende filho numa hora dessa. Que hora? Essa tua hora que eu não entendo. Mamãe. Ela vai pôr aquele chapéu roxo com florzinhas de feltro cinza-claro. Ou o chapéu é cinza com florzinhas roxas? Sozinha. No sítio. Meu pai morto. A nádega quente sussurra: vou te trazer um scotch, dos bons. Saem. Olhando o teto penso que deveria dar uma passada no bordel de Maria Ancuda. Todos mortos? Frescor. Leveza. Silêncio no bordel de manhãzinha. Ainda haveria um canto para minha mesa? Morar no bordel. Mamãe e eu no bordel. Ela dirá: vou para onde você for, meu filho. Penso: ainda existiria aquilo? Vinte e oito anos depois. Sei que o bordel da Eni atravessou gerações. Avô pai filho. E por que não o de Maria Ancuda. Penso outra vez. Mamãe no bordel. Não vai ser possível. Explico: mãe, aquilo é bom pra mim, vou ficar quieto lá, alguma amiga ainda vai estar por ali vou ficar em paz um pouco. Em paz, ela diz, no bordel? Mãe, você não conhece um bordel, é bom de manhãzinha, sossegado como no campo, como lá em casa. E não é que ela sorri? Sorriso vasto, mostrando as dentaduras. Mamãe aos setenta. É, você ri, mas não pode ir não, você fica numa pensão nos arredores, ou volta pro sítio, está bem? Vou pra onde você for, filho. Vão dizer que pus a mãezinha num bordel. Ela: tem quintal lá? Bem, disso não me lembro, mas era um bom terreno, tinha a casinha do cachorro, espera um pouco, tinha uma árvore de flor roxa. Quaresmeira, ela me diz, árvore triste pra bordel, mas deve ter lugar pra plantar umas couves lá no fundo. Você vai plantar couves no quintal do bordel? Couve, alface, que que tem? E vou costurar também, alguém deve rasgar alguma roupa, com a pressa de tirar tudo, não? Rimos os dois. O carro eu levo. É velho mas eu gosto. Amanda saiu com o menino. Deixo uma carta: fui com mamãe. Ainda não sei pra onde. Cuida bem do garoto. É o que diz um pai. Um dia volto. Tenho algum dinheiro. Você tem mais na caderneta de poupança. Não faz estardalhaço. Diz que eu estou por aí, em Tumbuctu, tá? Levei o carro, mesmo porque você não gosta dele, Amós. Duas valises. Minha e de mamãe. Ela com o chapéu cinza-claro, um pequeno tufo de violetas junto à aba. Ou é ao contrário? Vai de chapéu é? Eu sempre uso esse chapéu quando saio, cheguei com ele, você não se lembra. Não, não me lembro, é bonito. Eu sempre gostei de violetas, filho, talvez plante algumas por lá. Quaresmeiras, violetas, acho que vou morrer. Meu filho me sacode, hein hein? Eu estava aonde? Que cê tem, pai? Hoje eu sonhei com você, pai, sonhei que eu subia num monte e você ia na frente. Você catava umas pedrinhas muito bonitas e a gente ia subindo. Depois você catou tantas pedrinhas que não cabiam mais na tua mão, aí eu ia pegando as que caíam. Mas tinha uma coisa gozada. O quê, filho? Você estava vestido de padre. Padre é? E o mais gozado é que a tua saia levantava com o vento e a tua bunda aparecia. Gozado mesmo, filho. O menino subiu nas minhas pernas e começou a rir esplendente-histérico repetindo: a bunda do papai a bunda do papai. Está bem, disse-lhe, agora chega, todo mundo tem bunda, seu pai também.

Saiu das minhas pernas, pegou a bicicleta, ficou dando voltas no quintal, esganiçando: todo mundo tem bunda todo mundo tem bunda papai também. Fecho os olhos, torço a cara, enfarado. O mundo parece fosco e ao mesmo tempo fulvo. Baço e fulgente. Subindo um monte é? Catando pedrinhas. Tantas que não me cabiam nas mãos. Pedrinhas. Palavras? Palavras que um outro vai tentar juntar para explicar o inexplicável. O traseiro à mostra. Isso complica muito. O vento das ideias pondo a descoberto o grotesco da nossa condição. Humana condição. Vestido igual a um padre. Pretensões de uma vida sabendo à sacristia. Libitina tinha uma amiga, Jacinta, que só gozava com os padres. Ia ao confessionário com essas blusas de seda, fininhas, por cima um xale. Grudava o busto nas treliças do confessionário. Os chamados pecados eram relatados de forma pausada, um pouco choramingas, salivosos, e que detalhes. Libitina dizia que os padres endoidavam. Um deles enfiava os dedos pelos orifícios das gradinhas e beliscava-lhe frenético o bico dos seios. Jacinta ia ficando mole mole e quase desabava ajoelhada. Depois a sacristia. Saias de padre, calças de Jacinta, as primeiras levantadas, abaixadas as segundas, e segundo Jacinta: que alegria, Libi, o silêncio e o perfume da santidade, nunca tão em paz depois de tudo, em paz com Deus, em paz com os homens, louvados sejam eles. Louvada esta quietude minha neste instante.

> Dessignificando
> Dou tréguas a mim mesmo.
> Não sou nem carne e sangue
> Nem poeira. Um muro negro
> E frinchas de um azul-escuro
> Espiam minha nova armadura
> Minha cara de cera.

As matemáticas. Fervor e alento. E dentro da universidade reuniões, puxa-saquismos, antipatias por nada, gratuitos ressentimentos, falas invejosas, megalômanas. Saía exaurido, desconsolado depois de ouvir intermináveis bate-bocas. À noite retomando os estudos, buscando, buscando principalmente a ordem, mente e coração integrados outra vez naqueles magníficos sóis de gelo fórmulas algarismos expressões, Amós deslizava soberbo algumas páginas, e não é que derepente num sopro tudo não era? Assim como se você conhecendo cada canto de sua própria casa descobrisse, no vestíbulo por exemplo por onde você passara muitas vezes, no vestíbulo meu Deus, descobrisse um rochedo de faces espelhadas ou um prisma negro. Mas não estavam ali, grito, não estavam ali. E tudo é recomeço. E é recomeço também este meu olhar estranhamente longínquo que deixo cair sobre o meu filho? Como se o menino tivesse nada a ver comigo, e o quintal e a cerca de ibiscos e a hora, esta hora que nem sei qual é, e uma luz iluminando e sombreando a cara do meu filho, ele na bicicleta, agora mais lento entrando e saindo do caramanchão, e este sofá onde continuo estirado passo os dedos sobre o tecido, cruzo as mãos. Ainda estou vivo? e um dia vou deixar esta casa, este sofá certamente, vou deixar de ver o menino ou o homem, e os ibiscos e o caramanchão e vou deixar de ver qualquer luz ou qualquer sombra. Ou eu mesmo serei uma sombra? E vou deixar de te sentir, Amós, e nunca mais tocarei papéis e livros, nem carne de ninguém, nem a minha própria carne. Engulo como se suspirasse e engolisse ao mesmo tempo, levanto-me e grito da sala: filho, eu vou sair, fica aí que daqui a pouco todo mundo volta. Você também? ele diz. Eu também? me digo.

    Dessignificando
    Vou derretendo os compassos
    Que criei.
    Desapagando linhas:
    Círculos
    Que à minha volta desenhei
    E onde vivi
    Distorcido e fremente
    Frente à ruivez da vida.

Percebo que tenho a cabeça demasiado inclinada para o lado esquerdo. Tento fazê-la voltar ao centro. Vai gradativamente inclinando-se para a esquerda. E o fato de eu estar em pé também me preocupa. Como é possível que possa manter-me em pé? Ficaria mais cômodo de quatro, os olhos raspando o chão, as mãos bem abertas coladas à superfície das ruas. Me daria maior segurança. Agora devo entrar no carro. Vou à casa de Isaiah. Sempre nos compreendemos apesar de quase nunca nos falarmos. É certo que ele vive com a porca e parecia estar bem da última vez. E por que não viver com hilde? Um nome germânico. Deve ser loira. Quero dizer deve ser uma porca branca. São mais raras. E o que vou dizer a Isaiah? Daquilo. Ele vai perguntar: tende ao zero? As ruas movimentadas. Cinco horas da tarde, vejo no relógio da avenida. Paro num sinal. Um homem velho carregando livros e papéis fica em dúvida se deve atravessar. Um dos papéis vai ao chão. Um outro homem agacha-se para ajudá-lo. E não é que se conhecem? Sorriem. Dão-se calorosamente as mãos. O que se agachou coloca as mãos sobre os ombros do velho. As pessoas desviam-se dos dois e fazem caras mal-humoradas. O velho parece explicar alguma coisa sobre os papéis. Está agitado. Não é possível, ele está chorando. As buzinas atrás de mim. Avanço. Olho o retrovisor. Aquele que se agachou aponta para o velho, o quê? O bar da esquina. Perco-os de vista. Estou comovido e tenso. Eu mesmo mostrando os meus papéis a um outro alguém e assim em desespero? Minhas equações. Esperanças: Amós Kéres, matemático, expôs hoje aos meios científicos a sua concepção de um universo unívoco. Físicos e matemáticos cumprimentam-no, logo mais no jornal das onze. Quase atropelo um cachorro. Enfim Isaiah. As calças surradas, o pulôver preto. hilde vem logo atrás. Vários pares de olhos sobre nós. Os vizinhos. Os olhos de hilde sobre mim. Isaiah: entra meu amigo, entra. hilde entra também. Você se lembra dela não? hilde roça minhas pernas. Igual os gatos. Digo extraordinária e sempre muito graciosa assim? Oh sempre assim diz Isaiah. Triângulos de acrílico suspensos do teto. Uma grande mesa e muitos papéis preenchidos com tinta roxa. Não te perturbo? Amós há vinte anos

que ninguém me perturba, há vinte anos estas roxas esperanças e a única surpresa resolvida foi a chegada de hilde. Um lindo não evidente. Em seguida: o que há com sua cabeça, é torcicolo? Vem, te senta, toma vinho, quer? Digo que sim e conto-lhe tudo: a colina, a ponta dos sapatos, as formigas, o pensamentear sobre os sons e aquilo de significado incomensurável.
Tive uma vez algo parecido. Mas vi formas.
Quais?
Poliedros. Resplandeciam.
E então?
Então compreendi que só existem poliedros. Eu mesmo não existia. Até hoje tenho certeza disso.
De quê?
Certeza de que não existo. Foi um alívio. Porisso posso viver com hilde. Ela, bem vês, também não é um poliedro. Não existimos, compreende? Estamos muito felizes. Beba, Amós. Esperança. Não arranque os frutos verdes. Beba. É importado esse aí. Kadek me deu toda adega, não se lembra? Pobre amigo, almejava parecença. Dizia que o exato era ser pinguço como todos nós aqui onde vivemos. Só cachaça. Lucrei. Mesmo não existindo me deleito. Beba. Amanhã vens buscar o carro. Bebo. No quinto copo tento uns poemas. No décimo termino-os. Então leio em voz alta:

    Vértice Aresta e Face
    Vi o suspiro da ave.

Tetraedro: vértice quatro
Aresta seis, faces quatro
    Mergulho
Vívido nu no teu quarto.

Hexaedro: vértice oito
Aresta doze, face seis
Meu bico apodrece
Sobre a página breve.

Octaedro: vértice seis
Aresta doze, faces oito
Balanço do galo
Na rama da noite.

Icosaedro, vértice doze
Aresta trinta, faces vinte
Suores e tintas
Rondando o limite.

      Monstruosidade: vértice vinte e um
      Aresta quarenta e cinco, faces vinte seis,
    Muro de avencas caindo em pencas matando o rei.

           Empalideço, Atlanta.
           Um Vivien vento
           Varrendo a anca.
           Amós Kéres
           Amor Kéres?
           Trembla de viño
           Mi cuerpo de destemor.

Soberbos, diz Isaiah, soberbos. Vou indo. A pé vai me fazer muito bem, adeus adeus hilde adeus amigo, ele sorri, ela abre os olhinhos, estirada, sonhando. Sonhava Deus.

Um pé de porco e papos
De anjo sobre a mesa.
Há sobras e rosmaninhos
Na calvície emperucada dos velhos.

Amós: peagadê de números
Mas faminto de letras.
Há dobras hiatos molhos
Na memória. E sons finos na víscera.

Há convivas
Taciturnos. Meu pai hirsuto
Num canto
Abraçado a um passarinho.

The little boy:
it was God that
makes this sally
world, daddy?

Yes, benzinho.
He was also a
Nobel Prize?
Yes, benzinho.

How doddered
What?
How dog, daddy.

O fruto verde foi arrancado? Ele disse isso? O muro do outro lado da rua. Há certos muros que não devem ser vistos antes de envelhecermos: musgo e ocre, dálias sobre alguns, dilaceradas, sons que não devem ser ouvidos, pulsações da mentira, os metálicos sons da crueldade ecoando fundo até o coração, palavras que não devem ser pronunciadas, as eloquentes-ocas, as vibrantes de infâmia, as rubras de sabedoria, latejantes. Sustos. Como me sinto? Como se colocassem dois olhos sobre a mesa e dissessem a mim, a mim que sou cego: isto é aquilo que vê. Esta é a matéria que vê. Toco os dois olhos em cima da mesa. Lisos, tépidos ainda (arrancaram há pouco), gelatinosos. Mas não vejo o ver. Assim é o que sinto tentando materializar na narrativa a convulsão do meu espírito. E desbocado e cruel, manchado de tintas, essas pardas-escuras do não saber dizer, tento amputado conhecer o passo, cego conhecer a luz, ausente de braços tento te abraçar, Conhecimento. Bêbado vou indo. Alguém descobrirá em parte o meu trajeto se aplicar aquela Lei da Desordem (ainda conservo o sorriso), vomito na sarjeta (o sorriso foi-se), mijo encostado ao poste. Estou imundo e sozinho. Escuro, sinistro, mudo e sozinho. Alguém: tá muito mal, irmão? Ejeto três golfadas ácidas sobre a calçada e o meu sinal àquele que pergunta é o de que está tudo bem.

> Linguaraz imobilizado
> Aqui mesmo discurso
> Olhando os meus sapatos.
> Homem-sapo desatando as veias.
> Sou longo, alto
> Como convém
> Àquele que quer saltar
> Sobre cadeias.
> Estufado ressoo:
> Um uomo enluarado
> Rosso de Nuovo.

O esqueleto aquecido. Vem vindo o sol. Atraco-me comigo, disparo uma luta. Eu e meus alguéns, esses dos quais dizem que nada têm a ver com a realidade. E é somente isto que tenho: eu e mais eu. Entendo nada. Meus nadas, meus vômitos, existir e nada compreender. Ter existido e ter suspeitado de uma iridescência, um sol além de todos os eus. Além de todos os tu. Amós Kéres. Franco e fervoroso mas repudiando neste instante Amanda, crionça, universidade. Crionça sim, de cria e onça. Crionça eu devo à Márcia, aquela minha colega da universidade, matemática e política, fez o PO em Paris, depois mandou tudo às favas, casou-se e repetia: crionças, Amós, crionças o sumo da vida. Eu via. Via o peito de Amanda todo sugado, o menino uma fera, as mãozinhas cravadas. Deus é mulher? Como tenho sugado o peito que não vejo. Continuo sozinho, leproso. A porca é Deus. Estirada também. Sonhando. hilde e seus olhinhos cor de alcachofra. Lisa de costado e inocente. Alcachofra também tem tudo a ver com Deus. Esqueçam. Modelos de interpretação. O logos é isto: dor velhice-descaso dos mais vivos, mortos logo mais. Fui lucidíssimo e atento. E quase piedoso. Entendi pouco de homens e mulheres. De crionças também. Pouco. Inacabados seres repetindo sandices. Criança-gente sou eu, velhusco e lúcido, compassivo e doce. Amós Kéres. Inocente como um pequeno animal-criança olhando o Alto. Mas dizem que o Alto é o nada e é preciso olhar os pés. E o cu também. Com um espelho. Estou olhando. Impossível esquecer grotesco e condição. Ai, eu quero a cara Daquele que vive dentro de Amós, o Imortal, o Luzir-Iridescente, O percebedor-Percebido. Vou dizer com precisão o que é o meu não compreender. De significado majestoso. De cores. Dilatado. De luvas também. As que sobem até o cotovelo. Amanda usou-as uma noite. Só se vê a pelica acetinada. Da carne nada. Do osso muito menos. O verme no cerne disse alguém. Aquele Otto Rank assombroso? Aquele não menos William James? Continuo: continuem punhetando, lendo jornais, ou fornicando e lendo jornais, ou tratando de *business*, agindo. Ou roubando. Agindo sempre. E terão gastos geladeiras casas televisões aviões. Depois mais carros mais geladeiras freezers casas computadores robôs ouro dollars, lazer e ócio. Amós. O cristalino espelhado. Há sangue por aqui? Aparentemente não. Só há sangue depois. Com a fórmula pronta. Sangue no cerne do Infundado. Também lá há sangue. Aquela ordem por cima, aquele límpido não me toque, e no fundo o sangue rioso, fervente. Descendo pela grande goela vitrificada. Amós Kéres. Daqui onde estou posso ouvi-lo pensando da lucidez de um instante à opacidade de infinitos dias, posso ouvi-lo pensando nas diversas formas de loucura e suicídio. A loucura da Busca, essa feita de círculos concêntricos e nunca chegando ao centro, a ilusão encarnada ofuscante de encontrar e compreender. A loucura da recusa, de um dizer tudo bem, estamos aqui e isto nos basta, recusamo-nos a compreender. A loucura da paixão, o desordenado aparentando ser luz na carne, o caos sabendo à delícia, a idiotia simulando afinidades. A loucura do trabalho e do possuir.

A loucura do aprofundar-se depois olhar à volta e ver o mundo mergulhado em matança e vaidade, estar absolutamente sozinho no mais profundo. Amós está? Daqui onde estou posso ouvi-lo pensando como devo matar-me? Ou como devo matar em mim as diversas formas de loucura e ser ao mesmo tempo compassivo e lúcido, criativo e paciente, e sobreviver? Como pode viver o velho amor em mim se compreendi o instante do Amor e agora pertenço ao mundo dos mudos, os dedos agitando-se em ansiosos sinais e a garganta ancha de vazios? Como devo matar-me? Que espécie de sinais deve Amós transmitir antes que seus dedos se aquietem por toda eternidade? Mudo. E homem. Lúcido e mudo. E homem. Entra num bar carregando esses não dizentes, essas chamadas veleidades, alienações, doença, glândulas endócrinas, é apenas isso o conflito de Amós, talvez a pituitária entendem, talvez a pituitária não deva andar bem. Vai uma cerveja? vai sim, qualquer uma? qualquer uma sim. Um balofo grandote se aproxima: paga uma pra mim, seu, tô duro. Pago sim. Seis filhos e sem emprego. Duro diz Amós, deve ser duro. Dura é minha pica, seu, quando tá em forma, muito mais que duro. Imagino, diz Amós, deve ser muito duro sim. Muito duro é a melhor das mortes, seu, muito mais que muito duro. Eu entendo diz Amós. Não entende não diz o balofo grandote, só eu é que entendo. Bom, vou indo, diz Amós deixando o dinheiro sobre o balcão. Não vai indo não, seu mosca, tá cansado da minha matraca é? Não é isso, é que tenho que ir mesmo. O cara do balcão: chega, Parrudo, o homem te pagou a cerveja e tu bronqueia? Parrudo puxa a faca, Amós levanta o braço protegendo o rosto. Pergunta: por quê? Parrudo fica um instante exibindo a faca, dá uns pinotes para trás e grita da calçada: porque é mais que duro, seu mosca, muito mais que duro, e tu tá rindo de mim o tempo todo. (Então é isso, continuo sorrindo daquele jeito e não percebo.) O homem corre. Acabou-se. Tá machucado? Não, ele nem encostou. Tá cheio de louco por aí, moço, o mundo tá cheio deles. É, parece que sim, diz Amós. O senhor é calmo moço, tá meio pálido mas é calmo e de muito bom humor, tá sempre sorrindo né? Vou indo. Para casa.

> Dormem as rolas
> Sobre as esteiras da mente.
> Bicos nos tufos das penas.
> De carne, chaves cadenas
> Branco persisto
> Nas rolas brancas de piedade.
> Persisto penas.
> Torcido afundo meu bico
> Nas antessalas, pombais
> Do polpudo esquecimento
> De mim: Finito.

Meus assépticos papéis. Que belíssima escultura gráfica. Que limpeza. Podes lamber a página. Fazer o mesmo na superfície de gelo do Infundado. Amós vai ao banheiro. O pijama continua verde-clarinho. De onde vejo Amós parece-me um elegante pijama. Iniciais na lapela AK entrelaçadas. Confuso como monograma. Muitas hastes espetadas. Coisa de Amanda, certamente. Titubeia no batente da porta. Tranca-se. Um instante de vertigem e coloca as mãos sobre a parede ladrilhada, encosta a testa no frio. Ouve o que Amanda diz à Míriam, aquela que ele nomeou a bunda quente.
Amanda: agora ele diz que só está bem no banheiro, olhando as formigas.
Míriam: tem formigas no banheiro?
Amanda: aquelas mínimas. o pior são as aranhas.
Míriam: tem aranhas no banheiro?
Amanda: claro que não, né Míriam, Amós diz que tem, que são gênias, muitíssimo pensantes.
Míriam: melhor chamar o médico.
Amanda: formigas aranhas cachorros da infância porcas e matemáticos. mas deixa ele, na hora da loucura, na hora da morte.

De pé, perto da pia, frente ao espelho. Desabotoa o paletó do pijama. Passa os dedos sobre o peito magro. Está quente. Tem febre, pensa. E aquele paraíso nos olhos? Paraíso? Fulgor e vazio. Como o Infundado programou a minha morte? Pássaros e raízes. O mais alto e o mais fundo. Procuramos a árvore para as nossas asas? Para o nosso crescimento. Continuo mudo. Li em algum lugar que seccionam as cordas vocais dos animais cobaias. Para que não se ouça o grito. Os urros. Continuo mudo. A garganta ancha de gritos mas estou amputado. As partituras no entanto pontilhadas de negro, sons que piam os pianíssimos, os dedos procurando os trevos, ponta dos pés tentando não perturbar o sono dos homens. Há alguma cara igual a minha? Algum grasnado de rouquidão, inábil e desesperado igual ao meu? Paisagens de pincel japonês vertiginosas-exatas e nelas escuto o som do meu passo de coxo. Em diagonal atravesso o retângulo. De um lado o teu retrato, Vida. Os fatos. Atos. Às vezes agarramo-nos às pedras, outras vezes apenas descansamos sobre elas. Uma ou outra desaba sobre nossas caras se olhamos para o Alto. Passamos para o outro lado. Do triângulo agora. Não foi a carne que foi machucada, não. Perdas e rompimentos. O sinuoso invadindo lento o hipotético rígido percurso das equações. Um S de doce sedução. De Sombra, de Sorvete, de Soluço até, depois de mil passos, os pés queimados numas dunas de sol.

    Dessignificando
    Vou descavando gritos
    Soterrando altura e altivez.
    Meu todo mole-duro
    Também espia o muro. Desengonçado
    Tateio a escalada
    E explosivas palavras
    Colam-se às pedras: murro, garra
    Facada frente ao espelho.

Fico no quintal atrás da casa. Da casa de minha mãe. Não lhes disse que vim parar aqui mas vim. Há um caramanchão de chuchu. E com palha terra e bambus fechei as laterais. O fundo. Deveria lhes contar das despedidas. Amanda e o menino. A estação. O trem. Deveria lhes contar do desespero cinza-escuro estriado de negro, uma substância visguenta me tomando. Esperei que o Infundado lancetasse o costado de um tigre e no gesto transfigurasse minha própria paisagem até o infinito. Minha pobreza é a secura do espírito. Minha solidão é ter ficado prisioneiro daquele sentir no alto da colina e hoje só encontrar elos de areia, correntes de pó. Uma cadela apareceu à tardezinha. É amarela. Deve ter dado à luz há pouco tempo. As tetas espichadas, as costelas à mostra. Os olhos acastanhados têm o brilho veemente da fome. Há centelhas que escapam da carne na miséria, na humilhação, na dor. Também nos animais as centelhas se mostram. Minha mãe nos traz comida e água. E procurava palavras: Amós, não tem muito sentido tendo a casa na frente você aqui atrás, parece não ter sentido, se é que as coisas têm algum sentido. Pois é, mãe. Eu sinto que sei como é.
É mesmo, mãe?
Seu pai uma vez me explicou sem explicar. Era bem de manhãzinha. Ele se levantou, calçou as botas. O dia não estava bonito não. Ele olhou para você no berço, você tinha seis meses. Éramos jovens e teu pai formosura. Aparentemente estava tudo bem. Os olhos apagaram-se por um instante assim como se eu e você não estivéssemos mais ali, como se ele mesmo fosse outro, a boca aberta como se lhe faltasse o ar e disse num arranco: que esforço para tentar não compreender, só assim se fica vivo, tentando não compreender.
Não parece o pai. Você não estava com outro não?
Ela ri. O chão de terra. Há esteiras espalhadas. Caixotes. A mãe chamou dois homens e cobriram de sapé o teto do caramanchão. Teto de chuchu também é demais, filho. É seu filho, dona? Parece doente, não é melhor ficar na casa da frente? Ele gosta desse lugar aqui. Esquisito dona. Dei o nome de Ronquinha à cachorra amarela. Um esticado de roncos durante o sono da noi-

te. Tenho papéis. Canetas. Desenho Ronquinha roncando. Desenho os caixotes, as esteiras, me olho num quebrado de espelho e me desenho me olhando num quebrado de espelho.

    Um coração minúsculo tentando
    Escapar de si mesmo
    Dilatando-se
    À procura de puro entendimento

Do outro lado do espelho: Eu sentia muito sono mas de qualquer forma tinha que andar porque a forca estava a uns trezentos metros e os caras que me acompanhavam pareciam ter pressa. Não é possível dar uma dormidinha? Vê se pode, o homem vai ser enforcado mas antes qué puxá um ronco. Tu vai dormi pra toda eternidade. Eu sei, mas será que vou saber que estou dormindo? E dormindo agora, sei que fui eu que escolhi este sono, ou melhor, querem saber, tenho precisão dele. Mais um pouco e tu dorme.
Ah, não custa nada, o homem insistiu, pra vocês tanto faz que eu me atrase uns dez minutos. Como, meu chapa, tanto faz? É meio-dia, eu tô com fome, um dos acompanhantes retrucou, hoje é sábado e tem feijoada lá no bar do Arnolfo. O outro acompanhante: e eu tô louco por uma caninha. O outro acompanhante: e que calor, porra, enforcar gente ao meio-dia é chato, às cinco ou seis da tarde seria melhor, de madrugada também é razoável, mais fresquinho. Por que você vai ser enforcado hein? Porque eu quis me matar. Dei um tiro aqui.
Onde?
Todos pararam de andar e ficaram ao redor do condenado. O homem mostrou uma cicatriz no ombro esquerdo. Tava mal de pontaria hein? É, não foi nada bonito, um dos acompanhantes falou em voz baixa. E essa outra cicatriz perto do pescoço? Ah, essa foi quando quiseram me matar. Por quê? Eu conto logo mais mas antes me deixem dormir um pouco. Concordaram. Dez minutos. Encosta naquela árvore ali, a gente também descansa uns minutinhos. Dez minutos, eu pedi, disse o condenado.

Acompanhante número um: Afinal se o homem quer dormir antes de morrer, que durma. Tem gente esquisita mesmo.
Acompanhante número dois: Teve um há dois meses, no meu distrito, que pediu pra foder. Foi difícil, cara. As zinhas que a gente conhecia diziam nem morta, e faziam o sinal da cruz. Eu dizia que que custa gente? O homem ainda tá vivo, só morre daqui a duas horas. Ah, não, a Luzinete falou, quem vai morrer daqui a duas horas pra mim já tá morto. Puta não tem caridade mesmo. Foi uma discussão daquelas, e o homem lá esperando.
Acompanhante número três: E daí?
Acompanhante número dois: Daí que não teve jeito. Morreu de pica dura. Fiquei até com pena, nunca tinha visto ninguém morrer assim.
Acompanhante número um: Mas via-se?
Acompanhante número dois: Ah, dava pra ver sim. Eu vi.
Acompanhante número um: Te disse, tem gente esquisita. Já passou dez minutos? Ainda não, disse o condenado, me deixem dormir. E depois, continuou, tudo isso da pica dura é besteira. Todo enforcado morre de pica dura. Por que não sei, mas vocês não se lembram daqueles alemães? Daquelas fotografias?
Que alemães?
Aqueles que morreram enforcados em Nuremberg.
Onde é isso? E que tem isso com a pica dura?
Nas fotografias a braguilha de todos está aberta.
Por quê?
Fica chato morto de pau duro. Então eles torcem o pau do cara para amolecer.
Quem torce?
Alguém, lá sei, os carrascos.
O pau dos enforcados continua duro mesmo depois da morte?
Isso não é verdade.
Tô te dizendo que é. Vocês vão ver o meu. Me deixem dormir agora. Dez minutos.
Vento e poeira derepente. Redemoinhos de poeira vermelha. Pássaros barulhentos atravessando o céu esbranquiçado. Os

acompanhantes levantaram as cabeças para o mais alto, depois para a direita e para a esquerda e o número um gritou para o condenado: Levanta-te, vamos, o tempo está mudando, vem aí uma espécie de tufão, não dá para dormir. O condenado tentou levantar-se mas o vento, a massa de poeira vermelha fez com que involuntariamente se sentasse, os olhos cegos. Os três acompanhantes também se agacharam e agarraram-se ao tronco da árvore. Temos que levar o homem até a forca disse o número um. Impossível, tu não vê que não dá? Colérico o número um desgrudou-se do tronco da árvore, começou a sacudir o condenado mas logo se deteve, franziu horrivelmente a cara e os outros viram-no ser arrastado pelo vento, rolando como um leve canudo de papelão. Ouviram gritos e palavrões, nítidos de início, depois apavorantes acessos de tosse, depois só o zumbido de fúria do vento. A massa de poeira parecia ter espinhos e feria-lhes os corpos. Isso não pode durar a vida inteira, gritou o número dois. Claro que pode esgoelou o número três. Em seguida calaram-se. Tudo continuava na mesma, e escurecia. Daqui onde estou posso ouvi-los pensando:
Acompanhante número dois: As patrulhas virão à nossa procura, ah sim, virão salvar-nos.
Acompanhante número três: As patrulhas não virão. Ninguém sai com um tempo desse.
O condenado: Só assim me deixam dormir. Mas se durmo posso amolecer e ser levado pelo vento. E derepente ser levado pelo vento até a forca. Não, isso seria o cúmulo da coincidência: condenado chega sozinho aos trambolhões ao pé da forca. O cúmulo sim. Mas há terríveis coincidências. Sim, pode acontecer.
Os acompanhantes começaram a gemer. Folhas e galhos caíam sobre suas cabeças. O número três gritou que não aguentava mais, que era preciso fazer alguma coisa. O condenado: Fica firme, não há nada a fazer. Pingos de chuva. Grossos, pesados. E num instante um aguaceiro. Horas, ali grudados ao tronco da árvore. Um escuro pastoso à volta dos três homens. O vento esbofeteando-lhes as bochechas. Se abaixavam as cabeças a

lama entupia-lhes bocas e narinas, então suspendiam-nas num gesto abrupto, desesperado, tentando respirar. Ninhos de pássaros desabavam dos ramos, preás arrastados pelo vento chocavam-se com violência contra o tronco da árvore e, agonizantes, expeliam sangue, os focinhos partidos. O acompanhante número três deu um urro, abriu os braços blasfemou e desapareceu, espantalho engolido pela sórdida noite. Aos poucos foi se fazendo calmaria e claridade. O condenado: enfim, terminou. Agora podes me levar à forca, disse para o número dois. Com esforço, lento, esticando-se, o condenado pôs-se de pé. Que noite que noite repetiu. Ao redor tábuas bichos mortos lama arbustos, as raízes à mostra. Vamos logo, parece que não acreditas que tudo já está bem. Já não tenho mais sono, pudera, quem poderia dormir com uma noite dessas? O número dois continuava agarrado ao tronco da árvore. O condenado aproximou-se do homem: ei ei, vamos, vamos à forca, vais acabar perdendo o emprego. O número dois continuava em silêncio. Então o que ia morrer agachou-se. Tocou o homem. O corpo amolecido do número dois foi afastado. A cara roxa exibia a boca escancarada.

Amós Kéres, matemático, condenado à forca por tentativa de suicídio, justificada a seu ver por ter compreendido que o universo é obra do Mal e o homem seu discípulo, e em seguida quase assassinado por tentar provar a logicidade de sua compreensão, estava livre. A planície estufada aqui e ali por detritos e lama não apontava ser humano algum na paisagem. Dolorido, deu dois ou três passos. Gritou ohs ahs, ó de casa, ó gentes, ei mundo, ei tufão. Como ninguém jamais respondeu num percurso de muitas noites e dias, continuou andando. Em direção a quê? pensava algumas vezes. Isso se veria. Assim que visse.

Pensar o grande desconforto
De te sentir aqui, no nojo, no excremento.
Pensar-me a mim, também cadeia do teu corpo
Estendido nas negras ramas desta noite.

Pensar que te pensei clarão e arrozais. Semente.
E agudas tintas
Retornando às paredes roídas. E que pensei em ti
Como se só te visse
No abismo encarnado de vidas infinitas.

E descobrir que os teus meios
São iguais aos passos
Dos embriagados.
Que há velhice e morte
Em tudo que criaste: sóis, galáxias. E em nós:
Animais do teu pasto.

Mais adiante do outro lado do espelho: eu, Amós, mais alongado, mais magro, caminhando até aquela árvore onde pretendia dormir meus dez minutos. A árvore me pareceu uma velha figueira-brava, ao redor do tronco trepadeiras de folhas largas. Via trezentos metros mais adiante forca e patíbulo. Um homem troncudo, a cabeça ovoide, move-se entre as tábuas partidas. Vocifera: e não é que o cara parece ter razão? Só o demo é que pode desaguar tamanha fúria assim de estalo. E onde estão as patrulhas, os acompanhantes, o próprio condenado? Ora já se viu, quem cumpre a lei quase morre soterrado, e quem descumpre onde está, onde estão todos? Onde está ele? Vou buscá-lo onde estiver, corpo morto ou vivo, tem que ser enforcado. O carrasco sacode-se inteiro à maneira dos cães molhados. Pisoteia o chão, as botas altas, justas. Limpa-se passando as mãos nas coxas, nas virilhas: ora filho de um cão, ia ser o meu décimo enforcado, depois dele a pensão da aposentadoria, os belos porcos que eu ia criar. No décimo você descansa, me disse o corregedor. E o décimo era esse filho do cão, esse inventor de medos, esse bostolengo metido a sabichão. Que se calasse se entendia o mundo do jeito que entendia. Eu cá tenho as minhas ideias mas quem é que as ouve? Nem pedras, porque não me saem à boca essas minhas próprias ideias. Por calar é que tenho ainda meu pão e minha vida. Engulo tudo que penso. Ora se. Vão enforcar o bispo, o professor? Estou a postos. Nem nunca conversei com os condenados. E podia conversar, pois não? Iam se calar daí a um instante, para sempre. Mas sou cauteloso. As coisas podem virar de um momento pro outro. E não é que viraram? Dá alguns passos por entre os entulhos e pensa logo mais certamente virão coivarar o terreno todo, logo mais certamente vai dar de cara com outras gentes e falará com o corregedor. Porque cumpriu o seu dever e entende não ser sua culpa os acompanhantes negligenciarem o acompanhado, não é sua culpa se Deus ou o demo cuspiu vento e águas desabando tudo. No décimo enforcado tu descansa, lembra-se muito bem da fala do corregedor. Isso vai dar treta, vão lhe dizer se não há pescoço não há enforcado. Pois vão ver, vou encontrar esse fala-bocas, esse arrota-mundo e morto ou vivo passo-lhe a corda.

> Cego caminharei sobre granitos de fogo
> Descarnado e demente para todos
> Mas trovador de trinados
> Do negro paraíso do teu rosto
> Ou se quiseres, dobra-me.
> Tua mão sobre a minha nuca
> Há de curvar meu corpo até a cintura
> Nos tonéis da pergunta. Hei de saber o fosso
> Do nunca compreender. Como tem sido até agora
> Sobre mim, esses ventos de areia do teu sopro
> Ou aquieta-me. O coração junto ao musgo da pedra
> Isento desta busca.

Dou várias cambalhotas. Espelho e botas. Sou náufrago de mim mesmo e jardineiro. Estou no fundo mas semeio como se estivesse fora. Sou verdugo numa sala de aula. Se me perguntam não respondo. Este sou eu. Cambalhota, afago, peixe, sedas na cauda, água, reboliço de nuvens neste aquário. Os olhos me olham. Os rostos encostam seus narizes no meu espaço. Mudo continuo rolando pela sala. Há entre nós um círculo de vidro. Há muita gente no vestíbulo: aquele é o professor? O ipê. Revisito a janela nos seus amarelos. Perguntas são nós de um extenso barbante inconclusivo.

Deito-me sobre o fio, o barbante me aninha, se faz côncavo, se alarga, se faz rede, durmo ouvindo gemidos e queixas. Os que me veem estão muito aborrecidos. Um homem atravessa a sala, senta-se, peida sobre a minha cadeira negra. Pergunto: disse o seu nome, senhor? Há risos nas carteiras mais ao fundo. Alguém me entrega um jasmim. Entedio-me mudo. As perguntas crescem e formam cubos no ar. Se entrechocam. Estico-me no liso das esteiras. Um cubo fere-me o cotovelo gasto. Um outro se abate sobre a testa, testeia meu osso pardo de peias. Mulheres invadem a sala. Pisoteiam-me com seus saltos, Sádico-lúbrico estou suando e rindo. Grotesco me esparramo. Há sangue respingando as paredes do círculo. Uma avalanche de cubos recobre meus tecidos de carne. Estou vazio de bens. Pleno de absurdo.

    Levanta-me, Luminoso,
    Até a opulência do teu ombro.

Com meus olhos de cão paro diante do mar. Trêmulo e doente. Arcado, magro, farejo um peixe entre madeiras. Espinha. Cauda. Olho o mar mas não lhe sei o nome. Fico parado em pé, torto, e o que sinto também não tem nome. Sinto meu corpo de cão. Não sei o mundo nem o mar a minha frente. Deito-me porque o meu corpo de cão ordena. Há um latido na minha garganta, um urro manso. Tento expulsá-lo mas homem-cão sei que estou morrendo e que jamais serei ouvido. Agora sou espírito. Estou livre e sobrevoo meu ser de miséria, meu abandono, o nada que me coube e que me fiz na Terra. Estou subindo, úmido de névoa.

    As armadilhas: Como se um morto
    Acreditasse o girassol da vida
    A crescer sobre o peito.

Amós Kéres, quarenta e oito anos, matemático, não foi visto em lugar algum. No caramanchão, a cadela olhava os ares, farejando. A mãe encontrou a frase no papel: Deus? uma Superfície de Gelo Ancorada no Riso. E mais abaixo:

Amós = ∞
SGAR = Θ = ø

O CADERNO ROSA DE LORI LAMBY

(1990)

À memória da língua

Todos nós estamos na sarjeta, mas alguns de nós olham para as estrelas.
OSCAR WILDE

E quem olha se fode.
LORI LAMBY

EU TENHO OITO ANOS. Eu vou contar tudo do jeito que eu sei porque mamãe e papai me falaram para eu contar do jeito que eu sei. E depois eu falo do começo da história. Agora eu quero falar do moço que veio aqui e que mami me disse agora que não é tão moço, e então eu me deitei na minha caminha que é muito bonita, toda cor-de-rosa. E mami só pôde comprar essa caminha depois que eu comecei a fazer isso que eu vou contar. Eu deitei com a minha boneca e o homem que não é tão moço pediu para eu tirar a calcinha. Eu tirei. Aí ele pediu para eu abrir as perninhas e ficar deitada e eu fiquei. Então ele começou a passar a mão na minha coxa que é muito fofinha e gorda, e pediu que eu abrisse as minhas perninhas. Eu gosto muito quando passam a mão na minha coxinha. Daí o homem disse pra eu ficar bem quietinha, que ele ia dar um beijo na minha coisinha. Ele começou a me lamber como o meu gato se lambe, bem devagarinho, e apertava gostoso o meu bumbum. Eu fiquei bem quietinha porque é uma delícia e eu queria que ele ficasse lambendo o tempo inteiro, mas ele tirou aquela coisona dele, o piu-piu, e o piu-piu era um piu-piu bem grande, do tamanho de uma espiga de milho, mais ou menos. Mami falou que não podia ser assim tão grande, mas ela não viu, e quem sabe o piu-piu do papi seja mais pequeno, do tamanho de uma espiga mais pequena, de milho verdinho. Também não sei, porque nunca vi direito o piu-piu do papi. O moço pediu pra eu dar um beijinho naquela coisa dele tão dura. Eu comecei a rir um pouquinho só, ele disse que não era pra rir nem um só pouquinho, que atrapalhava ele se eu risse, que era pra eu ficar quietinha e lamber o piu-piu dele como a gente lambe um sorvete de chocolate ou de creme, de casquinha, quando o sorvete está no comecinho. Então eu lambi. Aí ele disse pra esperar, e foi até aquela mesinha do meu quarto perto do espelho. É um espelho bem comprido, em volta tem pintura cor-de-rosa, ele pediu para eu ficar deitadinha nas almofadas do chão na frente do espelho com as pernas bem abertas. Eu fiquei. Aí ele tirou da malinha dele uma pasta que parecia pasta de dente grande e apertou a pasta e deu pra eu experimentar e tinha gosto de creme de chocolate. Ele passou o chocolate no piu-piu dele, aí eu fui lambendo e era demais gostoso, e o moço falava: ai que gostoso, sua putinha. Eu também achava uma delícia mas não falei nada porque se eu falasse tinha de parar de lamber. Ele pediu que eu ficasse toda peladinha, porque eu não tinha ainda tirado a minha saia, e aí eu tirei. Ele pediu que eu ficasse do mesmo jeito, com as pernas bem abertas, porque ele queria ver a minha coisinha, e que eu podia abrir a minha coisinha com a minha mão, assim como se a minha coisinha quisesse se refrescar. Eu então abri. Ele ficou de pé na minha frente, e ia mexendo no piu-piu dele e aí ele disse ai ai muitas vezes, e pediu pra ver a minha coisinha bem de perto e que queria me lamber mais, e se eu deixava. Eu disse que deixava porque era muito mais delícia ele me lamber do que eu ficar com a mão na minha coisinha pra refrescar. Ele perguntou me lambendo se eu gostava do dinheiro que ele ia me dar. Eu disse que gostava muito porque sem dinheiro a gente fica triste porque não pode comprar coisas lindas que a gente vê na televisão. Ele pediu pra eu ficar dizendo que gostava de dinheiro enquanto ele me lambia. Eu fiquei dizendo: eu gosto do dinheiro. Depois ele pediu para eu dizer também: me lambe sem parar, papai. Eu disse que ele não era meu pai. Mas ele disse que era como uma brincadeira. Eu fiquei dizendo isso então, e eu estava gostando muito porque o moço sabe mesmo lamber de um jeito tão lindo. Ele também me dá umas mordidinhas e põe só um pouquinho o dedo lá dentro, não muito, só um pedacinho do dedo. Mami avisou o homem que só pode pôr um pouquinho do dedo senão dói. E foi uma delícia. E eu queria mais, mas o moço, que a mami diz que não é tão moço, estava respirando alto, acho que estava cansado porque é assim que o papi respira quando sobe um morrinho que tem lá numa praia da casa do tio Lalau. Agora eu não vou contar mais porque mamãe chamou para eu tomar leite com biscoito. Depois eu vou pôr talquinho e óleo Johnson na minha coisinha porque ficou muito inchada e gordinha depois do moço me lamber tanto.

Mami me ensinou que a minha coisinha se chama lábios. Achei engraçado porque lábio eu pensei que era a boca da gente, e mami me disse que tem até mais de um lábio lá dentro, foi isso que ela disse quando eu perguntei como era o nome da coisinha. Quem será que inventou isso da gente ser lambida, e por que será que é tão gostoso? Eu quero muito que o moço volte. Tudo isso que eu estou escrevendo não é pra contar pra ninguém porque se eu conto pra outra gente, todas as meninas vão querer ser lambidas e tem umas meninas mais bonitas do que eu, aí os moços vão dar dinheiro pra todas e não vai sobrar dinheiro pra mim, pra eu comprar as coisas que eu vejo na televisão e na escola. Aquelas bolsinhas, blusinhas, aqueles tênis e a boneca da Xoxa.

Eu quero falar um pouco do papi. Ele também é um escritor, coitado. Ele é muito inteligente, os amigos dele que vêm aqui e conversam muito e eu sempre fico lá em cima perto da escada encolhida escutando dizem que ele é um gênio. Eu não sei direito o que é um gênio. Sei daquele gênio da garrafa que também aparece na televisão no programa do gordo, mas sei também da história de um gênio que dava tudo o que a gente pedia quando ele saía da garrafa. Ou quando ele estava dentro da garrafa? Eu sempre pedia pro gênio trazer salchichas e ovos bem bastante porque eu adoro e também pedia pro papi pedir pro gênio tudo que a Xoxa usa e tem. Papi disse quando eu pedi isso pra eu deixar de ser mongoloide. Eu não sei o que é mongoloide, depois vou procurar no dicionário que eu tenho. Papi é muito bom mas ele tem o que a mamãe chama de crse, quero dizer crise, e aí o outro dia ele pegou a televisão e pegou uma coisa de ferro e arrebentou com ela. E comprou outra televisão só pra o escritório dele e também aquele aparelho chamado vídeo. Por isso agora eu estou escrevendo a minha história, porque ele também fica escrevendo a história dele. Ele comprou um outro aparelho que se chama vídeo e pôs lá no escritório dele. Eu já falei isso. Mas é só de vez em quando que tem uma fita bonita pra mim. Às vezes papi e mami se fecham lá, eu não posso entrar mas eu escuto eles rirem bastante. Eu já vi papi triste porque ninguém compra o que ele escreve. Ele estudou muito e ainda estuda muito, e outro dia ele brigou com o Lalau que é quem faz na máquina o livro dele, os livros dele, porque papai escreveu muitos livros mesmo, esses homens que fazem o livro da gente na máquina têm nome de editor, mas quando o Lalau não está aqui o papai chama o Lalau de cada nome que eu não posso falar. O Lalau falou pro papi: por que você não começa a escrever umas bananeiras pra variar? Acho que não é bananeira, é bandalheira, agora eu sei. Aí o papi disse pro Lalau: então é só isso que você tem pra me dizer? E falou uma palavra feia pro Lalau, mesmo na frente dele. Agora tenho que continuar a minha história, mas vou deixar pra continuar amanhã.

Papi não está mais triste não, ele está é diferente, acho que é porque ele está escrevendo a tal bananeira, quero dizer a bandalheira que o Lalau quer. Eu tenho que continuar a minha história e vou pedir depois pro tio Lalau se ele não quer pôr o meu caderno na máquina dele, pra ficar livro mesmo. Eu contei pro papi que gosto muito de ser lambida, mas parece que ele nem me escutou, e se eu pudesse eu ficava muito tempo na minha caminha com as pernas abertas mas parece que não pode porque faz mal, e porque tem isso da hora. É só uma hora, quando é mais, a gente ganha mais dinheiro, mas não é todo mundo que tem tanto dinheiro assim pra lamber. O moço falou que quando ele voltar vai trazer umas meias furadinhas pretas pra eu botar. Eu pedi pra ele trazer meias cor-de-rosa porque eu gosto muito de cor-de-rosa e se ele trazer eu disse que vou lamber o piu-piu dele bastante tempo, mesmo sem chocolate. Ele disse que eu era uma putinha muito linda. Ele quis também que eu voltasse pra cama outra vez, mas já tinha passado uma hora e tem uma campainha quando a gente fica mais de uma hora no quarto. Aí ele só pediu pra dar um beijo no meu buraquinho lá atrás, eu deixei, ele pôs a língua no meu buraquinho e eu não queria que ele tirasse a língua, mas a campainha tocou de novo. E depois quando ele saiu, eu ouvi uma briga, mas ele disse que ia pagar de um jeito bom, ele usou uma palavra que eu depois perguntei pra mamãe e mami disse que essa palavra que eu perguntei é regiamente. Então regiamente, ele disse. Eu ouvi mami dizer que esse verão bem que a gente podia ir pra praia, mas eu fico triste porque não vamos ter as pessoas pra eu chupar como sorvete e me lamber como gato se lambe. Por que será que ninguém descobriu pra todo mundo ser lambido e todo mundo ia ficar com dinheiro pra comprar tudo o que eu vejo, e todos também iam comprar tudo, porque todo mundo só pensa em comprar tudo. Os meus amiguinhos lá da escola falam sempre dos papi e das mami deles que foram fazer compras, e eu então acho que eles são lambidos todo dia. É mais gostoso ser lambido que lamber, aquele dia que eu lambi o piu-piu de chocolate do homem foi gostoso mas acho que é porque tinha chocolate. Sem chocolate eu ainda não lambi ele.

Agora já tem muitos dias que eu não escrevo aqui no meu caderno, eu tive minhas lições e não é muito fácil escrever nesse meu caderno, tem hora pra tudo. E aconteceu bastante coisa.

Veio um outro moço diferente, muito peludo. Ele quis que eu andasse como um bichinho, ele falou que podia ser qualquer bichinho, eu disse que gosto muito de gatos, então ele pediu para eu andar igual, como uma gatinha. Mas ele não pediu pra eu tirar a roupa, ele só tirou bem devagar a minha calcinha e pra eu ficar andando como uma gatinha e mostrando o bumbum e fazendo miau. E ele ficou cheirando a minha calcinha enquanto eu ia andando com o bumbum tomando ar fresco, e ele passava a minha calcinha no piu-piu dele e me olhava de um jeito diferente como se estivesse brincando de meio vesgo. Depois eu fiquei brincando com uma bolinha que o homem moço me deu. Esse também não é tão moço, e é muito peludo mesmo. Eu pedi pra ele trazer uma bola cor-de-rosa que aí eu ia brincar de um jeito que ele ia gostar.

— Que jeito? — ele disse.

— Um jeito que o senhor vai gostar.

Mas no fundo eu não sabia que jeito que eu ia brincar. Aí ele disse que se eu brincasse com a bolinha amarela como se ela já fosse cor-de-rosa, ele ia me dar bastante dinheiro. Eu fiquei atrapalhada porque não dava tempo de pensar como eu ia brincar com a bola cor-de-rosa que era amarela. Então eu peguei a bola amarela e pus no meio das minhas coxinhas. O homem perguntou se podia pegar a bola como um cachorrinho que vai tirar a bola de outro cachorrinho. Eu disse que ele podia. Ele ficou de quatro como os cachorrinhos, os cavalinhos, as vacas e os boizinhos e a língua dele ficou pra fora e ele veio com a boca bem aberta tirar a bola que estava no meio das minhas coxinhas. Ele tirou a bola e começou a babar na minha coisinha e disse pra eu dizer que era a cachorrinha dele. Eu disse que era a gatinha. Mas ele queria que eu dissesse que era a cachorrinha.

— O senhor me dá mais dinheiro se eu disser que sou a cachorrinha?

Ele riu e perguntou se eu gostava tanto de dinheiro. Eu disse que sim. Ele falou que ele gostava de eu gostar de dinheiro. Por que será que não dão dinheiro pro papi que é tão gênio, e pra mim eles dão só dizendo que sou uma cachorrinha? Ele pediu para eu segurar a coisa dele, a coisa dele era muito vermelha e eu fiquei olhando antes de pegar.

— Agrada a minha cacetinha, agrada.
— A tua coisa se chama assim?
— Chama sim, lambe a tua cacetinha, sua cadelinha.

E encostou a coisa vermelha na minha boca. Aí eu lambi e tinha gosto salgado e de repente o homem pegou na coisa dele e espremeu a coisa dele na minha coxinha. Depois ele limpou a minha coxinha com o lenço dele e disse que precisava se ontolar. Mami sempre me corrige e diz que é controlar. Que controlar é quando a gente diz: se controla, não come mais doce. Eu entendi mais ou menos. Papai e mamãe têm brigado muito mas eu tenho que continuar a minha história e não posso perder tempo como diz o papi pra mamãe. Então papai veio dar uma espiada no que ele chama agora de "relato". "O meu relato." E disse que estava muito monocórdico. Eu já perguntei o que era monocórdico e ele me disse: leva um bom dicionário de uma vez, você pergunta muito. Aí ele disse que ninguém vai dar um tostão pro que eu escrevo. Eu perguntei por quê. Mamãe falou assim pro papai:

— Tem que ter muito mais bananeira, quero dizer bandalheira. (mami)
— Você está falando igualzinho ao Lalau, e quer saber? não te mete, eu é que escrevo. (papi)
— É que ninguém lê o que você escreve, você já sabe. (mami)
— Tu cu ó que, Judas? (papi) Tu quoque Judas? (correção do Lalau)
— Nós vamos voltar pra aquela merda de antes. (mami)

Aí eu pedi pra todo mundo ir embora senão eu não podia escrever. Depois ele me chamou e começou a me abraçar e mamãe disse pra ele não fazer ceninhas românticas e ser mais objetivo. É isso: objetivo. Depois eles falaram que precisava ter mais conversa, mais diálogo, como eles dizem. Mas como eu vou fazer pra ter diálogo se os homens não falam muito e só ficam lambendo?

— Cacetinha? (mami)
— Mas é a história de uma ninfetinha, você não entende? (papi)
— Ah, isso vai ficar uma bosta mesmo. (mami)
— Mas depois melhora, gente, a coisa tem que ter começo, meio e fim. (papi para mami e para os amigos)
— Vamos ver, eu ainda não dou um tusta pra essa história. (Lalau)
Aí eu perguntei se posso também falar do meu ditado que é assim: A Amazônia é muito grande e bonita e tem madeiras nobres.
— Quem foi essa professora idiota que disse que tem madeiras nobres lá? Tinha, tinha, agora não tem picas. (papi)
— O que são madeiras nobres? (eu)
— São madeiras muito especiais, raras. (mami)
Aí papi disse que não dava pra escrever com essa falação e eu também não sei direito como a gente faz um diálogo. Eu perguntei pro papi se ele gostava de mim e se ele queria me lamber. Ele disse que não, que gosta de lamber a mamãe.
Hoje foi um dia muito maravilhoso e diferente. Apareceu um homem tão bonito aqui e conversou muito com mamãe e papai. Eu ouvi um pouco atrás da porta do escritório e ele disse que precisava de cenário, de mais cenário, e se podia me levar para a praia, que precisava de um cenário de saúde. Que era bom isso de ter uma menininha e que ninguém entendia isso, e que até teve uma conversa com um médico dele sobre isso e o médico deu umas bofetadas na cara dele, quero dizer que o médico é que deu umas bofetadas nele. Papai disse que era uma ideia muito boa isso de praia e cenário e tarado, é, o moço dizia, é negão, cenário de saúde, muito sol, isso dá certo. Então acho que eu vou pra praia com o moço. Depois eu entendi só um pedaço, que o sexo é uma coisa simples, então acho que o sexo deve ser bem isso de lamber, porque lamber é simples mesmo. Depois eles falavam que a Lorinha gosta de fazer sexo, não é uma vítima, ela acha muito bom. Eles riam muito também. O homem disse que

me trazia de volta à tardezinha e que ia trazer um peixe lindo pra mamãe e papai. Então eu fui com o tio Abel. Ele se chama assim. Foi lindo desde o começo. No carro eu sentei do lado dele e ele pediu que eu ficasse com as perninhas um pouco abertas. Eu fiquei. Então ele guiava o carro só com uma mão, e com a outra ele beliscava gostoso a minha coisinha e chamava de xixoquinha a minha coisinha. Depois ele ia passando o dedo bem devagarinho e perguntava algumas coisas. Aí eu pedi para escrever num caderninho e ele não entendeu. Eu expliquei que estava escrevendo a minha história e que precisava ter conversa na história porque as pessoas gostam de conversas. Aí ele disse pra eu não me preocupar com isso agora, que ele até pode escrever um pouco para mim, e que essas conversas se chamam diálogos. Ele disse que um dia também sonhou em ser um escritor.

— Papai é um escritor — eu disse.
— É um grande escritor.
— Mas ninguém lê ele.
— É, mas agora vão ler.
— Por quê?
— Porque ele vai contar uma história do jeito que o Lalau gosta.
— O senhor conhece o tio Lalau?
— Conheço sim.
— O papai briga muito com ele.
— Mas não vai mais brigar não.

Agora eu vou continuar a minha história. Aí o homem ficou sério e disse.

— Você está molhadinha.
— Estou sim.
— Então pega um pouquinho no meu pau.

Eu perguntei se o pau era a cacetinha, mas esse homem disse que não, que era pau mesmo. Eu peguei na coisa-pau dele e na mesma hora saiu água de leite. Aí tio Abel disse que aquela vez não valeu, mas que lá na praia ia ser diferente. A viagem foi linda, tinha muito sol, ele parou numa barraquinha e comprou morangos, e disse que ia pôr um morango na minha xixoquinha e depois ia lá buscar. A gente conversou muito, e eu disse que um outro homem ia me comprar uma bolinha pra pôr lá dentro, uma bolinha cor-de-rosa. E que esse homem andava como um cachorro.

— Que mau gosto — ele disse.

Mas não teve muitos diálogos para eu colocar aqui. Depois eu continuo.

Aí nós chegamos no hotel e ele falou que ia dizer que eu era filhinha dele.

— Que tal? — ele disse.

— Está bem — eu disse.

Depois eu falei: tio Abel, o senhor também gosta de brincar de papai? Porque um outro homem também gostava. Ele disse que todo mundo é porco e gosta, só que não fala. Eu disse: é porco brincar de papai?

— É porco sim, mas toda a humanidade, ou pelo menos noventa por cento é gente muito porca, é lixo, foi um grande homem também porco que disse isso. O tio Abel que disse.

— Que esquisito, né, tio? — eu disse. E noventa por cento eu não sei o que é. E humanidade também não.

Depois eu continuei dizendo que ia me atrapalhar porque eu chamava ele de tio Abel e agora ia ter que chamar ele de papai. Então ele disse que não precisava, que tio Abel era melhor mesmo. E que Abel foi um homem muito bom, mas se fodeu.

— Por quê? — eu disse.

— Porque Caim, o irmão dele, matou ele.

— Esse foi outro porco, né, tio Abel?

— Todos nós somos meio Caim, ou inteiro Caim, sabe Lorinha, um dia você vai saber.

Eu não entendi, mas o hotel era mesmo muito lindo. O quarto era também muito bonito e a gente via o mar. Só que não tinha quase gente porque hoje não é sábado nem domingo. É terça-feira. Aí ele tirou a minha roupinha, me carregou no colo, eu fiquei no colo dele, e ele disse pra eu fingir que estava com medo. Eu disse que não tinha medo, que estava muito gostoso.

— Faz de conta que eu sou um homem mau que te peguei e vou fazer coisas porcas com você.

Aí eu comecei a rir e disse que ele era muito bonito e eu não podia dizer que tinha medo. Tio Abel ficou um pouco chateado e disse que assim não ia dar pra brincar. Vai dar sim, pra brincar muito, eu disse, e me encolhi toda no colo dele e falei:

— Ai, não faz assim, eu estou com muito medo.

— Abre a perninha, sua putinha safada.

— Ai, tio Abel, não faz assim, ai ai ai.

Então ele pôs as duas mãos na minha bundinha e me levantou e começou a beijar e a chupar a minha xixoquinha, e desabotoou bem depressa a calça dele, tudo meio atrapalhado, mas era uma coisa mais linda de tão gostoso. Eu gostei bastante de brincar de medo. Depois ele quis ficar lambendo bastante a minha coisinha, ele disse que era uma vaca lambendo o filhotinho dela e lambeu com a língua tão grande que eu comecei a fazer xixi de tão gostoso. Tio Abel lambia com xixi e tudo e eu disse que estava com tontura de tão bom, e também que agora estava ardendo e ficando inchada a minha xixoquinha.

— A tua bocetinha, ele disse. Que é minha agora, ele disse. Vamos passar olinho na minha bocetinha mais piquinininha.

E ele passou óleo, e eu pus o meu maiô e ele também pôs e fomos pro mar. Tinha muito sol, estava um dia maravilhoso, mas eu estava andando com as minhas perninhas meio abertas e ele disse pra eu me esforçar pra andar direito senão podiam querer saber por que eu estava andando assim e era claro que a gente não podia contar.

— Claro que não, tio, senão todo mundo, todos os papi e todas as mami e todos vão pôr as menininhas pra serem lambidas e tem menininha mais bonita ainda que eu, e aí eu não vou ganhar muito dinheiro, né, tio?

— É sim, Lorinha, se tiver muita bocetinha como a sua, de gente piquinininha e tão safadinha, você não vai ganhar tanto dinheiro. Você é impressionante, Lorinha, muito inteligente mesmo, e quer saber, Lorinha? Você me faz sentir que eu não sou mau.

— Por quê, tio? O senhor se sentia um homem mau?
— Eu me sentia um canalha.
— Papi agora também diz que se sente assim. Mas antes ele dizia que a vida tava uma bosta. Mas ele melhorou e não fala mais que a vida tá uma bosta depois que todo mundo começou a ser lambido.
— Todo mundo, quem? — tio Abel disse.
— Eu, a Lorinha — eu disse.
Ele riu muito, e disse que eu era demais. Eu conversei muito com tio Abel e eu não sei se vai dar pra pôr tudo em conversa, quero dizer, em diálogo, porque dá muito trabalho de escrever toda hora na outra linha do caderno, e o meu caderno não é muito grosso, então vou continuar contando do meu jeito e quando der pra pôr na outra linha eu ponho. Nós fomos para um canto da praia, e lá tem uma pedra grande, a gente subiu até a pedra, e no pedaço mais difícil de subir, o tio subia na frente, mas ele gostava muito quando eu subia na frente no pedaço mais fácil, ele dizia:
— Lorinha, você tem a bundinha mais bonita que eu já vi, e eu já vi que você tem dois furinhos, duas covinhas em cima da bundinha, e isso é raro.
— O que é raro?
— Raro é quando pouca gente tem.
— O quê, por exemplo?
— Dinheiro — ele disse — e os teus furinhos.
— Mas dinheiro é fácil.
— É fácil nada.
— Pra mim é fácil.
— É que você é predestinada.
Aí ficou muito complicado pra ele me explicar o que é predestinada. Eu pedi pra ele me escrever essa palavra pra eu pôr aqui no caderno, ele escreveu, mas a coisa de predestinada é mais ou menos assim: uns nascem pra ser lambidos e outros pra lamberem e pagarem. Aí eu perguntei por que quem lambe é que paga, se o mais gostoso é ser lambido. Então ele disse que

com gente grande os dois se lambem e tem até gente que não paga nada nem pra ser lambido.

— Então o que é mesmo raro, tio?

— Lorinha, nós estávamos questionando o que é predestinada. Raro já passou.

— Então, o que é predestinada, tio? E o que é questionando?

— Lorinha, predestinada é quem nasceu pra ser lambida. Você. Questionando, a gente fala depois.

Fiz bastante diálogo, e agora vou continuar sem diálogo. Por causa daquilo que eu já expliquei do caderno que não é muito grosso. Porque eu ouvi também o Lalau dizer pro papai que não era pra ele escrever um calhamaço de putaria (desculpe, mas foi o Lalau que disse), que tinha que ser médio, nem muito nem pouco demais, que era preciso ter o que ele chamou de critério, aí o papai mandou ele a puta que o pariu (desculpe de novo, gente, mas foi o papi que falou), então deve ser nem muito grosso nem muito fino, mas mais pro fino, e por isso, eu também, se quiser ver meu caderno na máquina do tio Lalau, não posso escrever dois cadernos, senão ele não põe na máquina dele de fazer livro.

Lá em cima da pedra tinha uma espécie de lagoinha e dentro tinha uns peixinhos bem piquinininhos e o tio Abel falou que eu podia sentar na lagoinha e depois ele ia espiar se algum peixinho entrou na minha bocetinha. Eu fiquei brincando na lagoa sempre com as pernas abertas como o tio Abel gosta e como todo mundo gosta, não sei até por que não construíram a gente com as pernas abertas e aí a gente não tinha sempre que ficar pensando se era a hora de abrir as pernas. Nenhum peixinho entrou lá dentro, mas tio Abel olhava sempre, e punha o dedo lá dentro bem devagarinho (pra não assustar o peixinho que não tinha, mas que podia ter, ele dizia) e punha e tirava o dedo e depois lambia o dedo, e foi fazendo assim tantas vezes e foi ficando tão gostoso que eu tinha vontade de rir e de chorar de tão maravilhoso. Que bom que as pessoas têm língua e têm dedo. E que bom que eu tenho bocetinha. Aí eu falei assim, sem querer: eu amo você, Abel. Aí ele ficou com os olhos molhados e disse: eu também amo você, Lorinha, agora dá uma chupadinha no meu Abelzinho. Ele ficou na beirada da lagoinha e eu fui como um peixinho chupar e lamber o Abelzinho. Achei lindo ele chamar a coisa-pau dele de Abelzinho e disse que ia chamar assim todo mundo. Aí ele falou: não faz a tonta, Lorinha, você só pode chamar de Abelzinho o meu pau. Depois ele me tirou da água e disse que precisava me ensinar a chupar o Abelzinho, que às vezes eu podia descansar e conversar um pouco com ele, com o Abelzinho. E depois chupar de novo. Que era uma "falha", ele falou assim, na minha "educação sentimental" (ele falou assim), eu não saber chupar o Abelzinho. Que tinha uma história muito bonita de um homem que era uma espécie de jardineiro ou que tomava conta de uma floresta, e que esse homem gostava de uma moça muito bonita que era casada com um homem que tinha alguma coisa no abelzinho dele, no pau, quero dizer. E disse que esse jardineiro ou guarda da floresta ensinou a moça a conversar com o pau dele e que lá sim é que tinha essas conversas chamadas diálogos muito lindas mesmo. Ele falou que logo ele ia me trazer o livro e assim eu podia pôr no meu caderno algumas coisas parecidas com isso. Eu disse que não queria copiar ninguém, queria que fosse um caderno das minhas coisas.

    Agora veio um bilhete do tio Abel: Lorinha, não encontrei a história da moça e do jardineiro pra mandar pra você. Mas eu encontrei esta outra história, muito bonita também. Aqui você vai aprender muitas coisas. O que você não entender, depois eu explico. É a primeira história de um caderno que vai se chamar: *O caderno negro*.

Vou copiar a história que o tio Abel me mandou, no meu caderno rosa. Quem sabe o tio Lalau vai gostar muito dessa história e aí eu peço pro tio Abel me emprestar e a gente junta o caderno negro com o caderno rosa. O nome dessa história é

O CADERNO NEGRO
(CORINA: A MOÇA E O JUMENTO)

Seu pênis fremia como um pássaro
D. H. LAWRENCE

Hi, hi!
LORI LAMBY

Ha, ha!
Lalau

MINHA FAMÍLIA FOI PARAR numa cidade de Minas chamada Curral de Dentro. Nós éramos muito pobres, e eu fui trabalhar na roça com meus pais. Às vezes eu pensava que a vida não tinha o menor sentido mas logo depois não pensava mais porque a gente nem sabia pensar, e não dava tempo de ficar pensando no que a gente nem sabia fazer: pensar. Eu já estava com quinze anos, e sempre na mesma vida. A única coisa que me alegrava era ver de vez em quando a Corina, filha do seo Licurgo. Ele tinha uma pequena farmácia e todo mundo se tratava com ele. Corina também tinha quinze anos. Peitos grandes, cabelos negros cacheados, bunda redonda, dentes lindíssimos. Dentes lindíssimos era uma coisa muito difícil de ver em Curral de Dentro, porque lá não tinha dentista e quem arrancava os dentes por qualquer toma lá dá cá era Dedé-O Falado. O nome dele era esse porque como todo mundo tinha que arrancar sempre um dente ou dois ou todos, sempre se falava muito no Dedé. Ele não tinha dente algum. Era moço muito delicado, maneiroso, e morava com a mãe. Ela também não tinha dente algum. Todos os domingos eu tentava ver a Corina na parte da manhã, porque o seo Licurgo abria a farmacinha no domingo na parte da manhã. Um domingo cheguei na farmácia e ouvi vozes altas e gritos e choros que vinham lá do quartinho de trás onde se tomava injeção, e reconheci a voz do seo Licurgo e o choro de Corina. Ele dizia que agora, depois de as pessoas terem visto Dedé-O Falado de mãos dadas com ela, ela não ia mais ficar na cidade. Ela ia ficar definitivamente na casa dele, do seo Licurgo, na roça, morando com a velha Cota, que tomava conta do jumento e da casa. Eu só ouvia agora os soluços dela, e nunca tinha ouvido o seo Licurgo gritar daquele jeito. Fiquei desesperado e gritei: por favor, seo Licurgo, para com isso. Ele saiu do quartinho lá de trás, a cara muito vermelha, e perguntou o que é que eu queria. Falei que queria conversar um pouco com a Corina. Ele me disse que a Corina nunca mais ia falar com ninguém, porque moça desavergonhada tem que ficar calada e trancada. Falei o mais que pude com seo Licurgo, que a Corina era uma mocinha muito direita, que as pessoas são faladeiras e têm muita inveja da beleza e da castidade. Seo Licurgo puxou os óculos até a ponta do nariz, me olhou da cabeça aos pés e perguntou o que é que eu entendia por castidade. Eu disse que as santas eram pessoas castas, que eu havia lido isso num livro, uma espécie de catecismo que os meus pais tinham guardado, e que era um livro que a minha finada avó havia nos deixado. Pois olha, Edernir (esse é o meu nome), posso até estar errado, mas acho que você entende tanto de castidade como eu entendo de logaritmo. Ele não falou desse jeito, ele tinha lá o jeito mineiro de falar, mas agora não me lembro mais. Mas, continuando, achei incrível a palavra e perguntei o que era aquilo, o que era logaritmo. Ele respondeu que era uma coisa bastante enredada, coisa dos números, de aritmética, mas que nunca mais ele esqueceu a palavra, e achava a palavra muito bonita, tão bonita que deu o nome de Logaritmo para o jumento que vivia lá na roça. "É um belo jumento, Edernir, mais escuro que o normal, quase preto, e de pelo muito lustroso, eh pelo bonito, parece até asa de urubu, quer saber Edernir, o pelo do Logaritmo é parecido com o teu cabelo."

Corina nesse instante apareceu no vão da porta com o rosto bastante desfigurado de tanto chorar. Aí seo Licurgo disse: tá bem, minha filha, pode conversar um pouco com o moço Edernir, ele é um bom moço, e diz que entende de castidade. E deu muita risada, entrou lá no quartinho de trás da farmácia dizendo que precisava preparar umas poções pra velha Cota que não parava de cagar, e que a Corina ia levar o remédio pra velha. "Vai arrumar teus trens, Corina, e depois vai e já fica por lá." Mesmo desfigurada eu nunca achei a Corina tão bonita. Ela usava uma blusa da cor do céu azul, uma blusa de seda, e como ela estava suada de tanto chorar e sofrer com os gritos do pai, a blusa ficou agarrada nos peitos, e apareciam os dois bicos de pontas durinhas e saltadas. Eu disse que ela não se desesperasse, que eu tinha certeza que o seo Licurgo ia mudar de ideia, e que ainda que ele não mudasse, eu iria vê-la a cada dia lá na Serra do Ó. A Serra tem esse nome porque as pessoas dizem que lá viveu há muitos anos um velho que não deixava ninguém em paz enquanto as pessoas não diziam Ó quando ele passava. — Vai me ver mesmo? — Corina perguntou. Juro por Deus, eu disse, e peguei e apertei a mãozinha dela. Aí chegou o seo Licurgo e eu tirei depressa a minha mão de cima da mãozinha dela. — Já pode ir, moço Edernir, disse o seo Licurgo. Eu fui. No caminho de volta senti o meu pau duro dentro das calças, cada vez que eu pensava nos peitos e nos bicos pontudos da Corina o meu pau levantava um pouco mais. Eu tinha que ter passado pela capelinha mas do jeito que eu estava não podia. A capelinha era uma construção caindo aos pedaços, cheia de bancos duros, e onde o padre Mel falava sempre aos domingos. Ele se chamava padre Mel porque as beatas diziam que ele falava tão doce que as palavras pareciam mel. O nome verdadeiro dele era Tonhão. Padre Tonhão. Bem, voltando ao meu pau. Eu estava tão perturbado que precisei pôr a mão dentro das calças, e segurei o caralho com força pra ver se ele se acalmava mas o efeito foi instantâneo. Esporrei. Comecei a atravessar a pracinha muito depressa, a mão toda molhada, a calça também, e de repente ouço a voz da comadre Leonida: Edernir! vem aqui um pouco, menino, leva esse bolo de fubá pra tua mãe. Eu comecei a correr mais ainda e ela atrás de mim com o bolo. Me agarrou, me puxou pelas calças e disse credo cruzes Edernir, onde é que tu vai assim, vai caçá o que com essa pressa? E aí me olhou inteirinho e viu a mancha na minha calça. "E não é que o moço tá todo mijado?" Arranquei o bolo das mãos dela e nunca corri tanto. Meus pais estavam na capelinha, ouvindo o sermão do padre Mel, e eu aproveitei para lavar as calças. Depois fiquei zanzando, e Corina não me saía da cabeça. Durante todo aquele domingo fiquei amuado, de cara amarrada, de um tal jeito que os meus pais perguntaram se eu estava sentindo qualquer coisa, se estava doente, ou o que era. Disse a eles que não era nada. À noite fiquei pra lá e pra cá, andando na ruazinha vazia, e fazendo planos para minhas visitas futuras à Corina. Minha mãe me deu chá de erva-cidreira dizendo que aquilo era bom pro nervoso, pro estômago, pra tudo. Na segunda-feira, depois de voltar da roça, disse a meus pais que não tinha vontade de comer nada não, que eu ia andar um pouco lá pela Serra do Ó pra caçar tatu. Eles acharam esquisito porque eu não era de caçar tatu, tinha visto um dia meu pai caçar esse bicho e ele levantou o rabo do bicho e pôs o dedo dentro do cu do animalzinho. É assim que o tatu se aquieta. Tem gente que também se aquieta assim? pensei. E achei horrível. Mas inventei essa mentira e fui. Era bem uma boa légua até a casa de Corina e meu pau foi ficando duro pelo caminho só de pensar que eu ia ver a Corina outra vez. Aí cheguei. A casa era pequena, muito branquinha. Como já estivesse um pouco escuro achei bom gritar o nome dela para que não se assustasse com meus passos. Apareceu a velha Cota, os olhinhos apertados:

"Uai, que que ocê veio fazê aqui uma hora dessa?"

"Vim ver a Corina, velha Cota."

"Uai, não esperava não, então vou botá um trem aqui pra ocê comê."

Aí apareceu a Corina. Ela estava linda. Falou pra velha Cota ir dormir que aquilo não era assunto dela não. A velha saiu resmungando e se fechou no quartinho. "Não liga não, Edernir", a Corina falou, "ela vive dormindo, é só dar uns gritos com ela e ela se aquieta." (Inda bem que a velha Cota era diferente do tatu.) A saia que Corina vestia era bem justa no corpo, bem apertada, e eu podia ver as nádegas estremecendo quando ela se movia. Perguntou se eu queria uns bolinhos de requeijão, eu disse que sim, que queria. Começamos a comer os tais bolinhos, ela sorria, e os dentes brilhavam muito naquela luz do lampião. Perguntei se ela não tinha medo de ficar ali sozinha com a velha Cota, ela respondeu que também não era assim, que sempre tinha algum colega que vinha, depois riu e falou: e tem também o Logaritmo. Eu também ri. E perguntei se podia vê-lo. Ela disse que já estava escuro, e que no escuro eu não ia ver a belezura dele. Que os pelos eram muito lindos de dia, que se pareciam mesmo com os meus cabelos, quase a mesma cor, ela disse. Eu também ri porque nunca ninguém tinha dito que eu tinha o cabelo de jumento, só o seo Licurgo e ela. Ela perguntou se eu não queria sentar na beirada da cama que era mais gostoso que sentar na cadeira. Vi também uma cadeirinha baixa, muito bonitinha, no quarto da Corina. Comecei a querer ver mais de perto a cadeirinha quando ela perguntou se eu não estava sentindo um cheiro gostoso no quarto. Gostoso, sim, eu disse, parece cheiro de folha de eucalipto. É sim, é eucalipto, Edernir, eu pus folha de eucalipto embaixo das cobertas, quer ver? Então Corina se dobrou pra levantar as cobertas e eu não aguentei e abracei-a por trás, ela gemeu e falou: você é tão bonito, Edernir. Eu fui ficando muito nervoso mas fui pondo a mão embaixo da saia tentando suspendê-la, mas a saia era muito justa e não dava pra bolinar as coxas. Ela foi se rebolando e suspendendo a saia e embaixo da saia não tinha calcinha. Fiquei muito excitado quando vi os pelos pretos e enroladinhos, e então ela perguntou assim: "Quer ver de perto a minha vaginona? Pega nela, pega". Tremi inteiro, ajoelhado, ela começou a passar a mão nos meus cabelos de jumento e foi empurrando com força a minha cabeça na direção da boceta. Eu não sabia muito bem o que fazer mas beijei o púbis gordo e escuro de Corina. Ela dizia: abre, abre, põe a língua lá dentro. Eu, nos meus quinze anos quase castos, tinha um pouco de medo de abrir a vagina de Corina, então ela mesmo o fez, e eu comecei a lambê-la desajeitado. Enfia agora o teu pau, Ed, ela falou. Gostei do meu nome assim reduzido, parecia coisa de mocinho de cinema, porque às vezes eu ia até Salinas, uma cidadezinha perto de lá, e ouvia nomes parecidos com esse. Ed, Ned. Bem, então enfiei, mas Corina se contorcia meio desesperada, dizia enfia mais, Ed, mais, Ed, me atravessa com o teu pau, não tô sentindo quase, ela dizia. Eu suava tanto como se estivesse morrendo de febre malsã, alagado como se estivesse dentro d'água, e aquilo de Corina dizer tantas palavras também me confundia. Será que meter ia ser sempre assim, a mulher falando tanto? Frenético, eu quase metia até as bolas lá dentro e ela esfregava as minhas bolas com tamanho frenesi, com tamanho entusiasmo, que gozei muito antes desse discurso todo. Arriei em cima de Corina, mais pro moribundo que pro vivo. Ela ficou estática de repente, me empurrou enfezada, puxou os cabelos pra trás, e a cara parecia séria demais. Estaria zangada? Olhei de viés, fui me levantando e suspendendo as calças e depois tentei abraçá-la. Ela falou: Ed, você é um franguinho bobo. Meu Deus, eu queria morrer naquela hora, mas sabia que o meu pau tinha trabalhado bem, um pouco apressado talvez, mas bem no ritmo de tanta putaria. Aí falei: Corina, se você não tivesse se arreganhado tanto, eu até que podia ter demorado mais. Ela gritou: arreganhado? arreganhado? uai, Ed, mulher se arreganha pro macho dela, seo bobo, e quer saber? teu pau é magro pra mim, eu gosto é de uma boa pica igual a do Dedé. Fiquei roxo. Então aquele delicado maneiroso tinha um caralhão e metia com a minha doce Corina, aquela que eu achava uma santinha, os olhos acastanhados, as pestanas longas quase douradas, o jeitinho que antes era meigo, o olhar cheio de ternura, aquela minha Corina fodia com o desdentado Dedé-O Falado? Cheio de ciúme e raiva, no entanto controlei-me. Desculpe, Corina, eu disse, amanhã eu volto e vou fazer tudo melhor. Eu te gosto. Corina, completei. Ela riu. "Você pode ir aprendendo, né, benzinho?"

E foi se achegando de novo, passou a mão na minha bunda, não gostei, e disse:

"Epa, Corina, aí não."

"Você é mesmo um tonto, Ed, traseiro de homem também é bom de passar a mão."

"Não gosto disso não."

"Por quê? Você acha que bunda de homem não sente? Você não quer o meu dedo no teu buraco, Ed? É gostoso."

"Não sou tatu, Corina, me larga."

Corina não parava de rir com essa frase, foi se chegando muito, pedindo que eu passasse a mão nas suas nádegas. Passei. Mas suavemente assim como a gente alisa uma cachorrinha ou a porca nova. Ela pressionou minhas mãos na sua bundona. "Assim Ed" — ela dizia —, "forte assim, Ed, machuca assim", e fez com que minhas unhas arranhassem a sua carne. Afastei-a.

"Isso também eu vou aprender, Corina."

Voltou a me abraçar e disse: "Me dá a tua língua, põe pra fora a tua língua". E começou a sugá-la como se sugam as mangas. Minha caceta endureceu mas achei prudente não tentar de novo aquela noite.

Fui voltando pra casa meio triste, andando devagar, confuso e magoado. Como a gente é bobo, fui pensando, a cara das pessoas é uma e depois no quarto vira outra, a menina Corina era uma boa puta, uma ordinária, uma mulher da rua, e o que era essa coisa de meter o caralho da gente numa boceta e ficar assim adoidado? E se ela queria um caralho maior que o meu, por que não metia com o jumento? E como seria o pau do delicado Dedé-O Falado? Será que todas as mulheres querem uma tora no meio das pernas? E fui andando agora mais depressa, colérico, tramando enormes indecências, e pensando: (Corina me fez pensar, isso devo mesmo a ela) como é que diz mesmo o catecismo, ou seja lá o que for? Que o homem é feito à imagem e semelhança de Deus. Cruzes, então, eu, Edernir, era feito à imagem e semelhança de Deus? Pensando na boceta da Corina? Estertorando em cima daquela puta? E não é que o meu pau ficava duro ainda pensando naquela porca? De repente me veio um desespero, um remorso de pôr o meu Deus no meio daquilo tudo, e um pouco antes de chegar em casa tomei a resolução de me confessar dia seguinte com o padre Tonhão. Ia contar tudo, que tinha tesão mas também tinha raiva de Corina, que ele me ajudasse e desse o perdão etc. etc. Depois do meu trabalho na roça, fui no dia seguinte à capelinha. Eram cinco da tarde. Entrei, e lá dentro não havia ninguém. A sacristia ficava bem lá no fundo da capela. Era preciso atravessar um corredorzinho, e fui me concentrando, todo comovido e cheio de piedosas intenções. Um silêncio total. Ninguém. Algumas velhas beatas transitavam por ali. Aquela tarde, ninguém. Chegando à porta da sacristia entendi. Havia um bilhete do padre Mel: fui levar os santos óleos pra um compadre meu, em Curral da Vara. Alguém que sabia ler havia lido e espalhado pra todos. Já ia me afastando da sacristia quando ouvi algum ruído. Dentro da sacristia não era. De onde aquele ruído, como se um bicho agonizasse? Abri devagarinho uma portinhola que dava para a horta do padre Mel. Lá, mais adiante, havia um quartinho de ferramentas, enxadas, pás, ancinhos etc.

Meio agachado, fui até lá. E por uma bela fresta da janela toda carcomida vi: padre Tonhão arfava. A batina levantada mostrava as coxas brancas como deveriam ser as coxas de uma rainha celta. (Rainha celta... meu Deus, de onde é que veio isso?) O pau do padre, era, valha-me Deus, um trabuco enorme que entrava e saía da vaginona de Corina, ela por cima, ele se esforçando arroxeado pra ver o pau entrar e sair. Ela, com aquela discurseira toda: ai, Tonhão, ai padre caralhudo, ai gostosura, ai, santa mãe do senhor que te fez Tonhão. Depois a falação do padre: ai, bocetuda mais gostosa, quero te pôr no cu também, vira vira, Cô (pensei: foi aqui que ela aprendeu a reduzir os nomes), vira, putona. Corina de quatro, e o caralho do padre Tonhão agora entrava e saía do buraco de trás da moça, ela rebolando, os olhos revirados. Aí ele tirava um pouco e ela gemia: "Não faz isso, Tô, não faz assim, tua égua (coitadas das éguas) vai morrer de tesão". E ele: "Ajoelha, e pede por favor, diz que se o meu trabuco não entrar mais no teu buraco tu vai morrer, diz, pede em nome do chifrudo, anda, pede". Corina falava bastante, mas não dava pra ouvir tudo. Depois se arrastava aos pés dele, lambia-lhe os dedos do pé, e padre Tonhão que falava mais alto que Corina continuava o discurso: "Não vou pôr não, vou é esporrar na tua boca, cadelona gostosa (coitadas das cadelas!), putinha do Tô (coitadas das putinhas)". Corina chorava, implorando, segurava os peitos com as mãos, fazia carinha de criança espancada (coitadas das crianças) e ia abrindo a boca: "Então esporra, Tô, esporra na boquinha (coitadas das boquinhas!) da tua Corina".

Claro que esporrei vendo e ouvindo toda aquela putaria, as pernas bambas, a garganta seca, e ainda (acreditem) completamente desesperado de paixão. Meu corpo estremecia inteirinho, comecei a correr como se a vara do padre estivesse atrás de mim (Curral da Vara, é? pois claro que sim), atravessei como um louco a pracinha, tropicava outra vez e corria, chorava e soluçava, o rosto inteiro molhado. E não é que ouço de repente a voz da comadre Leonida: "Edernir! Edernir! cruzes credo, o moço anda sempre correndo e mijado!".

Cheguei em casa, esbaforido, fingindo doença, a mão nas vergonhas dizendo: "Que dor aqui, mãe! Acho que é doença da pedra na bexiga, ai, tenho que ir na privada".

Lá dentro tirei as calças e gritava: "Mijei nas calças, mãe, de dor, mãe".

Saí de lá de dentro pálido e trêmulo, vomitei de nojo de mim mesmo, a mãe passava a mão na minha cabeça e só dizia: "Coitadinho, coitadinho do meu menino".

Minha caceta estava murcha e engruvinhada. De tristeza agora. Fui pra cama, enfiei a cara no colchão e chorava chorava, o ranho descia pelo nariz, a mãe limpava e rezava. Tomei chá de quebra-pedra que a mãe fez, fui me acalmando, o pau já estava mais alegrinho, a mãe começou a rezar o rosário, agradecendo a Deus. Da minha cama eu via a noite chegando, as estrelas, a lua cheia, e pensava: meu peito ainda está inchado de amor pela Corina, queria sentir ódio mas não conseguia mais, quanto mais puta ela se mostrava mais eu a queria, minhas narinas sentiam o cheiro daquela vagina rodeada de pelos pretos enroladinhos, aquela gosma que eu lambi a primeira vez parecia a gosma das jabuticabas (coitadas das jabuticabas!), aquela puta vadia era a minha vida, o ar que eu respirava. Olhava a noite linda, estrelas, lua, e toda aquela maravilha não tinha a beleza da boceta de Corina.

Passei alguns dias sem aparecer. Nem na roça. Nem na casa de Corina. Ficava deitado pensando. Pensando no quarto perfumado de Corina, na cadeirinha tão linda. E aí me lembrei com muita nitidez de todos os detalhes dessa cadeirinha. Baixinha, com um buraco alongado quase na beirada do assento. Pois bem, pensei, e pra que serviria aquele buraco? Alguns pensamentos imundos começaram a surgir. Alguém enfiava a caceta naquele buraco e acontecia o que lá embaixo? Não, mas aí seria um buraco redondo, próprio para uma caceta, mas o buraco era alongado. Alongado, em forma de folha larga? Virgem Maria, será possível? Será possível que essa moça Corina tenha mandado fazer um buraco especial, numa cadeirinha rara, só para refrescar a própria vagina? Eu estava louco. E quem teria sido esse artesão? Mas isso era um absurdo, essa moça Corina morava em Curral de Dentro, não morava nas Oropa, no putal de lá, pensei, essa caipirinha não podia ser tão imaginosa, tá bem que se abrisse numa falação, mas era falação de puta de arraial mesmo, e quer saber? Eu vou até lá, ainda que seja só pra ver mais de perto a cadeirinha. Eram três horas da tarde. Andando bem depressa vejo tudo de dia: o jumento, a cadeirinha e Corina. Só não pensei no Dedé. E foi ele mesmo quem vi assim que cheguei. Dedé-O Falado, o delicado, o maneiroso, com a cabeça embaixo da cadeirinha e Corina pelada, sentada em cima. Aquela fenda na cadeira era para Corina se sentar com a vagina no buraco (acertei!) mas não pra refrescar a dita cuja, mas para ser lambida. O Dedé enquanto fazia isso se masturbava e arreganhava os dedos do pé se esticando todo. Quando eu cheguei ele estava esporrando. Ela, ainda se mexendo pra frente e pra trás, rindo gostoso. Não houve o menor sinal de constrangimento ou surpresa. Corina disse: "Vem também Ed, tá de lascar". Dedé, largado embaixo da cadeirinha, falou molenguento: "Tá demais de bom, Ed, tá danado de bom". Pensei com os meus poucos botões: será que a velha Cota também está metendo algum pepino no vaginão ressecado? Que gente! Era fantástico tudo aquilo, surpresas por todos os lados, eu era sim um perfeito imbecil. Fiquei encostado na soleira da porta, olhando o jumento que pastava logo ali. De fato, era muito bonito o Logaritmo.

Quase preto, verdade, de pelo muito lustroso. Passei a mão no meu cabelo e cheguei a esboçar um sorriso. Continuei encostado na soleira da porta. E pueril e inocente comecei a dar tratos à bola: então é isso a vida. O amor, uma bobagem. As mulheres, umas loucas varridas. Ou só a Corina é que era uma louca varrida? Ou eu é que não entendia nada do mundo e todo mundo era assim? E todo mundo tinha sua cadeirinha escondida? As putas das mulheres do mundo inteiro tinham suas ignóbeis cadeirinhas? E por que eu não encarava isso do sexo como uma enorme e gostosa e grossa porcaria e não começava agora mesmo a me divertir com Corina e Dedé?

Então fui tirando as calças bem devagar, fui tirando tudo. Corina e Dedé começaram a sorrir deliciados, e eu, pelado, fui até o pasto, peguei o Logaritmo, fui puxando o jumento pra mais perto da casa. Amarrei o Logaritmo na estaca da cerca, comecei a me masturbar mansamente, e fui dizendo: "Querida Corina, vai mexendo no pau do Logaritmo que eu quero ver o pau dele". Ela ria pra se acabar. Dedé também. "Isso é que é invenção gostosa", Dedé dizia. Corina replicou: "E você acha, tonto, que eu já não buli no pau do Logaritmo?". Ela ajoelhou-se embaixo do bicho e esticava a pele dele pra cima pra baixo, abraçava aquela vara enorme e o bicho zurrava, e ela ria ria, se esfregando inteira no pauzão do jumento. Dedé chegou bem perto de mim e falou: "Você é lindo, Edernir, eu gosto mesmo é de você". Dei-lhe uma tapona na boca, ele rodopiou, ficou de bunda pra minha pica, enterrei com vontade minha linda e majestosa caceta naquele ridículo cu do Dedé. Ridículo é o que eu pensava de tudo àquela hora. Ele gritava: "Ai ai ai que delícia a tua cacetona, Edernirzinho". Assim que esporrei (apesar de ridículo), dei-lhe uma vastíssima surra de cinta e quando ele já ia desmaiando a Corina tentando fugir, agarrei-a, forçando para que continuasse a masturbar o bicho. Comprimindo-lhe com energia as bochechas, fiz com que recebesse em plena boca a tonelada de porra do jumento. E assim esporrada, meti-lhe um murro, quebrando-lhe os magníficos dentes. Deixei os dois desmaiados, a velha Cota sempre fechada no seu quarto, o jumento comendo os girassóis plantados rentes à parede da casa, o olhar amortecido e gozoso. Voltei para casa, meus pais ainda estavam na roça, pus minhas tristes roupas na mala de papelão, andei por uns atalhos, cheguei à estrada, tomei uma carona, fumei o primeiro cigarro daquele dia, e nunca mais voltei a Curral de Dentro.

Eu era um moço muito bonito, também com dentes perfeitos, e ainda hoje o sou. Tenho trinta anos. Vivo na cidade grande. Sou dentista. Meus amigos também me chamam de Ed.

Tio Abel, eu tive sonhos muito feios depois de ler a história que o senhor me mandou. Sonhei que um piu-piu cor-de-rosa muito muito grande e com cara de jumento na ponta ficava balançando no ar e depois corria atrás de mim. Depois o piu-piu grande passava na minha frente e eu tinha que montar nele, e a cara do piu-piu que era de jumento virava pra mim e passava o linguão dele mais quente que o do Juca na minha coninha. Eu gritei muito de medo do linguão, mas aí apareceu o He-Man e a princesa Leia, e o He-Man cortou com a espada só a cabeça do jumento mas o piu-piu ficou inteiro do mesmo jeito, só que sem a cabeça grande do bicho, e entrou no meio das pernas da princesa Leia e ela gritava ui ui e parecia bem contente. O He-Man também estava com a espada atrás dela, da princesa, e eu estava segurando na trança da princesa Leia e a gente ia voando até o Corcovado. Esse pedaço foi bonito. Mas eu achei muito difícil essa história que o senhor me mandou, e também não sei direito como é um jumento preto. Eu conheço é cavalinho e boizinho e burrinho. Sabe, tio, eu achei a história um pouco feia também. O Edernir ficou bravo com a Corina e o Dedé? Coitado dele, né, tio? Acho que ele ficou sentido com a Corina. Agora eu vou colar figurinhas do He-Man e da Xoxa na beirada do caderno e tudo vai ficar mais bonito.

Vou continuar o meu caderno rosa. Tio Abel me ensinou a chupar. Ele fez uma espécie de aula. No começo ele disse que ia ser meio difícil porque a minha boca é muito piquinininha e a minha mão também.

"Lorinha, você não lembra daquela menininha da televisão que dá uma mordidona na fatia de pão com margarina?"

"Mas é pra abrir e morder assim?"

"Claro que não, Lorinha, é só o começo da aula, pra você aprender a abrir a boca."

"Eu gosto de aprender, tio Abel, papai sempre diz quando o Lalau não está: como é sacana e salafra aquele filho da puta do Lalau, mas vivendo é que se aprende. Então eu quero aprender."

Abel tirou o Abelzinho pra fora, e ele estava muito triste e mole ainda, o Abelzinho, e aí o Abel disse:

"Agora você pega nele primeiro, aqui onde ele nasce."

"Onde ele nasce?"

"Aqui, na raiz dele, olha."

"Que raiz?"

"Aqui perto das bolotas, dos ovos."

Eu fui pegando e o Abelzinho foi ficando duro, fui pegando pra cima e pra baixo, com a mão do tio Abel em cima da minha pra me ensinar, e o Abelzinho foi crescendo e ficando coradinho, e aí eu abri bem a boca e escondi a cabeça dele na minha boca. Tinha um gosto engraçado, de mandioca cozida. E enquanto eu escondi a cabeça dele na minha boca, tio Abel empurrava um pouco a minha cabeça bem devagarinho, depois mais depressa, e ele, o tio, punha o dedo dele no meu buraquinho de trás e senti uma delícia, e descansava um pouco e falava com o Abelzinho, mas o tio não tirava o dedo do meu cuzinho. Eu disse pro Abelzinho: como você é lindo meu bonequinho, como você está todo durinho, meu amorzinho. Tio Abel de repente disse:

"Repete o que eu vou te dizer, Lorinha. Diz: põe mais o teu dedo no meu cuzinho que eu estou adorando."

Então eu repeti isso uma porção de vezes, e aí eu senti uma espécie de dor de barriga, mas uma dor de barriga muito gostosa, a gente nem liga pra essa dor. É uma dor coisa bonita, uma dor coisa maravilhosa.

Não sei por que as histórias pra criança não têm o príncipe lambendo a moça e pondo o dedinho dele maravilhoso no cuzinho da gente. Quero dizer da moça. Papi poderia escrever histórias lindas pra criança contando tudo isso, e então eu fui falar com ele mas não deu muito certo porque mamãe e ele brigaram. Então foi assim:

"Papi, já que o senhor quer ganhar dinheiro do salafra sacana filho da puta do Lalau."

"Não fala assim, menina."

"Mas é você que fala assim, papai."

"Tá vendo? Tudo que a menina fala, tá vendo?" — disse a mamãe.

Então o papi falou pra mami calar a boca mas a mami começou a falar sem parar, ela disse que o bom mesmo era ele escrever do jeito do Henry Miller (tio Abel me ajudou a escrever esse nome) que era um encantador sacaneta, um lindíssimo debochado, e claro que ficou rico, e aí papi disse que estava escrevendo a história dele e não as histórias do Henry Miller, que:

"Você quer saber, Cora, eu acho o Henry Miller uma pústula (Cora é o nome da mami), isso mesmo, uma pústula, uma bela cagada."

"Você tem coragem de dizer que o Henry é uma pústula?"

"Tenho, e quer saber? sua judas, eu trabalhei a minha língua como um burro de carga, eu sim tenho uma obra, sua cretina."

Aí mamãe começou a chorar e disse que adorava ele, que sabia que ele trabalhou muito a língua, que ele era raro e começaram a se abraçar e eu acho que eles iam se lamber, e eu não consegui perguntar do príncipe e da história que ele podia escrever e também não entendi essa coisa de trabalhar a língua, eu ainda quis perguntar isso pra ele mas ele já estava outra vez gritando que a nojeira que ele ia escrever ia dar uma fortuna, e que ele queria muito viver só pra gozar essa fortuna com a nojeira que ele estava escrevendo.

Hoje estamos todos em crise, como diz o papai. Logo cedo ouvi os dois brigando muito de um jeito mais forte e mais gritado. Era assim:

Mami — Eu acho uma droga.

Papi — Por quê, sua idiota?

Mami — Que história é essa de cacetinha piu-piu bumbum, que droga, não é você que diz que as coisas têm nome?

Papi — Você é mesmo burra, Cora, isso é o começo, depois vai ter ou pau ou pênis ou caralho, e boceta ou vagina e bunda traseiro e cu, depois, Cora, eu já te disse que é a história de uma menininha, eu tô no começo, sua imbecil.

Mami — Por que você não escreve a tua madame Bovary? (Tio Abel me ensinou a escrever certo)

Papi — Porque só teve essa madame Bovary que deu certo, e se você gosta tanto do Gustavo, lembre-se do que ele disse: um livro não se faz como se fazem crianças, é tudo uma construção, pirâmides etc., e a custa de suor de dor etc.

Mami — E por que você não aprende isso?

Agora eu não posso nem repetir tudo o que papi disse, mas num pedaço ele falou coisas horríveis porque mamãe falou:

Mami — Você não está bom nem mais pra foder.

Papi — Ah, é? E você acha que eu posso escrever e meter com alguém como você, Cora, que vive com essa boceta acesa, sua ninfomaníaca (Tio Abel também ajudou a escrever). NINFOMANÍACA!

É isso que você é, Cora, e se você gosta tanto do Gustavo por que não se lembra que ele disse que é preferível trepar com o tinteiro quando se está escrevendo do que ficar esporrando por aí?

Mami — Eu então sou por aí?

Papi — Quer saber mais? Ele tinha sífilis.

Mami — Quem, o Flaubert? (Tio Abel ajudou a escrever esse outro.)

Papi — Sim, senhora, o teu adorado Gustave Flaubert tinha sífilis.

Mami — E daí? todo mundo teve sífilis.

Papi — Todo mundo o escambau (!), todo mundo o meu caralho, Cora, e olha aí a menina, Cora, olha aí a menina.

Aí papai disse que ia encher a cara, e bateu com toda a força a porta do escritório dele, depois abriu a porta e disse que ia buscar a bosta do gelo, e perguntou se mami já tinha bebido a bosta do uísque, ou quem foi que bebeu. Aí mami disse que ele e os amiguinhos dele é que bebem a bosta do uísque. Ele bateu a porta outra vez, abriu outra vez a porta e gritou pra mamãe:

"Quer saber, Cora? O Gustavo era tão sifilítico que tinha a língua inchada de tanto mercúrio."

Mamãe gritou: "É, mas escreveu a madame Bovary".

Hoje, graças a Deus, veio o tio Abel e eu posso conversar um pouco com ele. Primeiro eu perguntei quem era o Gustavo. Ele disse que não sabia. Depois eu perguntei do Mercúrio. Ele disse que Mercúrio era um deus. O deus dos comerciantes. Dos que ganham dinheiro. E eu disse: "E ele tinha a língua inchada?". Tio Abel disse que isso ele não sabia, mas achava que não. Depois ele falou que por falar em ganhar dinheiro, ele, tio Abel, ia viajar, mas que ia escrever muito pra mim, pra eu não ficar triste. Eu falei chorando: "Escreve mesmo, tio Abel, eu amo você". E fui correndo pro meu quarto. Ele ainda gritou: Lorinha, escreve logo para mim, se você escrever eu respondo, e olha, eu vou mandar muitos presentes pra você.

ACHO QUE NÃO SEI MAIS ESCREVER.
Querido tio Abel, eu estou com muita saudade. Estou deitada na minha caminha com toda aquela roupinha que o senhor mandou. Obrigada por mandar as meias furadinhas cor-de-rosa que aquele moço não mandou. Vesti a calcinha cheia de renda e pus as meias e o chapéu que é tão maravilhoso com aquelas duas rosas cor-de-rosa na aba. Agora eu vou contar tudo o que eu estou fazendo pra o senhor ficar com o Abelzinho bem inchado e vermelho porque o senhor diz que assim é que é gostoso. Eu estou deitadinha, abri bem as coxinhas e já fechei o quarto bem fechado, e estou pondo o meu dedo na minha coninha (gostei tanto dessa palavra que o senhor escreveu) mas é muito mais gostoso quando é o dedo do senhor, e é um pouco triste por não ter ninguém pra me lamber agora, e também sinto saudade do mar e dos tapinhas que o senhor dá na minha coninha (que belezinha mesmo essa palavra, no dicionário tem também doninha, mas é outra coisa) e sinto saudade daquela poesia que o senhor escreveu:

> me dá também tua linguinha
> minha namoradinha
> abre tua cona pro Abelzinho espiar
> só um pouquinho, ele não vai abusar.

Deve ser tão bonito a gente fazer poesia. Papai diz que o Lalau vomita só de ouvir a palavra poesia e que um dia o Lalau até peidou, fez pum, sabe? Quando papi muito engraçado mesmo disse um verso de um poeta, e o verso eu pedi pra papi escrever pra eu decorar, e a poesia era assim:

> Que espécie de demência, parvo Lalau
> Te impele aos trambolhões contra meus versos?
> E que sorte de deus, mal invocado
> Te açula a incitar furiosa rixa?

E papai andava atrás de tio Lalau repetindo a poesia bem alto, e o Lalau tapava os ouvidos e papi gritava: "Você é mesmo um bronco sujo, Lalau, isso é Catulo, imbecil, Catulo!". E o Lalau dizia que preferia o Marcial, e esse eu roubei do escritório do papi. É muito esquisito, eu quase não entendi nada, só entendo que também tem a palavra cona. E o poema desse tal de Marcial é assim:

> Falas que a boca dos veados fede.
> Se é verdade, Fabulo, como afirmas
> que olores crês que exala o lambe-conas?

É muito difícil pra mim, por que será que a boca dos bichinhos fede, hein, tio? E entendi isso sim a palavra cona, mas coninha é mais linda. Os poetas devem ser todos muito complicados porque a gente quase não entende o que eles falam, mas eu gosto mesmo é da poesia que o senhor escreveu pra mim, essa eu entendi. Quando eu for grande vou entender as outras, né, tio Abel? É claro que entendi a palavra lambe, disso a gente entende não é, querido Abelzinho? Hoje não posso escrever mais porque tenho muitas lições para fazer. Hoje o ditado é sobre o nordeste, aquele lugar que papi diz que todo mundo morre, e quando ele fala desse lugar, ele fica meio louco e usa uma palavra esquisita, ele fala assim: "Os filhos da puta desses políticos são todos uns escrotos". O que é escroto, hein, tio? São tantas palavras que eu tenho que procurar no dicionário, que quase sempre não dá tempo de procurar uma por uma. Mas deve ser uma palavra feia, porque filho da puta eu sei que é feio falar. Só putinha é que é bonita, e é mais bonita quando o senhor fala.

**CARTA QUE O TIO ABEL ME MANDOU
E QUE ESTOU COPIANDO NO MEU CADERNO ROSA**
Minha libélula, minha rainha-menina, minha gazela de cona pequena, quero passar meu bico-pica nos teus um dia pelos-penas, tuas invisíveis plumas, chupa teu Abelzinho com tua boca

de rosa, menina astuta, abre teu cuzinho de pomba, enterra lá dentro o dedo-pirulito de quem te ama, e pede mais, mais! esfrega tua bocetinha de minipantera na minha boca de fera, deixa a minha língua dançar nas tuas gordas coxinhas, minha boneca de seda, de açúcar com groselha, mija amornada na minha pica, sentadinha nela, defeca sobre minha barriga, Lorinha-estrela, bunda de neve, diz com a boca molhada de meu sêmen e do mel da tua saliva, diz que Lorinha quer mais, mais! minha menininha, a carta já está toda empapada, amanhã escrevo mais.

Teu Abelzinho.

A mamãe diz que a aura da casa está um lixo. Porque papi tem tido crises sem parar. De repente ele abre a porta e sai aos gritos pela casa dizendo:

"Corno da pica do Lalau, eu não vou conseguir ir até o fim!"

MAMÃE DIZ: "Fica frio, amor, vai sim".

PAPI DIZ: "Então esquenta a tua cona na porca da minha cadeira e vê se inventa qualquer coisa, meu deus, meu deus, eu nunca mais vou conseguir meter nem com você nem com nenhuma cadela, e quer saber? Tira a tua filhinha daí porque eu não aguento mais ver nenhuma menininha, ó meu deus que grande porcaria, que cagada de camelo".

MAMI DIZ: "Ela é nóóssa filhinha! Nóóssa!".

PAPI DIZ: "Ó senhor deus das menininhas!".

MAMI DIZ: "E quem sabe, meu amor, se você puser um meninínho, um mocinho...".

PAPI DIZ: (AOS GRITOS) "Cora! Cora! E por que você não vai dar a tua cona pra um efebozinho e escreve a tua história, hein, Cora?".

MAMI DIZ: (AOS GRITOS) "AHHHH! É isso que você quer?".

PAPI DIZ: (AOS GRITOS) "E onde é que está aquele puto que foi viajar e me mandou escrever com cenários, sol, mar, ostras e óleos nas bocetas, a menina já está torrada de sol e varada de pica, ó meu deus, onde é que está aquele merda do Laíto que pensa que programa de saúde com ninfetas dá ibope, hein? Eu quero morrer, eu quero o 38, onde é que tá?".

MAMI: "Meu Deus, eu vou buscar o calmante".

Imaginem se dá pra eu escrever com essa gritaria de papai e mamãe! Meu Deus, eu sim é que falo meu deus. Mas eu vou continuar o meu caderno rosa, eu acho que ele está lindo, e que o tio Lalau vai adorar, porque eu conto a verdade direitinho como ele gosta.

Querido Abelzinho, quase não entendi a tua carta, mas por favor continue escrevendo, ando sempre com o dicionário na mão, não pergunto mais nada pro papi porque agora ele anda escrevendo o dia inteiro, mas a aura continua ainda atrapalhada. Mami diz que aura é uma espécie de clima da casa. Mas não dá também pra procurar todas as palavras que eles falam, senão eu não escrevo o meu caderno. Vou, isso sim, falar as coisas que você gosta que eu fale, e se eu ficar contando do clima da casa você não me manda mais presente, não é? Ontem veio aquele homem aqui, aquele que tinha me prometido as meias cor-de-rosa e não deu, mas você já deu, e então eu disse que você já tinha dado, ele disse que não fazia mal, que eu podia pôr qualquer meia cor-de-rosa, a sua ou a dele. Eu pus a sua. Ele é tão diferente de você, Abelzinho, o pau dele é meio pálido, e é bem mais fininho, mas ele também quis que eu beijasse ele, e eu beijei um pouquinho e ele me virou ao contrário, e enquanto eu beijava o pau fininho dele, ele me lambia, ele lambia e enfiava a língua no buraquinho de trás, esse que papai chama de cu, mas eu não acho cu mais bonito que buraquinho de trás. Depois ele mordeu com força a minha bundinha, e eu gemi um pouco mas gostei muito, é aquela dor sem dor, e ele me deu umas palmadinhas e esfregava minha bundinha nos pelos dele. Foi gostoso, mas não é tão gostoso como o senhor faz, mas eu fiquei inchada e molhadinha. Olha, tio, eu não encontrei a palavra bico-pica no dicionário. Tem bico e tem pica mas não tem do jeito que o

senhor escreveu. E também não posso perguntar para o papai porque ele nem sabe que eu recebo as cartas do senhor, quem me ajuda nesse busílis (como a mamãe diz) é o menino preto que é um vizinho. Depois eu conto na outra carta do menino preto que é lindo. Mami chamou pra tomar leite com biscoito e bolo. Hoje tem bolo de chocolate.
 Tua Lorinha

SEGUNDA CARTA DO TIO ABEL QUE EU COPIEI NO MEU CADERNO ROSA
Minha pomba rosa, minha avezinha sem penas, minha boneca de carne e de rosada cera, os cabelos castanhos de seda roçando a cintura, meu cuzinho de amores, a boca de pitanga mordiscando o rosa brilhante da minha pica sempre gotejando por você, princesinha persa. Ontem mandei tecidos vermelhos e dourados para você se enrolar quando estiver sozinha e pensando em mim, e mandei também duas argolinhas de ouro para as tuas orelhinhas. Olhe, se alguém te chupar pede pra chupar em meu nome, porque meu ciúme é passageiro, o melhor é a tua e a minha fome de lascívia, te adoro menininha, sonho com a tua vulva tão pequena, mas agora tão mais gordinha de tão manuseada e esfregada e lambida. Quando estivermos juntos de novo vou te ensinar a montar em mim como uma macaquinha e ficar ralando tua bocetinha no meu peito e na minha boca, lindíssima Soraia pequenina, olhinhos de amêndoas frescas, sovaquinho de leite... ó meu deus, já estou esporrando, perdão putinha, a carta vai de novo manchada.
 Teu Abel

Tio Abel, antes de responder direito, como o senhor gosta, as suas cartinhas, tenho que contar que tive que combinar com o menino preto, nosso vizinho mais perto daqui, pra ele levar minhas cartas no correio, ele é muito esperto, muito inteligente, assim como a tua Lorinha, e você precisa mandar as cartas pro endereço dele, senão papai e mamãe vão querer saber o que a gente escreve, e eu não quero mais que nenhum dos dois pegue no meu caderno, e então te mando o endereço do Juca:

R. Machado de Assis, 14. E o nome do menino é José de Alencar da Silva. Só que aconteceu uma coisa. Ele perguntou se eu era tua namoradinha e eu disse que sim. Então ele parece que também quer me namorar um pouco. Ele disse que se eu namorar com ele, ele não conta nada pro papi e pra mami. Ele tem onze anos, é muito bonzinho. Ele disse também que eu sou uma belezinha. Hoje veio um senhor bem velho, viu tio, e ele quis que eu fizesse cocô em cima dele mas eu não estava com vontade de fazer cocô. Aí eu perguntei se não servia xixi, e ele disse que servia sim. Aí ele ficou embaixo da minha coninha e de boca bem aberta, e todo o meu xixi ia perto da boca dele, mas eu não consegui acertar dentro da boca como ele queria porque eu ri tanto e não dava certo. O Abelzinho dele (ai, desculpa, tio), o pau dele era muito molinho, ele pediu pra eu segurar aquelas bolotas que o senhor também tem, mas não tinha nada dentro das bolotas, era tudo murcho e vazio. Depois ele ficou muito vermelho e eu tive que dar água pra ele, ele só falava assim pro pau dele:

"Seu bosta, seu merda, nem assim?"

Ficava repetindo isso e deu um tapa no pauzinho dele, mas deu muito dinheiro pra mim, mais que você dá. Mas eu gosto muito de você, e isso do cocô você não me explicou que tem gente que pode gostar tanto assim de cocô. Agora mamãe me chamou pra tomar o lanche. Eu continuo depois do lanche. Mami diz que gosta que eu estude tanto!

Voltei do lanche. E quero falar que as cartas que o senhor me manda são um barato. Parece língua estrangeira, mas eu leio alto, não muito, fechada no meu quarto, e parece uma língua diferente, muito mais bonita. Quando eu crescer eu quero escrever assim como as cartas que o senhor manda. Por que o senhor também não faz um livro com a máquina do tio Lalau? Será que o papai escreve assim também? Olha, tio, não sei se o senhor vai achar gostoso, mas o menino preto, quando eu fui falar com ele lá perto da estrada, disse que a gente podia namorar um pouco. Eu fui, e você não sabe como é bonito pau preto. Ele se chama José, mas chamam ele de Juca. Ele também pegou na minha coninha e quis espiar, e aí ele tirou o pau lindo preto, e a gente fez como o médico, ficou se olhando. Depois ele quis passar a língua em mim, e a língua dele é tão quente que você não entende como uma língua pode ser quente assim. Parecia a língua daquele jumento do meu sonho, da história que o senhor mandou. Sabe que eu estou fazendo uma confusão com as línguas? Não sei mais se a língua do Juca foi antes ou depois da língua daquele jumento do sonho. Mas será que essa é a língua trabalhada que o papi fala quando ele fala que trabalhou tanto a língua? Eu e Juca ficamos lá no mato peladinhos, e eu ensinei ele a me lamber como o senhor me lambe, porque ele tinha a língua quente mas ela ficava parada, não rebolava a língua como você faz. É que ele ainda é pequeno né, tio? Vou ensinar ele também como ele pode pôr o dedo no meu buraquinho de trás, e vou fazer muito xixi gostoso com aquele dedo preto tão lindo que ele tem. Mas não na boca dele, coitado.

Tua Lorinha

Papi hoje teve uma crse grande, quero dizer crise grande. Ele falou pra mami que quer morar no quintal, que não aguenta mais cadeiras, mesas, livros, camas, e que nunca ele vai conseguir escrever o merdaço que o salafra do Lalau quer, que está tudo um cu fedido (nossa, papi!). Mamãe perguntou se ele não quer ir pra praia e ele disse por favooor, Cora, que ele só quer morar no quintal, e que a vida é um lixo podre, que ele quer beber e foder (assim que ele disse) com as cadelas da vida, e dar o rabo dele (papi não está mesmo bem) pra qualquer jumento (outra vez a historinha do jumento), e meter a pica dele numa porca qualquer. Aí mami ficou de olho esbugalhado, e eu estava espiando e ela não sabia, então a mami ficou de olho esbugalhado e perguntou se ele não queria água com açúcar. Ele disse que queria o revólver, ou cicuta (não sei o que é) ou curare (o que é, hein, tio Abel?) ou uma espada pra fazer o sepucu (meu Deus, o que será?), e aí mami se ajoelhou na frente dele, abraçou as pernas dele e disse que achava que o relato estava muito bom, que pode até dar um filme pornozinho, ela disse também:

"Até teatro, amor! Teatrinho pornô!"

E disse também que ela jurava que ele é melhor que o Gustavo e o Henry e o Batalha. Só sei muito bem quem é o Mercúrio que o tio Abel explicou mas parece que não era esse que eles falaram por causa da língua inchada. Aí mamãe falou assim:

"Meu amor, você é um gênio, teus amigos escritores sabem que você é um gênio."

Aí papi ficou bem louco e disse:

"Gênio é a minha pica, gênios são aqueles merdas que o filho da puta do Lalau gosta, e vende, VENDE!, aqueles que falam da noite estrelada do meu caralho, e do barulho das ondas da tua boceta, e do cu das lolitas."

Aí mamãe falou pra ele se ontolar, quero dizer se controlar, e papi falou que ia se ontolar pra não matar o Lalau, e fazer ele, o Lalau, engolir aqui ó, com a porra da minha pica (a de papi) todos os livros dos punheteiros de merda que ele gosta, que ele papi vai morar em Londres LONDRES! e aprender vinte anos o inglês e só escrever em inglês porque a fedida da puta da língua que ele escreve não pode ser lida porque são todos ANARFA, Cora, ANARFA, Corinha, e depois todo espumado gritou:

"Eu sou um escritor, meu Deus! UM ESCRITOR! UM ES CRI TOR!!!, vou fazer um pato (o que será, hein, tio?) com o demônio, vou vender a alma pro cornudo do imundo!"

Meu Deus, papi, eu vou fazer a primeira comunhão o mês que vem e fiquei agora muito assustada. Mamãe disse que vai dar uma injeção nele, que tudo ia passar, e que ele não podia gritar assim pra não assustar a menina. Aí ele gritou:

"Nada assusta a menina! Nem grito nem pica!"

Então mamãe avançou com a injeção e ele se agachava e gritava pra ela:

"Vem cornudo imundo, vem!"
Então mamãe falou pra ele abaixar as calças, ele não abaixou, então ela abaixou as calças do pai e ele está dormindo agora. Meu Deus, tio Abel, que gente! que casa! E o que será fazer o pato com o demônio? O papi vai comer o pato com o diabo, é isso, tio Abel?

CARTA DO TIO ABEL QUE EU ESTOU PASSANDO NO MEU CADERNO ROSA
Minha princesinha persa. Hoje a bolsa despencou e perdi meus últimos tostões. (Isso depois eu te explico.) Então resolvi andar um pouco pela cidade para distensionar (depois te explico) e encontrei um lindo circo nos arredores. E entrei, e um elefante nenê levantou a tromba pertinho de mim. Sabe o que eu pensei? Pensei que gostaria de ter a pica assim rombuda para você sentar inteirinha em cima, você, Lorinha, vestida com os tecidos de púrpura que eu te mandei e com as lindas argolinhas de ouro. Já furou as orelhinhas? O lindo seria pôr uma argolinha assim na tua cona gordinha, só na beiradinha do lábio lá dentro (acho que alguém já teve essa ideia), e você sempre se lembraria de mim quando um dia Lorinha, mulher-feita, sentisse uma pica lá dentro. Ia talvez machucar só um pouquinho, mas a lembrança de nossas carícias, a lembrança dessa você de antes, você-menina putinha e deliciosa, te faria encharcada de gozo. Ontem não aguentei de desejo por você e fui procurar uma mulher. E na hora que eu enfiei o meu pau na boceta da mulher comecei a gemer: minha princezinha persa, minha adorada princezinha. Aí a mulher parou tudo na hora e falou: ah, não, cara, se tu fode com princesa o preço é outro. Tentei explicar que era tudo um sonho, só uma vontade de, mas a mulher invocou, e começou a falar sem parar: que ela também já teve outro homem que era muito rico e que esse homem queria que ela tivesse imaginação, imagine ela! e que era preciso a cada trepada contar a história do homem de pau grande, que infelizmente ela nunca tinha tido,

ele vivia repetindo na hora H, conta Jezabel (ela se chama Jezabel), conta a história do homem de pau grande. E que aquilo era uma chateação, mas como o homem era muito rico ela tinha que ficar pensando pra danar, e que um dia ela se encheu e disse pro homem: quer saber? você é que devia ter um pau grande e pôs o cara pra correr. Hoje a carta não é bonita, estou deprimido porque perdi os tais últimos tostões (acho que você não vai mais gostar de mim), e porque sinto muita saudade e queria pôr você em cima do meu pau-tromba e ficar te ninando, até você dormir. Beijo tua coninha, Lorinha adorada, sonha com teu Abelzinho quando você for para sua caminha cor-de-rosa. Abre bem a boca de pitanga e pensa que ele vai ficar aí dentro a noite inteira.

 Teu Abel

Querido tio Abel:
as tuas cartinhas estão sempre mais difíceis. Mas eu gosto assim mesmo, tem muita palavra bonita. A última, menos. Primeiro quero contar pra você todas as coisas que compraram pra mim. Duas bonecas lindas que eu vesti com os panos que o senhor mandou. Elas também têm coninha, as bonequinhas. Depois mamãe mandou fazer umas cortinas de um pano lindo cor-de-rosa, cheio de lacinhos pintados. Ai, tio, eu não quero que você fique pobre, é tão gostoso ter dinheiro, tão tão gostoso que ontem de noite na minha caminha, eu peguei uma nota de dinheiro que a mamãe me deu e passei a nota na minha xixiquinha, e sabe que eu fiquei tão molhadinha como na hora que o senhor lambe? sabe por que eu fiz assim? eu pensei assim: se o dinheiro é tão bonzinho que a gente dando ele pra alguém a outra gente dá tanta coisa bonita, então o dinheiro é muito bonzinho. E eu quis dar um presente pro dinheiro. E um bonito presente pro dinheiro é fazer ele se encostar na minha xixiquinha, porque se você, e o homem peludo, e o outro, e o Juca também gosta, ele, dinheiro, também gosta né, tio? O senhor gostou de eu inventar xixiquinha em vez de xixoquinha? Olha, tio Abel, ontem fui

encontrar outra vez com o Juca, o José. Nossa, Abelzinho, você sabe que ele pôs a língua dentro do buraquinho do meu nariz? E do buraquinho da minha orelha? Acho que é por isso que todas as mamães mandam a gente lavar a orelha. Que gostoso isso da gente ter tantos buraquinhos. Depois o Juca mandou eu ficar de quatro igual aos cavalinhos, os cachorrinhos, as vaquinhas, e quis enfiar só um pouco o abelzinho dele (desculpa, tio), o pau preto dele lá dentro, e aí eu até caí de tão gostoso, eu caí como essa palavra aí atrás caiu, deu uma vontade de ir no banheiro só com aquele pouquinho que ele pôs, mas é muito mais grosso que o seu dedinho, tio, mas o Juca falou: não cabe não, Lorinha, você precisa crescer pra caber. Eu não sabia que cu também cresce, mas o Juca falou: tá na cara, sua boba, que cresce. O senhor não fica bravo porque eu gosto do Juca né, tio? Ele tem um cheiro lindo, e um gosto de melado também. Melado é aquele mel preto que é mais gostoso que o amarelo. Hoje, sabe, tio, eu também não estou muito contente, e uma coisa que eu sinto que parece que vai acontecer um clima, uma aura, como a mami diz. Papai só diz que está escrevendo uma porcaria daquelas. Mas que o Lalau anda muito contente. Ele mudou muito, o papi, de vez em quando ele abre a janela que dá pra vizinhança lá longe e grita: que cu, Santo Deus, que cu. Ainda bem que o vizinho mais perto daqui é o Juca e a mãe dele. E a mãe dele acho que nem sabe o que é isso. Ela é muito pobre. Pro Juca eu já contei que o papi está assim porque ele está escrevendo pra um homem que chama Lalau e que tem a máquina de fazer livro.

    Tua Lorinha

Não tenho mais meu caderno rosa. Mami e papi foram pra uma casa grande, chamada casa pra repouso. Eles leram o meu caderno rosa. Estou com o tio Toninho e a tia Gilka. Eles pediram pra eu escrever pra papi e mami explicando como eu escrevi o caderno. Então eu vou explicar.

Querido papi e querida mami:

Tio Toninho e tia Gilka têm sido muito bonzinhos e me pediram pra eu escrever esta cartinha pra vocês, explicando tudo bem direitinho. Sabe, papi, tudo bem direitinho também não dá pra explicar. Eu só queria muito te ajudar a ganhar dinheirinho, porque dinheirinho é bom, né, papi? Eu via muito papi brigando com tio Lalau, e tio Lalau dava aqueles conselhos das bananeiras, quero dizer bandalheiras, e tio Laíto também dizia para o senhor deixar de ser idiota, que escrever um pouco de bananeiras não ia manchar a alma do senhor. Lembra? E porque papi só escreve de dia e sempre tá cansado de noite, eu ia bem de noite lá no teu escritório quando vocês dormiam, pra aprender a escrever como o tio Lalau queria. Eu também ouvia o senhor dizer que tinha que ser bosta pra dar certo porque a gente aqui é tudo anarfa, né, papi? e então eu fui lá no teu escritório muitas vezes e lia aqueles livros que você pôs na primeira tábua e onde você colou o papel na tábua escrito em vermelho: BOSTA. E todas as vezes que dava certo de eu ir lá eu lia um pouquinho dos livros e das revistinhas que estavam lá no fundo, aquelas que você e mami leem e quando eu chegava vocês fechavam as revistinhas e sempre estavam dando risada. Eu levei umas pouquinhas pro meu quarto e escondi tudo, também o caderno eu escondi lá naquele saco que tem as minhas roupinhas de nenê que a mami sempre diz que vai guardar de lembrança até morrer mas nunca mexe lá. Por que vocês mexeram lá? Mas eu já desculpei vocês. E nessas revistinhas tem as figuras das moças e dos moços fazendo aquelas coisas engraçadas. E também quando você comprou a outra televisão junto com o aparelhinho que todo mundo lá na escola já sabe fazer funcionar, eu também ligava tudo direitinho, e vi aquelas fitas que vocês se trancam lá quando você já está cansado, de tardezinha. Eu punha baixinho as fitas. Não incomodei o sono de vocês, né, papi? E também eu peguei alguns pedacinhos da tua história da mocinha, mas fiz mais diferente, mais como eu achava que podia ser se era comigo. Tio Toninho veio aqui agora e leu e disse que eu não preciso explicar tão direitinho. Bom, papai, eu só copiei de você as cartas que você escreveu pra mocinha mas inventei o tio Abel. Porque Caim e Abel é um nome do catecismo que eu gostei. Mas eu copiei só de lembrança as tuas cartinhas, eu ia inventar outras cartinhas do tio Abel quando eu aprendesse palavras bonitas. E as folhas da moça e do jumento eu devolvi lá no mesmo lugar, essa história eu também copiei como lembrança, porque você não ia me dar pra ler quando saísse na máquina de fazer livro do tio Lalau. É a primeira história do teu caderno negro, né, papi? Sara logo, papi, porque eu ouvi você dizer que tem que escrever dez histórias pro teu caderno e só tem uma.

Papai, no dia que vocês pegaram o meu caderno rosa eu ouvi o tio Lalau dizer depois da mami desmaiar lendo uns pedaços, eu ouvi assim ele dizer:

"Isto sim é que é uma doce e terna e perversa bandalheira!" (desculpe, papi, bananeira. Eu sempre me atrapalho com essa palavra.) Perversa eu vou ver o que é no dicionário. Essas curvinhas, que eu li na gramática que chamam de parentes, eu também aprendi a entender, e fazer, lendo os outros que estão na segunda tábua: o Henry, e aquele da moça e do jardineiro da floresta, e o Batalha que eu li o Olho e A Mãe. Mas eu gostei mais da tua moça e o jumento porque é mais bosta né, papi?

Eu também ouvia tudo o que você e mami e tio Dalton, e tio Inácio e tio Rubem e tio Millôr falavam nos domingos de tarde. Eu acho lindo todos esses tios que escrevem. Eu adoro escrever também, papi. Eu adoro você. E desculpe eu inventar que você gosta de lamber a mami, eu não sabia que você não gostava. E desculpe, mami, de inventar que você lia e me ensinava as coisas do meu caderno. Parece mesmo que vocês não gostaram, mas eu não escrevi pra vocês, eu escrevi pro tio Lalau. Eu queria também escrever a história do príncipe e de um outro He-Man mas que vai lamber a princesa. Tia Gilka disse que agora é pra parar a cartinha, e agora eu estou ouvindo ela dizer pro tio Toninho que com a minha cartinha vocês vão ficar mais tempo aí. Então vou parar, e vou sim, mami, no sicólogo que você queria chamar um pouco antes de desmaiar na minha segunda página. Eu quero que a gente volte pra casa logo bem contente e sarados. Ó papi e

mami, todo mundo lá na escola, e vocês também, falam na tal da cratividade, mas quando a gente tem essa coisa todo mundo fica bravo com a gente. Lambidinhas pra vocês também...
    Lori

Querido tio Lalau: o senhor foi o único que falou uma coisa bonita do meu caderno rosa. Que agora eu não lembro mais mas na hora que o senhor falou eu gostei. Sabe, tio, queria muito que o senhor guardasse um segredo comigo. Eu ainda estou na casa do tio Toninho e da tia Gilka e papi e mami estão lá onde o senhor sabe, na casa grande de repouso. Eles estão demorando pra repousar, não é, tio? Mas olha, tio, o segredo é que eu estou escrevendo agora histórias pra crianças como eu e só quero mostrar para o senhor pra ver se essas também o senhor quer botar na máquina. Eu acho que elas são lindas! São histórias infantis, sabe, tio. Se o senhor gostar, eu posso fazer um caderno inteiro delas. O nome desse meu outro caderno seria: O cu do sapo Liu-Liu e outras histórias.

PRIMEIRA HISTÓRIA

O sapo Liu-Liu tinha muita pena de seu cu. Olhando só pro chão! Coitado! Coitado do cu do sapo Liu-Liu! Então ele pensou assim: Vou fazer de tudo pra que um raínho de sol entre nele, coitadinho! Mas não sabia como fazer isso. Conversando um dia com a minhoca Léa, contou tudo pra ela. Mas Léa também não sabia nada de cu. Vivia procurando o seu e não achava.

— Tá bem, vá, então cê não tem esse problema — disse Liu-Liu.
— Mas não fica bravo, Liu-Liu, eu vou me informar. Vou saber como você pode fazer pra que um raínho de sol entre no teu fiu-fiu.
— Que beleza, Léa! Fiu-fiu é um nome muito bonito e original!
— Não seja bobo, Liu, todo mundo sabe que cu se chama fiu-fiu.
— Ah, é? Pois eu não sabia.

Então Léa viajou pra encontrar a coruja Fofina que tinha fama de sabida. Fofina pensou pensou pensou, abriu velhos livros, consultou manuscritos, enquanto Léa dormia toda enrolada.

— Acorda, Léa! Achei! — disse Fofina. A minhoca Léa ficou toda retesada de susto.

— Relaxa, relaxa! — disse Fofina.

— Olha, Léa, Liu-Liu tem que aprender uma lição lá da Índia — disse Fofina.

— Eu tenho medo de índio — disse a minhoca Léa.

— Não seja idiota, Índia é uma terra que fica longe daqui.

— Ah, então tá bom — disse Léa.

— Olha, Léa, lá na Índia eles se torcem tanto que engolem o próprio cu.

— Credo! E como é que o cu sai?

Bem, isso é outra história que eu tenho que estudar, mas o Liu-Liu tem que ficar com a cabeça pra baixo, e as pernas de trás pra cima.

Assim

Fofina ficou vermelha como um peru e não conseguiu mostrar o exercício pra minhoca Léa, mas Léa entendeu, e foi tentando contar tudo a Liu-Liu. Demorou três dias, mas chegou.

Foram meses muito difíceis para o sapo Liu-Liu. Mas toda a sapaiada ficou torcendo pra ele. E quando o primeiro raínho de sol entrou no fiu-fiu de Liu-Liu foi aquela choradeira de alegria. Hoje até no lago Titicocu todo sapo que se preza toma sol no fiu-fiu. E o país do Cuquente, onde mora o Liu, desde então é uma festa! Do dia ao poente!

SEGUNDA HISTÓRIA

Quando o cu do Liu-Liu olhou o céu pela primeira vez, ficou bobo. Era lindo! E ao mesmo tempo deu uma tristeza! Pensou assim: eu fiu-fiu, que não sou nada, sou apenas um cu, pensava que era Algo. E nos meus enrugados, até me pensava perfumado!

E só agora é que eu vejo: quanta beleza! Eu nem sabia que existia borboleta! Fechou-se ensimesmado. E fechou-se tanto que o sapo Liu-Liu questionou: será que o sol me fez o cu fritado?

TERCEIRA HISTÓRIA

Era uma vez uma mosca chamada Muská. Ela se achava um bicho repelente. Cada vez que se olhava no espelho ela chorava. Um dia Muská encontrou a comadre Vertente. Vertente era cheia de cascata, linda, lisa e lavada.
— É, comadre Vertente, como é que é ser assim como gente?
— Não me ofenda, Muská, gente é repelente!
— Cê acha?
— Cê pode até não achá, Muská: quem sai aos seus não degenera, Muská véia.
E muito encrespada deu-lhe uma bela lavada!
(Tio Lalau: essa é pra pensar. "Funda e tênue", como diz papi. E como nas fábulas do tio La Fontêne.)

HISTORINHA ESOTÉRICA CHILENA (*)

Pau d'Alho era um rei muito feliz porque tinha duas cabeças. Dava tempo pra pensar duas vezes mais em seu povo. O povo sabia das qualidades raras do rei Pau d'Alho e adorava-o. Ele era rei da Alhanda. Mas um dia o mago da corte disse ao rei: a bruxa Ciá quer cortar as duas cabeças de Vossa Alteza. Todo o povo rezou rezou mas não adiantou. E o rei Pau d'Alho morreu com duas cabeças e tudo.
Moral da história segundo um cara quente: "A perfeição é a morte".
(*) Tio Lalau: os tios que vinham aqui em casa conversavam muito sobre esse lugar chileno.
Lori Lamby

Papi, tô te devolvendo a poesia que o senhor escreveu, que eu também roubei (desculpe) daquelas prateleiras escrito Bosta. Repousa bastante, tá?
   (Tó, Lalau, isto é pra você)

Araras versáteis. Prato de anêmonas.
O efebo passou entre as meninas trêfegas.
O rombudo bastão luzia na mornura das calças e do dia.
Ela abriu as coxas de esmalte, louça e umedecida laca
E vergastou a cona com minúsculo açoite.
O moço ajoelhou-se esfuçando-lhe os meios
E uma língua de agulha, de fogo, de molusco
Empapou-se de mel nos refolhos robustos.
Ela gritava um êxtase de gosmas e de lírios
Quando no instante alguém
Numa manobra ágil de jovem marinheiro
Arrancou do efebo as luzidias calças
Suspendeu-lhe o traseiro e aaaaaiiiiiii...
E gozaram os três entre os pios dos pássaros
Das araras versáteis e das meninas trêfegas.

Papi, o que é refolho robusto, hein?
E robusto bastão, hein?

CONTOS D'ESCÁRNIO

—

TEXTOS GROTESCOS

(1990)

A meus amigos
Gutemberg Medeiros
José Luís Mora Fuentes
José Otaviano Ribeiro de Oliveira
Leusa Araújo
Luíza Mendes Furia,
cúmplices do Despudor
da Poesia
e do Riso

Mais vale um cão vivo do que um leão morto.
ECLESIASTES

MEU NOME É Crasso. Minha mãe me deu tal nome porque tinha mania de ler *História das civilizações*. E se impressionou muito quando leu que Crasso, um homem muito rico, romano, foi degolado e teve a cabeça entupida de ouro derretido por algum adversário de batalha e conceitos. Mamãe morreu logo depois de me dar esse nome. No dia seguinte ao meu batismo. Dizem que foi um ataque fulminante, que eu estava logicamente no berço ou no peito quando ela falou: Crassinho. Suspirou e morreu. Era linda, elegante, gostosa, segundo papai, que morreu um mês depois. Só que a morte dele foi diferente. Morreu em cima de uma mulher nada elegante mas muito mais gostosa que mamãe, segundo me disseram. A mulher era uma puta, daquelas rebolantes, peitudas, tetas em riste. Os homens gostavam assim naquela época. A puta saiu do quarto aos gritos, os peitos balançando iguais a dois lindos melões se os melões nas ramas rasteiras balançassem. Papai morreu no bordel. Foi aquela gritaria, depois sussurros, depois silêncio, depois a funerária saindo, quero dizer, o agente funerário saindo e logo depois entrando com o caixão e tudo e saindo de novo. Um horror. Fui criado pelo meu tio Vlad, ninguém sabe o porquê desse nome, brasileiro e fazendeiro. A mãe dele deve ter lido o que para lhe dar esse nome? Lembrei-me agora: a mãe de tio Vlad era apaixonada por Vladimir Horowitz. Bem. Resolvi escrever este livro porque ao longo da minha vida tenho lido tanto lixo que resolvi escrever o meu. Sempre sonhei ser escritor. Mas tinha tal respeito pela literatura que jamais ousei. Hoje, no entanto, todo mundo se diz escritor. E os outros, os que leem, também acham que os idiotas o são. É tanta bestagem em letra de fôrma que pensei, por que não posso escrever a minha? A verdade é que não gosto de colocar fatos numa sequência ortodoxa, arrumada. Os jornais estão cheios de histórias com começo, meio e fim. Então não vou escrever um romance como ... *E o vento levou* ou *Rebeca*, *Os sertões* e *Anna Kariênina* então nem se fala. Os verbos chineses não possuem tempo. Eu também não. A minha primeira safadeza foi meio atrasadinha. Eu já havia completado dezoito anos, mas sempre fui muito tímido, talvez por causa do nome, talvez por causa do jeito que papai morreu. Todo mundo quando me via dizia: lá vai o Crasso, filho daquela da crassa putaria. Eu ficava com os olhos úmidos mas logo em seguida, apesar da minha timidez, mostrava o pau.

> Otávia tinha pelos de mel
> A primeira vez que me beijou a caceta
> Entendi que jamais seria anacoreta
> Não me beijou com a boca
> Me beijou com a boceta.

Dessa Otávia me lembro agora. E já nem sei se devo continuar a minha história aí de cima. Otávia é um nome muito bonito. Um nome-mulherão. Ah, tudo que eu fiz com e por Otávia. Ela tinha trinta anos e todas as sugestões que o nome carrega: altivez, um pouco de fúria, cabelos negros, olhos grandes, escuros, e dizer Otávia na hora do gozo é como gozar com mulher e ao mesmo tempo com general romano, com rapagão e com Otávia inteira mulher de general. Gosto muito de mulheres grandalhonas e peitudas, como papai gostava, e belas e consistentes mãos que saibam acolher um caralho. Na minha primeira bandalheira a mãozinha fofa e curta de Lina foi insuficiente. Tive que sobrepor a minha mão à sua porque a cadelinha além de dizer que nunca havia visto uma pica também se recusava a ver. Virava a loira cabeça para o lado e fazia cara de nojo. Era uma poetisa lá da minha terra. Rimava balões com sultões, meio metidinha a sebo, magra mas com umas tetas de gente grande. Como aquela punheta a quatro mãos não dava certo, espremi minha cara entre os dois suculentos melões e fui metendo desengonçado e suarento. Ela não dava um pio. Nem suspirava nem gemia. Assim que esporrei quis ver a cara de Lina. Estava de olhos abertos olhando o teto. Quero dizer o céu, porque foi no campo essa insossa trepada. Ao lado de uma amoreira. Não fiquei embaixo da amoreira de medo que aquelas frutinhas despencassem e se esborrachassem nas minhas nádegas. Sempre me impressionei com a cor vermelha.

    foi bom pra você, Lina?

    doeu.

    só isso?

    Aí veio a surpresa. A Lina magricela poetisa e peituda desabotoou uma linguagem digna de estivador: puta que pariu, caralho, eu era uma donzela seu bastardo escroto!

    Fiquei besta. Tentei acalmá-la dizendo que "como é que eu podia saber e por que não me disse etc.". Aí começou a chorar. Coisa de donas. Depois daquele palavrório, o meloso interiorano-anacrônico:

    você não gosta de mim

    gosto sim

    gosta nada seu taradinho

Comecei a alisar suas douradas melenas quando inopinadamente Lina abocanhou meu pau e começou a chupá-lo com tamanha técnica que esporrei pela segunda vez, rápida e fartamente. As surpresas sempre me acompanharam a vida. Otávia por exemplo gostava de apanhar. A primeira vez que "a fodi" (ou que "fodi-a" ou que "fui fodê-la", é melhor?) enganei-me na tradução de seu breve texto. Ela me disse: me dá uma surra. Entendi que era uma surra de pau. E fui metendo, me aguentando longamente para não esporrar, pensando na mãe morta, no pai morto, na missa de sétimo dia do tio Vlad, que depois eu conto como ele morreu, e nesse todo patético deprimente que é morte e doença. Aí ela me interrompe a meditação ativa, dura e disciplinada:

surra, amor, eu disse. Surra, meu bem.

Então entendi. Meti-lhe a mão na cara quatro, cinco vezes. Otávia rosnava langorosa. A cada bofetão um ruído grosso e fundo. Era cínica também. Naquela época eu já era muito rico (havia bolado uma espécie de brigada de bombeiros, um empreendimento novo, e negociava os serviços ou os prédios ameaçados. Tornei-me proprietário de vários prédios e os alugava rentavelmente). Otávia sabia que eu era louco por aqueles seus ruídos extravagantes durante o prolongado orgasmo. E algumas vezes me dizia enquanto retinha meus ovos no côncavo de suas grandes mãos, e eu já relaxado: cada urro tem seu preço, viu, amorzinho? Cínica Otávia. Mas nenhuma outra mulher era dona desse gorgolejo na garganta. Era mais do que uma rosnada langorosa. Vinha do fundo de águas negras, mas era também pungente e prazeroso. Como se você estivesse fodendo uma onça-mulher filhote. Só de pensar nisso, ainda agora, aos sessenta, minha pálida vara endurece um pouco.

O que eu podia fazer com as mulheres além de foder? Quando eram cultas, simplesmente me enojavam. Não sei se alguns de vocês já foderam com mulher culta ou coisa que o valha. Olhares misteriosos, pequenas citações a cada instante, afagos desprezíveis de mãozinhas sabidas, intempestivos discursos sobre a transitoriedade dos prazeres, mas como adoram o dinheiro as cadelonas! Uma delas, trintona, Flora, advogada que tinha um rabo brancão e a pele lisa igual à baga de jaca, citava Lucrécio enquanto me afagava os culhões e encostava nas bochechas translúcidas a minha caceta: ó Crasso (até aí é texto dela) e depois Lucrécio: "O homem que vê claro lança de si os negócios e procura antes de tudo compreender a natureza das coisas". A natureza da própria pomba ela compreendia muito bem. Queria umas três vezes por noite o meu pau rombudo lá dentro. E antes desse meu esforço queria também a minha pobre língua se adentrando frenética naquela caverna vermelhona e úmida. Empapava os lençóis. Era preciso enxugá-la com uma bela toalha felpuda antes de meter na dita-cuja. Na hora do gozo ria.

isso não é normal, Flora.

bobinho! isso é vida, alegria, o amor é alegre, Crassinho.

Histérica e sabichona dava gritinhos e rápidos aulidos, e quando tudo acabava, sentava-se sóbria na beirada da cama:

as causas judiciais demoram tanto para serem solucionadas, meu Crasso, tem algum numerário aí para mim? assim que receber dos meus clientes te pago. O seu único cliente era eu e claro que eu pagava. Afinal não me fazia mal ouvir Lucrécio de vez em quando, se a atriz discursante era dona daquela pomba molhada e faminta. Claro que nem todas as *soi-disant* cultas são assim tão chatas. Tive as cultas refinadas e originais também. Mas que mão de obra, meu pai! Uma delas é inesquecível. Josete. Inesquecível por vários motivos. Mas principalmente pelo gosto exótico na comida e no sexo. Ela adorava tordos com aspargos. E pastelões de ostras. Era preciso que eu telefonasse uma semana antes para os *maîtres* dos tais restaurantes. Tordo?! Nunca sabiam se era um pássaro ou um peixe. Eu imagino hoje que ela sempre acabava comendo um sabiá. Com aspargos. O pastelão de ostras era mais fácil. Mas os vinhos para acompanhar aquilo tudo! Josete entendia de vinhos como se tivesse nascido embaixo duma parreira de Avignon. Depois desse inferno todo, ainda tínhamos que dançar, porque é delicioso dançar com você, amor, se você tivesse mais tempo...

tenho todo o tempo do mundo, querida (talvez tivesse, mas nem tanto!)

Tinha mania de uma música: *You've changed*, e era aquela xaropada até às duas da manhã mais ou menos, quando eu já havia mergulhado meus dedos várias vezes na sua suculenta xereca. Abria discreta e elegante as pernas nas boates, embaixo da mesa, enquanto engolia com avidez aqueles vinhos caríssimos. Sorrindo soltava um pífio arroto de tordos e ostras abafado entre seus dois dedinhos, enquanto os meus (dedos, naturalmente) beliscavam-lhe a cona. Muitas beliscadinhas, muito dedilhado até que ela gozava escondendo o gozo e simulando um segredo e enchendo de bafo, gemidos e saliva a concha do meu ouvido. Eu dizia com a caceta dura e esprimida entre as calças:

vamos embora, hein bem?

tá tão gostoso, amor

eu sei, Josete, mas olha só o meu pau

não seja grosso, Crasso

E aí eu tinha que começar tudo de novo, não sem primeiro ouvi-la pedir as sobremesas e os licores. Depois de Josete ter gozado umas dez vezes entre sabiás e musses e álcoois dos mais finos que me custavam um caralhão de dinheiro, levantava-se garbosa, Espártaco antes da derrocada final, naturalmente. Eu ia atrás meio cego mas ainda sedento. Um tal de Ezra Pound, poeta norte-americano, era o xodó de Josete. Ô cara repelente. Um engodo. Invenção de letrados pedantescos. No primeiro dia que ela citou o tal poeta eu lhe disse: meu tio Vlad, quando eu era molequinho, tinha crises de loucura quando ouvia esse aí falando numa rádio italiana. O cara era um bom fascistoide, você sabia?

bobagens, Crassinho, o homem foi um gênio.

Para agradá-la, pedi que me emprestasse algum livro dele. Emprestou *Do caos à ordem*, cantar XV. Aquilo era uma pústula, uma privada de estação em Cururu Mirim. Senão, vejam:

O eminente escabroso olho do cu cagando moscas,
retumbando com imperialismo
urinol último, estrumeira, charco de mijo sem cloaca,
.............o preservativo cheio de baratas,
tatuagens em volta do ânus
e um círculo de damas jogadoras de golfe em roda dele.

Josete adorava. Os olhinhos cor de alcaçuz, úmidos, tremelicavam. A boca repetia lentamente (em inglês, lógico) esses últimos dois versos do tal gênio: "*tattoo marks around the anus, and a circle of lady golfers about him*".

Eu achava um lixo, mas não queria me desentender com toda aquela boceta-chupeta que literalmente, quando ativada, abraçava e quase engolia o meu pau.

tudo bem, Josete, se você gosta... de *gustibus et coloribus* etc.

pois gosto tanto, amor, que vou te mostrar a que ponto vai minha reverência por esse autor admirável.

Abatido, já me imaginei desperdiçando aquelas horas a folhear idiotias, ainda mais em inglês. Estávamos no apartamento de Josete. Pensei: é agora que ela vai se levantar e esparramar os livros do nojento aqui na cama. E adeus mesmo, vou inventar uma súbita náusea e me mando. *Surprise!* Ah, como a vida me encheu de surpresas! Josete deitou-se de bruços e ordenou lacônica: pegue aquela grande lupa lá na minha mesinha.

Lupa?
Lupa, sim, Crassinho.
Então peguei.
Faz um favor, benzinho, abra o meu cu.
Como?
Oh, Crassinho, como você está ralenti esta noite.
E o que eu faço com a lupa?
A lupa é pra você olhar ao redor dele.
Ao redor do seu cu, Josete?
Evidente, Crassinho.

Foi espantoso. Ao redor do buraco de Josete, tatuadas com infinito esmero e extrema competência estavam três damas com seus lindos vestidos de babados. Uma delas tinha na cabeça um fino chapéu de florzinhas e rendas.

Não acredito no que estou vendo, Josete, você tatuou à volta do seu cu para quê?

Homenagem a Pound, Crassinho.

Mas isso deve ter doído um bocado!

The courageous violent slashing themselves with knifes

(que quer dizer: os violentos corajosos cortando-se com facas. Continuação do Canto xv). Coma meu cuzinho, coma meu bem, *andiamo, andiamo* (cacoetes de Pound).

Aí achei o cúmulo. "Jamais, meu amor, machucaria essas lindas damas." Josete começou a chorar.

Ó Crasso, você é o primeiro homem a quem eu mostro esse mimo, essa delicadeza, essa terna homenagem ao meu poeta, *andiamo, andiamo in the great scabrous arsehole* (no grande escabroso olho do cu).

Aí pensei: essa maldita louca vai começar a choramingar mais alto e o prédio inteiro vai ouvir. Enchi-me de coragem e estraçalhei-lhe o rabo com inglesas ou americanas (*who knows?*) e babados e o chapéu, naturalmente não sem antes lhe tapar a boca, porque tinha certeza que ela ia zurrar como um asno. Zurrou abafada, mas eu podia discernir algumas palavras. Ela zurrava: ó (leia-se aou, aou, aou, aou. entonação inglesa) Aou Ezra, aou *my beloved* Ezra! Nunca entendi por que Josete quando citava Pound colocava a entonação inglesa. Também nunca perguntei. Certamente o nojento era o Shakespeare dela.

Depois de ter comido o cu de Josete e amarfanhado vestidos e chapéus de inglesas ou americanas (*who knows?*) resolvi não sei por que cargas-d'água, na manhã seguinte, entrar numa igreja. E agora, falando em igreja, lembrei-me que ainda não lhes contei como é que foi a morte do tio Vlad. Foi assim, tio Vlad morreu quando estava sendo chupado por um coroinha lá na Gota do Touro, um lugarejo muito longe daqui. O coroinha parecia um serafim, lindo lindo, alto, ombros largos, olhos escuros e pestanudos, mãos afiladas de pianista. Eu me lembro do Tavim muito bem. O nome era Otávio, mas todos o chamavam de Tavim. Eu tinha dez anos e Tavim, catorze. Era discreto, fino, filho de dona Vivalda, uma viúva tristinha, ancuda, cheia de cacoetes. Falava fungando, revirando os olhos, estalando os dedos. Tinha uma coisa bonita: as pernas. De vez em quando eu ouvia dos homens de Gota do Touro: lá vem a das pernas. E alguém retrucava: se em vez de se mexer tanto, só abrisse os gambitos já tava bom. Mas voltando ao Tavim e ao tio Vlad, o mocinho ia até a casa grande a cada dia na hora do lanche. Tio Vlad: entra, Tavim, tá com apetite, filho? Ele fazia bico, espichava a boca-cereja pra frente, ia sentando e comendo.

moço bonito, né, Crasso?

é sim, tio.

quero que você seja igual a Tavim quando crescer mais.

igual como, tio?

lindão assim.

Eu só comecei a desconfiar de alguma coisa quando um dia, depois do lanche, eu, tio Vlad e Tavim fomos colher mangas. Tavim subiu numa escada para tentar colher as mais altas e eu estava de cócoras no chão tentando colher as que despencavam. Tio Vlad segurava a escada para Tavim e vi quando o moço ia descendo e a cara de tio Vlad afundando nas nádegas do dito--cujo, o nariz enterrado no rego da calça da beleza. Aí pensei: xiii... coisa esquisita, isso de cheirar cu não é comigo não. Fiquei atento. Nos dias seguintes nada de novo, a não ser a visita do padre Cré, cujo nome era Creovaldo. Tinha o apelido de Cré não por causa do nome, mas porque a cada instante dizia: cré, né gente? engolindo o credo. Padre Cré era bastante vistoso. Grandalhão, narigudo, os cabelos sempre em desordem, as passadas largas, era do tipo esportivo. Hoje entendi que o padre Cré já sabia das traquinagens do tio Vlad.

* * *

O padre esfregou a mão na minha cabeça e perguntou pelo tio. Lá dentro, eu disse. Ele foi entrando e eu fingi que ficava mais para trás, mas depois voltei e fui ouvir a conversa, escondido próximo ao armário dos talheres.

pois é, Vlad, vim lhe fazer uma visitinha.

muito gosto, padre Cré, quer licor de fruta?

aceito, sim.

Desse diálogo inaugural me lembro muito bem. Depois foi ficando mais complicado. Padre Cré falava no demônio e suas pompas, na carne dos outros, na carne de todo mundo, falava tanto em carne que eu fui ficando com a boca cheia d'água, louco pra comer uma bisteca. Bisteca de carne mesmo. Digo "de carne mesmo" porque na Gota do Touro bisteca era cona, xereca, boceta enfim. Do tio Vlad eu quase nada ouvia. Só alguns "Sei sei padre". Depois prestei mais atenção porque pintou o nome de Tavim.

pois é, seu Vlad, Tavim, cré, né gente?, é um moço de muita qualidade. Dona Vivalda quer muito que ele seja, cré, né gente?, um moço de fama, um pianista, o senhor sabe, seu Vlad, que pianista tem que estudar muito, eles têm que tocar Grieg, Tchaikóvski, o Bach o senhor conhece?

não conheço não, padre.

pois cré, né gente?, o Tavim perde muito tempo na hora do lanche conversando com o senhor, seu Vlad.

sei sei padre.

Entendi que o padre Cré não queria mais que Tavim aparecesse lá em casa.

Na saída, tio Vlad parecia muito pálido e o padre Cré muito vermelho:

Crasso não quer estudar piano igual a Tavim?

não seu padre.

e por quê?

Aí não disse, mas me lembrei da fungação do tio Vlad na bunda do Tavim e disse sem saber direito:

é mais coisa de dona.
cré, né gente?, e por quê?
deixa a bunda alargada de ficar sentado.

Padre Cré saiu balançando a cabeça e tio Vlad só disse "tu é mesmo um tonto, né Crasso?".

E sem que o padre visse me deu taponas na cabeça.

Lembro-me de ouvir naquela noite os passos nervosos do tio Vlad andando de um lado a outro ininterruptamente. Às vezes dava um suspiro, às vezes conversava sozinho e eu só entendia a palavra beleza beleza com uma entonação muito comovida. Não vi mais o Tavim. Uma tarde eu estava junto aos peões vendo ferrar os cavalos quando apareceu Bocó, um cara de boca fofa, mirrado, muito do bobo. Bocó gritou: seu Vlad tá morto com a minhoca pra fora lá na Gota do Touro. (Esqueci de contar para vocês que o lugarejo tinha esse nome porque uma aguinha despencava de umas pedras a umas léguas da casa e o gado tinha o costume de beber água ali.)

morto, Bocó? Morto?! é, e o Tavim tá lá, de boca aberta, todo duro e de olho esbugalhado. Parece que empedrou.

Soube anos depois que as últimas palavras do tio Vlad foram "beleza beleza", certamente com aquela entonação muito comovida.

Antes da fala da igreja vou falar do bordel a trinta quilômetros de Gota do Touro. No bordel todo mundo gostava de ver Liló lamber as putas. E ele adorava que o vissem. Era um sujeito atarracado, elegante, doidão por xereca de puta. Tomava três ou quatro cálices de cachaça puríssima que as mulheres encomendavam lá de Minas, e aí começava um ritual danado. Dizia: quem é a primeira hoje? As mulheres riam, os homens davam seus palpites. Nessa noite havia uma moça novata, chamada Bina. Dezoito anos, a cabeleira opulenta até a cintura, ancas avantajadas, seios delicados, boca de mulata, polpuda, e que dentes! Liló só estava interessado na cona da moça. Todo mundo começou a gritar Bina! Bina! Ela riu dengosa, fez muxoxo de acanhadinha e Liló foi ajeitando a cadeira de veludo rosa, fofa, porque era naquela cadeira que ele gostava de examinar qualidade, espessura e tamanho das cricas. O pessoal ficava à volta bebericando, ele mandava a mulher se sentar, fazia vênias, perguntava se não queria um gole de vinho doce, era gentil feito embaixador. Nesse dia, então, foi Bina. Liló gostava da moça vestida. Ele ficava só de cuecas. Um cuecão muito branco, largo, a caceta pra dentro. Bina sentou-se. Alguns homens já ficavam de pau duro logo nesse pedaço. Outros não aguentavam ver até o fim e ejaculavam ali mesmo encostados nas outras donas. Liló ajoelhava-se. Ia levantando devagarinho a saia da moça dizendo "abre lindinha, abre um pouco mais, vem mais pra frente da cadeira, não fica nervosa, bichinha". O prazer de Liló era o acanhamento postiço da mulher. Todas sabiam que ele só gostava se a mulher fingisse pudor, um pouco de receio no início, um tantinho de apreensão. Quem ia ser chupada já sabia disso. Gostava também que usassem calcinha. Ia empurrando o tecido da calcinha para a virilha da mulher e esticava os pentelhos devagar. Depois tirava a calcinha e começava a examinar a boceta. Vejam, ele dizia, esta é de cona gorda, peitudinha de boca. Os homens se inclinavam. Alguém dizia: deixa eu dar uma lambida, Liló? Calma, cara, o assunto é comigo agora. Algumas ficavam molhadas e aí ele gostava muito, punha o dedo lá dentro e mostrava: vê, gente, já tá empapada. Dona Loura, a gerente (era assim que era chamada a cafetina), trazia uma almofadinha de cetim azul e punha debaixo das coxas da mulher. E Liló começava o trabalho. De início dava uma grande lambida e parava. Bina se torcia inteira. Ele perguntava: "Quer mais?". Ela dava um gemido de assentimento. "Então fala que quer mais, senão não lambo mais." "Quero mais, Liló, por favor." A caceta de Liló era um talo duro e gotejante. Uma das putas deitava ao lado dele e começava a chupá-lo. Ele ia lambendo Bina igual à cadela que lambe a cria, o linguão de fora. Parava de vez em quando. As mulheres seguravam a cabeça da que estava sendo chupada e alguns homens a beijavam na boca, outros nos seios.

Tinha jeito de mesa de cirurgia aquilo tudo (*sorry*, médicos). Liló só queria a cona e ejaculava espasmódico na boca da outra no tapete, enquanto Bina gozava na boca de Liló. Em seguida Liló levantava-se com um grande sorriso e dizia: "Meu nome é Liló, o lambe-fundo. E mais uma rodada pessoal, de cachaça especial, dona Loura!". Depois não queria mais mulher alguma. Tomava dois cálices no balcão do bar do puteiro e saía com passadas rapidinhas, ereto e sempre muito elegante.

E por que eu teria ido à igreja aquela manhã? Porque apesar do meu roteiro de fornicações eu também tinha momentos de tédio e vazio. E apesar de ter verdadeira ojeriza por igrejas e instituições e seitas (principalmente a Igreja católica que, ao longo da história e em nome daquele deslumbrante que era Cristo, matou saqueou incendiou seres cidades e países, ah, sempre me pareceu que as ligações entre o lá de cima e o homem entraram há muito em curto-circuito, você pede pra falar com Sydney, na Austrália, e te dão Carapicuíba e quejandos. Evidentemente que O Deslumbrante não mandou recados de assassinatos e torpezas, torpe é a nossa natureza, imundo e dilacerado é o homem, imundo sou eu, Crasso, mas querem saber? Não vou falar disso não, imundos são vocês também, todos nós e se eu continuar falando não vou conseguir nunca mais foder. E foder é tudo o que resta a homens e mulheres. Vamos às fodas, senhores. Só mais um minutinho: para mim o homem foi feito pelo demo. Na História aprendi que os cátaros, os albigenses, que naturalmente vocês não sabem quem são e devem procurar saber, também pensavam assim, isto é, que o mundo foi criado pelo demo. Muito mais lógico, não? Dá para entender tudo melhor. Pois os católicos queimaram os cátaros no século XII (favor se informar). Eram gente de primeiríssima, esses cátaros. Eram chamados Os Perfeitos. Paremos por aqui, a coisa tende a se estender. Outra coisa: a Igreja não é boba não. Já manjou que mais dia menos dia acontece uma grande cagada, e agora tenta salvar a pele com sutilezas canônicas. Por que não se desfazem de toda aquela tralha de ouro, prata e pedras preciosas que há lá no palácio deles? Por que não dão as montanhas de terra ou vendem as montanhas de terra e propriedades e dão o dinheiro aos famintos? Por que os papas, ao invés de discursos lenga-lenga, não arrancam as vestes, não pulam daquela cadeirinha, não ficam nus e nus não discursam um texto veemente, apaixonado e colérico amaldiçoando os canalhas? Não adianta ficar voando de ceca em meca e beijando o chão. Não deviam postar-se nus numa praça e ali permanecer até que os homens entendessem que é preciso acabar com todas as cloacas do poder? Mas vamos às nossas orgásticas, gentis e menos imundas putarias. Outra coisa: não sou ingênuo não. Sei muito bem o que vão me responder e desde já respondo: não aceito. (Ó gente, não consigo parar. Parei.) entrei na igreja, sentei-me num dos bancos vazios e comecei a pensar no pau e na vida. O que era isso de ter um pau e ficar metendo nos buracos? Que coisa idiota o sexo, que bela porcaria emerdada isso de comer cu de inglesas ou americanas (*who knows?*). E chapéu. E eu, que decadência. Eu que na mocidade havia lido Spinoza, Kierkegaard, e amado Keats, Yeats, Dante, alguns tão raros, mas deixem pra lá, enfim que bela droga o que eu vinha fazendo da minha vida. Será que era porque eu não tive pai nem mãe e tão pouco tempo o sacana chupado do tio Vlad? Será porque o pai morreu em cima duma puta eu ia ficar em cima das mulheres o tempo todo? Embaixo eu não gosto. Mas, vamos lá. Estava a ponto até de falar com o pulha do padre sobre esses afrescalhados pensamentos quando uma dona morena, alta, estreita de quadris, mas de bunda perfeita, ajoelha-se um tiquinho mais à frente. Um perfume de tenras ervazinhas inundou a igreja. Meu pau fremiu (essa frase aí é uma sequela minha por ter lido antanho o D. H. Lawrence). Digo talvez meu pau estremeceu? Meu pau agitou-se? Meu pau levantou a cabeça? Esse negócio de escrever é penoso. É preciso definir com clareza, movimento e emoção. E o estremecer do pau é indefinível. Dizer um arrepio do pau não é bom. Fremir é pedantesco.

Eu devo ter lido uma má tradução do Lawrence, porque está aqui no dicionário: fremir (do latim *fremere*) ter rumor surdo e áspero. Dão um exemplo: "Os velozes vagões fremiam". Nada a ver com o pau. Depois, sinônimos: bramir, rugir, gemer, bramar. Cré, como dizia o padre tutor do Tavim, nada mesmo a ver com o pau. Meu pau vibrou, meu pau teve contrações espasmódicas? Nem pensar. Então, meu pau aquilo. O leitor entendeu. Vi que a mulher chorava. Os lindos ombros sacudiam-se dentro da blusa de seda amarelo-dourada. Fungou no lencinho. Armei uma estratégia. Levantei-me com a cara compungida, ajoelhei-me rapidamente diante do altar, virei a cabeça para os lados e perguntei à mulher: desculpe incomodá-la, mas a senhora sabe se o padre andou por aqui? Ela levantou a cabeça. Era linda. O discreto decote da blusa deixava à mostra a textura reluzente da pele. E que pescoço! Não desses muito longos. Para ser exato, o mesmo pescoço da Vênus de Praxíteles. Também estive lá. Em Roma. Tenho horror de pescoços longos. Eles me lembram cisnes. E cisne me lembra morte. A morte do cisne. E a morte do cisne me faz lembrar que também eu vou morrer um dia. Espero que não seja no lago. Tenho horror de quando começo a pensar. É repugnante. Graças ao demo, dono do planeta, há muito pouca gente que pensa. Ainda bem. Tive um grande amor, certa vez, mas a cadelona pensava e cada vez que eu pensava em fodê-la, me vinha: vou brochar com essa dona, meu pau vai minguar com essa doida pensante. E não é que foi assim mesmo? Pau gosta de cona, não gosta de cabeça. A mulher era gostosa, o mais belo nariz que já vi (meu pau adora nariz), coxas veementes, mas tinha essa escrotidão: pensava a sério.

Voltemos à igreja.

perdão, mas a senhora está se sentindo bem?

obrigada, sim.

não gostaria de conversar um pouco?

Antes de me responder sim obrigada, olhou-me de alto a baixo e deve ter notado as minhas boas etiquetas. Digo das roupas. Segurei-lhe o antebraço, dei umas recuadas de bom-tom, ela fez a tradicional genuflexão diante do altar, eu fiz outra já pensando se aquilo tudo seria presente de Deus ou do demo. Quem sabe mudo de ideia a respeito da Criação. Eram onze horas da manhã. Disse-lhe o meu nome. Ela disse o dela. Clódia. Crasso e Clódia. Estaríamos em Roma? Achei fantástico. Eu havia lido Catulo aos dezoito quando fodi aquela poetisa magrela e Clódia foi o grande amor de Catulo. Não é o da Paixão Cearense, é o outro. Isso não importa. Verdade que a Clódia de Catulo gostava demasiado de homens. Pois acreditem: ela parecia gostar demais de mulheres. Apesar de que alguns historiadores afirmam que a Lésbia citada por Catulo era a própria Clódia. Fiquei sabendo que ela gostava de mulheres depois dos dois primeiros uísques. Claro que aquela hora era a hora do drinque. Quase meio-dia. Não quer tomar um drinque antes do almoço? Quer almoçar comigo? De óculos escuros agora ela foi despejando lentamente vida e obra. Era museóloga, imaginem. Falava em volume, cor, espaço, traço, queria muito pintar também. Pinta? Perguntei.

olha, Crasso, tento.

e pinta o quê?

já é mais difícil de explicar.

paisagens, homens, mulheres, animais?

....

cabeças?

vaginas, Crasso.

???!!! original mesmo, eu disse.

E aí, Satanás, ela começou a desfiar um palavrório enrolado barroco, torções, arabescos, purpúreas excrescências, pelos dourados, cachos, frisos, laço, volume, cor, triângulos exatos, menos exatos do púbis, pensei, essa faria um bom par com Liló, ela desenhando, ele chupando!

você gosta tanto assim de cona? não gosta de pau não?

Ofendeu-se. Aguinha nos olhos. Incompreensão de homens e mulheres. De todos.

olhe, Clódia, não tenho nada contra vaginas, não.

Ofendeu-se de novo.
você é igual a todo mundo.
graças a Deus, eu disse. Mas olhe, Clódia, acho lindo vagina. Deus me livre de gostar de outra coisa. É que é, vamos dizer, é extravagante só pintar vaginas não é? Ou melhor, é singular, hen?
agora só uma perguntinha rápida: você só gosta de mulheres?
De novo o barroco dos sentimentos, o embaciado, o indefinível, a névoa sobre as palavras, cré, pensei, já sei: é uma lambecona. Retroagi ao meu velho conceito sobre a Criação. Coisa do demo, o mundo! Pois encontro uma Clódia na igreja, aos prantos, linda linda, penso que está chorando porque perdeu a mãezinha ou o marido, e sabem por que ela estava chorando? Porque sua amante, uma moçoila nadadora, dona da mais exígua mas perfeitíssima vagina, segundo me diz Clódia, atravessara hoje o Atlântico. (Não a nado, de navio mesmo.) Às nove da manhã, em lua de mel com seu marido, um famoso tenista.
tenista, é?
eu a amava, Crasso, muitíssimo.
imagino.
amor mesmo, junção de almas.
imagino. Tem um retrato dela aí? Quero dizer, tem a vagina dela pra dar uma olhada?
Sorriu. E pelo sorriso vi que gostava de pau também.

HIATOS DE CRASSO NO RELATO

Posso dobrar joelhos e catar pentelhos?
Posso ver o caralho do emir
E a "boceta-de-mula" (atenção: é uma planta da família das esterculiáceas)
Que acaba de nascer no jardim do grão-vizir?
Devo comprimir junto ao meu palato
o teu régio talo? Ou oscular tua genitália
dulçorosa Vestália?

* * *

Ó conas e caralhos, cuidai-vos! Clódia anda pelas ruas, pelas avenidas, olhando sempre abaixo de vossas cinturas! Cuidai-vos, adolescentes, machos, fêmeas, lolitas-velhas! Colocai vossas mãos sobre as genitálias! A leoa faminta caminha vagarosa, dourada, a úmida língua nas beiçolas claras! Os dentes, agulhas de marfim, plantados nas gengivas luzentes! Cáustica, Clódia atravessa ruas, avenidas e brilhosas calçadas. Ó, pelos deuses, adentrai vossas urnas de basalto porque a leoa ronda vossas salas e quartos! Quer lamber-vos a cona, quer adestrar caralhos, quer o néctar augusto de vagina e falos! Centuriões, moçoilos, guerreiros, senadores, atentai! Uma leoa persegue tudo o que é vivo mole incha e cresce! Trançai vossas pernas, trançai vossas mãos atentas sobre as partes pudendas! Não temais a vergonha de andar pelas ruas em torcidas posturas, pois Clódia está nas ruas!

Deitada, toda solta, Clódia me diz:
tenho uma vontade enorme de chupar dedos de negros.
não serve um charuto? perguntei exausto
....
Ó, as mulheres! Que sensíveis e doces, que lúdicas ladinas imaginosas e torpes! Mulheres! Fiquei amante de Clódia, "a leoa dos plátanos". Eu a chamava assim porque me parecia esse o seu verdadeiro nome. Os plátanos vão por conta da sonoridade da palavra. Chamava-a também de "putíssima amada", mais cabível ainda. Tinha coisas de nórdica: saúde, entusiasmo juvenil. E mania de falar diminutivos em alemão: *Liebling, Herzchen* e *Bärchen.* Justo o alemão que para mim parece ter sido desde sempre o que já disseram: a língua dos cavalos, porque quando soube que xereca em alemão é *Schenkelbürste,* pensei logo numa égua. Tinha muito de negra também: rebolado, dentes alvos, carnação, bunda perfeita, candura. E adorava negros. E ninfetas magras, os olhos radiosos, estrelados. Minha vida transformou-se em risos, cores, adoráveis loucuras.

Clódia morava num ateliê ensolarado, vidraças dando para uma praça onde se vendiam flores em listradas barracas e onde boceteiras (atenção! são vendedoras ambulantes de miudezas) transitavam por lá, oferecendo rendas e pequeninos corações de veludo crivados de alfinetes. Levantava-se às oito horas, tomava suco de orquídeas (dizia que as orquídeas alimentam a língua, tornando-a elástica e vibrátil. Era visivelmente louca), torradas com fatias delgadas de pepino, queijo de minas e uvas. As pinturas de Clódia eram vaginas imensas, algumas de densidade espessa, outras transparentes, algumas de um rubi-carmim enegrecido mas tênue, vaginas estendidas sobre as mesas, sobre colunas barrocas, vaginas dentro de caixas, dentro dos troncos das árvores, os grandes lábios estufados iguais à seda esticada, umas feito fornalhas, algumas tristes, pendentes, pentelhos aguados, ou iguais a caracóis, de um escuro nobre. A variedade de clitóris era inigualável: pequenos, textura de tafetá brilhoso, mínimos, cravados de ínfimos espinhos ou grandes, iguais a dedos mindinhos, duros de sensualidade e robustez. Pintava dedos tocando clitóris. Ou dedos isolados e tristes sobre as camas. Ou um único dedo tocando um clitóris-dedo. Dizia ter se inspirado no dedo de Deus da capela Sistina. Aquele do teto.

    porque não pinta caralhos, hen Clódia?
ach, du süsser Bimmel... é muito complicado.
você diz o caralho em si, *das Ding in sich*?
o quê?
a coisa em si, o pau é que é complicado de pintar? pois parece-me menos complicado do que essas conas aí.
como você é bobinho, *du süsser* Crassinho. Um caralho sem ereção é fatal para as tintas. Veja: uma vagina em repouso tem por si só vida, pulsão, cor. Um caralho em repouso é um verme morto. Com que tintas se pinta um verme morto?
verme?!
ó amorzinho, não fica assim, posso tentar pintar o teu em repouso, vem, vamos, tira as calças.
    Tirei. Clódia me pede para sentar num banquinho alto. Sento. Pega uma tela pequena. Olha tristemente para o meu pau.

estranho, ela diz.
por quê? o que há com o meu pau?
tem fissuras.
onde? pergunto assustado.
fissuras delicadas, benzinho, que só os meus olhos veem.
Pega um tubo de tinta amarela. Amarelo não, Clódia, amarelo não é a cor do meu pau.
e você acha que os girassóis do outro eram daquela cor? Calma, amorzinho, amarelo é poder, é ouro, e ouro mesmo em repouso é valioso, tem carisma, o amarelo.
Fiquei umas duas horas posando para o primeiro retrato de um caralho em repouso. De vez em quando ela dava um beijinho no meu pau. Ele fremia (!).
Clódia: ah, vai estragar tudo, amorzinho, fica verme, fica.
O pau concretizou-se amarelusco na tela. Uma certa luz outonal o circundava bem no centro de um esboço de peras.
mas por que peras, Clódia?
são ilações, meu caro.
Está séria. Aperta os olhos. Toma distância. Agora a campainha da porta. Visto as calças. É o nosso amigo escritor Hans Haeckel. Olha enojado para a tela:
o que é isso? Um verme!
não, o meu pau, eu digo.
não acredito. Ficou assim, é?
Tiro o pau pra fora. Claro que não. Ela é louca.
Hans: vamos dar um nome à tela: "*falus agonicus* de Crasso entre peras do outono".
Clódia achou lindo. Eu menos.

Hans Haeckel era um escritor sério, o infeliz. Adorava Clódia. Achava-a a mais limpa e nítida de todas as mulheres. Era um homem de meia-idade, alto, bastante encurvado e muito meigo. Havia escrito uma belíssima novela, uma nova história de Lázaro. A crítica o ignorava, os resenhistas de literatura teimavam que ele não existia, os coleguinhas sorriam invejosos quando uma vez ou outra alguém o mencionava. Foi ele quem deu nome às vaginas pintadas: pomba ladina, pomba aquosa, pomba dementada, columba trevosa, columba vivace, pomba carnívora, pomba luz, pomba geena, molto trepidante, molto dormideira etc. Eu lhe dizia:

Hans, ninguém quer nada com Lázaros, ainda mais esse aí, um cara leproso e ainda por cima morto. Mas ressuscitou, Crasso, ressuscitou! Mas o mundo é do capeta, Hans, vamos escrever a quatro mãos uma história porneia, vamos inventar uma pornocracia, Brasil meu caro, vamos pombear os passos de Clódia e exaltar a terra dos pornógrafos, dos pulhas, dos velhacos, dos vis.

não posso. Literatura para mim é paixão. Verdade. Conhecimento.

Matou-se logo depois. Um tiro trêmulo, a julgar pela trajetória inusitada: um raspão na raiz do nariz mas atingindo em cheio o olho esquerdo. Clódia desesperada resolveu fazer um retrato de Hans, ou melhor, Lázaro ressuscitando com o rosto de Hans, e Jesus ao lado, todo clarinho, muito do maneiroso, uma túnica cor-de-rosa. Eu comentei que aquilo era um horror e que segundo o laboratório da Nasa que reconstituiu o rosto de Jesus tendo como ponto de partida o Santo Sudário, o homem Jesus era muito da beleza mas um macho.

não posso acreditar que era só isso.

como só isso? era um homem, Clódia!

era homem e mulher numa só criatura.

mas no teu quadro é uma mulher pedante, muito da louca. Olha só o dedo que você pôs na mão dela!

que dedo? isso não é dedo, amorzinho. Isso é a estria de luz saindo da mão "dele" e a luz é que é assim pontiaguda.

a luz é curva também?

Ficou alguns dias tentando melhorar a luz. Eu continuava achando um horror, inclusive a cara de Hans-Lázaro toda amarfanhada e verde. À noite, o primeiro amigo que chegava já ia virando o quadro do avesso, e Rubito, um negro espigado com uma pinta mínima vermelha no branco do olho, e por isso Rubito, pontificava: nosso Oxalá não tem essa cara e jeito de bicha não, tá louqueando, Clódia? E quem é que quer se lembrar de Hans assim todo verde?

Clódia ria e chupava os dedos de Rubito. Afinal encontrou "o dos dedos". Melhor do que comprar charutilhas a toda hora. Rubito: não prefere chupar o dedão, hen? Esse aqui? E segurava o pau. Vocês devem estranhar a singularidade da minha relação com Clódia. Afinal ela era minha amante. Era sim. É verdade. Eu era o fixo. Mas a alminha de Clódia era brejeira, velhaca e sensual. Quando fizemos o trato do amor livre ela explicou: a rotina, a mesma paisagem das genitálias, faz apodrecer a sensualidade.

Claro, putíssima amada, eu respondia morto de medo que aquele exemplo de devassidão, aquela luxúria encarnada se cansasse da minha paisagem.

Uma tarde, procurando nas gavetas de Clódia um talão de recibos para dar ao comprador da vagina "pomba dementada" (porque de vez em quando um tarado comprava uma vagina), encontrei um conto de Hans Haeckel. Clódia me disse que nunca lia os trabalhos de Hans "porque, sabe *liebchen*, eu quero continuar viva, entende?". Transcrevo-o para o meu leitor. Se quiser continuar vivo, pule este trecho.

LISA

A pensão na cidade grande era miserável. O nome pomposo: Pensão Palácio. Eu cursava o segundo ano da faculdade de Direito. Meu pai era capataz numa fazenda e suas economias me foram entregues para que eu pudesse completar os estudos. Desde criança eu o ouvia dizer: quero que o menino olhe o mundo por um buraco diferente daquele que eu olhei. Eu nunca entendia se o mundo é que seria diferente ou se o buraco seria outro ou se o mundo seria novo olhado por um diferente buraco. A frase era complexa e ambígua demais para mim, tão criancinha. Bem. A pensão tinha poucos hóspedes e todos me pareciam tristes. Ou era só impressão? Um deles me fascinava. Baixo, magro, os olhos claros sob os óculos de aro fininho, o cabelo carapinhado e loiro. Fascinava por quê? Alguma coisa infantil desesperada imanava do homem. Ele era dono de uma pequena e dócil macaca: Lisa. Parecia gostar muito do animalzinho. Uma vez ouvi-o contar à dona da pensão que um bando de moleques capturou a macaca e queria matá-la para comer. Ele deu um bom dinheiro para os meninos e salvou a bichinha. Durante o dia Lisa ficava no modesto quintal atrás da casa, na goiabeira. À tarde ficava inquieta e lá pelas cinco horas ia postar-se junto à porta do quarto de seu dono. Todo mundo sabia que eram cinco horas e que o homem não deveria tardar. Ele chegava, ela subia-lhe pelas pernas, alcançava os ombros, dava gritinhos, coçava-lhe a carapinha loira. Uma noite ouvi gemidos no corredor dos quartos e fiquei curioso. Entre o meu quarto e o do homem havia um cômodo vazio onde a dona da pensão guardava cadeiras velhas, tampos de mármore rachados, um grande relógio muito estreito e alto, geringonças. A mulher abriu o quarto uma única vez à minha chegada "para que você não pense que há algum namorado meu escondido aí", ela dizia às gargalhadas. A porta do quarto vivia trancada, ninguém se interessava pelos badulaques empilhados ali. No dia seguinte aos estranhos gemidos, comprei uma chave de fenda e alguns dias mais tarde, ouvindo-os novamente, concluí que vinham do quarto do homem e com muita cautela abri a porta do quarto de guardados, excitado na bestagem dos meus dezenove anos.

    Uma luz azulada entrava pelas frestas da outra porta contígua ao quarto do homem. Então vi: o homem nu, deitado, e Lisa acariciando-lhe o sexo com as mãozinhas escuras, delicadas. Entre pequenos gemidos e fracos soluços o homem dizia: "minha amada, minha adorada Lisa, temos apenas um ao outro, somos apenas nós dois neste sórdido mundo de agonia e de treva". Lisa olhava alternadamente para o rosto e para o sexo do homem. Quando ele enfim ejaculou, ela enrodilhou-se lenta aos pés da cama. Ele apagou a luz. Ouvi-o dizer ainda: "obrigado, amiga". Fiquei muito tempo encostado atrás daquela porta. Nunca o mundo me pareceu tão triste, tão aterrador, tão sem Deus. No dia seguinte escrevi ao meu pai dizendo-lhe que não tinha mais paciência para os estudos, queria voltar para a roça. Estranhou muito. Nunca me perguntou coisa alguma, nem eu saberia explicar-lhe o patético, o dilacerado de tudo aquilo que eu havia visto, nem eu saberia dizer para mim mesmo o porquê de abandonar os estudos. O pai morreu muitos meses depois. Ouvi-o dizer à mãe antes do para sempre morto: "Presta atenção no rapaz, não é mais o mesmo". Ele estava certo. Nunca mais fui o mesmo.

Continuam vivos? Ilogicidade, senhores. Diagramas pentelhudos. Orgias de rigor. Mas o caos desce contundente (alguém me disse que o ovo é o caos da galinha, quem foi?), espesso caducante sobre cabeças e sexo. Enfio minha cabeça-abóbora candente entre as venosas virilhas de Clódia. Esquecido de mim, amargado, só tu, cona de Clódia, me olha o olho. Enquanto te chupo me vêm instantes do que seria o morrer, resíduos de mim, resíduos do Partido, não aquele, o Partido de mim estilhaçado. Lúcido antes, agora derrotado mas ainda vivo, derrotado mas ejaculando, o caralho nas tuas mãos, a cabeça-abóbora nas tuas coxas, o grosso leitoso entupindo os poros das tuas palmas. Arquejo. Vejo Deus e toda a trupe, potestades, arcanjos. Estou cego de santidade. De velhacaria.

vai ficar chupando até quando? Parece até que morreu por aí, ela me diz.

Clódia, assim que terminou de pintar na tela o meu caralho, disse a mesma coisa que Stephen Jay Gould, paleontólogo, quando viu o dinossauro *Tyrannosaurus rex* no museu tralalá: "acabei de descobrir a ocupação da minha vida". Foi ficando muito inconveniente porque assim que era apresentada a alguém, perguntava: posso ver o seu pau? Pintou paus de todos os tamanhos e expressões. Havia-os tão solitários, tão exangues que chegavam a causar compaixão. Outros afetados, pedantes. Havia-os desgarrados de si mesmos como se suplicassem pela própria existência. Alguns ostensivos, caralhudos vaidosos. Alguns muito, muito alegrinhos. Clódia sentia vontade de pintar, sobre esses últimos, guirlandas de amor-perfeito. Outros dramáticos, quase ofegantes. O meu pau, por exemplo, na tela de Clódia.

tatuzinho, não gostaria de escrever um tratado sobre genitálias? Ou um exercício de textos lúbricos? Ou teatro repulsivo, quem sabe, hen?

logo mais, louca.

podemos começar amanhã, hen?

sim. Amanhã. Chupa agora.

Foi presa no dia seguinte por atentado ao pudor. Encontrou um mendigo no banco da praça de flores e pediu (como sempre, aliás) que o cara lhe mostrasse o pau. O paspalho não hesitou. Ali mesmo ela começou a riscar a carvão (os papéis que sempre carregava na pasta) a caceta do dito-cujo. Logo depois chegou a polícia e foi um bate-boca que me deixou prostrado. De nada adiantou dizer-lhes que Clódia era pintora, museóloga, artista enfim. Louca eu não disse, mas eles disseram:

essa louca é o quê? Musa o quê? Ah, não meu chapa, nem musa pode ficar pintando cacetas na rua, não.

O mendigo exultava. Dava saltos grotescos e gritava: posso ver o riscado do meu pau, dona? Posso ver o retrato do meu pau?

Levou uns cascudos da polícia e entrou com Clódia no camburão, apesar dos meus protestos. Eu estava alarmado, ela sorria: "fica frio, *liebling*, coelhinho, tudo se arranja, tem suco de orquídea na geladeira, e pato e brotos de bambu e amêndoas e...". Quando fui procurá-la na delegacia disseram-me que tanto insistiu em ver o pau dos tiras que mandaram-na para um hospício logo ali. Ali onde? Uma hora de carro, meu chapa, cidade vizinha, só tem gente igualzinha a ela. Fui. Estava radiante.

liebling, vou ficar alguns dias, eles são adoráveis!
eles, quem?
os loucos, Crassinho, vê só, me deram de presente este texto de receitas!
receitas do quê?
tudo zen *liebling*! Lê! Lê! E tem teatro! Tem minicontos! Logo mais tô em casa, tá? E que cacetas, ursinho! Lindas! Loiras! E escuronas luzentes!

PEQUENAS SUGESTÕES E RECEITAS DE ESPANTO ANTITÉDIO PARA SENHORES E DONAS DE CASA

I.
Pegue uma cenoura. Dê uns tapinhas para que ela fique mais rosadinha (porque essa que você pegou era uma pálida cenoura). Aí diga: cenoura, tu me lembras uma certa tarde, uma certa loira, quando meu nabo, num fiasco, emurcheceu de vez. Se a tua mulher te encontrar na cozinha com a cenoura na mão, dizendo essas coisas, diga apenas: que bonita que é a cenoura, né bem?

II.
Pegue um nabo. Coloque duas ou três palavras dentro dele, por exemplo: bastão, ouro, amplidão. Chacoalhe. Você não vai ouvir ruído algum. É normal. Aí ajoelhe-se com o nabo na mão e diga:

> Com o bastão que me foi dado
> com o ouro que me foi tirado
> e sem nenhuma amplidão
> de conceitos e dados
> quero renascer brasileiro e poeta.

Quem te ouvir vai ficar besta.

III.

Colha um pé de couve e dois repolhos. Embrulhe-os. Faça as malas e atravesse a fronteira. Tá na hora.

IV.

Pergunte ao seu filhinho se ele quer laranja descascada de tampinha ou de gomo. Se ele disser que quer laranja descascada de tampinha, diga que um menino bem-educado sempre escolhe a de gomo. Se ele começar a chorar, chupe você a laranja. (De tampinha, naturalmente.)

V.

Colha duas amoras ou compre-as, dependendo se você mora no campo ou na cidade. Coloque uma em cada narina. Agora consiga de qualquer jeito um pé de alface de folhas bem durinhas. Se vier uma sensação de falta de ar, abra a boca e as pernas e abane-se com uma das folhas de alface. Não se esqueça da pitada de sal. Na alface, lógico.

VI.

Coloque duas alcachofras cruas dentro de uma vasilha com água fria. Fique ali esperando as folhas de alcachofra se soltarem e medite sobre a tua condição de ser humano mortal e deteriorável. Quando enfim todas as folhas estiverem sobrenadando, tome um banho, porque, convenhamos, há quantos dias que você está aí.

VII.

Compre meia dúzia de cerejas, um copo de creme de leite, uma dúzia e meia de framboesas, cem gramas de nozes já descascadas, um cálice de Cointreau, duas ambrósias. Pingue três gotas de néctar (informe-se), três fiapos de casquinha de nectarina, uma gota mínima de algália (informe-se, isto aqui não é cartilha para esse pessoalzinho que está fazendo mestrado). Bem. Ponha todos os ingredientes no liquidificador, acondicione corretamente nessas pequenas geladeirinhas portáveis e viaje para a Grécia. Tá na hora.

VIII.
Enfeite a mesa com flores. Compre um peru. Feche as crianças no banheiro. Antes de começar a ceia, convide seu marido para dançar ao redor da mesa (não mexa com o peru). Inopinadamente pergunte se ele gosta de trufas. Se ele disser que sim, gargalhe algum tempo atrás da porta e diga que "trufas não tem não, amorzinho".

IX.
(Se você for ph.D., leia até o fim. Se não, pule esta.) Faça um buquê de orelhas. É fácil. Peça apenas uma a cada um de seus dez amigos íntimos. Diga-lhes que é para uma causa nobre. Se perguntarem qual causa (não confundir com Cáucaso, é outra coisa), diga que você precisa mandar o buquê para tua velha e querida preceptora inglesa (quando você tinha quinze anos, lembra-se?), que arrancou as tuas duas porque você insistiu inquebrantável durante doze horas seguidas que aquela primeira frase do discurso de Marco Antonio para o povão era na "tua" tradução "Emprestem-me tuas orelhas". Todos concordarão, acredite, com o teu pedido. Ainda mais porque todo mundo sabe que *"Lend me your ears"* quer dizer isso mesmo.

X.
Corte um saco em pequenos pedaços. Um de estopa, evidente. Embrulhe vários ovos um por um em cada pequeno pedaço de estopa. Pinte caras descarnadas, dentes pontudos e beiços vermelhos na cara dos ovos (sempre esses de galinha ou de pato, é desses que eu estou falando). Quando alguma das tuas crianças começar a pedir aquelas coisas caríssimas e imbecis que são sugeridas na televisão, cubra-se de negro à noite, use tintas fosforescentes para ressaltar a cara dos ovos (aqueles) e quebre-os um a um nas pequeninas cabeças dizendo com voz rouca: parem de pedir coisas impossíveis à sua mãe, seus canalhas.

XI.
Compre manteiga. Passe-a nos dedos. (Esqueça-se de Marlon Brando.) Chupe-os. E diga em tom de oração: que vida solitária, meu Deus. (Contenha-se.)

XII.
Compre uma língua-de-tucano (é uma umbelífera), uma língua-de-vaca (*Chaptalia nutans* é o seu nome científico, não vá até Santa Catarina por causa disso), um lírio-branco (*Lilium candidum*), dois caquis (não é cáqui, não vá comprar o brim), ferva durante cinco minutos. Depois jogue fora. É uma simpatia pra você não dormir.

XIII.
Se você quer se matar porque o país está podre, e você quase, pegue uma pedrinha de cânfora e uma lata de caviar e coloque ao lado do seu revólver. Em seguida, coloque a pedrinha de cânfora debaixo da língua e olhe fixamente para a lata de caviar. Só então engatilhe o revólver. (É bom partir com olorosas e elegantes lembranças. Atenção: não dê um tiro na boca porque a pedrinha de cânfora se estilhaça.)

XIV.
Compre uma galinha daquelas lindas, vermelhas, gordotas, que esqueci o nome. Ensine o seu filhinho (só até oito anos, porque senão vira "Farra da Galinha") a segurá-la (a galinha) abaixo das axilas, perdão, quero dizer das asas e naturalmente de costas para o seu rapazinho. Amarre o bico (da galinha, evidente) com um pequeno elástico colorido (para não fazer má impressão ao seu menino, a não ser que ele tenha tendências sádicas e aí, por favor não compre a galinha), para que a galinha não se vire subitamente e bique o piu-piu do seu menino. (Isso não vai acontecer, madame, é apenas excesso de zelo do autor.) Ensine ao seu menino onde é o fiu-fiu da própria e deixe-os sozinhos na hora do recreio. Os dois vão adorar. Depois compre várias galinhas

para que sua criança tenha opção de escolha. Instigue-o a convidar os amiguinhos da vizinhança. Para que as galinhas também tenham opção de escolha. Credo! Como é difícil o texto didático.

XV.
Recolha num vidro de boca larga um pouco do ar de Cubatão e um traque do seu nenê. Compre uma "Bicicleta Azul" e adentre-se algum tempo nas "Brumas de Avalon". É uma boa receita se você quiser ser um escritor vendável.

    Calma, calma. Eu também já recebi a tua receita de bananas e traques.

TEATRINHO NOTA 0, Nº 1
Autor: Zumzum Xeque Pir

Personagens
CLÓDIA
HEIDI
OFÉLIA
LUCRÉCIA
BÃOCU (corruptela de Banquo, general de Macbeth)
    (= Madbed — corruptela de Macbeth)
JOCASTA
DUENDES

Cenário: solene, átrio com colunas e arcos
Tom: grandiloquente-farsesco.
(Gostaríamos que esta peça fosse representada por homens vestidos de mulheres.)

CLÓDIA
    Ó varetas, ó estames, ó pálidas cacetas!
    Ó rabos infernais vindos talvez de Creta!
    Circes, porcos, mentiroso Ulisses!

Onde estais, paus d'antanho, salgados, valorosos
E que falta nos fazem caralhos e cânhamos
Onde estão os heróis de língua tão formosa
E de caralhos duros como nossas perobas!
Hoje só nos resta a caterva, a canalha de duendes e...

HEIDI (*interrompendo*)
Por que falas assim dos duendes, ó Clódia
São deuses da Natureza, bondosos, prestativos
E nossos guardiães. São iguais a crianças!
Brincam conosco, brincam contigo! São generosos
Pois nos trazem flores, ervas e melissa
Para aplacar o tesão de nossas pobres vidas
E que culpa terão de não terem entre as pernas uma piça?

CLÓDIA
Heidi, tu te imaginas nos Alpes como sempre
Pois já voltaste. Cala-te. Para mim, é a canalha de duendes
Entrando em nossas casas, gelando nossas camas
À socapa, à sorrelfa como dizia meu mestre de Direito das
    Gentes.
O que achas, Ofélia? Vamos a uma outra guerra!
Vamos despir da compostura as tralhas
E procurar caralhos nesta terra nua!

OFÉLIA (*tom afetado e dissimulado*)
Perdoa-me, amiga.
Mas ainda sonho de Hamlet
A majestosa pica! E vaguezas, murmúrios
E o amor que me faria de Hamlet a escolhida!

CLÓDIA
Tola Ofélia! O picalhão de um louco
Só te traria a ti um enorme desgosto!
Já pensaste o que seria um Hamlet-marido

Dormitando contigo, e a sós vociferando
Com uma imunda caveira? Ser ou não ser...
Ócios de rameira! Ação, amigas! Estamos fartas
De textos e de pequenas picas! Nossos homens
Mergulharam nas guerras, na política.
E ainda vos digo mais: devem gostar a dois
Das fodanças do de trás. Deve saber-lhes bem
O grosso fornicar
Numas rodelas negras de seus generais.

LUCRÉCIA
Que dizes? Então tu achas que se comem a dois?
Ah, caríssima Clódia! Eu que fui rampeira e meretriz
Não posso acreditar que me troquem a crica
Por um buraco negro, inda que de Aníbal!

CLÓDIA
Silenciai! Vem aí Bāocu, o general!
Vede como caminha de forma dolorida!
Deve estar com a regueira assada
E mui comida! Silenciai, eu vos peço.
Pode-se perder a vida com discursos tais!

BĀOCU (*a cavalo, freando-o abruptamente*) (*cavalo de pano, naturalmente*)
Más notícias, senhoras!
Devemos continuar nossas conquistas!
Trago missivas dos maridos ausentes
E lágrimas contidas e

CLÓDIA (à parte, em segredo)
E rabos quentes.

BĀOCU
O que dizeis, senhora?

CLÓDIA
    Digo que coisa tão pungente, general!

BÃOCU
    Mas de que vale a vida sem luta renhida?
    Que coisa nos valeria o lar sem que pudéssemos
    Dar, a todas vós amigas, o ouro pelo qual lutamos
    O ouro que abunda nas hordas inimigas?

CLÓDIA (*para Lucrécia, em segredo*)
    Viste? Falou da bunda.

BÃOCU
    O que dizeis, senhora?

LUCRÉCIA
    Falávamos que uma boa tunda deve ser mantida!

BÃOCU
    Evidente, senhora. Uma boa luta
    Há de trazer a glória. Devo relatar-vos
    Um sem-fim de cansaços: as noites.
    Imensamente frias. Ficamos agrupados
    E devo dizer até... grudados uns aos outros... ó que dor!

CLÓDIA (*para Ofélia, em segredo*)
    Fazem fila indiana, um atrás do outro.

LUCRÉCIA (*indignada*)
    Imagino! A boca escalavrada de chupar pepinos!

BÃOCU
    Tiritamos, senhoras! E um só copo de vinho (*choroso; pausa*)
    Um só copo (*pausa*)

HEIDI (*para Clódia*)
Falou em socós, passarinhos?

CLÓDIA (*para Lucrécia, referindo-se a Heidi*)
Essa continua em férias.
Subindo os Alpes aos traques.

BÃOCU
Um só copo de vinho nos faz verter lágrimas
De saudade das nossas senhoras. (*chora*)

CLÓDIA (*à parte*)
Senhora ele não tem. Fode com Madbed, o rei.

LUCRÉCIA (*em sussurro*)
Canalhas!
Embriagam-se e dão o rabo por prazer!
De prazer é que choram!

OFÉLIA (*percebendo que Bãocu está mancando e com uma das mãos na nádega*)
Estais ferido, general?
Noto que o vosso passo é compungido
Como se tivésseis um ferimento atrás

CLÓDIA (*para Ofélia, em segredo*)
Deve ter o caralho de algum ainda lá metido

LUCRÉCIA (*para Clódia*)
Estraçalharam-lhe o buraco, isso te digo.

BÃOCU (*respondendo a Ofélia*)
Sim, minha senhora. Mas fui prontamente socorrido.

OFÉLIA
　　Podemos ver, general? Cuidá-lo melhor, talvez?

DUENDES (*entusiasmados com a ideia, muito excitados e rodeando Bãocu, tentando tirar-lhe as calças. Bãocu esquiva-se de todos os modos*)
　　Sim! Sim! Temos ervas régias! Curamos
　　A rodela de um bode ferido por um sabre!
　　Curamos até nobres nas rodelas!
　　Curamos um mastruço gigante de um cavalo
　　Que meteu no rabo ressequido de uma velha.
　　Curamos línguas, regos e pruridos senis
　　Esculpimos umbigos nos ventres lisos!

HEIDI (*para os duendes*)
　　Sim! Sim! Pequeninos suínos curei nos Apeninos!
　　Com o suco da flor das mantanhas. Conheceis?

DUENDES
　　Sim! Sim! O Edelvais tirolês.

CLÓDIA (*para o público*)
　　Os idiotas querem ver um buraco sagrado.
　　Vão acabar na forca. Eu, nem morta
　　Espio um cu fardado!

BÃOCU (*apavorado porque os duendes continuam tentando tirar-lhe a calça*)
　　Ó, por favor! Não! Não! Obrigado, obrigado!
　　Mas não! Ficaríeis apreensivos
　　Porque o sangue perdura. A carne não é
　　Como dizem os coitados das letras.
　　Solidez nenhuma. Tu te lembras, Ofélia:
　　"This too too solid flesh." Mentiras
　　Do imbecil. A carne é frágil

E tenra como rosa aberta!

LUCRÉCIA E CLÓDIA (*juntas*)
Céus! Está apaixonado.
Meteram-lhe hemorragicamente no buraco.

BÃOCU (*conseguindo safar-se dos duendes e de Heidi*)
Sinto que me entenderam e que sereis pacientes.
(*olhando apavorado para os duendes*)
Adeus meninos! Adeus senhoras!
Devo voltar à frente. Adeus! Adeus!
(*Afasta-se rapidamente a cavalo*)

CLÓDIA
Deboches! Putarias! Vistes, amigas,
Como falou às claras das orgias?
Inventaram ausências para fugir de nós!
Adoram os frescalhões as delinquências!
Soldados! Generais! Ha! Ha! Duros de peito
Arrebentados atrás!
Os homens iracundos são muito imperfeitos!

JOCASTA (*entrando*)
Estou contigo, Clódia.

LUCRÉCIA (*para o público*)
Esta é Jocasta. Tão dissimulada!

OFÉLIA
Faz-se de sonsa, mas de sonsa é que ela não tem nada!

HEIDI
Há séculos que sabe de Édipo as origens.

CLÓDIA
E bem por isso anda sempre acamada.
Tivesse eu também um filho com a idade de Édipo
Tão jovem e tão bonito
E ficaria lassa na cama pela eternidade.
(*aproximando-se de Jocasta*)
Ainda bem que te vejo de pé, Jocasta.

JOCASTA
É porque Édipo está mal.

HEIDI
O que tem?

JOCASTA
Anda lendo um austríaco, um tal de Freud, e não se sente bem.

LUCRÉCIA
Arranca-lhe o livro das mãos!

OFÉLIA
Eu é que sei! Se está doente e, igual a Hamlet, começa a ler
Fica impotente!

JOCASTA
Adivinhaste, amiga.

LUCRÉCIA
Ó que desgraça! Por Zeus!

Começam sons de batuque, distanciados, e Heidi mostra sinais de que está em transe.

CLÓDIA
Vox populi, vox Dei: com a leitura vão-se as picas duras.

JOCASTA
Já dizia um rei: um livro nas mãos é uma foda de menos.

LUCRÉCIA
Quem?

HEIDI (*em transe, dando gritos agudos*)
Viva o Brasil! (*várias vezes*)

CLÓDIA E TODOS (*muito espantados e várias vezes*)
Brasil? Brasil? E o que é? E o que tens? O que ela tem?

HEIDI (*em transe*)
É um país do futuro!
O oráculo acaba de dizer!
(*murmúrios de todos*)

TODOS (*alegríssimos*)
Que mais, Heidi? Que mais? Conta mais!

Aumenta gradativamente o barulho dos batuques.

HEIDI
Que hão de escorraçar os letrados e o monstro das letras!

JOCASTA (*ajoelhando-se*)
Graças a Zeus!
Não podemos avançar nesse futuro?

LUCRÉCIA (*para todos*)
Aspásia andou dizendo que uma chuva de picas
De diâmetro igual às doces mandiocas nascidas no areal

Nos fariam visita.

HEIDI
Calem-se! Calem-se! O oráculo me diz
Que quer mostrar do país um retrato falado!
É que os deuses, por compaixão, morando em céu de anil
Querem nos dar a visão do futuro Brasil
Começa a descer do alto do palco uma grande roda de carroça igual a uma bandeja. Ao redor da roda, cacetas como luminárias. No centro da roda, garrafas de cachaça. E lindas mulatas. Sambando, naturalmente.
(*tocando nas cacetas*)
São quentes! (*e todas as expressões condizentes a cargo do diretor*)

DUENDES (*para o público*)
Quentes... coitadinhas! Há quanto tempo não sentem uma caceta nas mãos!

AS MULHERES
São duras!
(*e todas as expressões condizentes a cargo do diretor*)

DUENDES (*para o público*)
Duras... Coitadinhas! Andam tão famintas
Que confundiram a outra noite
O fofo da neblina com uma rosa em botão!
Teceram num só dia pequenos travesseiros
Em forma de roliços bastões
E os colocaram gementes entre as virilhas

As mulatas descem da bandeja, invadem o palco aos gritos de "Viva o Brasil!" várias vezes. O palco está em festa. Seleção de futebol, samba, música muito frenética.

DUENDES (*aproximando-se do público*)
    Aspásia cumpriu o prometido.
    Disse-nos que se as mulheres insistissem,
    Por ausência de picas, em sair da cidade, em direção a Corinto,
    Ela, Aspásia, por artes de magia, lhes daria substitutivos.
    Conheceis Corinto? Não? É um valhacouto lírico.

TODOS ENTOAM A CANÇÃO FINAL
    Temos tudo nas mãos
    Bolas cricas gingas e tretas!
    Temos a pica mais dura do planeta!
    Viva o Brasil! (*várias vezes*)

TEATRINHO NOTA 0, Nº 2
Autor: Nenê Casca Grossa

    A Ursa
    eu a amo, pai
    mas ela é uma ursa, filho.
    o senhor não sabe como são as ursas, pai.
    claro que sei. Eu as caço todos os dias.
    não seja cruel, pai.
    muito bem, filho. Chame a ursa.
    Ursa!
    (*o pai examinando a ursa*) E então, meu filho? É peluda, tem focinho, tem patas (*examina os dentes*), tem dentes de ursa.
    o senhor não notou uma coisa diferente que ela tem?
    que coisa, filho?
    aquilo.
    aquilo... o que pode ser aquilo? Tem rabo?
    a coisa da Ursa, pai.
    (*pensativo*) A coisa... Tudo é coisa, filho. E ninguém sabe o que é coisa.

porra, pai! A boceta da ursa.
caralho! e por que não falou logo?
a gente tenta não explicitar, né, pai.
mas que mania que as gentes têm de não serem exatas. Coisa. Coisa. Muito bem. E o que há com a xereca da ursa?
é quente como a de gente. É doce como merengue. *Homo sum, humani nihil a me alienum puto*. E isso quer dizer: homem sou e nada do que é humano me é estranho.
mas ela não é humana, imbecil.
você é que pensa. Ursulinaaaa, vai fazer o almoço (*a ursa vai e traz velozmente o almoço*). Ursulinaaaa, vai lavar a roupa (*a ursa vai e traz velozmente a roupa lavada*). Ursulinaaaa, começa a varrer (*a ursa varre adoidada*).
(*o pai muito entusiasmado*)
pede, filho, para ela me fazer aquilo. Aquilo que eu gosto.
como é que eu vou saber o que você gosta?
aquilo, aquilo.
bananas cozidas, nabos, doce de abóbora... Pepinos?
(*o pai entusiasmado*)
isso! isso!
mas o senhor nunca me disse que gostava de pepinos!
ó, pelos céus! Maldito! Quero saber se a ursa sabe chupar cacetas! Sabe?
e porque não disse logo isso, pai? Aquilo... Aquilo... Pois ela chupa cacetas muito bem.
ó, filho, casemo-nos com ela! É tão raro e singular uma ursa como essa!
vai ser bom, papai. Obrigado, papai.
vai ser bom, meu filho. Obrigado, meu filho.
(*As atitudes da ursa durante a peça ficam a cargo do diretor.*)

TEATRINHO NOTA 0, Nº 3
Autor: Sonson Pentelin
O PÉTALA
Dois personagens: Sonsin e Nenéca. São jovens, moderninhos. Estão em qualquer lugar que o diretor queira. No banheiro talvez.

SONSIN (*papel na mão, lendo o texto*)
Conas frias como estrelas nuas, eram pedras de orvalho nas pradarias. Lívidos caralhos, minguados, as cabeças pendentes e ressecados pentelhos tomando um sol poente, ah tua boca tem tudo a ver com alecrim, gosturas, e a carne crua tem tudo a ver com jasmins, me tens trançado no visgo das tuas coxas, tenho te amado Leda, Líria, fria, nua!

NENÉCA
O que é isso? É Shakespeare?

SONSIN
É a abertura da minha peça, boba.
O preâmbulo, o começo da tragédia.

NENÉCA
Credo, Sonsin, que bosta.

SONSIN
O que você quer, hen Nenéca? Quer putaria vulgar? Escrotagem?

NENÉCA
Quero uma coisa normal, né? Isso é língua de asteca.

SONSIN
O que é uma coisa normal?

NENÉCA
Perguntar as horas, por exemplo.

SONSIN
Muito bem. Então que horas tem?

NENÉCA
Exatamente vinte e uma horas e vinte minutos.

SONSIN
E depois disso?

NENÉCA
O que depois disso?

SONSIN
Ué, as coisas têm que ter começo meio e fim.

NENÉCA
Ah é? E o que aquela puta fez pra você tece começo meio e fim? Chegou aos gritos e morreu em seguida. Aqui. Bem na tua casa. Tá faltando meio. Até agora, a polícia ainda te enche o saco. Por que você não continua aquela peça que você me contou um dia? O Pétala: aquele cara que cagava pétalas.

SONSIN
É que é difícil cagar pétalas no palco.

NENÉCA
Xii, Sonsin, tu tá por fora mesmo hen... Teatro, tem de tudo sabe?

SONSIN
Ah, é? Como é que você faz um cara cagar pétalas?

NENÉCA
Que coisa mais idiota, deve ser facílimo...

SONSIN
    Então diz como é que faz.

NENÉCA
    Bem... O cara pode encher o saquinho de pétalas, amarrar tudo na cintura, um saquinho, entende?

SONSIN
    Sei... E depois?

NENÉCA
    Ora Sonsin... Depois na hora de cagar estoura o saquinho.

SONSIN
    Sei. Só que pra estourar o saquinho tem que sentar em cima dele e aí ninguém vai ver ele cagar.

NENÉCA
    Também que besteira... Por que o cara tem que cagar pétalas?

SONSIN
    É uma peça burlesca. Tem que ser.

NENÉCA
    De que cor são as pétalas?

SONSIN
    E isso interessa, Nenéca?

NENÉCA
    Claro que interessa. Se alguém me conta que um sujeito vai cagar pétalas no palco a primeira coisa que eu pergunto é de que cor são as pétalas.

SONSIN
  Isso porque você é louca, ninguém pergunta isso.

NENÉCA
  Tá bom. Mas por que mesmo que ele tinha que cagar pétalas?

SONSIN
  Porque a mocinha que ele adorava, a Valenska, quando ele perguntou a ela: ó Valenska, posso oscular tua rósea orquídea?

NENÉCA
  Ele fala assim esse cara? Que cretino!!!

SONSIN
  Nenéca, é uma peça burlesca, já te disse, ou você acha que o pessoal quer a HH, aquela metafísica croata?

NENÉCA
  Tá bem tá bem, mas e daí? O que a mocinha respondeu?

SONSIN
  Então depois que ele disse à mocinha "posso oscular tua rósea orquídea?" ela disse: "só cagando pétalas, moçoilo poeta".

NENÉCA
  Engraçadinha, não?

SONSIN
  Então é por isso que o coitado faz o possível para cagar pétalas.

NENÉCA
  É... Ficou um problema... Escute, e se...

SONSIN
  Nenéca, eu não quero mais falar de pétalas.

NENÉCA
  Então tá bem. Começa aquilo do começo.

SONSIN
  Conas frias como estrelas frias, eram pedras de orvalho nas pradarias. (*começam a cair lentamente do alto pétalas de várias cores, lentamente*) Lívidos caralhos, minguados, as cabeças pendentes e ressecados pentelhos tomando um sol poente, ah tua boca tem tudo a ver com alecrim, gosturas, e a carne crua tem tudo a ver com jasmins, me tens prensado no visgo das tuas coxas, tenho te amado Leda, Líria, fria, nua!...

O palco agora está cheio de pétalas, só aparecem as cabeças.

NENÉCA
  Viu só, Sonsin? Cagaram.

SONSIN (*olhando para cima aterrado*)
  Meu Deus, é o Pétala!

Escuta Clódia, escuta, vê se você gosta:
O dragão espichou a fina língua na cona adolescente, lento de início, como quem rabisca. Um hipotético poente de azuladas tintas cresceu arredondado nas pálpebras descidas. Minhas pálpebras frias. Foi assim o teu sonho, é? Um dragão de verdade? Sim. Um dragão de sonho. Espicha mais a tua língua. Lambe aqui. Ele tinha escamas? Lindas, purpúreas. Tinha bigode? Ai ai ai. Não. Ai ai. Aí ela começou a gozar. O homem enterrou-lhe a verga na vagina. (Ó! ai! ó) Em seguida abriu os olhos. Olhou o rosto fino, anguloso e agônico da mulher adolescente. Sussurrou para si mesmo: a morte deve ter o mesmo rosto.
  que horror *liebling*, você anda lendo Hans, que deprimente!
  mas deixa eu ler mais isto pra você
  não, não e não!

se você deixar, esquento os rabanetes pro teu buraquinho não
e depois esquento a minha pica pro teu buracão
então tá bem. Lê.
Esticou o barbante entre as duas árvores. Pendurou seus trapos. Depois pôs as mãos na cintura e disse: "Bem. Agora tenho uma casa. Não havia telhado nem cachorro nem mulher nem panelas. Crianças muito menos. Havia apenas (logo mais) o céu negro e estrelas. Dias mais tarde demorou-se algum tempo (tempo talvez excessivo) olhando as árvores e enforcou-se". É do Hans.

CLÓDIA
só isso?

CRASSO
é.

CRASSO
posso continuar por ele.

CLÓDIA
Deus me livre. Só se você lembrar de colocar a língua de alguém no meio disso tudo ou um outro dragão quem sabe.

CRASSO
um dragão que coma o cu dele por exemplo.

CLÓDIA
antes ou depois dele se enforcar? (*pausa*) Crassinho, por favor, faz aparecer uma mulher ou uma adolescente meio puta, transviada, gostosinha. Que cê tem hen, Crasso?

CRASSO
mas o Hans só quis contar aquilo lá de cima.

CLÓDIA
    tudo bem. Olha eu vou telefonar para o Rubito.

CRASSO
    ainda não se cansou de chupar os dedos dele?

CLÓDIA
    tô deprimida.

CRASSO
    não quer um sorvete de chocolate de pauzinho? Rubito chegou. Foi logo tirando as calças, a camisa. A cueca era vermelha. Não tirou. Ele parecia um tição que começa a pegar fogo. Pegou um uísque. Deitou-se no tapete. Crasso está triste, disse Clódia. Então você chupa o pau dele e eu meto a língua na tua rodela. Que tal, Crasso?
    não, Rubito, obrigado eu disse.
    pô. tá triste mesmo.
    você precisa ler a historinha que ele leu para mim. Do Hans.
    é metafísica ou putaria das grossas? mas não quero ler não. Quero que você saiba, Crasso, que hoje eu vi um antúrio negro. É deslumbrante. Coisa de japonês. Eu adoro japoneses. São ternos e cruéis.
    um antúrio negro é uma coisa cruel, Rubito.
    por quê?
    é como se você visse o palato de Deus.
    só se ele fumar muito não é, *liebling*? Me morde aqui, vá. Aqui na cona.
    e os rabanetes?
    e eu, pessoal? e eu? disse Rubito.

Viajei porque queria os inéditos de Hans. Clódia me deu o endereço da mãe dele. Soubemos que ele deixara tudo lá uns dias antes de se matar. A cidade chama-se Muiabé, no município de

Cantão da Vila. É tão isolada que chamam Muiabé de ilha. Estou indo. Quem sabe se aos poucos vou preparando uma lista desses canalhas editores. Quem sabe se na ilha encontro o meu porco. Porque cada um de nós, Clódia, tem que achar o seu próprio porco. (Atenção, não confundir com corpo.) Porco, gente, porco, o corpo às avessas.

Querida Clódia: há algumas coisas para te dizer daqui do meu voluntário exílio. Por exemplo: quando eu morrer, quero que ao invés das bolinhas de algodão que usualmente colocam nas narinas do morto, que você providencie bolinhas de pentelho de virgem. Sei que será uma estafante tarefa porque primeiro: não há virgens. Segundo: as que seriam virgens são impúberes e portanto sem pentelhos, glabras. Vá pensando nisso tudo. Outra coisa importante: pinte uma vagina dentro de uma casca de ovo, com nuances *bleu foncé* e negro, e estando eu morto coloque a pequena tela no bolso da minha calça. Do lado direito. Enquanto coloca, alise com brandura meu caralho-prega (este que eu agora aliso enquanto te escrevo e que está tudo aquilo túrgido, duro, aceso, pulsante, vibrátil, túmido, sem que os amigos ao redor do esquife percebam, para não ficar constrangedor para mim, percebes?) E por quê, me dirás? E por quê, *kleine* ursinho, besourinho dourado, por quê, dirás. Quanto aos pentelhos de virgem, porque quero sentir cosquinhas no nariz e espirrar se não estiver morto. Se estiver, porque quero sentir o aroma de um pentelho assim. Dirás: mas estás morto. *Who knows, my dear?* eu digo. Porque posso estar simplesmente ausente. Indiferente. Impassível. Ou posso estar morto na dimensão dos vivos e vivo entre aqueles, e o teu gesto terá a maciez, o cuidado, a doçura, o inequívoco das últimas despedidas. Do lado direito, porque será mais fácil para mim, (se não estiver morto), tocar na minúscula vagina *bleu foncé* e negro, e se estiver morto servirá como passaporte, quero dizer identificação mais precisa para onde eu gostaria de viajar. Para os valhacoutos do prazer, minha querida, os núcleos da devassidão celestial. Outra coisa: corte as unhas se tiver a tara de querer enfiar o dedo no cu do morto. Nem morto posso suportar tua unha dourada e pontiaguda no meu buraco. Aliás, por que você insiste em não cortar pelo menos a unha desse dedo que eu não sei mais como se chama, só me lembro do anular? Clódia, que saudades. É horrível a ilha. Mas estou nela. Vomito todos os dias quando penso em mim, quando me detenho. É preciso inventar algumas geringonças para serem colocadas no cérebro dos nascituros impedindo que os homens tenham pensamentos deletérios. Saber da própria morte, por exemplo, é uma maçada. A profusão de vermes e de asas que espoucarão no meu corpo-monturo. A geringonça instalada no cérebro não permitiria que eu pensasse nisso. A palavra morte arrancada do cérebro. Olharíamos o morto e seria como se olhássemos uma travessa de alfaces. Comer o morto seria até melhor do que sabê-lo. Isso de eu ter vindo para cá a fim de catalogar toda a produção inédita de Hans Haeckel foi muito imprudente. Clódia, se você lesse os inéditos de Hans! Aquele de Lisa é o mais alegrinho. Há agonias sem fim, homens e mulheres debruçando-se sobre o Nada, o Fim, o ódio, a desesperança. E se você tivesse conhecido a mãe de Hans, não suportaria. É uma velha odiosa. Avara até os pentelhos. Dizem que tem cinquenta casas alugadas e quando o cara não paga ela fica na soleira da porta do infeliz até o anoitecer e volta a cada dia. Quando fui buscar os inéditos do nosso amigo, ela me disse: "Pode levar todo este lixo".

Pesada, varicosa, os peitos uma maçaroca batendo na cintura. Pediu-me que eu a acompanhasse até a venda, a mercearia deste lugarejo. Ficou uns quinze minutos discutindo com o cara por causa do pão.

mas minha senhora, não sou eu o culpado do preço do pão.

se não abaixar o preço não compro.

E foi um tal de baixa não baixa que o homem acabou baixando as calças e lhe mostrando a pica (você ia gostar dessa, tem verrugas pretas na ponta). Ela voltou sem o pão. Ia pela rua catando tudo quanto há: prego, tampa de margarina, tampinha de garrafa, papelão. Dizem que construiu uma casa vendendo depois essas quinquilharias. Quando me deparei com um tolete de cachorro, perguntei-lhe: aquilo não vai não? Ela rosnou. Chama-se Sara. Na venda me contaram que ela frita baratas e tira os bigodes das pobrezinhas antes de comê-las. O que há com as mães, hen Clódia? Pobre Hans. Um gênio com essa mãe! E o que há com a genética, hen Clódia? Os homens não sabem nada do DNA, nada! nada! Por favor, manda-me uma das tuas vaginas, aquela salpicada de roxo. As abas caídas. A que Hans chamou: "pomba buona". Quero me lembrar de algumas boas mães velhas. Senão vou sair matando mãe por aí.

P.S.: joga fora esta carta. Lembra-te do meu pau. Da minha língua. Lembra-te que eu te amo, louca. Estoca os teus sucos de orquídea para o meu deleite quando da minha volta. Aquece alguns rabanetes, aqueles compridinhos para eu te pôr no buraco, como gostas, as casquinhas vermelhas ao redor como flor, como gostas. *Blümschen*, sonho com as tuas coxas carnudas e minha cabeça metida na tua vasta orquídea.

CONTO PÓSTUMO DE HANS HAECKEL

Tocou o desmesurado de Deus. Jorrava sangue e sêmen negro. Acordou ofegante e suado. Os dedos doloridos ardiam. Foi até o banheiro. Imundície e desordem. Como tudo havia mudado depois da morte do pai! A mãe foi sempre uma mulher dementada. Ainda hoje ele teria que acabar a tradução de *Sch. An-Ski*, "*O Dibuk*". Aquela casa! O sofá despencando, a mesa cheia de manchas, os papéis que era preciso esconder porque ela teimava em amassá-los e jogá-los no lixo. Como teria nascido filho daquela mãe? Como foi possível que o pai, um homem delicado, fino, se apaixonasse por aquela mulher grosseira, os olhos duros, assustadores como o agudo dos estiletes?

mas ela não foi sempre assim filho, ele teria dito um dia.

Como teria sido então? Como teria sido a outra, antes, jovenzinha?

linda, filho, linda. Inacreditável. O filho só se lembrava dela assim como estava. É inacreditável também aquele sonho. Tocou o falo de Deus. E do falo jorrava sangue e sêmen negro. Teve um começo de náusea, tomando café. A mãe sentada na poltrona escura movimentava as mãos vazias como se tricotasse. Ausente, muda, feroz. *O Dibuk. Sch. An-Ski* escreveu certa vez: "Não tenho mulher, nem filhos, nem lar, nem mesmo uma casa ou móveis... A única coisa que me une fortemente a esses conceitos é a nação". Também ele não tinha mulher, filhos, lar e aquilo onde estava não se podia dizer que era uma casa e móveis, então... quanto à nação, seus sentimentos eram de revolta, dor, absurdez, porque ser brasileiro é ser ninguém, é ser desamparado e grotesco diante de si mesmo e do mundo. Empurrou a xícara de café e tentou continuar a tradução da véspera. Máquina de escrever não havia mais. Vendera a sua há muitos meses. Era difícil segurar o lápis com aqueles dedos doloridos. Começou a sorrir. O falo de Deus. Que loucura. Não havia tal coisa. Ficou perplexo quando a mãe começou a cantar: *Du bist wie eine Blume, so hold und schön und rein?* Tu és igual a uma flor, tão doce, bela e pura. Há quantos anos a velha não dizia uma palavra, quanto mais cantar. O que foi, mãe? A resposta foi uma cantoria cada vez mais alta e mais estridente. "Para, mãe, já chega, para." Ela parou e falou com voz alheia: "Não se questione mais, não procure mais". Em seguida, a velha continuou o habitual e fantasmagórico tricoteio.

Clódia, essas são as primeiras linhas de um conto póstumo de Hans. Nas anotações ele disse que a palavra *dibuk* é o nome do espírito de um morto. E diz mais: "O conto é a tragédia do tradutor, um homem que percebe a irreversibilidade do mal e enlouquece". Não encontrei a continuação. Por enquanto, só as anotações. Vê só como nosso amigo tava pinel. O pau de Deus. Esse sim é que você gostaria de pintar. Usarias tuas tintas vermelhas e negras e pintavas o divino caralhão esporrando adoidado. Hans era sábio, Clódia. Sabia que não era para a gente se perguntar muito, que a vida é viável enquanto se fica na superfície, nos matizes, nas aquarelas. Aquarela já é perigoso também. Há tristíssimas e sinistras aquarelas. Ele sabia, mas resolveu continuar aquarelando. Clódia, não pinte jamais aquarelas, nem essa paisagem aí da tua janela. Tudo tende a desmanchar-se num átimo, quando a gente se demora olhando. Desmancha-se o que se vê para fixar uma nova paisagem. A singular paisagem daquele que pinta. Ainda bem, putíssima amada, que tu pintas vaginas e picas. Não há muita transcendência por aí. Escute: encontrei uma dona gostosa na praça do coreto daqui. Joseli. É datilógrafa. Tem um rabo caído, uma perazinha, mas que boca. Íamos nos alegrar tanto os três, mas a mocinha parece direita, tem mãe e irmãzinha. Minha intenção é levar uns docinhos para a mãezinha dela amanhã à noite. A mãe pode ser melhor. Joseli tem dezoito aninhos. Não fica com ciúme, não, tua cona é única e eterna. Espere notícias.

Ando deprimido, Clódia. Como se caralhos e perseguidas não existissem mais. Ler o nosso Hans Haeckel é como se o pensar tomasse efetiva concretude e aparecesse à tua frente: uma sólida e imponente colina de granito. Até me esqueci da menina Joseli e da mãezinha dela. Ah sim, porque fui visitar a família e a família é a Joseli, a irmãzinha, um pouco pequenina para meter-lhe a piça. E a mãe. A mãe é rechonchuda, muito da discreta, fala baixo e manso. Que olhos! Que tetas! Mas hoje, para mim, meter seria o mais fastidioso, o mais desastroso e inútil de todos os atos. Tento meditar coisas imundas: lamber o traseiro de uma mula por exemplo. Penso em Hitler defecando sobre as loiras cabeças de suas amantes (era uma das taras irrelevantes dele), cuspo no meu pau e aliso-o com frenética doçura, penso até (perdão, Clodinha) nos dedos pretos de Rubito adentrando tua rodela e, chupando-os depois, e nada! Nadinha! O pau é uma tripa engruvinhada, o pensar nas cricas me dá ânsias, agora sim entendo por que o Buonarotti dizia que as genitálias eram as coisas mais feias dos corpos humanos, também acho, gostaria de ver a boceta de uma cigarra, de uma andorinha, a genitália dos lírios, das boninas, o pau do beija-flor, do pombo, do tico-tico. Clódia, eu sou um verme viscoso e nojento. Talvez sigam notícias se eu conseguir anular o gesto do tiro na têmpora.

Cruzes, volte imediatamente, pare de ler o Hans. Ele que se foda. Que o esqueçam. Você já não sabe que os homens não suportam pensar? Pare com essa atividade deletéria. Volte. A perseguida encharcada à tua espera. Clódia.

Fique calma. Consegui depenar o sabiá ontem. Foi assim: primeiro mandei o Hans à puta que o pariu, que é aquela velha obscena que gosta de ver o mastruço do cara da padaria e que cata bostas pelo chão. Segundo: fiquei nu. Terceiro: pensei na mãe da Joseli e na Joseli e quase que pensei na irmãzinha também. Mas descobri que não sou afeito à pedofilia. A menininha começou a chorar e a caceta ficou do tamanho de um grão de milho. Então comecei tudo de novo. Não pensei mais nem na mãe nem na Joseli nem na palavra família. Família brocha qualquer mastruço. A não ser que a mãe da gente tenha a cara da Mangano, a Silvana. Que coxas, que nariz! Você se lembra da *Morte em Veneza*? Que mãe que inventaram pra aquele moçoilo bicha! Se eu tivesse tido aquela mãe tinha ficado igualzinho. Continuando: pensei em você, cona eterna! Nos teus esgares, teus gritos, a tua vertigem quando você fica séria. Será que ando sentindo amor? Meu Deus, isso vai me brochar para sempre. Não há nada mais estraçalhante e corrosivo! Então reformulei o quadro. Pensei em você prostitutíssima (como quase sempre, aliás) e pensei naquela tua entrada na igreja, a blusinha amarelo dourada e na sacristia e no padre que não apareceu. Mas fiz com que o idiota aparecesse. E lá fomos os três pra sacristia. Isso me lembrou um livro que li há algum tempo. Uma putinha chamada Corina: *O caderno negro*. Mas não gostei não. Era tudo muito jeca. O meu padre, você e eu somos sofisticados. O padre é francês. Inteligente. Aqueles que gostam de guerrilhas. Depois pensei em pôr um padre alemão pra você gozar mais gostoso. Mas eu ia me foder com a língua dos cavalos que você gosta tanto. Alemão eu só aguento na tua boca. Então o francês. Ele te alisando com fala macia, e você respondendo com o mesmo subtom daquelas falas da Marguerite Duras em *Hiroshima mon amour. Quelle douceur! Tu me tue. Tu me fais du bien, dévore-moi...* fui indo e de repente ficou tudo uma maçada porque me lembrei do amante alemão da outra. Aí voltei tudo pra trás. Igreja, padre e você. E me lembrei, felizmente, que estamos no Brasil. O país bandalho. Depois acrescentei a santa Teresa do Bernini, aqueles pés em ponta recebendo as flechadas da beleza e gozando gozando. Te vesti de carmelita, querida. Me vesti de Sátiro. Cornos e tudo. Gozei grosso e quente. Comovido até. Esqueci de dizer a você que antes de gozar vesti rapidinho o padre de guerrilheiro. Aquela boina e tudo o mais. A batina que eu havia idealizado não deu certo. Aliás, pensei, por que não modifiquei todo o panorama e não me coloquei entre vocês dois, guerrilheiros também, lá pelos confins do Araguaia? Quer saber? Por causa dos mosquitos.

CONTO DE HANS HAECKEL

A velha era triste e disforme. O cachorro era magro. Ela percorria aquele caminho há muitos anos. Catava o lixo de um monturo. Os meninos resolveram matá-la. Ela e o cachorro. Armaram-se com barras de ferro. Com facas também. O cachorro ganiu comprido. A velha nem um pio. Um dos meninos disse que queria comer os olhos da velha.

O outro perguntou por quê.
porque dizem que é parecido com ostra.
quem disse isso?
gente que já comeu, ué.

olho ou ostra?
eh, bobo, tanto faz.
Então arrancaram os dois olhos da velha. Gostaram tanto que resolveram comer também os olhos do cachorro.
supimpa, disse um deles.
legal, disse o outro.
E foram dormir. Arrotando olhos.

CONTO DE CRASSO EM DEPRESSÃO

Ele deu várias chicotadas nas coxas da mulher. Ela sangrava e pedia mais.
você sabe que os americanos ficaram com uns problemas com aquilo tudo do Vietnã?
sei que ficaram com vários problemas, mas qual é esse?
eles gozavam quando explodiam a cabeça de um vietnamita.
que jeito difícil de gozar não? ainda mais agora, tem que viajar pra lá.
até que nem. É só sair por aí explodindo cabeças.
é. isso é.
e as armas?
a gente arranja, benzinho. Ele lambeu-lhe as coxas. Ficou lambuzado de sangue.
eu gosto de sangue.
eu gosto de ser sangrada.
o que é que você acha do ser humano?
um barato, né, bem?
e se eu te matasse agora? de que jeito?
com várias facadas.
dói? não vai responder aquilo: que só dói se eu começar a rir.
não, benzinho.
Ele foi até a cozinha. Ela sorria. Ele voltou com uma faca dentro de uma bacia de água. Lembrou-se do Polanski: *A faca na água*. Bonito aquele filme. você assistiu *A faca na água*?

    não. Eu só assisto filme pornô.
    quanto você quer pra levar uma facada?
    a sério?
    claro.
    se eu gozar quero nada não, bem.
    Ele deslizava a lâmina da faca na água da bacia. Lembrou-se de um poeta que adora facas. Que cara chato, pô. Inventaram o cara. Nada de emoções, ele vive repetindo, sou um intelectual, só rigor, ele vive repetindo. Deve esporrar dentro de uma tábua de logaritmo. Ou dentro de um dodecaedro. Ou no quadrado da hipotenusa. Na elipse. Na tangente. Deve dormir num colchão de facas. Deve ter o pau quadrado. Êta cabra-macho rigoroso! Chato chato.
    resolveu então benzinho? quanto é pra morrer sem gozar?
    ah, isso vai ser caro, amor. Nenhuma siririca antes?
    não. Assim a seco.
    você é louco.
    não.
    E enquanto ela gritava, encolhida debaixo dos lençóis, explodindo em sangue, ele dizia: um punhal só grito, benzinho, sem nenhuma emoção, benzinho. Coisa de cabra-macho rigoroso, benzinho. Goza, vá. Algumas pessoas que andavam pela rua tentaram adivinhar de onde vinham os gritos. Mas tudo silenciou de repente. E todos continuaram andando.
    goza, vá.

Devo lamber-te a cona, ó celerada
Ou torturar-te o grelo nas delongas e
Devo falar de Deus nas águas rasas
De teus parcos neurônios, ou te lamber
As coxas rúbias, glabras
Ou modorrar quem sabe no fastio
De narrativas tuas sobre amantes teus
O tamanho das piças, o palrar dos panacas
Interjeições monistas (de monos, amada)

Que é o que foram os pulhas das tuas empreitadas.
Para alcançar orgasmos impudentes
Devo fazer que gesto, ó celerada?

Teu verso é teu monturo, Crasso velho.
Porque fétido, é o verso que exala
Impotência e despeito. Fedes da axila ao reto
E há magia nenhuma nos teus dedos.
Se são mundanas minhas falas
Quando estás por perto
É porque te sei rude, grosso, crasso
Como o teu nome indica.
Quanto ao tamanho das piças
Deixa-me rir do tamanho da rola
Que tens entre as pernas.
Um riso prolongado, um riso eterno
Eu, atrás de todas as treliças.

Imagina-te, Clódia, encontrei uma mulher inimaginável, belíssima. Ela é de Caicó. Jamais pensei que uma caicoense pudesse ter tais atributos. É tudo tão longe, não é? E a gente nem sabe direito onde é Caicó. E se existe. Pois existe e muito! A mulher é inteira existente. Existe em maravilha da cabeça aos pés. Não te preocupes, mas balancei um bocado. É alta, loira, letrada! Conhece literatura de cabo a rabo. O marido, o professor Gutemberg, viajou anteontem para um lugarzinho perto daqui chamado Muiabé. Não deu outra. Já sabes. Mas a mulher tem tamanhas qualidades que fiquei tímido, lasso, brocha e despeitado. E ontem, odiento, mandei-lhe o primeiro poema aí de cima. Pois imagina-te, hoje me respondeu com o aí de baixo. Estou mal. Prostrado. Manda-me algumas palavrinhas. Caicó, meu Deus! Vou comprar hoje mesmo um mapa desse Brasil bandalho. Que surpresas! Que país! Que grelos insolentes e cultivados tão de repente! Eu fedo, Clodinha? Manda-me carícias e um fio do teu pentelho. Ela se chama Líria.

CONTO DE HANS HAECKEL

A morte me apareceu certa noite no quarto. Era uma menina vestida de negro, os cabelos loiros escorridos. O vestido era estufado, brilhoso. Assim que a vi soube que era a morte. Recostou-se em um canto de parede à minha frente, os pezinhos cruzados. Não usava sapatos.
então, Hans está pronto?
não, respondi-lhe agoniado.
Sorriu. Tinha dentes negros e minúsculos. Assustei-me.
Esperou que eu me acalmasse e perguntou:
quanto tempo ainda você deseja?
algum tempo.
Respondeu-me que era preciso que eu fosse mais preciso. A frase tinha humor e pude até sorrir.
Disse-lhe:
mais dez anos talvez.
dez anos talvez, é hoje.
impossível.
não. para ser exata: dez anos e dez dias. o tempo é outro quando eu apareço.
Senti náuseas de repente e uma dor profunda no peito.
Ainda pude perguntar-lhe: há uma outra vida?
sim. Milhões de crianças como eu. Você será uma delas. É tedioso e até inaceitável mas é assim. O espelho do quarto refletiu um menino vestido de negro, calças curtas e camisa comum, os cabelos loiros escorridos. Olhei-me assombrado. Depois disso, nunca mais me vi.

Fiz as pazes com Líria. Acalma-te Clódia. Não é tua a frase "a rotina, a mesma visão das genitálias faz apodrecer a sensualidade"? Tô quase podrido. Calma.

Líria me contou que antes de conhecê-la, o professor Gutemberg só pensava na morte. Era triste sábio e profundo. Sua caceta sempre foi magnífica mas o desempenho era prejudicado pela leitura excessiva. Sabia História como ninguém, e boa parte de sua antessurdez e melancolia era devido à História. Dizia à Líria que a Humanidade continuará seu caminho demente, que somente um idiota não vê que os homens continuarão *per secula seculorum* a cometer desatinos imundícies baixezas escroterias, e que as religiões e as igrejas haviam criado as guerras a miséria a loucura a culpa. Mas o professor Gutemberg amava Vladimir Ilyich Ulyanov, o Homem. Quando falava dele sua caceta alcançava níveis de real grandeza. E foi por aí, ela me disse, que conseguiu um desempenho contínuo e maravilhoso do professor. Como assim? perguntei. Ah, caríssimo Crasso, ela me diz deitada (com aquelas coxas suadas inundadas de pelinhos loiros luminosos. As coxas de Líria falam. Mexem-se de tal jeito, abrem-se com sóbria voluptuosidade, lentamente, depois juntam-se, esfregam-se, um movimento de magnífica harmonia. Lembro-me neste instante de uns versos de Pessoa: "apetece como um barco, tem qualquer coisa de gomo, meu Deus quando é que eu embarco? ó fome, quando é que eu como?"), descobri na biblioteca de nosso padrinho, porque temos um padrinho que é possuidor da maior e mais perfeita biblioteca das bandas de lá, e ele foi na juventude filiado ao Partido.

que Partido?

como que Partido? O Partido, o único que se conhece com esse nome.

ah, sei, e daí?

e daí descobri que Vladimir Ilyich tinha uma imponente feérica inigualável verga.

ah, mas que absurdo, Líria, que bobagem, que eu saiba ninguém jamais viu a caceta do Homem, a não ser, lógico, a própria mulher.

a Krupskaia...? imagine! ela, se viu, viu pouco. você sabe que as russas, meu caro, são puritanas, ou melhor, são vitorianas até hoje em matéria de sexo. ah, não acho que sejam não... porque uma vez. não não não não, eu sei das coisas, Crasso, mas continuando... quem viu mesmo foi outra.

quem?

uma mulher fascinante, não posso te dizer o nome, e é claro que ela não deixou relatos sobre esse assunto mas confidenciou a uma amiga, entendes? e há os relatos escritos dessa amiga.

ahmm...

e eu os li, Crasso. São soberbos. Um erótico santo, bíblico.

não diga, é mesmo é?

é.

e daí?

e daí que Vladimir Ilyich tinha a mais deslumbrante verga de toda a Rússia, e posso dizer que do mundo, talvez. inigualável.

tudo bem, Líria, mas o que é que uma caceta pode ter de tão diferente da outra, claro, a não ser comprimento e grossura?

ah, meu caro... diferenças sutis, temperatura, pulsação, resistência. cor.

cor?!

sim senhor! há cacetas abatidas, da cor de aspargos.

e o professor com tudo isso?

o professor com tudo isso é que na hora da cama eu lhe dizia: meu caralho russo, lembra-te do Homem, fica inigualável, fica.

e ele ficava?

claro! inigualável, frenético, discursivo, profundo, você não imagina, o Gutemberg chegava até a fechar o olho esquerdo nessa hora.

???

o Homem tinha um tique insinuante: fechava às vezes o olho esquerdo. Nos grandes momentos de dialética. curioso. Curioso.

Olhei o meu pau. Estava murchinho. Tentei fechar o olho esquerdo mas não aconteceu nada.

Há duas semanas que Clódia não dá notícias. Nem um telegrama. Telefonei algumas vezes do único telefone da cidade, um lugarzinho apertado e calorento. Ninguém atendeu. Insisti meia hora. Atendeu. Quando ouviu minha voz ela disse simplesmente: foda-se, Crasso. Liguei novamente. Mais meia hora. Atendeu. Eu perguntei: por quê? Ela disse: porque você está amando e isso é traição. Tentei gargalhar. Bateu o telefone. Verdade que havia também uma coisa a favor de Líria: minha depressão. Os contos de Hans Haeckel perturbaram-me imenso. Depois: a beleza irradiante de Líria. Outra coisa: a amabilidade e simpatia do professor Gutemberg. Sim, porque as qualidades de um marido têm muito a ver com o desejo do homem por uma mulher. Assim que nos aproximamos de uma mulher casada, olhamos o marido. Se ele é repelente, o desejo pra mim diminui. Pensamos: essa tem coragem de meter com esse aí? E nasce uma ponta de desprezo. Se o cara é bonitão o desejo aumenta, porque podemos repetir aquela frase: beleza não põe a mesa. Se é carrancudo, brocha um pouco. Dá medo de morrer. O cara pode se enfezar a sério. Marido e mãe têm muito a ver com a mulher que desejamos. Bertrand Russell, para citar só um exemplo, começou a ficar enojado de sua mulher quando soube que a sogra vendera a dentadura do falecido. Isso também me pareceu insuportável. E as filhas têm sempre muito a ver com a mãe. Quando li essa confissão de Bertrand Russell fiquei surpreso porque os ingleses são muito discretos e dificilmente revelam coisas desse tipo. Não me lembro de ninguém que tenha vendido a dentadura de um morto. Ninguém de minhas relações. Sei que George Washington tinha uma dentadura de madeira.

    de que cor? perguntou Líria.

    ah, isso não sei.

    e a verga dele?

    querida, esse tema é teu. Pensa aqui, olha. No meu. No meu pau, Líria.

Líria, como te quero, ph.D. de picas, tu dizes que os brasileiros são incultos duros desabusados, grosseiros, que os ingleses são confiantes, rígidos mas fracos de arremesso, que os russos são demorados e lânguidos, diamantino-duros mais do que perfeitos, que os alemães (ah, tenho que interromper para escrever à Clódia o diálogo que ouvi anteontem):

querrr saberrr, dona Eulália, non gostarrr de foderrr com a senhora.
ah, que pena, por quê, seo Otto?
eu não gostarrr porque senhora chuparrr com carra de nóxo minha pau.
que é isso, seo Otto, cara de nojo, imagine!
estarrr bem, dona Eulália, acreditarrr. se puderr procurarr fazerr carra bonita, eu gostarrr mais.
bem, seo Otto, também é só o senhor não olhar para a minha cara.
eu gostarr de olharr para carra de mulherr quando mulherr chuparrr.
ah, bom, seo Otto, então tá bem.
poderrr ir, dona Eulália.
com licença, seo Otto.
obrigado, dona Eulália.
ah, de nada, seo Otto, desculpe alguma coisa.
senhorra Eulália!
pois não, seo Otto.
poderr pegarr a crruz de ferrro que eu promessa prra senhorra.
ah que belezinha, seo Otto, eu adoro cruz, adoro mesmo, obrigada.
bitteschön, senhorra Eulália.
Clódia, aqui na esquina há uma pequena imobiliária muito da chinfrim. Vendem ranchinhos, pequenos lotes próximos do único ribeirão da cidade. Num momento de santidade e ascetismo, depois de reler um dos contos daquele maldito, pensei em comprar uma casinha com dois coqueiros para a nossa velhice. Nós dois aos oitenta. (*Imagine me eighty-three wearing glasses and you ninety-two.*) Entrei na salinha. Não havia ninguém. Mas na salinha ao lado havia. As paredes são finas como folhinhas

de avenca. E ouvi isso tudo aí de cima. Dona Eulália ficou roxa quando deu comigo. É magrela, a beiçolinha carmim. E a cruz de ferro já no peito, imagine! Ficou tão assustada de me ver ali que eu também me assustei e disse sem querer uma frase idiota quando vi a cruz de ferro: a senhora quer ferro, dona Eulália? Foi horrível toda tentativa de explicação. Clódia, por favor, me escreva, estou tentando escrever um livro... é uma surpresa, aliás era, porque agora já te contei.

que os alemães, ah, não não não, voltemos aos brasileiros que são aqueles, Líria, que tens mais à tua frente e dizes que são mais o quê? palavrudos, zombeteiros, metidos a fundo, cuzeiros, ai, Líria, ph.D. de manuseios, de lérias, tua língua estufada e fina, a mucosa de veios, queria que fosses. Aquela e eu teu Lênin, teu Ilim, teu Tulim, teu Volódia, ah, isso sim, nós crianças, em Simbiirsk, eu te afagando os pentelhos, ou tu minha calmuca governanta, pensa-me assim e enrijeço pica e pelos, pensa-me um Volódia-Lênin torcido de fúria nos olhinhos fundos e ao mesmo tempo um grosso neném de fraldinhas vermelhas, ah, que fantasias me vêm, eu Crasso-Volódia túmido à tua espera na Praça Vermelha, as gentes nuns vozaços grossos discutindo a *Glasnost*, e nós dois deitados (!) ou invisíveis então, vendo botas e vodcas agarradas às mãos, eu te penso Aquela, tu me pensas imbatível, de ríspida eloquência e de dura dialética no meu olho esquerdo, e um caralho numinoso carismático heroico revolucionário...

E pensar que sou Crasso aqui, neste verde-amarelo paupérrimo e inflacionário.

Esqueci os dados. As confluências. E não sei quem sou. Antes, dois rios se juntavam: eu e os meus outros. Agora, distorcido, sozinho, acordo sobre uns cascalhos, conchas, de certa forma

adequados se me pusesse a estudar Quiliologia. E soltos. Vespeiros atiçados pelo fogo, me vêm estes diálogos:
quem era seu pai?
um louco.
sua mãe?
uma prostituta.
o que você gosta de fazer?
como?
o que você gosta de fazer, seu moço?
me masturbar uma vez ou outra.
engraçadinho. onde você mora?
em Muiabé.
onde é isso?
é longe.
qual é a sua ideologia?
como?
é católico, protestante, marxista, leninista, trotskista, cátaro, zen, budista, ateu?
não sou nada não senhor.
põe aí que ele é ateu. tem cara disso.
gosta de mulher ou de homem?
de água. não tem um pouco d'água não doutor?
onde é que você estava ontem à noite?
não sei não, doutor.
olha... não temos a noite inteira pra ficar falando com você.
gosta de mulher ou de homem?
como?
entendeu muito bem.
de mulher.
tá mentindo. tem jeito de gostar de homem. você é bem jeitozinho, sabe? já chupou uma pica?
não senhor.
e xereca?
também não.
então como é que sabe do que gosta?

é, sei não, doutor.
estamos certos? concorda?
é. isso é.
estamos te forçando a alguma coisa? te batendo?
não senhor.
então vem aqui, benzinho. chupa aqui.
aiuuaiuuuaiaiuuu.
que boquinha gostosa que cê tem, mais depressa mocinho. depois a gente toma uma vodca, tá gostando? olha, ele fez sim com a cabeça, que boquinha, que gargantinha ahhhhhhhhahhhhh!

Acordo. Não estou sobre cascalhos nem sobre conchas. Estou aqui no quarto. Líria não está mais. Vou ao banheiro. Vejo o bidê cheio de maçãs, e um bilhete de Líria colado ao espelho: "adoro maçã, adorei você". Penso: como é que será que ela se lavou com esse bidê cheio de maçãs? Olhei o relógio: três da tarde. Claro, lavou-se, comprou as maçãs, escreveu o bilhete e mandou-se. Pensar que tenho ainda que pensar uma nova estória para as devassas e solitárias noites do editor. De um hipotético editor. Enfim todos os editores a meu ver são pulhas. Eh, gente, miserável mesquinha e venal. (Vide o pobre do Hans Haeckel.) Morreu porque pensava. Editor só pensa com a cabeça do pau, eh gente escrota! Quando o Hans Haeckel pensou em escrever uma estorinha meninil muito da ingenuazinha pornô para ganhar algum dinheiro porque ele passava fome àquela época, o editor falou: escabroso, Hans, nojentinho, Hans, isso com menininhas! Mas que monturo de nomes estrangeiros ele publicava às pampas! Que grandes porcarias! Bem. Vamos lá.

CONTO DE CRASSO

Sempre fui apaixonado por mamãe. Quando completei dezesseis anos, ela, sabedora do meu infortúnio, sentou-se na sua linda poltrona de cetim perolado, abriu as magníficas coxas rosadas e, colocando um cacho de uvas purpúreas nos seus meios sagrados, disse-me: chupe-as, até encontrar o paraíso. Foi o que fiz. Foram semanas felizes. Passeávamos entre as alamandas as begônias as sempre-vivas, as araucárias (estas já mais altas), os carvalhos (estes altíssimos), ela descalça, a saia florida, a blusa entreaberta e aqueles seios que espocavam do decote meia-lua, linda Ma (eu chamava-a de Ma), ela chamava-me de Júnior, nome que na verdade não quer dizer nada. Depois de três semanas descobri que Ma tinha tendências lésbicas. Vi-a beliscando o bico do peito de Armanda, nossa prima. Fiquei cego de fúria. Bem, nem tanto. Disse-lhe:

Ma, você não pode fazer isso comigo. Ela: o quê? Eu: isso de bolinar mulher. Sentou-se naquela mesma poltrona de cetim perolado e agora muito séria e de coxas fechadas disse-me: todos os chamados sentimentos intensos são dolorosos. E é muitíssimo normal o que ocorre com você neste momento. Entendo tudo, Júnior, mas detesto cenas. E se você se aborrece porque além de filhos gosto um nadinha de mulheres, acho demais, será preciso uma terapia de apoio. Concordei. Apoio era com ela mesma. Abriu novamente suas magníficas coxas (desta vez sem uvas) e suspirou gemendo: aqui mais em cima, meu amor, aqui Júnior, e empurrava docemente minha cabeça de cachos dourados na direção adequada. Foram semanas felizes. Ma andava nua pelos prados, saltava pequeninos riachos, na boca hastezinhas de capim, guirlandas de diminutas margaridas à volta de seu pescoço (eu sempre levava uma caixa com agulhas e linhas para fazer estes mimos a Ma). Comíamos pitangas araçás amoras jabuticabas, depois deitávamos nas gramíneas e líamos Childe Harold. Ela amava Byron. Eu dizia-lhe: mas foi um homem abominável, tudo o que fez para a pobrezinha da Clara!

ah, tem paciência, Júnior, ela não saía da cola dele! mas Ma e tantas mulheres que ele fez sofrer!

aquelas... fartou-se e amou a Fornarina muito tempo.

uma grossa, Ma, uma padeira.

Byron era um gênio, podia amar padeiras.

eu gosto incomparavelmente mais de Shelley.
tão frágil...
Ah, por favor, Ma... fino, raro, generoso, brilhante.
ninguém lia Shelley.
claro, muito mais importante, muito mais sério.
Byron foi um dos nossos, querido, amava a própria irmã.
Como resistir a tudo que dizia aquela perfeitíssima mulher que era mamã? Os ombros soberbos, o pescoço delicioso e vibrátil, os seios polpudos e delicados, eu tocava levemente o seu sagrado meio e ela encharcava a minha mão, ávida Ma, rainha, estrela, Sirius radiosa. Às vezes dizia-lhe isso mesmo na hora de meter meu pênis na sua cona santa: rainha estrela Sirius radiosa. Ela achava *kitsch*. Dizia que as palavras são nauseabundas nessa hora. Ainda mais essas que você diz, enfatizava. Eu ficava tristinho, amuado. Mas sempre rígido.
Numa daquelas gloriosas tardes saltitantes e felizes, Ma deitada nas gramíneas e eu embevecido examinando detalhadamente sua linda vagina iluminada pelo sol poente (perdão pela rima pobre), ela gemente (de novo!), vi aterrado um par de botas escuras roçando a cintura de Ma. Deitado de bruços, trêmulo, rubro, perguntei ao dono daquelas botas o que fazia ali. A mais ou menos um metro e oitenta e oito das botas uma voz expressou-se: como é bonita essa dona. Ma abriu seus adoráveis olhos de um verde de folhinhas novas, abriu também suas deleitáveis coxas e disse rouquenha: vem também, grandão, vem. Fiquei perplexo. Mas teria dito o mesmo. O homem era belíssimo. Ele tirou prontamente botas e calças e ordenou: chupa os peitos da dona, garoto, eu meto. O pênis do homem era um mastruço róseo, estupendo. Chupei o quanto pude os peitos de Ma mas aquilo não acabava mais. Sentei-me bicudo numa pedra mais adiante, muito do coitado, muito do ressentido. Ouvi Ma pela primeira vez chorar gritar e desmaiar de gozo. Depois tudo silenciou. Acabei dormindo. Acordei de repente naquela escuridão, o homem me dizendo: tudo bem, garoto, ela me contou tudo, e eu entendi porque cá entre nós, mãe assim é demais, não dá pra aguentar mesmo, mas agora

a festa acabou pra você. Te pago analista, viagem pra refrescar e tudo o mais que você quiser mas vai ter que se mandar. Tu pode estudar agronomia e veterinária, se quiser, noutras bandas, né bicho? Nos dias que antecederam minha partida vi que Jucão (era esse o apelidinho dele) fez de Ma-gazela, uma vaca sadia. Mamã passou a fazer intermináveis cocadas e quindins e bifes do tamanho de uma travessa porque o cara adorava cocadas e quindins e bifes-travessa e ela adorava o ganso dele. Jucão também transformou as alamandas e begônias da nossa fazenda em capim-gordura para o gado. Ele mesmo castrava os animais e sorrindo e exibindo seus dentaços leitosos mostrava-me as bolotas ensanguentadas dos pobres bichos. Achei conveniente me mandar o mais depressa, mas bastante deprimido, quase doente, fui me despedir de Ma: mamã, você vai ficar com esse jumento pro resto da vida?

Ma: Jucão não é um jumento, você é um grosso, e é mesmo muito ingrato, porque, sabe, Júnior, é raríssimo encontrar uma mãe como eu, uma mãe que fez tudo para que seu filho adolescente tivesse um tipo de conhecimento sadio nessas delicadas questões de sexo, que fez um sacrifício, que fez

eu: sacrifício, Ma? sacrifício?

Ma: sacrifício sim, ou você pensa que o teu pauzinho era aquilo que eu queria?

eu: pauzinho, Ma? pauzinho? (aí lembrei-me do ganso de Jucão e tentei nova abordagem), tá bem. e da minha língua você não gostava? você gemia.

Ma: ora... gemia... se uma pluma pousar na cona de uma mulher ela também geme um pouco.

eu: uma pluma? uma pluma, Ma?!

Ma: pluma, sim, você não tinha convicção nem roteiro adequados.

eu: quer saber, Ma? você é louca. foda-se. adeus.

Fui de malas e tudo à casa de Júnior, um amigo meu, e atirei-me desesperado nos seus braços. "Brigou com aquela tua linda mãezinha, foi?" Evidente que eu não podia contar o meu caso com Ma apesar de que o meu amigo sempre que a via, expressava-se assim, segurando o pau: isso não é mãe, é uma cariátide (aquelas que sustentam as colunas do Partenon), isso é uma Helena (aquela de Páris), isso é uma Taylor infinitamente melhorada, sem aqueles pés número quarenta, isso é uma Garbo-mulher (Júnior considerava a Garbo um homem) e sem aqueles pés que por favor... e aí eu discordava porque para a Garbo aqueles pés quarenta iam bem. "Para a Garbo-homem com um cacetão assim você quer dizer", ele dizia. "Mas conta, conta, amigão, o Jucão é que brigou contigo, foi? Fica frio, fica frio, tu tá indo pra Londres, olha, se eu tivesse essa mãe, eu ia entender muito bem que o Jucão me mandasse não para Londres, mas pro Alasca, junto com o Amyr Klink, ou que me comprasse um iglu, ou que me pusesse no lombo daquelas baleias, aquelas doentinhas que acabaram indo pro alto-mar e os tubarões comeram, lembra? Que mãe, que mãe, meu Deus, e você nunca... não? hen? nunca..."

Assim que resolvi escrever um livro, vi o demônio. Presumo que cada um de nós vê o seu demônio. O meu tomou esta forma: um senhor de meia-idade mais pro balofo que pro atlético, linguista, e muito interessado nos esotéricos da semântica, da semiótica, da epistemologia, coisas essas que eu nunca vou saber o que são. Ontem me trouxe um pequeno poema "para crianças", ele disse. Tem vontade de tentar a literatura infantil. Sente nostalgia de traquinagem e inocência. Diz que gostaria de ser humano para poder publicar um livro e colocar o retratinho dele, criança, na contracapa. Digo-lhe que as criancinhas de hoje gostam mesmo é de enfiar o dedo no cu. Ele fica alarmado. É mesmo? pergunta. E alisa os tocos dos cornos.

EU
    tão curtinhos, não?

DEMÔNIO
    tenho-os lixado, mas não há meio de acabar com eles.

EU
e por que deveria?

DEMÔNIO
imagens gastas, amigo. Não impressionam mais. mas...
(*pigarreia com estrondo*)
deixa ler o meu poema pra você, deixa?

EU
(*entediado*)
é muito comprido?

DEMÔNIO
não, é bem curtinho.

EU
então vai, vá.

DEMÔNIO
é um poema infantil, viu?

EU
tudo bem. desembucha.

DEMÔNIO
A bruxa perversa
voltou do mato às pressas.
Numa valise
guardava o nariz da anti-tese.
Na outra, a boca da antítese.
No guarda-roupa
guardou as tetas da tese.
Logo depois ficou louca
com a epiclese contínua das pombas.
Morreu de parangolese desconjuntada

coisa mais complicada que a metalepse.
A aldeia assombrada
só encontrou vestígios de valise:
fundo, as alças
e um cheiro nauseabundo de palavras.

DEMÔNIO
que tal?

EU
Pros filhinhos do Rosa tá bom.

DEMÔNIO
que Rosa?

EU
gente...! o Guimarães. cê não conhece não?

DEMÔNIO
não sou chegado a escritor brasileiro não. aliás é uma língua que comecei a estudar há pouco tempo. não tem quase consoante, né? bem que alguém disse que é língua de criança e de velho. é molengona, né?

EU
fala isso pro Euclides.

DEMÔNIO
que Euclides?

EU
o da Cunha. também não conhece não?

DEMÔNIO
não.

EU
>   aquele... "o sertanejo é antes de tudo um forte. não tem o raquitismo exaustivo dos mestiços neurastênicos do litoral".

DEMÔNIO
>   coisa de sertão é? nunca fui lá. tenho horror daquele vaziozão.

Ó céus! Fui convidado para ir à festa de casamento dos príncipes Cul de Cul e precisei, naturalmente, de uma linda peruca porque os príncipes resolveram evocar o século XVIII. Não avisei Clódia mas telefonei a diletas amigas e pedi-lhes um pequenino tufo de seus adoráveis pentelhos. Foram generosíssimas. Alguns dias após recebi delicadas sacolinhas de veludo e de seda. Havia-os dourados-pálidos, dourados resplandecentes, negros-ébano, castanhos-castanheiro, grisalhos aloirados, roxinhos, ruivos-chama, ruivos só centelha, pentelhos atijolados, outros cor de ferrugem e espantem-se: verdes! (de uma querida amiga já velhusca que jamais perde as esperanças!) Líria trabalhou a noite toda só para fazer uma composição-mosaico dos jardins impecáveis dos Cul de Cul. Um jardim-peruca na minha plebeia cabeça. Uma semana depois viajei no jato particular do meu amigo Bundonbon. Que festa! que noite! Ó conas reais e olorosas, ó quantas que escondidas em rendilhadas calcinhas, em meu delírio aspirei! Devo dizer que o palácio com seus mil e novecentos quartos é o mais belo que estes meus olhos mortais já viram, sim porque o meu olho é mortal, o vosso também, os olhos de todos nós são mortais, esses olhinhos que a terra há de comer, nossos vossos teus, teu olho, Clódia, que segundo penso já anda me traindo porque não mandas mais notícias. Bem. Cuidei em comprar um penico porque nunca se sabe. Acertei. Em parte. Havia sim um banheiro de dimensões fantásticas: trezentos por trezentos, mas penico só no outro pra mulheres. Naturalmente os príncipes Cul de Cul imaginaram que os homens defecariam na pequena floresta logo além do jardim. Logo além do jardim é um bom título para best-sellers. E como se cagou naquela festa. E que qualidade que finura de dejetos! Caviares codornas faisões recheados de cerejas, cus de canários com amêndoas alcaparras e uvas, xerecas de gazelas, os tais tordos de Josete, enfim tordos.

ó senhores, após enfiar meus três dedos nos buracos de incontáveis donas e em seguida aspirar (aspirar os dedos) sob frondosas copas de imponentes árvores e algumas vezes montado nos pinheiros para que de minha tara-delícia não suspeitassem, arregacei as calças e por descuido, por imprudência (porque não olhei para baixo), defequei na peruca prateada de uma jovem esguia e ancuda, que justo naquele instante empinava o traseiro e dava-o a quem? Adivinharam. Ao príncipe Cul de Cul. Ouvi ós e ais em tons agudos e cavos. Tentei em seguida enforcar-me logo depois de descer do maldito pinheiro mas amigos fiéis me desestimularam devido à dificuldade de achar uma corda esteticamente apropriada. Então desculpei-me junto ao príncipe Cul de Cul e sua emerdada companheira. Disse-lhes a verdade: eu havia esquecido meu penico no vestíbulo. Entenderam. "Afinal, nem tudo é perfeito", disse-me o príncipe, frase esta que considerei bastante original. Em sinal de gratidão e cortesia ofertei à jovem dama minha peruca-jardim de pentelhos afins. Ó céus! ó divinos europeus! ó, a riqueza! E eu que estava lá em Muiabé defecando tristeza!

Clódia: estive em Paris. Agora estou em Nova York. Encontrei um editor. Vou sair em inglês. O ganso está túmido de emoção. Segue endereço passagem numerário. Venha amanhã. Lave-se.

CARTAS DE UM SEDUTOR

(1991)

*A vida só é tolerável
pelo grau de mistificação que se coloca nela.*
EMIL MICHEL CIORAN

COMO PENSAR O GOZO envolto nestas tralhas? Nas minhas. Este desconforto de me saber lanoso e ulcerado, longos pelos te crescem nas virilhas se tu ousas pensar, e depois ao redor dos pelos estufadas feridas, ouso pensar me digo, a boca desdentada por tensões e vícios, ouso pensar me digo e isso não perdoam. Então seguro teus pentelhos e cona, espanco-os, teu grito é fino, duro, um relho, um osso, há destroços pelo quarto, estilhaços daquela igreja lá em Caturré, o cara explodiu tudo em cinco minutos (era eu?), gritava fosco: Deus? aqui ó, só sei de Deus quando entro na boca cabeluda da biriba, e logo depois ouviu-se o estrondo, a igreja explodindo feito jaca lá do alto despencando. Seguro a xiruba da minha barregã, depois cuspo nos papéis, aqueles que há seis meses e a cada dia aliso apalpo rasgo, sujo. Não quer foder não, Tiu? não tá cansadinho de escrever, não? Olho Eulália. É miúda e roliça. Há um ano me acompanha pelas ruas. — Pedimos tudo o que os senhores vão jogar no lixo, tudo o que não presta mais, e se houver resto de comida a gente também quer. Os sacos de estopa ficam cheios, cacos livros pedras, gente que até pôs rato e bosta dentro do saco, que caras tinham os ratos meu Deus, que olhinhos magoados tinham os ratos meu Deus, aí separávamos tudo: rato e bosta pra cá, livros pedras e cacos pra lá. Comida nunca. Era um quefazer o dia inteiro. Depois eu lavava os livros e começava a ler. Eulália ia se virar para arranjar comida. Que leituras! Que gente de primeira! O que jogaram de Tolstói e Filosofia não dá para acreditar! Tenho meia dúzia daquela obra-prima *A morte de Ivan Ilitch* e a obra completa de Kierkegaard. E cacos tenho alguns especiais também: um pé de Cristo do século XII, metade do rosto de Tereza Cepeda e Ahumada do século XVIII, um pedaço de coxa de são Sebastião (com flecha e sangue) do século XIII, uma caceta de plástico cor-de-rosa, deste século, toda torcida como se tivesse sido queimada (guardei-a para não esquecer... para não enfiar a minha numa dessas de combustão espontânea...), duas penas de papagaio, uma barriga de Buda, três pedaços de asa de anjo, seis Bíblias e duzentos e dez *O capital*. (Jogam fora muito esse último, parece que saiu de moda, creio eu.)

Vamos foder, sim, Eulália, logo mais.

Ela ri. Tem dentes excelentes (!) e não se importa com a minha boca vazia. Sabe que perdi-os (os dentes) quando tentava pagar minha hipoteca. A hipoteca da minha casa. Tensão. Já ficou claro que não consegui, fiquei sem casa sem dentes sem móveis e sem minha mulher. Mas o bagre está aqui inteiro, rijozão, a língua também, e vou lambendo a pombinha de Eulália, a rosquinha, e ela grita um grito fino, duro, um relho, um osso. Depois enfio o mastruço. Quando gozo espio a amplidão. A minha amplidão aqui de dentro. A que não tive. A que perdi. Perdi tantas palavras! Eram lindas, loiras, perdi "Monogatari", toda montanhosa, de monos de gatas de atas de gnomos, perdi Lutécia, uma mulher patética mas minha. Morreu logo depois de me dizer: vou até ali te buscar pelo menos um pastel. Foi atropelada. Lutécia minha. O pastelzinho esmigalhado na mão. Lutécia minha. Nunca mais. Era gorducha e alta. E que ternura no rego dos seios, nos meios, na mata, nas rebembelas. Que nádegas! Eu encostava a cara ali e às vezes meio chorão, meio parvo, dizia àquelas carnes estofadas: se eu tivesse tido um travesseirim como o teu, Lutécia, quando era garoto esquálido, chinfrim, teria sido um poeta. Ela então se virava: chora aqui na xerea, filhote, lambuza a rosa, vá. Eu chorava e lambuzava. Ela gemia triste e comprido. Lutécia eterna.

tá pensando em quê?

na vida da gente, Eulália.
e não tá boa, Tiu?
se ao menos eu conseguisse escrever.

escreve de mim, da minha vida antes deu te encontrar, da surra que o Zeca me deu, da doença quele me passou, da minha mãe que morreu de dó do meu pai quando ele pôs o fígado inteirinho pra fora, do nenê queu perdi, do Brasil ué!

escrevo sim, Eulália, vou escrever da tua tabaca, do meu bastão.

não fala assim, bonzinho, só quero ajudá.

Deita-se de bruços, chora um pouco, depois soluça, aí pego a pena de papagaio, uma daquelas com pluminhas verdes amarelas, e assoviando o hino nacional vou espenando sua bundinha, espeto a pena no anel, devagarinho vou alisando a lombada das nádegas e Eulália se ergue e se arreganha lassa, então vou entrando na mata, e deixo as polpas pra pena, bonita ali enfiada. Gozo grosso pensando: sou um escritor brasileiro, coisa de macho, negona. Vamos lá.

I.

    CORDÉLIA, irmã, sai do teu claustro.
    O campo envelhece vacas e mulheres.
    Alimenta de novo os teus buracos
    Com mastruços gentis, rombudas picas
    Ou se conas quiseres para tua língua
    Consigo-te às dezenas: conas maduras
    Conas juvenis, conas purpúreas
    Para teus represados sentimentos vis.

    Foste antanho putíssima, celebérrima.
    Talvez senhora em alguns parcos segundos.
    Mas agora me vejo furibundo pois suspeito
    Que fisgaste o paterno caralho

Nos teus buracos fundos. Traidora. Megera.
Amada Musa ainda. Hei de te arrebentar as rebembelas.
Retornarás mui breve à vida impura
Pois se há no mundo picas e querelas
A respeito de tudo, ah, Palomita, vem...
Aqui te espera um valhacouto imundo.

Irmã amantíssima: gostaria de tocar-te. Mas se isso é impossível, gostaria que nos escrevêssemos novamente e esquecesses aquela minha pequena falcatrua sentimental (tu sabes a que me refiro), aquela bobagem do teu jovem amante num momento de extremada concupiscência: lambeu-me a rodela (deliciosa linguinha inexperiente mas cálida). E depois se confessou contigo num destrambelhamento choroso e desconjuntado. Tolices. Irrelevâncias. A culpa (houve culpa?) não foi do moço. Tu sabes das minhas artimanhas para conseguir aquele régio prazer. Sabes também o quanto nos amávamos, tu e eu, o quanto te fiz feliz, gritavas, choravas até, quando meu pau aquilo. Não ignoras o quanto fui competente fazendo o impossível para que tu pensasses (quando estavas comigo) que na realidade fodias com nosso querido pai. (Sorte que, até hoje ou até onde sei, não nos coube.) E reconheço que te esforçaste para que eu pensasse em mamãe na hora de te chupar os formosos seios. Mas Cordélia, confesso, como poderia pensar em mamãe se ela se foi (com aquele panaca) quando eu tinha apenas dez aninhos, e papai enlouquecido queimou todos os seus retratos, e nos deixou apenas o retrato, extraído de uma revista, da princesa de Lamballe, segundo ele a cara de mamãe. E tu achas que eu podia pensar em mamãe na hora de fornicar, depois de ler aos dez anos de idade a Revolução Francesa (aquela nojeira de sangue cabeças orelhas e picas) e certificar-me que a princesa de Lamballe teve a cabeça decepada, enfiada numa vara e exibida desgrenhada à rainha? Há outros detalhes que no momento prefiro omitir. Haja tesão, irmã. Mas voltando aos teus seios. Como os tiveste belos, minha querida. Teus bicos escuros, adocicados. O que esfregavas nos formosos bicos? Posso dizer o que era porque te vi certa vez frente ao espelho passando "mel rosado" na língua, e sempre que eu perguntava da doçura ímpar de tua língua e seios, dizias: porque é Minha língua e porque são Meus seios e porque tu Me amas, Karl. Te amei sim. Teu cuzinho também sabia a mel rosado, tua vagina no entanto era um misto de abius e nêsperas. Lembrei-me neste instante dessas duas árvores aqui no pomar de casa. Que complicadas alquimias para um hipotético e inalcançável gozo do pai, pobrezinho, longe de conhecer e provar as tuas e as minhas taras. Saudade de ti. Sumiste há dezesseis anos! Proíbes-me de procurar-te. Só tenho tua caixa postal. Por quê? Disseste na tua carta, há dois anos atrás, que aos quarenta viverás em eterna castidade. Teus quarenta são hoje. E te sentes traída e angustiada. Eterna castidade... Não sei por quê, mas penso que mentes. Quanto a se sentir traída, traídos somos todos nós, mais cedo ou mais tarde. Angustiada? Alguém muito ilustre escreveu: "fora do corpo não há salvação". Sabes que alguns jovens têm especial apreço por mulheres mais sábias e por isso mais velhas? Aformoseia-te novamente, minha querida, retoma teus banhos de nectarina e leite, massageia a rosa com pequeninas folhas de romã mergulhadas em óleo de amêndoas doces, reativa com esse processo a umidade natural também da perseguida, tua pobre cona tão sem perseguidores. Juntos, tu e eu novamente, seremos imbatíveis. Anima-te. Há singulares rapazolas tresudando singulares desejos.

II.

ADIVINHASTE. Quanto nos parecemos, tu e eu! Perguntas quem é ele. Bem. Chama-se Alberto. Chamo-o de Albert *à cause* do meu querido Camus. O único. É belo igual a ele. Não gostarias que o chamasse de Albertina, pois não? Aliás, como sabes, Albertina era na realidade o motorista de Marcel, o gênio doentinho que espancava e cegava ratos. Com pouquíssimas exceções, os escritores em geral são nojentos! Gosto é dos livros, mas claro que não posso chamar Alberto de "A peste", ou talvez sim "A morte feliz". Mas falemos agora de uma evidência perturbadora para a caterva e tão genuína e transparente para mim: como os machos se amam uns aos outros! Por que fazem desse fato tamanho mistério e sofrimento? Perdoa-me, Cordélia, mas a não ser tu, minha irmã e tão bela, não tive um nítido e premente desejo por mulher alguma. Mas sempre gosto de ser chupado. Então às vezes seduzo algumas de beiçolinha revirada. Mas o falo na rosa, nas mulheres, só in extremis. Há em todas as mulheres um langor, um largar-se que me desestimula. Gosto de corpos duros, esguios, de nádegas iguais àqueles gomos ainda verdes, grudados tenazmente à sua envoltura. Gosto de pés compridos, alongados, odeio esses pés de mulheres mais para os fofos ou estufados-gordinhos até quadrados e redondos eu vi. Gosto de cu de homem, cus viris, uns pelos negros ou aloirados à volta, um contrair-se, um fechar-se cheio de opinião. E as mulheres com seus gemidos e suas falações e grandes cus vermelhuscos não me atraem. As nádegas quase sempre volumosas, meio desabadas por mais jovens que sejam, me fazem sempre pensar na Pascoalina lá de casa, te lembras? Lavava os linhos de mamãe, a bundona branca, úmida, pastosa, uns balanceios nojosos. Bunda de mulher deve dar bons bifes no caso de desastre na neve. Leste sobre os tais que comeram os amiguinhos ou amiguinhas congelados? Lembra-te de um outro cara, um japonês, que literalmente comeu a amantezinha holandesa? Só que não havia desastre nem neve. Comeu em casa mesmo, e depois de ter passado um tempo no manicômio, quando saiu (não sei por que saiu) declarou: fui mal interpretado. E como é que se pode interpretar quem come literalmente alguém, sem desastre e sem neve? Voltando às nádegas. As tuas. Douradas e frescas. Tu foste única. Tuas nádegas também. Firmes, altas, perfeitas como as de um rapaz. Quanto a Albert. Tem dezesseis. É mecânico. Não faças essa cara e não rias. Se tu o visses, teus grandes e pequenos lábios intumesceriam de prazer, assim como intumesciam sob os meus dedos quando eu os tocava fingindo esmigalhar as polpinhas rosadas. Estás molhada? Não desejarias o pau de Albert indo e vindo no teu abiu-nêspera buraco? Comigo pedias: espera! fica! espera mais um pouco! Choravas. Vem.

III.

LEMBRAS-TE DE QUE aos catorze eu ia às noites beijar os pés de papai e algumas vezes chupava-lhe o dedão? Dizias: "mas é claro que ele sabe que tu lhe chupas o dedão do pé, deve cagar-se de rir". Pois tenho certeza de que não sabia. Via-o ressonar em adorável tranquilidade. Como era belo o pai, não? Que coxas! Tu, aos vinte e quatro, vivias masturbando-te nos fins de semana quando ele começava as intermináveis partidas de tênis. Papai: que te acontece, Cordélia, todos os fins de semana tens uma cara, umas olheiras, um cansaço como se fosses tu a jogar tênis e não eu. E te abraçava. Aí gozavas. Ele nunca entendia aquele teu desmontar-se no momento do abraço: és muito molengona, muito desabada, filha, que te acontece? Pobre pai, se soubesse dos teus arroubos noturnos, das cuecas que tu lhe roubavas. Pascoalina: as cuecas do senhor estão usualmente nas gavetas da menina, como pode ser isso? E mamãe sempre a pensar que a infeliz da Pascoalina é que se enganava de gavetas e quartos: ó, é um pouco diminuída mas lava-nos o mais fino tão bem! Cordélia, pensas que somos odiosos e malditos por termos sido o que fomos? Todos, aliás, devem pensar que sim, pois não leram o Rank. Ainda tens os livros que eu te dei? Que ser humano admirável! que luxo de conhecimento e de fantasia. Adoro-o. Soubesse àquele tempo que tal homem vivia, teria dado o meu, ainda que me custasse um rombo enorme no traseiro. Um homem de tal qualidade só poderia ter tido um mastruço gigante, um sábio e portentoso bagre arrebentando cus e corações (que sorte a de Anaïs!). Teve gente pensante no planeta, mas tudo continua igual. Onde estarão esses deuses? No nada, na luz? Irmã, sinto-me morto quase sempre. Só o tesão, o brilho, a cintilante, o pó é que me arranca da mesmice. A vida aqui na cidade é um tédio sem fim. As mesmas caras circulando pela noite, e quando aparece um bofe de outras bandas surgem pentelhos de todos os lados, não dá tempo nem de lhe sentir o cheiro. Mas Albert é tímido, limpo apesar de manchado de graxa. Imagina-te: tem oito irmãozinhos e cuida de todos. Que coxas tem Albert! Soberbas! Vê-se pela justeza da calça. E as bolotas, e o pau que se lhe adivinha! Mas acho que vai ser difícil. Há bofes cheios de *entrechats*, de revoluteios, exibem-se, mas se tu avanças firme, se fecham, cofres abarrotados mas sempre atrás dos quadros, pensando bem, penso que qualquer um menos tolo pode arrombá-los. Eu não sou tolo, pois não Cordélia? Vem. Não gostarias de sair de tua clausura aí no campo e visitar-me e conhecer Albert? Sinto a tua falta. Frau Lotte ainda vive e está comigo. Franz, o motorista, também. Casa e carro muito bem cuidados. Não virias?

p.s.: Cordélia, e se eu escrevesse assim a Albert: Caro, não sei como tu entendes as palavras e as coisas (essa frase me soa familiar, irmã, ah, já sei, o brilhante tarado do Foucault). Ando exasperado. Franz já te levou um calhamaço de bilhetes e nada respondes. Como te sentirias se te convidasse à minha casa? Sei fazer bebidas adoráveis. Bebes? (Lembras-te desta, irmanita? *The Buck*? Tomamos tantas vezes... 1 1/2 dose de conhaque, 1/2 dose de suco de limão, 3/4 de dose de creme de menta, ginger ale ou soda limonada e algumas uvas descaroçadas. E se o bofe só beber cerveja? Pergunto a Franz que cara ele faz quando recebe os bilhetes. E o idiota do Franz fica rijo e gagueja... carra, carra... carra de sempre, carra suja... É uma besta o Franz. Continua nazista. Alisa velhíssimas revistas da segunda guerra e pelo jeito deve ter esporrado naquelas páginas porque estão todas engruvinhadas, páginas onde se vê o *führer* com o braçoilo esticado.) Escute, Cordélia, e se eu disser: sei que tens oito irmãozinhos e que os sustentas e gostaria de conhecê-los e ajudar-te. Será que o bofe vai me tomar toda a grana? Posso pular o trecho dos irmãozinhos e só dizer: Albert, sou apenas um homem solitário, alguém que precisa de um amigo. É afetado, irmã? Bem, ele pode responder: senhor, sou apenas um mecânico, e nada tenho que lhe possa interessar, e tem mais: sou home. Será? Querida, sei que te aborreces com esses meus de menos, mas fico inseguro quando a pica suplica. E ela suplica: Albert! Albert! Se visses que bundinha rija, minha irmã! Que gomos perfeitos! O Criador, quando quer, sabe o que fazer com as mãos!

IV.

AMADA: FRAU LOTTE acaba de me servir rosquinhas, suco de laranja, waffles, café e ovos mexidos aqui no terraço de inverno. Enquanto me serve solta pequenos traques inodoros e continua servindo como se não os ouvisse. Finge-se de surda a velha. Sei que faz traquinagens com Franz enquanto tomo o meu conhaque depois do jantar e às vezes, entediado até, tiro os meus cochilos com o livro de um louco na mão, um tal de Daniel Schreber. É preciso que te fale longamente dele logo mais, ou daqui a pouco, ou daqui a alguns dias, ou talvez nem fale, mas o homem era importantíssimo, juiz do Supremo ou coisa que o valha. Supõe-se que começou a ficar paranoico pela evidência de se saber ou de se sentir um homossexual passivo. As coisas da rodela, do pretinho, são muito complicadas. Se aceitassem sumariamente o buraco negro, se o arregaçassem como muitos querem muito, o sol brilharia de novo para esses doentinhos. O tal do Schreber fala muito do sol (imagina-se fecundado na rodela pelos raios do sol! que filho redondo escurinho e luminoso ia sair!), fala da língua fundamental, que vem a ser uma língua com sintaxe própria, que omite palavras, deixa frases interrompidas e expressões gramaticais incompletas, coisas que sou tentado a fazer muitas vezes e não as faço mas acabarei por fazer se continuo a leitura dessa bicha togada. Nunca me importei de dar o rabo ou penso que não me importo. Tu também não, não é, Cordélia? Lembro-me muito bem dos teus ganidos de prazer com o meu rombudo enfiado lá dentro. Mas dizem os doutos que, para o homem, dar o pretinho é *tutta un'altra cosa*, massageia a próstata, dizem (é verdade, eu já uivei algumas vezes quando a caceta foi punho). As explicações são maçantes, técnicas em demasia e não as quero comentar neste momento. Se tu tiveres algum interesse (por que terias?) posso mandar-te um livro do João Silvério, *Devassos no paraíso*, magistral tratado sobre tudo isso do of e ligado a ele. Volto a Frau Lotte. Uma noite dessas eu me dirigia ao banheiro para fazer minhas abluções (como diria o bispo) quando ouvi sussurros na ala de Lotte e Franz, e por pura infantilidade resolvi inspecionar. Bebiam nicolatchka os dois. já bebeste nicolatchka? Corta-se uma rodelinha de limão, põe-se açúcar sobre a rodelinha, põe-se a rodelinha na boca, mastiga-se, e logo em seguida toma-se o conhaque de um trago só. É bebida de alpinista. Fiquei rente à parede. Ouvi:

FRANZ
   ele estarr tesudo porr aquela carra suja.
LOTTE
   que carra suja?
FRANZ
   a beleza que conserrta carrro.
LOTTE
   mein Gott!
FRANZ
   uma sujerrra tudo isso!
LOTTE
   ô coitadinho do senhorrr Karl e da menina Cordélia... senhorr Karl terr muito pouco tempo die mutter,...... pobrrrezinhos, e menina Cordélia muito sem cabeça.... e sem mutter tudo ficam muito trriste. O senhor teve mutter, senhorrr Franz?
FRANZ
   grraças a Deus non ter mutter, non senhora, e também non querrer falar de mãe com a senhorra, querrer falar das bolotas grrandes das suas peitas redondas.

Fui saindo pé ante pé e ainda pude ouvir as risadas de Franz e os soluços-riso-traques de Frau Lotte. Escute, Cordélia, a sério: disseste-me na tua última carta que bagos e caceta e o cuzinho de Albert não te dizem respeito. Que não te interessas mais por todas essas imundícies do sexo. Sinto que mentes. Mas, enfim, disseste "imundícies". E depois falaste em "sentimentos". Mas por favor, irmanita, nunca os tiveste! Chamas "sentimento" o que tresudavas pelo pai? Ficar no terraço do quarto, atrás daquela escultura do B. Giorgi, massageando a cona enquanto papai jogava as duplas, a isso chamas de sentimento? Eu chegava nos meus lindos catorze, tu nos teus vinte e quatro, suspendia-te a camisola de cetim e enrabava-te em pé ali mesmo atrás da estátua (a de antes escultura), enquanto tu te masturbavas gemente, balbuciando coisas pueris que sempre terminavam em ós ais, e ias te agachando, te agachando, terminando estatelada bem em cima da minha gaita, gemias, gemias, e aquilo não acabava nunca. Depois eu ainda te lambia, tu deitada ao lado das floreiras de pedra, e as samambaias encobriam tua visão do pai na quadra, e te apoiavas nos cotovelos para vê-lo melhor, então o vias... e saltavas (eu ainda com a língua pendente) rugindo: bravo papai! bravo! O pai te via irromper no terraço do quarto como se tivesses acabado de sair da cama. Dizia: ô dorminhoca! viste a minha bela jogada? Coitadinho! E tu atiravas-lhe beijos e ele reiniciava a partida, e despencavas na cama toda suada e ainda gemente: eu o adoro! eu o adoro! Vamos vamos, Palomita, isso são sentimentos? Muito me admira que na tua idade chames de sentimentos a essas arruaças, essa quizumba como diz meu amigo Piva, essa desordem esse banzé, esse arregaço esse esparramo do corpo, sentimenteias picas, jamais sentimenteaste coisa alguma, mesmo esse teu descrever passarelhos e plantas e pores do sol cheira-me a uma boa piça. Se fosse profundo, nítido, conclusivo esse teu estar aí, estarias contente de tua própria solidão, altiva é que te sentirias de estar longe da caterva, do lixo da civilização, da cloaca do progresso, estarias linda ainda porque apaziguada por opção e mérito da alma, e segundo revelas, estás roída por dentro, vazia, ansiosa e ainda mais: que não lês mais nada? que bordas panos de prato e toalhinhas para as quermesses de caridade das aldeias vizinhas? Aldeias? Mas estás onde afinal? Por Deus, irmanita, quem sois agora? E as tuas coxas onde é que foram? Aquelas soberbas escuras devastadoras coxas! Conheço mulheres quarentonas gostosíssimas, cuidam-se desde os trinta, fazem miniplásticas a cada ano, têm amantes jovens belíssimos ou quarentões muito elegantes e pasme! ricos, querida, ricos. Já sei, me dirás que não precisas de dinheiro, tudo bem, mas e se precisares? e se os garanhões adoecerem? Esses teus lindos cavalos podem brochar amanhã, sei lá, e por que ao invés de sustentares cavalos não sustentas um garboso pintudo, um pobretão sadio, esses que carregam caixotes de verdura na Ceasa manhãzinha? Tudo por uma pica, Palomita! vais reverdecer, florir, desabrochar como dizem os de boa redação. E os peitos, Cordélia? Não tiveste filhos, devem estar no lugar de sempre. Deixa-me tocá-los, chupar-te os bicos, esfregar a ponta da banana nos escuros mamilos. Devo parar. Combinei uma partida de polo. A Hípica é um covil de deliciosos e devassos moçoilos e lascivas mulheres. Polo e cavalo... pois sim. Vão lá para se arreganhar, excitarem-se com aquele cheiro de homens, garanhões e éguas. E por falar em polo as cem árvores que mandaste cortar são chamadas ficheiros (informei-me) e só bobo é que as planta perto de casa e a madeira só serve para fazer bolas de polo ou para cair em cima do telhado. Agora te pergunto: quem haverá de querer tantas bolas de polo? Quem sabe poderás exportar bolinhas para todo o planeta. Enfim. Haja cavalos e tacos. Encomendo cem.

V.

IMAGINAS MESMO, CORDÉLIA, que um deus ia se ocupar de alguém que estivesse comendo uma maçã lá na Mesopotâmia? Sentes culpa de quê? A que pecados te referes? Aquelas siriricas inocentes pensando em papai? Há outras coisas que não sei? E quem é esse Iohanis que te corta os ficheiros? Ainda se bobo os plantasse... Estás a me dizer que tens por aí um homem que é bom, leal, e não fodes com ele? O amante de Lady Chatterley também era bom, leal, mas fazia funcionar aquele gano, o tal do John Thomas. Descreva-o (o gano) detalhadamente na tua próxima carta, por favor. Estás inteira reticência, vagueza, mornidão. Não confias mais em mim? Não entendi o que queres dizer quando dizes que olhas o sol. Cuidado. O tal do juiz, o Daniel Schreber, começou a ter colóquios com o sol e foi pirando. Dizia que os seus raios o fecundavam através do pretinho. Já te disse Cordélia, para com essa bobagem de olhar não sei como para o sol. Olha para os bagos de Iohanis. Devem estar por lá e não percebes. Quanto às terríveis recordações que tens de papai acho muito estranho. Terríveis por quê? Porque te sentes culpada de tê-lo desejado? Isso tudo me parece tão demodê e tão chato. Eu mesmo o desejei. Aquele peito dourado, aquelas coxas douradas, aqueles olhos amarelo-dourado, ah!!! já sei, continuas adorando papai... o sol. Não acredito, Cordélia, que aos quarenta continues com esse arremedo de tara. Se tivesses fornicado com papai (eu te odiaria) estarias salva (fornicaste?) porque sempre aparece algum defeito, um peido quem sabe durante uma trepada, um pôr o dedo no nariz pensando que ninguém está vendo e de repente te pegam esticando o ranho. Verdade, improvável em papai, mas afinal ele era humano... e não faças cara de nojo quando digo essas coisas porque aí me lembro da Gretchen aqui de casa, uma moçoila que Frau Lotte contratou ("porrrque me canso de tomarrr conta de tudo sozinha neste casarrron") para ajudar a moçoila ("que é probrrrezinha") enfim, que vomita quando vê a bosta do Cachorro (se chama Cachorro mesmo e aliás é um santo), e à noite lambe o buraco do namorado, um tal de Zé Piolho que traz as compras da mercearia. Vê só, o cara se chama Zé Piolho. E o Franz veio me contar que viu a moça de joelhos lambendo o oiti do negão, perto do muro, no meio dos bicos-de-papagaio, aquela folhagem, tu sabes. O Franz: menina Gretchen non poderrr ficarrr aqui porrrque gostarrr de lamberrr cu de Zé Piolho. Na hora eu estava distraído e não entendi bem, pensei que o Franz se referia ao Genet e respondi: não eram piolhos, Franz, eram chatos aqueles do Genet, e quem é a Gretchen? E já ia discorrer longamente sobre o "Santo Genet Comediante e Mártir" quando ele me elucidou. Tenho que parar por hoje, combinei um encontro com Albert. Logo mais te conto. Aviva-te.

VI.

IRMANITA, VÊ SÓ: estava tenso teso escorregadio. Ele. Albert. Aceitou sim tomar uma cerveja comigo (detesto cerveja), só toma cerveja. É mais pro troncudo, a camiseta justa, um cavalo-marinho tatuado no braço, os antebraços peludos. É lindo de sorriso bagos e prendas (vide referência na III carta). Pasme: tem ótimos dentes. A mãe era portuguesa, porque brasileiro sem ascendência portuguesa ou italiana ou etc. nunca tem dentes. Tu sabes quanto o sacana do Heliodoro (!!! meu dentista) me cobrou por uma jaqueta da frente? Quarenta mil dólares. Agora é tudo na base do dólar no nosso país de polpas pombas ponteiros e pregas. Sabes de tudo isso ou andas desligada bossa Oblomov do Gontcharov e igualzinha a ele? Ontem antes de ir ao encontro de Albert, a caminho aliás, deparei com estes escritos no muro: morte aos dentistas! E logo abaixo: ó cu de sapo ó cu de lagoa, ando numa boa. Brasil!!! ô terra safada! Hoje ouvi na rádio Eldorado que um pernambucano que está no Kuwait se recusou a sair de lá, com guerra e tudo, dizendo que preferia ficar à mercê dos iraquianos do que voltar para cá. Imagina só a vidinha dele aqui. Bem, esses assuntos me enojam, nada a ver. Voltemos a Albert. Sentamo-nos numa mesinha redonda, muito da capenga, escolhi um bar brega (coisa de macho aos olhos do bofe) e aí passou por perto uma ancudinha gostosa, ele olhou muito e eu também, fingi me interessar e comecei um papo bordelesco só falando de mulheres. Que as adoro, que meu tesão é patológico, que preciso esgaçar várias vezes ao dia, que tenho sim uma amante mas ela é casada, que tenho medo de pegar mulheres por aí, tudo isso da aids me alarma e por isso tenho sempre que me masturbar. Citei vários homens ilustres defensores da masturbação, John C. Powys, Havellok Ellis, Theodore Schroeder etc. Mas falei com muito brilho, com muita elegância, levemente agitado, de vez em quando passava-lhe fortemente a mão na coxa assim como um homem muito do viril, do simpático, do solto. Descrevi pinadas admiráveis e quando detalhei uma certa posição incomum (queres saber, irmanita? ela de pernas abertas na beirada da cama, eu lambendo-a e embaixo da cama uma outra mulher chupando-me o quiabo) ele riu com gosto, fez movimentos nervosos com a perna, olhei rapidinho e visualizei a dele pica estufada dentro das calças. Perguntei de chofre: nunca te masturbaste com teus amigos?

    ELE: quando era garotinho sim.
    EU: eu digo agora já homem.
    ELE: (seco) não.

Continuei temas afins mas insisti largamente na masturbação, dizendo-lhe também que a fantasia é a melhor amiga do homem (ele ri) e de repente na quinta cerveja fui incisivo:
    vamos depenar o sabiá por aí?
    Gostou, riu muito da expressão "depenar o sabiá". Ele: (largo sorriso e pedindo a sexta cerveja) Por que não? Irmanita, fiquei agitado, minha vontade era de agarrar-lhe a piça ali mesmo, abrir-lhe a regueira e enfiar meu taco naquele of certamente peludo. Mas fui fino: levantei-me rapidinho mas com discrição, paguei a conta, fui andando ao seu lado e em direção ao carro, minha mão amigavelmente colocada no seu potente ombro e no seu cavalinho marinho, abri a porta da Mercedes...

    ELE: é a primeira vez que me sento pra valer numa Mercedes.
    EU: (só pensando)
    primeira vez também que vais te sentar num pé de mesa. (Ou não?)

Entramos no carro. Nem sei como consegui dirigir até uma ruazinha escura.

    EU: que tal depenar o sabiá aqui agora?
    ELE: (certa tensão, sorrindo)
    por que não?
    AÍ OUSEI: que tal, garotão, se te abrir a braguilha?
    ELE: (muito calmo mas rindo)
    por que não?

Achei surpreendente aquela calma, mas não era eu quem ia começar uma dialética a respeito. Então vi: o malho rosado, lustroso, orvalhado. Caí de boca. Foi se largando todo. Depenei meu sabiá enquanto chupava aquele magnífico bastão. Ele suava e gemia abandonado. Beleza! Rosado! Lustroso orvalhado!

    ELE: (muito sério, depois de me encharcar a boca)
    nunca deixei um macho me chupar a pica.
    EU: (seriíssimo)
    compreendo. Também nunca chupei pica de ninguém.
    ELE: (olhando-me nos olhos)
    mentira.
    EU: (olhando-o nos olhos e fingindo-me irritado)
    que é, cara, por que tu acha que eu ia mentir?
    ELE: (meio tristinho)
    pois é... então é esquisito, né?
    EU: (neutro)
    tá chateado?
    ELE: (nervoso)
    por quê? não dei o rosquete, bolas! olhe, é melhor me deixar num ponto de ônibus mais adiante porque nunca ninguém viu um carro assim onde eu moro. Dá na vista.

Comecei uma falação teatral meio babaca, mais pro sentimental, pro sem jeito, pro acanhado (sou comovente quando faço o gênero) do que pro racional, e disse-lhe: essas coisas acontecem, cara, e daí? acho que me emocionei contigo etc. talvez até tenha me apaixonado. Parei num sinal vermelho. Acendi um cigarro. E ele estava (imagina, Cordélia!) chorando. Coitadinho! Como são adoráveis essas crianças! Que alminhas ingênuas! Chorandinho, Cordélia! Que corpinhos famintos! Que modestos neurônios! Coloquei, como sempre com naturalidade, minha mão sobre sua coxa, e arrisquei um deliquescido "perdoa-me", e em seguidinha um "acho que te injuriei". Ele: o quê? Eu: (traduzindo) acho que te ofendi com os meu "arroubos". Ele: o quê? Eu: (traduzindo) te ofendi porque te chupei? Oh Cordélia, talvez deva começar a tal língua fundamental do Schreber? Enfim, deixei-o no ponto de ônibus. Chorandinho. Deixo-te aqui também, irmanita. Até mais.

VII.

CHI! QUERIDA, NEM SABES! Deu uma confusão a história do Zé Piolho! Odeio essa gentalha. É preciso fazer caras de compreensão, de piedade, é preciso ter muito cuidado, porque qualquer coisa que te saia da boca em relação a essa gente, todo mundo fingidão cai matando em cima. Tu dás casa, comida, roupa lavada etc. e te odeiam. Aí entram os compassivos: é perfeitamente racional que te odeiem, tu és rico, meu caro, tens tudo, e esses coitados são os esquecidos do mundo. Se eu tivesse alguém que me desse casa comida roupa lavada e ainda me pagasse, ia chupar-lhe a verga ou a xereca até o final dos tempos. Isso das hierarquias sempre existiu.

Diferenças... bolas, nunca ninguém resolveu. Napoleão tentou. Acabou com o feudalismo. Deu terrenhas para muitos. Mas que catástrofe anos depois! E pensar que a monarquia voltou depois da Revolução Francesa! Toda aquela sanguera pra nada. Pois é. E não há até anjos arcanjos querubins potestades? E lá no alto sentado na poltrona de ouro não há Aquele? Hierarquias até nos microrganismos. Leia o Koestler inteiro e vais entender tudo. O Arthur. Aquele d'*As razões da coincidência*. Bem, voltando ao Zé Piolho. O cara não se conforma da onda que se espalha pela vizinhança, aquilo da Gretchen ter sido vista lambendo-lhe o traseiro. O mais singular é que a Gretchen, protegida por Frau Lotte, não está nem aí. Continua espanando tudo muito bem e faz carinhas de riso o tempo inteiro. Eu fechadão. Frau Lotte veio conversar comigo. Fingi nada saber apesar de ciente de todas as minúcias, pois o Franz se encarrega disso. A história verdadeira, segundo Franz, é que Gretchen está perdidamente apaixonada pelo brega oiti do Zé Piolho e pelo Zé Piolho inteiro. Precisavas ver o tipo. É magrinho, bundinha nervosa, narigão, sorriso de dentadura postiça mas muito bem-feita. Alguém lhe pagou a dentadura. Tem gente que paga qualquer coisa pra lamber um cuzinho. Falando nisso, já te contei de uma amiga do Tom, que é primo do Kraus, que chorou copiosamente porque o Kraus não a deixou lamber-lhe o aro? A mulher é viciada em lamber pregas. O Kraus piou grosso: aqui ninguém mexe, negona. Mais tarde quando a dita-cuja voltou a insistir ele respondeu às gargalhadas: bichinha, a minha religião não permite, não insista, meus guias não vão aprovar. Cada vez que a mulher se atirava na regueira do Kraus, o Kraus ria pra morrer. Riu tanto se fechando inteiro que teve até convulsões. O outro dia a mulher encrespou: ou tu me deixa te lamber o buraco ou nada feito, não lodo mais contigo, me mando. Pois acreditas que o Kraus nem pôde responder e nem se despedir, de tanto que ria? Ele nos contava convulsivo: não é possível que alguém tenha se apaixonado perdidamente pelo meu mucumbuco! Até agora se alguém lhe diz: conta a história daquela que é amiga do Tom que é teu primo, ele começa a rir perigosamente. Todos os amigos andam pedindo pra ninguém mais falar na amiga do Tom. O Kraus pode ter uma síncope. O caso é sério. Ele anda fazendo terapia de apoio. Aliás, "tentou fazer". Foi a três terapeutas, mas os caras também não paravam de rir. Enfim, um problema. E a amiga do Tom (aliás lindíssima) se "chamava" Amanda, sim, chamava, porque agora todos a chamam de "A Cuzinho". A história não para mais, porque cada vez que alguém vê Amanda, diz: lá vem "A Cuzinho" — e quem está por perto e não sabe quer saber toda a história, e de novo alguém tem que contar. Uma maçada. Voltando a Frau Lotte.

Frau Lotte: senhorrr porrr favorrr non vai acrrreditarrr naquele histórrria do senhorrr Zé Piolho.

Eu: (fingindo-me de besta) que história?

Frau Lotte: non acontecerrr nada daquilo, o certo que acontecerrr foi que o senhorrr Zé Piolho terrr uma furrrúnculo na parrrte de trrrás e a senhorrrita Gretchen quis currrar Zé Piolho.

Eu: (fingindo-me de alarmado) como é que é, Frau? a Gretchen quis currar o Zé Piolho?

Frau Lotte: non serrr nada disso... o mero Gott, mero Gott.

E aí ela me pede para receber porrr favorrr o senhorrr Zé Piolho que ele me explica tudo. Achei demais, irmanita. Tive um daqueles meus acessos que tu conheces e disse à Frau que a mim pouco me importava se o tal Zé Piolho se suicidasse com um tiro no ó. Frau Lotte ameaçou ir embora com Gretchen e tudo. Então comprei-lhe um lindo tecido de gabardine inglesa para que ela encomendasse um tailleur no meu alfaiate. Depois pontifiquei: nunca mais quero ouvir falar de "burrracas" nesta casa. Uma coisa, Palomita: explica-me por favor os teus "entreveros" com papai, teus pesadelos. Insinuas o quê? o nada se fazendo culpa penso eu. Ou não?

VIII.

AH, SINTO-ME UM ADOLESCENTE, Cordélia. Ele estava de guarda-chuva me esperando na chuva. Não cantava mas estava ali quase escondido no pequeno terraço de uma casa velhíssima e vazia a duas quadras da oficina, terraço onde vi um pneu encostado à parede. Albert me diz que é "daquele ali" e me aponta um tipo muito do coitado, do vadio. O pneu é o travesseiro dele a cada noite. Eh vida! Bem, comecei dizendo a Albert que isso de meter no mosqueiro ou dar o roxinho não tem nada a ver com consciência. Sim, porque ele dissera antes: tô com a consciência pesada. Pobrezinho. E depois cansei de minha própria eloquência e explodi um último discurso sobre culhões flores, gardênias e dejetos e concluí aos gritos que acabasse com aquilo de resguardar cus e caralhos, que eu não tinha mais tempo para ficar fazendo o *grand seigneur* e *pas de deux,* rodopios, batidas de asa de borboleta, tremeliques, que o urro da vida se grudara ao meu peito, assim, garotão, em cores vivas, e mostrei-lhe o mangará duro, enfezado, segurei-lhe os bagos e... vê, Cordélia, começou a chorar novamente. Irritei-me, porque o choro para mim tem qualquer coisa de nobre. Eu só choraria se Deus não quisesse o meu sim-sinhô. Ou se apenas me mostrasse a língua sem me deixar sugá-la. Petite chegou. Já te falei dela? Já já falamos.

p.s.: Comi-a na posição que chamo "A Degolada". É assim: a cabeça totalmente fora da cama (lembra-te de nossas camas aqui de casa, altíssimas), a perna direita lá no alto. É preciso ser delicado para não destroncar o pescoço do parceiro ou parceira. Fui grosso. Além dos gemidos restou-lhe um suave torcicolo. E não é que Franz conhece o Genet de cor? Como pôde se confundir com piolhos e chatos? E sabes que até leu *A morte de Ivan Ilitch*? Os alemães me surpreendem a cada dia. Depois "daquilo" pensei que nada mais leriam, só orassem. Estou indignado. Genet e Tolstói lidos por criados. Onde estamos? Que tempos! Beijo-te a pomba.

IX.

CORDÉLIA, DE ALGUMA FORMA insinuas o que desconheço. Falas do saudável que era o pai. Bobagens. Saudável sou eu. E neste hipotético saudável insinuas uns podres que não sei ou penso que não são os mesmos podres. Aqueles, os que eu sei. Fala claro: fornicaste com o pai? Fui enganado todos aqueles anos? Me excluíste do prazer e do ódio de te ouvir os relatos ou de ver os fatos? Choramingas entupida de culpa por quê? Te lembras daqueles palhaços que eu esculpia no barro e depois vestia-os de cetim branco e fitas coloridas? É assim que me sinto. E o que queres dizer com isso "se eu me lembro de Nietzsche nos finais", ele chorando em plena avenida por um cavalo espancado? Sim, me lembro. E então? Não sou Nietzsche, nem sou o cavalo, nem sou Lou Salomé. Pensas que estou louco? Ou que me identifico com cavalos e com baronesas como tu, Palomita? Fica atenta. Posso ser cruel se me enganam.

P.S.: Insisto: por que falas de Nietzsche? Por que me pensas compassivo terno cruel e louco como ele? E pergunto-te: também talentoso? Que devo me dedicar às letras porque me sentes um escritor? Queres sem dúvida me ofender, Cordélia.

X.

SE É POSSÍVEL, SE É FACTÍVEL tudo o que estou pensando ou melhor tudo o que estou concluindo, tu e o pai dormiam juntos e fornicavam e me fizeram de *claune*. O que queres dizer com "saudável na cama"? Já vejo um tipo comendo melancias, pipoca, deitadão baboso, sujando os lençóis, enchendo-os de semente e amendoins. Certamente esse não era o pai. Cordélia, estou irritado. Continuas tola. Existias em juventude apenas para sassarimbar. Eras muito gostosa. Tu, sim, alguma coisa a ver com saudável, com melancias, inteira para ser chupada. A palavra "saudável" em relação ao pai é francamente tola. A aparência juvenil do pai escondia um homem passional, atormentado até a medula (como diria o abade). Eu sim recebi do pai confissões... estranho tu insinuares cama, e segundo entendi, a dele *ejaculatio precox*. Falas em timidez também? Não te confundiste de parceiro, não? Muitas coisas me foram ditas... a aparência juvenil, o ar esportivo, eram máscaras muito bem construídas...

o pai era um sedutor perfeito, um vencedor, amoldava-se como água para obter o que queria. Tênis... ora, Cordélia, achas mesmo que o pai era apenas um exímio jogador de tênis? Um coitado a teus olhos porque não te percebia? Tolinha... Não estás invejosa de alguém? E pensas que a mãe se foi com o outro, aquele sim pateta, à revelia do pai? Bobinha... O pai quis que ela se fosse! E o que é isso de pensares que o pai usava mais as bolas de tênis do que as próprias bolas? Claro, os bagos também devem ser usados para roçar as conas... bem... não usou os bagos com mamãe. Mas Cordélia, incrível, não te lembras mais de mamãe? Aqueles grandes olhos cândidos e todo o corpo uma redondez adorável, o nariz perfeitíssimo, braços e mãos de madona, mas nadinha nadinha de uma meretriz. E uma mulher na cama tem que ser um pouco prostituta, lembra-te de Lawrence: "A mulher que não tem em si o menor rasto de rameira é regra geral apenas um pau seco". Mais ou menos isso. Mãezinha revirando os santos olhos castanhos, imensos sim, mas perfeitos para receber a visita do anjo. As ancas poderosas sempre encobertas por fartos linhos... as mãos ao piano tocando *Lieder*... e na harpa, arpejos. Achas que alguém pode foder corretamente (e corretamente nesse caso quero dizer sordidamente) com alguém que insiste em tocar harpa? Pois lembra-te que ela insistia. Messalina tocava harpa? Cleópatra tocava harpa? Lucrécia tocava harpa? Duvido. Até vou verificar. E agora me lembrei de Mirra que embriagou e seduziu o rei Ciniras, seu pai, e teve um filho do próprio. Mirra, sim, é que ilustra com perfeição o chamado complexo de Édipo. Pobre Édipo! Pois nem sabia que a outra era a mãe. Nem Freud nem Jung leram Ovídio (*Metamorfoses*). Enfim. Foste Mirra alguma vez? Não terias coragem. Ou sou eu que não conheço coisa alguma de mulheres. Voltando a mamãe, só queria a harpa entre as coxas. E o pai chegava lindo, todo suado das duplas, as magníficas coxas douradas, palpitantes do esforço, da vitória, a fita lustrosa sobre a testa, as gotas de suor escorrendo brilhantes, o riso inteiro perfume e fome de outra boca e aí... mamãe. O vestido de linho branco e "casinhas de abelha" na gola... Também fazes casinhas de abelha nos teus panos para as quermesses das tais aldeias? E queres saber, de mim, o que era sexualidade para o pai? Aí tens: medusas hienas pássaros grifos sumos sátiros pauis paias guizos e principalmente (calma irmanita) João Pater, o negro que ele amava. Te acalmaste? Então continuo. Encontrou-o não sei onde, se em Olinda ou Salvador, estava por esses lás nas tais turnês, e um dia, manhãzinha, andando pela cidade foi tomado de júbilo por tudo o que via, o cheiro das frutas, o azul escancarado do céu, uma jaca se abrindo lentamente diante dele... assim mesmo ele dizia "uma jaca se abrindo lentamente diante de mim" e de repente perto das frutas, da jaca, sob o sol, ele... João Pater. O negro acariciava as coxas distraído, sentado, pernas abertas, olhando as próprias mãos que iam e vinham sobre as coxas. Alguém ofereceu a João Pater uma laranja. Ele olhou para o pai e disse: quer? Quero sim. João Pater tirou o canivete do bolso e começou descascar lentamente a laranja. Cortou-a em duas metades. Queremos, não é? E deu a metade ao pai. João Pater tinha vinte anos. Lindo! Lindo! E por que o negro se chamava tão estranhamente João Pater? Porque demorou a nascer, a mãe já ia morrendo quando chamaram o padre João, e o padre começou: Pater Noster etc. Em seguidinha nasceu. A mãe achou milagroso o Pater Noster e ele ficou sendo João Pater. O Noster ela não gostou tanto... toma teus calmantes, Cordélia, ou um punhado de erva-cidreira, já que aderiste ao campo e seus encantos.

p.s.: O que nos resta é a orfandade. Não é que sentimos falta de pai e mãe. Somos órfãos desde sempre. Órfãos d'Aquele.

XI.

que nunca viste um negro lá em casa? Claro, tolinha, ninguém via o negro. Só ele. Viagens constantes, turnês inventadas. O eterno arpejo da mãe, na volta: jogaste bem, querido? E tu perguntas como era tudo com João Pater, como o pai dizia que era?

Oh, Cordélia, que era como um lago de acácias, húmus, sol, cordura, deslumbramento. Estás desesperada, sinto. Então não devo falar mais nada. Arrependi-me de te contar. Mas alegra-te: ontem sonhei que te chupava a cona e subias aos céus com uma harpa entre as coxas (reminiscências de mamã) e paisagem e cores tinham alguma coisa das pinturas de Chagall. Em seguida dois anjos arregaçavam-me o ó e lambiam-me com línguas prateadas, podia vê-las (as línguas), eu era lambido por trás mas via-os (os anjos) de frente assim como se tivesse o pescoço de um papagaio, podendo me virar para onde fosse. Depois, o próprio Deus com face de andarilho ou daquele vadio do pneu e todo chagoso, me colocava um pneu no pescoço à guisa de colar, e exibia um não sei quê (como chamar o farfalho de Deus?), um chourição rosado e bastante *kitsch*, enfeitado de estrelinhas. Fui todo arrebentado por dentro. Vi estrelas (perdão). Acordei molhado e pensei: Frau Lotte vai ver a mancha no lençol. Aí levantei-me e fui lavar o pedaço de lençol na água quente. Incrível. Não posso nem gozar sossegado aqui em casa. Acho que vou mandar a velha embora e contratar uma dona de pensão, uma abadessa. Pois tenho ou não o direito de sujar meus lençóis sem me atormentar? Senti-me no internato. Um colegial limpando as cracas, manhãzinha, pro padre não ver. Não, Cordélia, não me peças novamente, não quero contar mais nada sobre o pai e João Pater. Ainda se fosse de viva voz... Não vens?

XII.

IRMANITA: SE FOSSES SAUDÁVEL morarias comigo, teu irmão. Podias até defecar na minha cama e eu não me importaria. Lavaria tua bundinha e lençóis. Mas insistes em ficar aí na tua charneca. Se ainda fosses a Virginia lá na Cornualha, entenderia. Ou uma das Brontë em Haworth, também. Mas quem és? Ninguém ilustre. Não tens nenhuma tarefa importante que justifique tua permanência no campo. E fodes ou não com esse tal do Iohanis? Quantos anos tem o pilantra? Corta as tuas árvores no machado ou tens motosserra? Se for no machado mentes quando dizes que não fodes com o cara. Outra coisa: não acredito mesmo nas tuas insinuações incestuosas. Tu achas que um homem possuidor de um João Pater ia meter contigo? Bem, há o tempero picante de seres a filha. Mas como pôde ele ocultar-me essas arquetípicas inocências? Eu me sentia um confidente do pai. E sei que ele te pensava uma pequena pomba morenosa, rebolante, os olhos da mãe mas quase tão idiota quanto ela (perdão, mãezinha). Prova-me. Prova-me que tiveste na cabeluda o paterno picaço e seus cachos, linda Mirra. O rei Ciniras quis matar a filha quando se curou do porre. Nosso pai, não?

XIII.

ESTOU DOENTE. Taco, meu médico e amigo, prescreveu champanhe gelado. Brut. E gelo nas têmporas. E sabes por que estou doente? Porque pressinto surpresas, notícias inquietantes, vindas não sei de onde, talvez de ti. (E por outra coisa que já te digo.) Sinto também que não devemos continuar com as cartas. Te vejo dissimulada, escondendo algo muito sério. Por que não permites que eu vá até tua casa? O que guardas aí? De alguma maneira me transformaste num escriba ou melhor num escrevinhador, e só de saber que tu me pensas escritor agiganta-me a náusea. Que tipos petulantes! Que nojosos! Esgruvinham as virilhas, o pregueado, escarafuncham os sórdidos corações, as alminhas magras, e daí enchem-se de arrotos quando terminam os textos. Verdade que adoro os livros, mas se pudesse arrancar de mim a visão dos estufados que os escreveram vomitaria menos o mundo e a própria vida. Tínhamos um amigo, o Stamatius (!) (eu só o chamava de Tiu, porque, convenhamos, Stamatius não dá) que perdeu tudo, casa e outros bens, porque tinha mania de ser escritor. Dizem que agora vive catando tudo quanto há, é catador de lixo, percebes? Vive num cubículo sórdido com uma tal de Eulália que deve ter nascido no esgoto. Muitos o procuram para ajudá-lo. Não quer nem saber. O Tiu quer escrever, só pensa nisso, pirou, sai correndo de pânico quando vê alguém que o conheceu. Carrega no peito uma medalha de santa Apolônia, protetora dos dentes. Ah, não tem mais dentes. Bonito o Stamatius. Elegante, esguio. A última coisa que fez antes de sumir por aí foi torcer as bolotas de um editor, fazê-lo ajoelhar-se até o cara gritar: edito sim! edito o seu livro! com capa dura e papel-bíblia! Só então largou as bolotas e balbuciou feroz: vai editar sim, mas a biografia da tua mãe, aquela findinga, aquela leia, aquela moruxaba, aquela rabaceira escrachada que fodeu com o jumento do teu pai — e quebrou-lhe os dentes com a muqueta mais acertada que já vi. Quebrou a mão também. Bem, mas isso não vem ao caso. Ao caso pior: o Kraus morreu. A Cuzinho num acesso de indignação não só *à cause* do apelido mas desesperada com todas as indignidades vindas do Tom, invadiu a casa do Kraus com o linguão de fora, e alguns dizem que o perseguiu pela casa inteira uma boa meia hora, escobilhando a comprida. Consta que o Kraus tapava o aro morrendo de rir literalmente. E acreditas? Morreu. O Tom quer provar homicídio, quer o testemunho de todos os amigos e dos terapeutas também, mas quem é que vai acreditar que um cara morreu de rir só com a ameaça de lhe lamberem o botão? A turma do polo está estudando um plano, alguma nefanda crueldade para Amanda. Dizem que vão lhe enfiar algumas bolas de polo polpas e pombinha adentro. Se assim for resolvido manda-me os tocos dos tais ficheiros. Haja bola! Tom foi medicado na hora do enterro de Kraus porque não suportou ver o amigo morto e ainda sorrindo. Estou doente por tudo isso e porque não posso pensar na morte, nem na minha nem na do Kraus nem da barata, tenho medo da pestilenta senhora e imagino-me puxando-lhe o grelo, esticando--lhe os pentelhos até ouvir sons tensos arrepiantes. Hoje gritei demente: vem, Madama, vem, e irado, numa arrancada, soltei da pestilenta grelo e pentelhos e eles esbateram-se frenéticos nos seus baixos meios. Se pudesse seduzir a morte, lamber-lhe as axilas, os pelos pretos, babar no seu umbigo, entupir-lhe as narinas de hálitos melosos, e dizer-lhe: sou eu, gança, sou eu, mariposa, sou Karl, esse que há de te chupar eternamente a borboleta se tu lhe permitires longa vida na olorosa quirica do planeta. *Ciao*, irmanita.

XIV.

ENTÃO A PASCOALINA te deitava no sofá da sala enquanto a senhora Lamballe e o pai iam às turnês? E brincava contigo do quê? De ladrão? E que isso vem a ser aquilo que imagino: um beliscar-te a xereca vagarinho... o ladrão vem andando, vem andando e de repente o ladrão entra na casa, isto é, o dedão da Pascoalina dentro da tua xoca. Estás a me dizer que a nojosa da Pascoalina te masturbava, tu tão menininha? E onde é que eu estava? Ah, sim, lá onde eu não era. Mas afinal, de quem herdaste essas programeiras, essas encestadas, alguém te tocando o chiri e tu neném toda largada? E que histórias são essas de dizeres que escrevo algumas coisas que não entendes e que segundo o juiz Eliézer o palavrão é o solecismo da alma? E quem é, por Deus, o juiz Eliézer? Se eu tenho um dicionário de obscenidades? E eu lá preciso de dicionário dessa espécie, eu que andei pelos bordéis da vida no país inteiro? Chamar o ânus de cibazol, de cifra, o pênis de cipa, de cipó, é coisa de criança lá nos nordestes da vida, e não me lembro de ter falado nesses termos de nenhum botão e de nenhum bagre. Mas afinal és tu quem tem o dicionário? Ou cruzaste correspondência? Te correspondes com quem mais? Quem sabe me enganas e és na verdade uma madame de Staël e ris das minhas cartas? Pressinto malinezas. Te divertes comigo. Vives aí com o tal Iohanis, teu barbarroxa, e eu aqui sem gaveta, sem garanhona, sem jiló, girando a bolsinha.

XV.

CORDÉLIA, NÃO VOU PRECISAR dos tocos dos biris. Chamam de biris também, aos ficheiros. Não colocaram bolas de polo na xota da Cuzinho. Sabes qual foi o castigo? Lamber o roxinho das duas equipes. Imagina-te, foi uma longa partida, cus e cavalos suados. Haja língua. Cuzinho foi colocada num cubículo de guardados e policiada por um "amiguelho" do Tom, um tipo enorme, parrudo, focinho de tira, até a partida terminar. Eu não entrei nisso. Depois do jogo fiquei bebericando o meu uísque e palrando com algumas pentelhas, senhoras já velhuscas muito das dadeiras, das encapadas, das pombeiras. Sofrem de ócio. Sugeri-lhes que fundassem uma entidade à qual dei o nome de EGE, sigla do que viria a ser Esquadrão Geriátrico de Extermínio. Atividade: assassinar políticos corruptos, ladrões do povo, e editores de livros *pop-corn* gênero Jacqueline Susan, Jackie Collins, Daniele Steel. Até descobrirem que na hora H dos crimes havia sempre uma velhinha por perto com seu guarda-chuva ou bengala de ponta envenenada, ia levar tempo. O delegado: coincidência, senhores, coincidência, são diferentes velhinhas a cada crime, ou os senhores estão pensando que existe talvez um esquadrão geriátrico de extermínio? Ha ha, e todo mundo ri. Todo mundo competente. Continuando: não entrei nessa da Cuzinho porque achei mais prêmio que castigo. Quando externei minha opinião ficaram furiosos: é porque tu não viu o estado do nosso cabo e cachos... Que mau gosto! E sabe-se lá o que eles quiseram realmente dizer com isso. Pedi que não contassem mais nada porque eu comia deliciosas torradas com salmão. À noitinha arrancaram Cuzinho do cubículo depois de tudo aquilo. Fui até lá só para lhe ver a cara. Acreditas que ela saiu sorrindo? Assim como se estivesse embriagada. Tomou um porre de pregas! Há coisas inexplicáveis no ser humano. No planeta também. Fora fantasmas e óvnis. Te lembras de toda aquela história do Mishima? Não quero acreditar que te esqueceste dele. Aquele que fez o *seppuku*. Te contorcias inteira de pavor quando lias aquilo. Havia os detalhes: comeu repolho e finas fatias cruas de galinha no jantar da véspera. Depois encheu os trazugues com rolos de algodão para que não lhe saíssem as fezes na hora H. Tenho horror de escritor. A lista de tarados é enorme. Rimbaud, o tal gênio: catava os dele piolhos e atirava-os nos cidadãos. Urinava nos copos das gentes nos bares. Praticamente enlouqueceu Verlaine. (E a mãe de Verlaine? O que querem dizer aqueles fetos guardados nos potes de vidro em cima da lareira? Mãe de escritor também não é fácil. Seriam irmãozinhos de Verlaine?) Outro doido. Deu um tiro em Rimbaud. Se não me engano, incendiou a própria casa. Depois Proust: consta que enfiava agulhas nos olhinhos dos ratos. E espancava os coitadinhos. Genet: comia os chatos que encontrava nas virilhas do amante. Foucault: saía às noites, todo de couro negro, sadô portanto, ou masô, dando e comendo roxinhos. O próprio Mishima, louco por soldados suados e por sangue. Gozou a primeira vez vendo uma estampa de são Sebastião flechado. Sabes que o Franz, não o Kafka (o Kafka é o mais normalzinho apesar da barata), o Franz aqui de casa é bastante chegado a lixeiros? A cada manhã ouço um pequeno diálogo:

tudo bem, senhorrrr lixerrro, está difícil o trabalho?

tudo em cima, seu Franz.

non serr desagrrradávell o serrviço?

O segundo lixeiro abrindo os braços e deixando à mostra os tufos azulados das axilas: desagradável é bater as botas, seu Franz.

Franz sai rindo, comentando: gostarrr muito dessas bonitos senhorres lixerrros, non, Frau Lotte? e que pelos engrraçados e ton fofos nas burracas dos brraços... parrecem minha gente... forrtes fortes... Franz talvez seja um escritor. Vou prestar mais atenção nele. Por que alguém como Franz leria Tolstói ou Genet? Uma coisa, a mesma, de novo: não insista, Cordélia, não contarei mais nada sobre João Pater. E como ousas me perguntar se eu vi a estrovenga do negrão? O pai é quem via. Não eu. Insinuas o quê?

XVI.

OS OSSOS. OS OVOS. A sementeira. Essas coisas me vêm de repente num tranco. Ando cuspindo nas rodelas. Estou lixoso, áspero comigo mesmo e com o mundo. E confuso, Cordélia. Uma vontade louca de escrever na língua fundamental. Aquela. Te lembras. A do Schreber. Vontade de não dar sentido algum às coisas, às palavras e à própria vida. Assim como é a vida na realidade: ausente de sentido. E por isso quero te dizer agora que me lembrei de outras revoluções. E de mães, mulheres, de nomes, de mim, de nós. Lembrei-me do nome da mulher de Ramon Mercader. Chamava-se Orquélia. E tu, Cordélia. Nada a ver? Mas lembrei-me. Ramon, de Ra, o sol. E a mãe de Ramon chamava-se Caridad, stalinista roxa e autora intelectual da monstruosidade. Imagine, chamava-se Caridad! E foi o filhinho de Caridad quem golpeou aquela linda cabeça. Linda mesmo? Novos autores referem-se a ele como um ditador raivoso. Estás confusa porque te relato tudo isto? Mas é que Ramon Mercader disse ao ser preso, ou logo depois ou muito depois: fui enganado. Este "fui enganado" é que ressoa, persiste no meu ouvido ressoando. Porque também fui enganado. Aquele retrato que o pai recortou da revista dizendo que era a princesa de Lamballe não era verdade. Tu sabias? Não é a princesa. Idêntica à mamãe sim, só que descobri que a retratada chama-se madame Grand. Foi mulher de Talleyrand. No livro de um historiador, Simon Schama, está lá o retrato daquela que não é a Lamballe, igualzinho ao retrato aqui da sala. Penso que o pai me queria afastado de mamãe. Sabia que eu a amava mais do que devia. E como toda a história de Lamballe é horrível (além de degolarem-na, retalharam-lhe a vulva e dela fizeram bigodes! franceses... meu Deus... tão finos...), e eu, sabendo desta história, jamais teria tesão (no entender do pai) por mamãe-Lamballe. Tinha ciúmes de mim o espertalhão! Que família! Que mentiras! E todos tão *collet-monté* e elegantes!

XVII.

IRMANITA, ISSO DE SABER tão pouco da tal madame Grand (a cara da mamãe) me deixa feliz. Talvez me cure definitivamente do mal-estar contínuo em relação às mulheres. Então, ouça, vê se vem. Vou me fixar em prexecas logo mais. Vez ou outra posso ter recaídas porque bozó é bozó e comer bozó é dilacerante mesmo, dilacerante para o outro e bom para os dois. Na verdade o que queremos é dilacerar o outro. Dão o nome de desejo a essa comilança toda. Na natureza tudo come. Do leão à formiga. Até as estrelas se engolem umas às outras. Tenho cagaço do cosmos. O Criador deve ter um enorme intestino. Alguns doutos em ciências descobriram que quanto maior o intestino, mais místico o indivíduo. E quem mais místico do que Deus? Grande Intestino, orai por nós. Falando em comilanças devo dizer que comi de novo a Petite. É uma das doninhas casadas lá da Hípica. É magrinha, ruiva, neta de ingleses (por que não "Little"?) e recebeu do bisavô a primeira edição do livro de Joyce, o *Ulisses*. Guarda-o há anos numa caixa de laca e nem sequer o folheou. Tem medo daquele monólogo da Molly, diz que não gosta de ficar excitada com esse tipo de leitura e sem ninguém por perto. Ofereci-lhe para meter-lhe a brenha enquanto lê. Achou muita graça. É idiotazinha mas belíssima de coxas. Fuma aqueles cigarros More, mentolados. Ah, não fumas. E também não fedes com o tal das árvores. O Iohanis. Não acredito. Continuando, a Petite. O marido está em Cartum. Missão especial. É diplomata ou funcionário graduado do Itamaraty, sei não. Cartum. O que há em Cartum? Deve colecionar besouros. É jovem, mais jovem do que ela. Todas, jovens ou velhas, lá da Hípica têm maridos jovens. Algumas pagam muito bem para casar com esses bofes grandalhões ou esguio-elegantes ou esportistas ou corretores da Bolsa. Sou esportista grandalhão esguio-elegante e ainda jovem, mas não me pegam. Foi difícil sair da Hípica com Petite sem que os pulhas dos muitos maridos percebessem. Também andam de olho nela. E sem que as outras também, as punheteiras (todas elas enganam marido e amantes e gostam de bater punheta em homem. Pra foder são mais complicadas), percebessem. Quando Petite entrou no carro já fui passando-lhe as mãos nas coxas, régias! régias! e desabotoei-lhe a blusinha encarnada. Não era branca nem de linho nem tinha casinha de abelha. Mas pensando bem, gostaria que fosse de linho e branca com os tais pontinhos, pois mamãe a partir de agora pode tornar-se uma fantasia bastante apetecível. Adorável madame Grand. Bem, na hora que enfiei a língua na boca de Petite, depois de sugar-lhe os bicos dos peitos (meio caidinhos, por sinal), ela me disse (Cordélia, vê se não é mesmo um carma, uma perseguição): tua língua é igual à de papai. Como assim? perguntei. Assim vermelhinha, vermelhinha. E como é que você sabe que o seu pai tem a língua assim vermelhinha? Ficou furiosa: o que é que você está insinuando, Karl? Eu? nada, imagine! Contou-me então uma longa história de língua, que a do pai era demais vermelhinha, todo mundo reparava quando ele chupava sorvete. Sorvete? Mas quantos anos tem seu pai? Ficou furiosa de novo. É uma idiotazinha mentirosa. Deve ter sugado adoidada a tal linguona paterna. Nós sabemos disso, não é, irmanita? Ou também só viste a língua do pai quando ele chupava sorvetes? Ando meio furioso, sim. Acredito e não acredito nas tuas pseudoconfissões sutis. Até quando vais guardar o segredinho? Dizes que ele não era fiel ao João Pater. Ah, é? E o coitado do negrão nem sabia. E com coisas tão importantes para falarmos, pedes-me notícias da Cuzinho. Por quê? Interessada? Pois bem: a Cuzinho baixou hospital. O Tom descobriu que ela tem uma xeroca rasa, onde só cabe morango. Contratou dois de toreba gigante pra um escaldado da miranguaia. O Tom só pode estar apaixonado.

p.s.: Era contigo que o pai enganava o João Pater?

XVIII.

PALOMITA, lembras-te que mergulhavas o meu pau na tua xícara de chocolate e em seguida me lambias o ganso? Ahh! tua formosa língua! Evoco todos os ruídos, todos os tons da paisagem daquelas tardes... cigarras, os anus pretos (aves cuculiformes da família dos cuculídeos... meu Deus!) e os cheiros... o jasmim-manga, os limoeiros... e teus movimentos suaves, alongados, meus movimentos frenéticos... Ahhh! Marcel, se te lembras, sentiu todo um universo com as dele *madeleines*... Deve ter sugado aquela manjuba magnífica do dele motorista, com *madeleines* e avós e chás e tudo... Ah, irmanita, as cortinas malvas, a jarra de prata, os crisântemos dourados, algumas pétalas sobre a mesa de mogno, tu diluída nos meus olhos semicerrados, teu hálito de chocolate e de... "solução fecundante" como diria aquele teu juiz. Ando me sentindo um escroto de um escritor e quando isso começa não acaba mais. O que me faz pensar que eu talvez o seja é toda aquela minha história-tara do dedão do pé do pai. Pulhices de escritor. Outro dia contei ao Tom a história do dedão do pai, como se fosse a história de outro cara, não a minha. Sabes o que me respondeu? "Se algum filho meu tivesse a tara de me chupar o dedão eu dormiria armado." *Ciao*. Petite chegou. Apaixonou-se. Uma maçada. Continuo daqui a pouco.

Continuando. Foi-se. Às vezes, ela é insuportável. Diz que me ama mas não suporta quando nos meus "arroubos" digo a palavra boceta. Pergunto-lhe se é um problema de ordem moral ou de semântica. Arregala os olhos, e fica claro que não tem a menor ideia do que seja semântica, e responde: é apenas *disgusting*, meu bem, nada a ver com a moral, há outras palavras que me soam também desagradáveis.

quais?

ah, você vai rir de mim... mas não suporto a palavra efusão nem a palavra fartura... fico até fria... veja, será que são os us?

mas o que acontece se alguém ficar repetindo boceta fartura efusão?

ah, benzinho, por favor, posso até desmaiar, já não estou bem...
não repita... é mesmo? estranho... já desmaiou alguma vez?
quase morri quando disseram as três ao mesmo tempo... é uma coisa no ouvido... dói...
Fiquei radiante. Desejei sim que morresse. Aos trancos vieram-me frases surpreendentes. E comecei:
houve uma efusão farturosa de bocetas
e naquela efusão... a boceta na cama... a fartura na mesa...
bocetas claras, de pelos fartas, efusões sinceras bocetas sobre a mesa, fartura de ninfetas, efusão de picas
faturo-te a boceta em efusão
efusão sincera, mastruço em ação, e duas metas: aro e boceta
Enfiou-se embaixo da cama, aos prantos, fui atrás, nu, cravei-lhe as unhas na bundinha e fui repetindo fartura efusão boceta, dei-lhe uns sopapos, até que desmaiou. Quando acordou, falei: tô repetindo: fartura efusão boceta. Sorriu. Sarou. O marido agora está em Java (!). Para mim ele não passa de um traficante de ópio. O que as pessoas vão fazer no Sri Lanka ou em Java ou em Cartum? Talvez adeptos de uma nova religião. Quando pergunto essas coisas à Petite, ela diz: Marcius (!) é curioso, adora viajar... Digo: deve gostar de cacetes cor de azeitona. E sempre de besouros, lógico. O outro dia li que um amigo de Richard Francis Burton deu-se muito mal com um besouro que lhe entrou tímpano adentro. Talvez Marcius (!) deseje isso mesmo, ficar surdo enfim, porque Petite é um rádio na cama. Abrindo as pernas já começa uma arenga doentia. Tento contê-la tapando-lhe a boca, mas ela não entende, pensa que é um vício meu, que gosto de tapar sua boca como se eu gostasse de me sentir um estuprador, é burrinha, coitada, mas me diverte. Ah! se fosses tu, Cordélia! Poríamos a fotografia de papai na nossa frente (tenho algumas lindas! posso mandar ampliá-las...), e nos chuparíamos, de cada lado uma fotografia de papai. Depois eu derramaria champanha na tua cona, que deve estar tão sequinha, coitada... ou não? Ou o tal de Iohanis... não, não quero nem pensar... e chuparia teus dedinhos do pé, um por um, os buraquinhos das tuas orelhas

(ainda usas Calèche?) e o buraquinho da frente e o buracão de trás... vem, irmã, penso que te negas ilusões e as ilusões são os sustentáculos da vida. Cordélia, medita: vais apodrecer um dia, os vermes vão te roer, tudo bem, vais ser cremada, mas isso também é chato, os cadáveres sentam-se repentinamente, sabias? por causa do calor... aquilo é um forno... pensa que estás viva ainda, e prometo te fazer muito feliz como sempre foste quando estavas comigo, prometo também me vestir de papai, com as tais raquetes Prince e a fita lustrosa na testa, e tu de madame Grand se quiseres, ou só Cordélia, que é como eu agora gostaria... Vem.

XIX.

TE ABORRECESTE. Pedes que eu desista. Não virás nunca. E enfim confessas: que Iohanis é louro, tem coxas douradas, quinze aninhos, adora tênis e é a cara do pai. Sou irmão e tio. És mãe, irmã e amásia. Parabéns. Quantas mentiras. Marafona.

XX.

OS LILASES, O CHUMBO, o verde-rã das águas, tuas blusinhas, amada, cheirando a maçãs, tuas axilas negras, polpudas como rãs pretas pequeninas, estou confuso igual a Talleyrand diante de um cesto cheio de cabeças. Então Cordélia-Mirra, Iohanis é teu filho e nosso irmão. Embriagaste o pai numa noite de águas, junto às baias. E por isso te vi pálida na manhã seguinte arrumando valises e malas... Nunca compreendi por que te foste. Agora sim. Vinte e quatro anos e apaixonada. E grávida do pai. Tem então quinze o irmão? E dizes que nunca posso vê-lo. Tu o queres só para ti, Palomita. Muito bem. É como dizia um juiz (não o Eliézer, um outro) quando lhe recriminaram a fodança com as filhas: eu as fiz, eu as como. E não posso ter nem um caracol dos cabelos de Iohanis? Nem um par de pentelhos?

Nenhum beijo? E é assim tão forte que te corta as árvores? Nem posso vê-lo suado, vermelho, nem tocar-lhe os bagos? E a cada dia te olhas nos teus quarenta nos espelhos... e estás ainda mais bela. Torturas-me. Que ele te ama e só conhece a tua cona... Na verdade te alimentas de uma seiva jovem a cada dia... E a mim o que me restou foi voltar com Albert, o moço mecânico. Soltou-se. Fizemos todas as posições ontem à noite, depois de receber a tua carta: torno, macaco, alicate, burrinho. Não vou contar como são, vire-se. Fizemos "carro alegórico" também: eu deitado, ele em cima do envernizado, de braços abertos e cantando "Não me diga adeus". Já não chora.

Karl

Eu, Stamatius, digo: vou engolindo, Eulália, vou me demitindo desse Karl nojoso.

Eulália: quem é esse cara, hem benzinho? é teu parente? escreve coisa de bem, os graúdo, os fino, ou se tu não qué escrevê aquilo que eu já te disse da minha vida, tem coisa pra burro pra eu te contá, tem coisa por esse mundo afora, escreve vá, Tiu, escreve das gente que eu conheci lá em Rio Fino.

Fico ouvindo sem ouvir, pergunto distraído: onde é que tu aprendeu a foder com jeito de gazela?

Sorri grande, se abre inteira, põe a mão com ternura sobre a choca e diz miúdo: vem, Tiu, vem vá. Tem jeito de madame Grand quando se abre, é toda gostosura, é leve, é espuma, é linda, Eulália quando fode. Vou pra esteira, pertinho dela, e se ajeitando me abraça e diz que sabe de uma história preta, um cara que virou cachorro, e antes de virar cachorro era lindo loiro "engraçadinho mesmo" mas vivia comendo a xirica das cadelas da rua e um dia os dentes cresceram, ficaram em ponta, e ele também ficou cheio de pelos... Não serve pra tu, não, Tiu? pro homem que faz livro?

depende. não virou lobisomem não?

não. era cachorro mesmo, ficou lá na casa da viúva Fadinha.

como assim ficou lá? e quem era a viúva Fadinha?

uai, ficou lá, como cachorro ficou sem graça, um cachorrão como os outro, roía osso, essas coisa, latia.

sei. e a Fadinha?

a viúva Fadinha gostava de mulhé.

interessante. onde isso?

em Rio Fino. e a viúva Fadinha se vestia toda de filó, ficava na solera da porta e quando as mocinha passava, ela dizia: vem, lindinha, vem comê bolinho de tapioca.

sei. e o cachorrão ficava lá do lado... é.

tá bem. vou escrever "Filó, a fadinha lésbica".

não. escreve do menino que virou cachorro.

mas só virou cachorro, só isso?

uai. e não é coisa pra burro?

é. é coisa pra editor sim, mas tem que ser um cachorro sacana, fodedor.

ah, isso não era não, era um cachorro simpres, quietoso.

então não dá, tem que ser assim ó (e lambo os beiços lentamente e reviro a língua), um cachorrão sacana.

Eulália ri gostoso. Olha para mim como se eu existisse, nada me olha como se eu existisse, me deu vontade de comer agora um sanduíche de linguado e Eulália de sobremesa. Mas tenho que escrever ao menos um continho reles e vendê-lo quem sabe a um reles suplemento.

qué sabê, Tiu? escreve um conto horrível, todo mundo gosta de pavor, a gente sente uma coisa nos meio... um arrepião.

tá. então começo:

HORRÍVEL

DEITOU-SE. Esperando que tudo aquilo passasse. Tinha medo da vida, dos acontecimentos, da extremada pobreza. Às vezes olhava as mulheres. Via pernas bocas tetas e sabia que jamais as teria. Olhava alguns pequenos pássaros no quintal dos vizinhos. Goiabas. A vizinha mais próxima, d. Justina, tinha um marido triste. Às tardes ele sentava na pequena varanda, olhava ao redor e chorava.

    que cê tem, velho?

    é nada. é velhice.

    Olhei-me. Vinte e oito anos. Sozinho. Fui até a janela. O velho perguntou: e os livros? descobriu alguma coisa? É que o velho me via sempre debruçado sobre os livros. A mesa ficava frente à janela, a janela dava para a varanda onde às tardes algumas vezes o velho chorava.

    não quer ler um pouco pra mim, não?

    Comecei a ler para o velho *A morte feliz* de Camus. É a história de um homem, Zagreus, que mata um cara para lhe roubar todo o dinheiro, e vai viver a vida num lindo lugar junto ao mar. Não há arrependimento, não há remorso, apenas um olho cheio d'água uma única vez, no trem. Ou ele é que se lembrou do olho cheio d'água de Zagreus? Seo Donizeti, o velho meu vizinho, ficou maravilhado:

    formidável, é fácil de fazer, fantástico.

    o senhor quer dizer que é fácil matar?

    ah, se eu me lembrasse de alguém rico... tive um amigo muito rico, era bem sovina, merecia ser morto, mas já deve estar morto a esta altura.

    mas o senhor seria capaz?

    Sorriu. Falou sobre a paisagem imutável da vida, o rameirão, dia atrás dia os mesmos passos até a privada, à sala, ao quarto, à varanda. Uma tarde o velho sumiu. D. Justina assustou-se:

    onde é que esse homem se meteu?

    quem sabe foi até a venda comprar cigarros. beber talvez?

    que cigarro, que bebida, ele só toma café, não fuma.

    então um cafezinho, quem sabe...

    ele não sai daqui pra nada. o senhor não percebeu que só eu é que saio?

    A noite o velho ainda não tinha chegado. Dei umas voltas por ali, fui perguntando, não, ninguém havia visto o velho, aliás nem se lembravam dele.

ele nunca sai, né moço?

bem, mas vocês já ouviram falar dele.

que é um velho sim, que é marido da d. Justina sim, e que chora às vezes na varanda sim, e que sempre está sentado.

ele é alto? alguém perguntou.

mais ou menos.

é loiro ou moreno?

é velho.

tem alguma característica? perguntou um soldado que passava por perto.

é triste, eu disse.

Rimos. O soldado e eu. Aí, não sei por quê, resolvi contar que havia lido uma história pra ele... e que...

uma história?

é... fiquei preocupado... uma história do Camus, uma história onde...

de quem?

não importa, mas é que essa história...

O soldado fechou a cara, murmurou alguma coisa, depois disse que estava com pressa e que precisava se apresentar ao quartel, etc., mas ouvi claramente as palavras "imbecil" e "história". Os dias foram passando e nada de seo Donizeti. D. Justina não me deixava em paz, e também não queria procurá-lo:

sabe por quê, seo Pedro? (é o meu nome), eu tinha um sobrinho que desapareceu assim igualzinho ao Donizeti, pois a mãe foi até lá na delegacia, e em seguidinha o moço apareceu já morto. quem dá parte encontra, mas já encontra morto.

a senhora quer dizer que a polícia encontra e mata o desaparecido?

justamente. pra não dar trabalho pra eles outra vez.

bem, d. Justina, vou dar parte, a senhora querendo ou não.

Apreensivo comecei a arrumar meu pequeno quarto, fiz a cama, coloquei os livros em ordem e quando trancava o portãozinho, vi seo Donizeti subindo a pequena ladeira que era a nossa rua. Vinha às gargalhadas, esfrangalhado, bêbado:

Ha ha ha! quantos eu matei, seo Pedro, quanta gente rica que eu já não me lembrava e lembrei e matei... ha ha ha... como é bom tirar o dinheiro dos outros e ir morar no mar... estou no mar... (e uah uah... vomitava).

mas matou mesmo, seo Donizeti?

matei aqui na cachola ó, só aqui na cachola, assim bêbado, é fácil matar todo mundo, ahhhh! como é bom beber... quanto tempo perdido sem beber! daqui por diante só vou fazer isso, beber beber!

D. Justina apareceu aos gritos. Abraçaram-se. Fui andando, pensei: beber sim. E fui andando, depois tomei um ônibus, desci e continuei andando... bebo ou não? E bem na minha frente um bar. E bêbados. E uma mulher. Todos alegres, rindo. Sentei-me no balcão e comecei a beber. E o medo da vida, dos acontecimentos, da extremada pobreza, tudo isso passou. Bêbado, olhei a mulher. Vi pernas tetas boca. Ela: quer dormir comigo? Eu disse sim. Tem onde ir? Eu disse sim. Há dez dias que está comigo. Faz o café, deixa o almoço pronto e sai para trabalhar numa fábrica de brinquedos. Você trabalha mesmo é? eu disse. E o que fazia aquele dia no bar? Estava triste aquele dia e também resolvi beber. É delicada mansa, tem vinte e dois anos não tem ninguém morando aqui na cidade... não tenho ninguém, só tenho uma irmã mas ela mora longe, em Trambique Grosso. Onde é isso? Ah, não tem nem no mapa... é longe. Agora, pela primeira vez me chamou de meu amor, e disse que assim que me viu sentiu uma coisa aqui dentro, ó, aqui no coração. Súbito, senti nojo daquele bem-estar, daquela ternura, da possível devoção daquela mulher. Inexplicavelmente desejei que ela não estivesse ali. Que se fosse. Mas como evitar lágrimas, perplexidade, explicar-lhe que sentia náusea e desespero agora por aquela invasão? E como se guiado por alguém, possuído, fui até a cozinha, peguei uma faca e com um único golpe matei-a. Em seguida chamei o velho. Pena, ele balbuciou, ela não tem dinheiro, pois não? Não. Embrulhei-a num lençol e seo Donizeti me ajudou a enterrá-la no quintal. D. Justina entendeu que estávamos preparando um canteiro:

de coentro, ela gritava lá da frente, de coentro e de rúcula... um canteiro! Isso é bom. Depois, eu e o velho bebemos uma garrafa de aguardente, e fomos dormir. Anestesiados. Alguma coisa que eu não compreendia evolou-se de mim. O sol já ia alto quando acordamos. Eu e o velho. Havia entre nós apenas uma desconfortável impressão de que havíamos enterrado alguém. D. Justina procurava inutilmente o canteiro. Os pássaros cantavam nas goiabeiras. Alguma coisa mudou, disse-me o velho, e isso é de certa forma agradável, não? Agradável sim, respondi.

Eulália: ai ai ai, Tiu, que coisa horrível, por que o home fez isso? num era desse pavor que eu te falava! Num me pergunta mais nada, escreve qualqué bestera.

BESTERA

CANSEI-ME DE LEITURAS, conceitos e dados. De ser austera e triste como consequência. Cansei-me de ver frivolidades levadas a sério e crueldades inimagináveis tratadas com irrelevância, admiração ou absoluto desprezo. Sou velha e rica. Chamo-me Leocádia. Resolvi beber e berimbar antes de desaparecer na terra, ou no fogo ou na imundície ou no nada. Contratei uma secretária-acompanhante e disse-lhe o seguinte: és jovem e apetitosa. Quando os homens quiserem ter relações contigo diga-lhes que façam um esforço e deitem-se comigo. Pagarei muitíssimo bem a cada um deles e terás régias comissões a cada êxito. Ficou perplexa. Olhou-me a figura ainda esguia mas bastante deteriorada, pediu-me que levantasse a saia, levantei, olhou aturdida minhas coxas murchas. Senhora, retrucou, será bastante difícil convencê-los, mas portar-me-ei, desculpe a mesóclise... E saiu correndo em direção ao banheiro. Na volta explicou-me que havia sido professora e sempre tinha ligeiras náuseas quando usava a mesóclise, mas diante de um assunto tão repugnante (no seu entender) e acrescido de mesóclise, teve que vomitar mesmo.

Estava vermelha e lacrimosa mas bastante altiva. Continuou: hei de portar-me indignamente para satisfazê-la desde que meu salário seja compatível com tamanha velhacaria. Disse-lhe a quantia. Ficou radiante. Chama-se Joyce (!). É mignon e deliciosa, peitinhos de adolescente, tem trinta mas dá-se-lhe vinte (eu não tenho medo da mesóclise), a boca de santinhos levantados, os olhos claros entre o amarelo e o castanho, os cabelos quase ruivos, elegante no andar e na postura. Perguntou-me de chofre, ao anoitecer, diante do meu primeiro uísque (aprendi que qualquer bebida é menos fatal se se começa a beber a partir das seis da tarde) se eu conhecia Chesterton. Não acreditei no que eu ouvia. Seria algum Chesterton amiguinho dela? Um professor? Algum político? Não senhora, refiro-me a Gilbert Keith Chesterton, novelista ensaísta crítico e humorista inglês. Meu Deus! exclamei, eu que deixei de pensar para continuar a viver me vejo diante de alguém que leu Chesterton. Por favor, Joyce, previno-a, e previno-a com uma frase do citado: "Se a tua cabeça te ofende, corta-a fora". Foi o que aconteceu com a minha, porque para mim depois de todas as reflexões sobre a sordidez, a ignomínia, a canalhice da humanidade, prefiro esquecer que um Chesterton existiu.

muito bem, madame, não falaremos mais nele. a senhora gostaria de deitar-se com um homem todos os dias?

nem pensar. uma vez por semana está bem. nos outros dias prefiro beber sozinha, traquear, bater caixeta e pensar em nigrinhagens.

como?

esqueça.

No meu quinto uísque ela já havia entendido quase tudo. Expliquei-lhe principalmente que o homem deveria ser jovem. Que ela se certificasse de sua potência. Que não me mandasse ninguém com bimba ou bilunga. Que estando comigo o homem ficasse mudo. Que eu já havia providenciado uma linda fronha com rendas francesas para enfiar a minha cabeça. Espantou-se. Esclareci: minhas rugas são bastante nítidas, não quero assustá-los.

penso, senhora Leocádia, que está sendo demasiado cruel, cruel consigo mesma.

isso não lhe interessa. sei tudo sobre crueldade conheço Deus.

Mostrei-lhe um lindo pijama de cetim azulado e perguntei se gostava. É lindo, senhora, pretende usá-lo na próxima semana? É para você, Joyce, quando o jovem estiver no ponto mande-o para mim.

perfeitamente, madame.

o bolo de dinheiro estará lá.

onde?

no meu quarto. mande-o olhar para todos os lados. descobrirá, o dinheiro cintila.

Bem, agora quero lhes contar do meu filho. Tem quarenta anos. Casado. Sua mulher é tolinha, dessas que falam sem parar e sempre imbecilidades. Leu algum que discorreu sobre a importância de "agilizar o conceito fala", de extravasar. Sua visita era um inferno. Eu colocava meu xale acastanhado e cantava baixinho só para ela uma canção muito engraçada dos meus tempos de faculdade: cumé que é meu capim-barba-de-bode/ faz tempo que nóis num mete/ faz tempo qui nóis num fode... Ela se arrepiava inteira. Dizia para meu filho: Leocádio, sua mãe está louca. como é que você pode deixá-la aqui sozinha quando ela deveria estar naqueles belos lugares onde as velhinhas bordam, cantam canções de ninar, fritam bolinhos... você já viu as ferramentas que ela tem debaixo da cama?

que ferramentas?

ancinhos, pás, enxadas... e imagine! um emaranhado de terços!

Aí eu explicava com perfeita harmonia entre as palavras que o mais sensato era guardar as ferramentas ali porque a edícula que havia nos fundos poderia ser alvo de ladrões e aqui no meu quarto só entra o jardineiro e o monsenhor Ladeira.

entram no seu quarto? pra quê?

o jardineiro para pegar as ferramentas e o monsenhor para rezar.

e ele não tem o seu próprio terço?

tem. mas pode esquecê-lo. e aí tenho outros para rezarmos juntos.

Claro que tudo isso não era verdade. O monsenhor Ladeira foi um excelente amante mas sempre se esquecia do terço e a cada semana comprava um. Mandaram-no para Roma. Pena. As ferramentas eram o fetiche de um taurino. Amava tanto a terra que só conseguia o prazer se tivesse ancinhos pás enxadas ali ao pé da cama. Desgostoso com a vida foi ser jardineiro num convento. Um tipo Wittgenstein. Tinha um bom mondrongo. Mas meu filho pareceu contentar-se com aquelas explicações lá de cima e disse à cretina da minha nora: Leocádia está completamente lúcida. Depois de tê-lo convencido da minha lucidez rodeei minha nora com pulinhos hostis e lançando-lhe perdigotos à cara repeti minha cançãozinha sem que o meu filho ouvisse. Graças a Deus, agora não me incomodam mais. Leocádio me telefona vez ou outra. Ah, como é delicioso e prático que as pessoas nos pensem estranhas... O conforto de não ser mais levado a sério, esse traquear de repente e sorrir como se não fosse com você, e poder acariciar um peixe morto na peixaria e chorar diante de um cão sarnento e faminto. É bom ser estranho e velho. Bem. Joyce tem sido muito hábil. Encontra-se com os jovens e explica-lhes tudo. O primeiro foi um sujeito muito do franzino, o peito encovado mas uma esplêndida verga, olhou o dinheiro, acariciou-o, guardou-o e disse-me sorrindo: tô sempre às ordens, viu, dona? Quando ia saindo do quarto levantei um pouco a fronha e vi seus pentelhos chamuscados e perguntei o porquê.

é que fui fazer um virado de ovo e uma fornada de batata lá na pensão e o forno explodiu.

Ah...

quer dizer que a senhora fala, dona? e vê sem ver?

claro, não está vendo?

tem alguma coisa na cara pra esconder?

só velhice.

minha avó também é velha e eu gosto dela.

mas não fodes com ela, pois não?

ah, mas também ela não tem essa pataca!
compreendo.
Saiu do quarto. De repente gritou do outro lado da porta: tenho um amigo chamado Bestera que também é supimpa de caceta, posso indicá-lo à Joyce? pode sim, respondi. e por que ele se chama Bestera?

um cara quis dar o roxinho e muita grana pra ele, e ele respondeu: cu de mancebo só espio e não meto. todo o mundo achou uma bestera, porque com grana a gente mete em qualquer buraco.

claro. pode mandar o Bestera sim.

qué saber, dona? a senhora é uma veia muito sensuar!

O Bestera também é muito "sensuar", pensei semanas depois, quando o conheci. Estou feliz. Até já tiro a fronha.

Eulália: tadinha da veia... mas ela se divertiu né? agora se achegue... para de escrevê, descansa, vem vá... hoje é sábado.

SÁBADO

O FOSCO. O DIFUSO. O emaranhado. Roubou-me a mulher. Eu lhe roubarei a vida. Enrodilhou-se opaco, depois perfilou-se em artifícios, poses. Verdade, estufava o peito diante das fêmeas, as narinas um quase nada distendidas porque é assim que elas gostam, o pescoço latejava grosso. Havia finuras: grifes, blusões macios cor de mel, a fala leitosa, o carro, as camisas listradas em azul, a valise cor de tabaco e aos sábados a raquete, a manhã de prímulas, de contrastes. Tenho tudo. E olhava sua própria carnadura, seu rosto pétreo, e pelos aloirados no peito nas coxas nos braços, sim, um gozo se sentir daquele jeito, todo respirante, um vivo adequado àquela manhã, àquela lá de cima, de prímulas, de contrastes. Respirou agigantado, pensou-se, a língua cheia de *recuerdos*, o gosto da linda mulher, do orgasmo, do viscoso. Depois o vinho, ela colocando as meias, os pés da mulher, as unhas de um brilho levemente prateado e... mas por quê, meu Deus, por que me lembrei agora de uma velha mulher maltrapilha, alisando rugosa as escamas do peixe, também de um brilho levemente prateado?

vai levar o peixe, dona?

E eu ali nos meus sábados, só passando, a peixaria finíssima, ladrilhos, balanças, um retângulo azul e amarelo recriando o corpo de um peixe, as polpudas escamas.

tô só pensando, moço, como ele devia ter sido bonito lá no mar.

se não vai comprar vai desguiando, dona.

Parei um instante, todo de linho branco, bermuda, blusão, raquete, e ouvi a fala trêmula da velha.

a vida é crua, não moço?

Continuo. O clube mais adiante. Entro. Vou direto às quadras. E rente aos alambrados, aquela minha mulher, e o amigo sorrindo, tocando-lhe a boca, o nariz, a testa. Viram-me? Não. Em segundos volto o filme, vejo-a, os dedos abertos entre os cabelos, palavras soltas, indolentes...

ela:... tão delicado... teu amigo... parece tão sábio... jovem não? jogam sempre aos sábados? Uma explosão de invisíveis, um som de vidros e trincas, e depois gotejante um langor, um para que a vida, sim, estou preso à mulher como o meu corpo está preso à sua própria medida, fisgado como dizem os jocosos, e de repente me sei aquele peixe desamparado, aquele corpo morto. É crua, sim, a vida, senhora. Pensar que isso existe, a morte, também para mim, imaginem, para mim, ele-eu dentro daquele espaço cheio de frescor, luxuoso. Alguns homens já estavam no bar e vinham risos de lá, e o odor de colônias caras, e guizos na fala das mulheres.

vi teu parceiro... tua namorada também... não vai jogar?

Era verdade esse fosco, esse emaranhado, esse difuso, esse bolor que recobria o dia? Pensou de que maneira ia fazê-lo, lembrou-se do livro *Suicídio: Modo de usar*, não, mas ele não ia matar-se, ia matar o outro, o delicado e no dizer dela "tão sábio". Por que sábio? Ares de zen-adorável, manso, bastante ingênuo nos negócios, nas tramas do dia a dia, até preguiçoso, pois não olhava o quase pôr do sol anteontem através das vidraças do escritório como se sonhasse? pensando o quê, cara? As coisas ainda estão por aí rodando.

Via-o. Era bonito, tênue, o cabelo escuro liso, as sobrancelhas muito perfeitas como as de certas mulheres, um arco-asa negro, gostava muito do amigo, podia dizer que... e num segundo lhe veio o ímpeto de abraçá-lo, de respirar próximo àquela boca, de entrar naquele corpo, de amá-lo. E respirou próximo àquela boca:

já é tarde, tens razão, vamos aos drinques de sempre.

O outro fez-se pálido, contraiu os músculos da cara e sussurrou um entredentes — hoje não — Repenso: talvez amasse a mulher porque a mulher amava o amigo? Ou seria o contrário? Quantas vezes falava sobre ele porque a mulher assim o desejava? Inúmeras. Quase sempre. Era isso o que os unia? O tênue, o manso, o quase sábio. Então quero gritar nesta manhã de prímulas e lembro-me de alguém em algum livro "os gigantes devem ser mortos porque são gigantescos". E gigantesco era o tumulto que sentia, um portentoso inominado, uma avalanche recobrindo pedras e corpos, transformando o instante numa escureza disforme, uma mancha de óleo sobre o seu próprio rosto, escorrendo. Não amava a mulher?

suando sem jogar? há meia hora que estamos te esperando.

Juntos. Perfeitos. A maçã de ouro, como nos contos de fada. E esportivos, adelgaçados, limpos. E olhando-os, um redondo dourado circundou-os, uma vasta iluminura, um sem atrito, um corpo esmaltado, um silencioso liso. Lembrou-se de todas as regras de um condensado jogo, mostrou-se polido, talvez um pouco indisposto.

se ao invés de jogar fôssemos à montanha, na minha casa, lá no topo?

E os nós se fizeram mais apertados, o fosco mais baço, o difuso mais lacrimoso, o emaranhado mais polvo. E o suor que escorria era o melhor pretexto para mudar de ares na manhã tão azul, agora quase fria.

sem jogo, então? que pena. haverá muitos sábados.

Ele sabia que dali em diante jogariam os três um escaldante voluptuoso.

Eulália: num entendi nada. cê não vai pará, Tiu? tô triste.

TRISTE

CURVADO. Dizia coisas estranhas quando se encontrava com alguém na rua. Dizia por exemplo: nem tudo pode ser arrumado. Os outros olhavam-no e às vezes respondiam: verdade. nem tudo. Ou não diziam coisa alguma e continuavam andando e olhando para trás, receosos ou simplesmente surpresos. Não lhe sabiam o nome. Diziam que certa vez apareceu na cidadezinha. Estava bem-vestido. Um maço de papéis na mão. Muitos papéis. Além do "nem tudo pode ser arrumado", falava principalmente da dificuldade de ser compreendido. Os outros: é que você não fala nada além disso... mora longe? está perdido? sofreu algum acidente? Ele repetia: nem tudo pode ser arrumado. E o que havia nos papéis? Olharam. Nada, nada, folhas em branco apenas. O pessoal da vila acostumou-se a ele. Uma viúva velha acomodou-o no quarto dos fundos. O homem dormia entre cadeiras quebradas, espelhos carcomidos, baús descascados. Perguntavam à viúva: ele falou alguma outra coisa, hoje? só aquilo mesmo: "nem tudo pode ser arrumado".

Num dia chuvoso, à tardezinha, o homem gritou: "nem tudo pode ser arrumado, arruma-se o que se pode". A viúva postou-se na varanda da casa e começou a gritar entusiasmada: ele disse outra coisa hoje! ele disse "arruma-se o que se pode"! E todos foram comemorar no bar da esquina. A coisa andava assim quando no dia 21 de abril, logo cedo, o homem gritou: quero fudê! quero fudê! Amarraram-no a um poste e encheram-no de pauladas. Um cachorro passou por perto e ficou olhando o homem morrer. Depois passou um mocinho e disse sorrindo: é, negão, fudê não pode não. Aqueles que ouviram, gargalharam.

Alguém se lembrou que o homem não podia ficar morto ali, amarrado ao poste. Um velho chamou o delegado. O delegado chamou o prefeito. O prefeito chamou o padre. O padre chamou os coveiros. Vieram buscá-lo à noite. Chovia agora. Antes de enterrá-lo, os coveiros revistaram seus bolsos. Havia no bolso direito da calça a fotografia baça de um menino segurando um porco. Atrás da fotografia estava escrito: meu primeiro amor. Enterraram-no então com fotografia e tudo.

não chora assim, Eulália. eu paro aqui no oco das astúcias.

DE OUTROS OCOS

> *... um esplendor infinitamente arruinado*
> *.................... o esplendor dos farrapos*
> *e o obscuro desafio da indiferença.*
>
> GEORGES BATAILLE

> *Existir é um hábito que não perco as esperanças*
> *de adquirir.*
>
> EMIL MICHEL CIORAN

CÁ ESTAMOS. Eu e Eulália na praia. Largamos o lixo, as tralhas. Vendi meus livros. Estou nu e olho meus grãos. Eulália se olha. Ninguém por aqui. Logo mais venderemos mariscos, ostras, cocos. Retomo meu oco. Mas desta vez buscando nada. Só espiando. Espio e converso com bagos e trabuco. Só tenho esse corpo. Olho minhas mãos também. Nodosas. A mão direita ainda se ressente da muqueta certeira no maxilar jumentoso do editor. O pau ainda tem lustros de altivez. Em quantas te meti... Que candentes cavernas. Enfiaste tua cabeça em fornalhas estreitas, tão... que te ralavam as têmporas. Têmporas e cabeça. Falo contigo como se fosses gente comigo. És cego, pobrezinho, e comandado pelo meu grande ovo de caóticas conexões: minha cabeça. Tão parecida com a tua agora. Lustrosa, lisa. Altiva menos. Pergunto-me, sem esperar resposta, a que devo ter metido meu fuso em tantas poças? Lembro-me de ti, fuso pequenino, bimbinha, adentrando um urinol... Que espaço, pensavas, que largueza, que belas espirradas nesse todo tão ancho para mim tão mirim. E depois, eu Stamatius crescendo, te meti em chambicas, em chibius, até em deliciosos maricas, finos, loiros, encrespados, outros troncudos, altos e quantas vezes te tomei nas mãos, avarento de ti, quantas te esfreguei ensaboado, pálido adolescente Stamatius nos ladrilhos azuis sonhando umas meninas, umas ricas da esquina, com guarda-sóis e bolas, pentelhos dourados, regos à mostra.

tu não qué nada não, benzinho?

Tem uma linda barriga, Eulália. De criança. Estufada. Tem coxas vivas. Estremecem um pouco, um quase nada, mas comunicam-se, as coxas de Eulália. Peço que se deite a meu lado. Digo-lhe doce: abre as pernas. Minha mão nodosa contrasta com a sua carne de leite, seu esplendor de fêmea nova e de melindres, tão cortesia Eulália nos inícios da foda, tão gentileza. Vai se abrindo e sorri. Os pelos são quase vermelhos. O que fizeste neles?

pra ti, pra ficar clarinho, é mais bonito pentelho loirim, né Tiu?

Não digo nada mas penso que sim, que o pentelho vermelho de Eulália tem tudo a ver com o meu carmesim de lá de dentro.

Depois roçando-lhe vagarinho o dedo na xereca molhada: minha linda murixaba, minha manceba.

Sorrimos os dois e monto-a na praia vazia, nos meus vazios, nos meus medos.

medo de quê, Tiu?

de tudo... olha aí... do caranguejo (imito-a), uai. Não vou conversar com Eulália dos meus medos. Então chupo-lhe os peitos, o buraco das orelhas, as narinas estreitas, passo a língua nos olhos, lambo-lhe toda a cara, salivo na sua boca e vou metendo, morrendo, encharcado de luz e de suor, digo-lhe todos os nomes, uns vermelhos polpudos, uns chumbos, e ela geme e chora fininho, agora pássaro, agora cadela, ainda passarinho, neste exato momento filhote de pantera, e eu olho o fio do horizonte, envesgado, embaçado vou olhando, um navio lá vem vindo, mais perto o caranguejo de novo e eu olhando e esporrando. Olha ele aí de novo. Saindo do buraco. Minha vida tem sido um sair de todos os buracos. Sair... imaginem, estou cada vez mais fundo, ou saio de um e entro noutro, buracos pequeninos, maiores, agigantados, e outros grandes buracos cheios de excremento, e eu tentando apenas inventar palavras, eu tentando apenas dizer o impossível. Eulália levanta-se e vai procurar mariscos e ostras. Moramos no fim da praia. A casa é de palha e barro. Atrás da casa o rio. Ouvimos a cada noite as vozes das águas. Prefiro isso, o não ser ninguém, a conviver com aqueles pulhas. Que nojo todos! Se tu não lambes o rabo dos canalhas estás frito. E que amigos! Aquele idiota do Karl só pensava em meter. Sabe-se que, menininho, pôs a bimba na boca da mãe. A mãe não suportava o menino Karl. Era um enfiar o dedo no oiti o dia inteiro. E gostar. E pendurar-se entre as pernas da irmã, agarrar-se a elas como um bicho viscoso. Entrar nos meios da mãe. Queria ser escritor aquele cara! Aquele fuleraço! Vivia catando e cantando moçoilos pelas ruas... e as mulheres o amavam. Tolas. Por que pensar nele agora? Porque o que há de cinismo e mistificação entre as gentes não é fácil de esquecer não. E ele é um dos primeiros, quando se pensa em vazio e bandalheira. Vou me devotar ao silêncio. Vou esquecer que sou humano. Posso? Todos se engolem. Posso parar de engolir? Vou perguntando mas não espero respostas, quero continuar perguntando mas sabendo que não vou ouvir vozes, nem Daquele lá de cima que há muito viajou a caminho do Nada. Como será isso de não permitir mais lembranças, nem abraços, nem coitos, como será isso de morrer antes de estar morto? Aí vem A manhosa, A meretriz, A rascoa, A morte, querendo que eu prove do bacalhau dela. Vem, madama, vem, estou inteiro pronto. Há luzes de repente no meu olho esquerdo. Um festaço de luzes. Lembro-me de ter lido que Hildegarde von Bingen, mulher erudita do século IX, via estilhaços de luz e anjos e querubins nos dentros de um carnaval de cores. Fosfenas, disseram os sábios. E ponto final. Então fosfenas no meu olho esquerdo. Deveria ensaboar-me, atirar-me ao rio, não para morrer limpinho, mas para esperar Eulália e sua cesta de mariscos e ostras. E deveria ter procurado os cocos e os palmitos. Mas fico a escrever com este único toco e quando acabar o toco troco um coco por outro toco de lápis lá na venda do Boi (tem esse nome porque um boi passou certa vez por ali e peidou grosso). Vendem cachaça paçoca maria-mole carne-seca latas de massa. Então deveria ter ido à cata dos cocos, dos palmitos, e não fui. Continuo dizendo o que não queria. Minhas unhas. Curtinhas e imundas. E as dos pés?... que bom, estão limpas. Eulália cortou as minhas unhas dos pés com um pequeno canivete, imaginem. Como quase não ando porque só fico sentado escrevendo, cresceu-me a barriga. E cortar as unhas dos pés, para quem tem uma barriga, é alguma coisa de apoplético espumante e carmesim. Penso em todas as tripas. Na cloaca deste embrulho que é o corpo. Bela máquina, dizem os fantasistas. E aí te lembras do pacote de merda que é o teu corpo. Do entulhaço. Do fétido de estar vivo. A azáfama de querer ser alguém. Brilhos, originalidade, falação, carro, cavalo, vídeo, computador, cheque-ouro, modernidade, amantes, mulher, ahhhhhh! quero ser antigo, velhíssimo também, caindo aos pedaços e por que não sem dentes? Há dentes inteiriços, claros, nas tumbas, nos esquifes. Minha gengiva dura pode mastigar tudo muito bem. Há canalhas escrotos cheios de dentes. E depois não vou comer nozes nem roer ossos (talvez... roer ossos? sim... posso chegar a isso). Que sem dentes fico todo engruvinhado igual a boca de velha? E daí? O que há com o engruvinhado? Por que seria mais bonito ser liso? Cu é bonito? Não é. Havia uma moça, Adélia, que dizia que cu é lindo. Não deve ter visto nada além do certamente lindo cuzinho dela. Há pestilentas rodelas. A minha por exemplo. Cheia de pelos amarelos. E cus pardacentos, ignóbeis. Aquele nojento do Karl tinha uma aquarela na grande sala de jantar: pinceladas vermelhas num olho negro assustado, dobras cinzentas. Eu comia as lagostas, olhava a aquarela e pensava: e pensar que tudo vai ser esfrangalhado pela minha rodela. Enquanto isso ele, Karl, dissertava a respeito do lindo anel cheiroso de sua irmã Cordélia. Crápula. Ria-se todo enquanto engolia ostras, pingava o limão e elas tremelicavam, abria a boca: há mulheres-gamela, há mulheres-piu-piu, há mulheres-chupeta e há mulheres-ostras. É mesmo?

E o que vem a ser? E vinha de lá uma arenga sobre tudo o que se chupa e o que se engole. Eu segurava no estômago as lagostas. Depois o retrato do pai sobre a cômoda de mogno madrepérola e marfim... beleza sim o pai, mas que sorriso enganoso! Deve ter jantado filho e filha. Bermudas, raquetes Prince e aquele ar de vitória que ostentava em todos os retratos. Que família! E tua mãe, como era? Respondeu-me: a cara desta. E mostrou-me uma mulher tão bela que à noite quase desmaiei vomitando a lagosta mas pensando na dita (não suporto contrastes). Também eu, menino, teria posto minha bimba naquela boca.

Há mães que não podem ser mães. Suculentas Madalenas. E não é que estou excitado e não consigo dizer o básico, o intransferível do que devia dizer? Dizer que não estou aqui por acaso nesta praia, nesta casa, casa sim, já que não há outro nome para definir este oscilante de barro e palha, é mais do que tapera mas não é casa também, é um espaço apenas para alguém ficar excitado, pensar e viver com Eulália. E por incrível que pareça é um espaço para refletir e esmaecer... esmaecer as tintas muito vivas da vida, diluí-las num branco acetinado, cor do que está saindo da cabeça trincada deste outro... este aqui duro, já saciado neste instante depois de ter pensado na senhora que se parecia à mãe daquele Karl nojoso. Madame Grand, ele dizia. E ficava por isso. Grande madame das minhas utopias! Quero dormir um pouco. Mas penso que não é correto Eulália nos mariscos e eu abestado aqui pensando se devo ou não apanhar os cocos e os palmitos. Mas olho o toco do lápis e quando muito por isso devo apanhar os cocos. Levanto-me. Ponho as mãos na cintura, estico o tronco. Lá na cara do mar, passa um iate. Os ricos e suas teatralidades. Eu e meu cortiço. Meu ser exíguo. Meus ninguéns. Películas antigas: eu elegante, barbeado, cheiroso, abotoaduras de platina. De repente no meio da rua arranquei-as e ao primeiro que passava: quer? A estupefação do passante: quero não, seo, tá pensando que só troxa? Vem vindo a madame de cabeleira negra, lisa, roupinha Chanel: só um instante, senhora... Parou. Algum problema? Não, é o seguinte, senhora, fiz uma promessa para santa Terezinha do

Menino Jesus... conhece? Conheço sim, minha mãe tem especial devoção por ela. Então é com a senhora mesmo... e repito: fiz uma promessa que é esta: dar as minhas abotoaduras de platina se eu conseguisse entender o que devo fazer daqui por diante na Terra, e justo quando a senhora passava, entendi. Então quero lhe dar as minhas abotoaduras de platina porque a promessa foi justamente essa. Qual? ela pergunta. De dar as abotoaduras no momento que eu tivesse o insight. E tive. E o que é isso? ela pergunta sorrindo. É uma espécie de iluminação, entende? Mais ou menos. Não importa, senhora, o fato é que entendi o que devo fazer daqui por diante. Tome-as. Abre as mãozinhas e diz: O que devo fazer com elas? Não sei, senhora, mas talvez dá-las quem sabe ao seu marido. Sou divorciada. Então ao seu pai. Meu pai morreu há dois meses. Morreu como? Ah, começou a chover. Vamos tomar um café? É que eu ia ao dentista mas... São cáries grandes? Por que pergunta? Porque pode então derreter as abotoaduras e diminuir a conta do dentista. Olha para mim e para as abotoaduras alternadamente. O senhor está certo de que deseja dá-las para mim? (Lembro-me da série *Dallas*. Aqueles sim cheios de dentes cavalos mulheres abotoaduras.) Claro que sim, respondo, e fartei-me e desejei-lhe um bom-dia. Ficou parada. Fui andando. Ficou parada, olhei pra trás, enfiou as tais na bolsa e gritou: são lindas! obrigada! As mangas da camisa desabotoadas. As minhas. Isso foi o começo do fim. Depois a casa a mulher tudo sumiu. Fui pra pensão. Aquela. Ah, acho que ainda não lhes falei da pensão. Quatro num quarto (sugere bandalheiras, mas não). Um paraquedista que nunca aparecia, sempre nos ares, e quando apareceu mancava. Foi do pulo? Não, foi um tombo na escada. Um outro, muito sobre o psicopata. De vez em quando tirava o pau pra fora: não sei o que fazer com ele. Espanque-o, respondi, e não olhe assim pra mim. Trabalhava no almoxarifado de um hospital. E as enfermeiras? perguntei. Velhas, tristes, se só fossem velhas não tinha importância porque (concluiu) buracos não envelhecem mas não suporto mulher triste. A uma certa altura perguntou-me por que eu ficava escrevendo sem parar e o que eu escrevia.

escrevo bizarrias.
bizarria é eu ter uma caceta e não acontecer nada com ela.
há outras bizarrias.
diz uma.
Digo: um colar de anêmonas te circunda a cara e aos meus olhos ganhas definitivamente uma moldura. Olha-me lânguido... É, isso é bonito. E Valença e Resende que chegaram há pouco repetem juntos, pausados: um colar de anêmonas te circunda a cara e aos meus olhos ganhas definitivamente uma moldura... Neste momento penso que há outras bizarrias estupendas a serem ditas, pensadas, escritas: pedras negras e espinhos dentro de um buquê de borboletas, algumas asas perfuradas, luzentes, malvas, ou um pombal de gritos...
como seria?
frisos, tiras, bandas álacres, gritos pombásticos.
E não devo parar. Há uma orgia de fosfenas no direito e no esquerdo, alguém grita: escuta! tudo vem do espírito! E luzes rosadas, luzes violetas se chocam nos bastões de prata, cometas de ouro sobre as arcas, algumas se abrem e lá dentro arabescos, letras, sons vindos do tanto que se esbatem, e um rio de bizarrias encontra um mar de langorosas serpentes, leio algumas palavras entre escamas e águas... mas silêncio! devo guardá-las, porque devem ser ditas apenas quando chegar a minha hora. Repito em voz alta: a minha hora.
cê quer saber que hora amorzinho? já é tarde, apanhei tudo isso, tô com a mão machucada. Eulália. Beijo-lhe os pequenos dedos, as unhas roídas, digo-lhe que sem ela a vida é uma flor esquisita, quem sabe uma flor de apenas uma pétala.
isso não existe, Tiu.
E digo para mim mesmo: exígua, exígua a vida.
Karl me dizendo: jamais te colocaria nos meus textos. Tu és exíguo, Tiu (e às gargalhadas), tu és uma semiótica, olha, e colocava a mão direita sobre o olho direito e fingia ler um texto, te olhamos (me olhava), e é como se só víssemos o teu lado esquerdo. E pensar que esse frescalhão do Karl anda lançando livros,

encontrou editores! Aquele pervertido! Aquele dândi. De vez em quando soltava uma frase do Lawrence: "O pênis é igual a uma haste em direção às estrelas"... Sufocava de riso. Olho para o meu... Haste, estrela... sorrio sim. Por pouco tempo. Estou triste, senhores. Vou despencar daqui a pouco. Arcado, talvez deva vomitar. Vomitar esperanças, dores, o prato de amoras, aquele *carré d'agneau* no jantar de Karl, vomitar todas as fantasias a respeito da senhora Grand seja ela quem for, as homéricas metidas entre tafetás e sedas, as coxas marcadas pelas minhas mordidas, o batom espalhado pela boca... beijei-a tantas vezes que os lábios cresceram machucados, os de cima e os de baixo, lambia-a pelo pescoço, a língua nas orelhas, nas narinas... senhora das minhas utopias... e eu sozinho na cama, a mão em concha, suado, metendo no nada.

olha uma lacraia, Tiu!

escolopendra

quê?

é o outro nome da lacraia

escolo... quem?

Eulália não é real. Está ali à minha frente mas não é real. Move-se e ainda assim não existe. Talvez tenha alguma materialidade porque suspeito algumas vezes de lhe ouvir a fala. Neste instante lava os mariscos... e canta: "Louco pelas ruas ele andava e o coitado chorava"... Agora para de cantar: já te contei, amor, da Efizira que pegou um bicho de praia na cabeça e ficou com o cabelo todo em pé? Não. Pois foi. E daí? Daí que o seu Quietinho, o marido dela, quase morreu de susto, pensava que era um exu que tava lá dentro da cabeça... coitada da Efizira, todo mundo fugindo dela, o cabelo espetado pra cima... foi um deus nos acuda até descobrirem o tal do bicho.

tu acha que aqui na praia tem esse bicho, Tiu?

se tu começá a ficá de cabelo em pé, é porque tem.

vai ficá muito tempo aí escrevendo, num qué me ajudá não?

Eu despencando num caos laranja. Pinceladas ruivas dentro de um caos laranja. *Bewusstsein. Bewusstsein*, é muito mais

Consciência que consciência. Consciência é sibilino, lânguido, Bewusstsein é grosso, quente. Como é, na realidade, a consciência. Ter consciência é bewusstseiniano. Pesado, chumboso, ardente. Estou em chamas. Sou mortal e fundo e consciente e ainda assim devo acabar a vassouradas, num canto, igual a um rato. Nem tanto, me diz um outro. Pode ser na cama até. Dizendo coisas. O Henry James durante um enfarte: "So here it is at last, the distinguished thing". A fina coisa. A gordota de preto que o Marcel viu: "Celeste, deixa a lâmpada de cabeceira acesa, quero vê-la melhor". E como é que eu vou vê-la? Como há de se apresentar a mim? Talvez como a senhora Grand. Sentada na poltrona, o decote cheio de fitas, a cabeleira loira, a cabeça levantada para o lado direito, os olhos olhando ninguém, na mão uma carta... partitura ou carta? A última que lhe escrevi: Amada, Preciosa, vem! quanto aos siddhis e samadis que pretendes, hás de tê-los comigo. serei teu guia, teu guru, teu mestre. andaremos, por todas aquelas vias, o mango atrás de ti, roliço, grosso. tu de quatro às vezes. beijando o pó das benditas. queres? também sei ser santo. flagelar-me. flagelar-te depois. enquanto te como a gruta flagelo-te os seios, afasto-me e flagelo-te a cintura. depois te lambo inteira, tu sangrando, arquejante, bela. Então é verdade que recebeu a carta. Siriricou-se depois. Ou fodeste com o pintor? Com a pintora! Mas é claro! Sim, aquela: Élisabeth Vigée-Lebrun. Devo suportar até isso! Que uma mulher lhe lambesse a cona enquanto ela sorvia a minha carta! Insuportável. Por isso aquele olhar... desmaiado, gozoso, olhando ninguém. Pensando melhor: a pintora pintava e alguém-outro lhe lambia a mata. Um homem. Eu mesmo talvez. E não é que me lembro? Claro, era eu. Minhas calças de veludo negro, minha blusa de seda branca, as mangas compridas apertadas no pulso. De joelhos. Enquanto lambia madame Grand, me masturbava. Élisabeth dizia: demore-se mais um pouco, senhor, não a faça gozar, a luz vem vindo rosada lá de fora e esta luz sobre este olhar é tudo o que eu preciso, pare um instante apenas, ah, pobrezinha, parou e foi-se-lhe dos olhos aquela água-marinha, recomece, senhor, e eu lá arfando embaixo das suas saias, que perfumes! framboesa e rosmaninho! abre cada vez mais as coxas gordas ahhhhh! ela gritou. E eu: foda-se a pintora, a luz rosada, a água-marinha. Estamos tristes novamente.

    que foi hem, Tiu?
    por quê?
    suspirou fundo, bem?
    foi nada não. foi alguém aqui que desmaiou.
    tô com tanta vontadinha, benzinho.
    é?
    num vai pará de escrevê não?
    logo mais, Eulália.
    lê pra mim, vá, é bonito? é coisa que faz bem pro sprito?
    não, Eulália, é coisa porca.
    ué, Tiu, tu não disse que ia pará com tudo isso?
    só mais um pouquinho, depois só vou falar do pau-barbado de Deus.
    fala um pouco do teu que é lindo... fala da minha aqui... põe o dedo.

Deita-se, amasso os papéis, jogo tudo fora, me atiro em cima de Eulália, a xota engole o meu pau, agora ela sentada sobre a minha cintura, toda esticada Eulália, é fina quando fode, já lhes disse, tem ares de princesa, e vagarosa sobe e desce, vem vindo um temporal, nuvenzinhas de areia cobrem a esteira, a casa-choça chacoalha, e ela grita um grito fino e duro, um relho, um osso. Eulália me beija os olhos. Como se eu estivesse morto. Ainda não, o outro me diz. E nem vai ser assim esfolando a piaba. Como é que vai ser? Alguém me segurando as mãos. Alguém dizendo calma, tudo vai passar, é só um desconforto. E luzes, paisagens à minha frente: eu menino, o cachorro ao lado, o Pitt (alguém lá de casa gostava de um inglês com esse nome), o mar e os caranguejos na areia. Depois o internato. Eu subindo as escadas, o olho cheio d'água diante da porta de vidro. Minha mãe e as echarpes de seda. Os adeuses. O padre Valentino: vamos, vamos dê um sorriso pra tua mãe. Adeus, senhora. Eu diante do quadro-negro: e daí, senhor Stamatius, o teorema acabou aí? Pois é, acabou. Acabou uma ova. E o bobalhão do Karl sempre às gargalhadas. Senhor Karl, venha mostrar ao senhor Stamatius como se demonstra um teorema. Ele e o padre Kosta. Sempre os segredinhos. Não é que aquele pulha já andava pelos cantos roçando a bundinha nas batinas? Era bonito sim. Espadaúdo, comprido, pestanudo, o cabelo loiro liso. E não é que esse pulha cínico está lançando um livro? É capaz de tudo. De dar a rodela, de meter no aro de algum editor velhusco, chupar-lhe a pica até fazê-la sangrar, sacripanta bicudo! queria porque queria ser escritor. Ponderava: Tiu, não tem essa não de ascese e abstração. Escritor não é santo, negão. O negócio é inventar escroteria, tesudices, xotas na mão, os caras querem ler um troço que os faça esquecer que são mortais e estrume. Continua: Tiu, com a tua mania de infinitude quem é que vai te ler? Aposto que serei o primeiro na vitrina e tu lá nos confins da livraria. Qual é, negão? Dá umas moquetas na gordota de preto, apaga a lâmpada de cabeceira, lê para ela textos de terceira, ou de terceiros, os meus por exemplo, senta-te nos pontudos joelhos, estraçalha a morte, estilhaça-lhe a xiriba, fala leitoso uns empapados palavrões, ela vai sorrir, vai se encher de humor e de saliva, vai achar lindo te chamar Stamatius, teu nome grego, e vai dizer: tu és pura vida, vou te dar um tempão. As mulheres são famintas por carícias, e muito pouca gente siririca a Maldita. Entendeste?

Eulália: tu qué comê macarrão com manjerona e um prato de marisco?

onde foi que tu arranjou macarrão?

ah, benzinho, fiz um olho molhado pro dono do Bar do Boi. Só um olho, benzinho.

Fui traído, pensei. Mas continuo. A quem estenderei as mãos quando a dona chegar? Haverá luz no quarto? Perfulgência ou sombra? Terei ainda um instante para me tornar perfectível, talvez um santo? E se cortar o besugo ou espancá-lo para que nunca mais fique duro? Ou se tapar as narinas com fiozinhos de esteira para que nunca mais sintam o cheiro de brechecas ou camélias ou o meu próprio cheiro que tresuda de vida e por isso de medo? E por que continuo a sujar os papéis tentando projetar meu hálito, meus sons, no corpo das palavras? Que palavras devo dizer à dona quando chegar? E se não for uma mulher e for um menino? Esguiozinho, dolente, maneiroso... A morte: uma bichinha triste, delgada. Então não posso cortar o besugo, antes amestrá-lo para que fique douto de uns dengues ajustados a um cuzinho ralo. E se for fundo o furo? Há porvarinos longos como túneis... Comer o figo da morte... Mas isso há de me fazer viver? Estou lá deitado, arfante, estendendo as mãos e ainda devo me levantar para uma berimbada no menino magro, lá no canto?

boa noite dona Eulália, o seo Pedro do Bar do Boi mandou entregar essa lata de massa para sua macarronada.

ô menino, brigada, num carecia tanto.

Ensopado de susto, eu é que repito sem parar obrigado obrigado meu Deus, é apenas um menino magro entregando uma lata de massa pra macarronada.

que olho esbugalhado, Tiu, assustou é?

Digo-lhe que o olho molhado que ela fez pro seo Pedro do Bar do Boi valeu tanto como se olho fosse dedo.

quê cê qué dizê, benzinho?

que tu deves ter dedilhado a chonga do cara pra ele dar chegança a essas gentilezas.

Fica triste. Diz que não vai pôr a massa no meu macarrão, que vou comer assim brancão, sem nada. Sorrio. Dou-lhe um beijo no umbigo. E enquanto ela cozinha vou andar na praia. Não chove mais. É lua crescente. Estico os braços, faço genuflexões, ponho as mãos na cintura, estufo o peito e respiro fundo. Sinto-me mal. Não posso respirar tão fundo a vida. Sento-me. Não há nada no mar. Nenhuma luz. Nenhum navio. Luzes novamente no meu olho esquerdo. Como é que o cara disse? Fosfenas. É só isso. Me acalmo. São apenas fosfenas. Um estilhaço de vermelho-laca é o mais insistente. Gosto desse vermelho. Tive uma caixa de laca chinesa certa vez. Guardava os alfinetes de gravata e as tais abotoaduras de platina. Era linda a caixa. Comprei-a na Via Veneto. Quando era aquele outro. Aquele das abotoaduras.

Quando era amigo de Karl. Quando jogava polo. Quando era rico. Quando ainda pensava que haveria tempo suficiente para escrever, quando fosse mais velho sim, escreveria... E a futilidade me encharcava a carne, os ossos, intenso de futilidade eu fazia blague: *Bewusstsein*? Soa chulo e besuntado. Depois a *Bewusstsein* foi crescendo e não me deu mais trégua. Consciência de estar aqui na Terra, e não ter sido santo nem suficientemente crápula. De inventar, para me salvar. Enganar a morte inventando que este não sou eu, que ela pegou o endereço errado, o carteiro mijou-se nas calças quando viu o cachorro e gritava: mas este não é o cachorro do seo Stamatius, nem do seo Karl, então este aviso com tarjeta negra deve ser mesmo pra esse que tem o cachorro, mas como posso entregar o aviso se há aqui na porta este cachorro? Aquela confusão. E com isso vou ganhando tempo. O cachorrão aqui me lambendo a cara. Deve ser o cachorro do homem do Bar do Boi. Aquele que peidou. Não o homem, nem o cachorro. O boi. Tenho pena de bois de vacas de cachorros. De animais. De criaturas também. Nós todos. Sou inteiro piedade. Tenho pena do meu pau também. Sempre devo falar no pau. Ou nos ovos. Ou na manjuba. É assim que quer o editor. "Pode pensamentear um pouco, negão, mas sempre contornando a sacanagem." Estou preocupado porque fora as 1500 posições do *Kama Sutra* devo inventar novas. E novos enfoques. Tô até suando. Chamei alguns amigos aqui na praia para me contarem sordidezes. Chatos chatos. Que fodeu com a gansa. Croc croc, tudo bem. O outro: que lambeu pele de rã porque dá barato, e enquanto lambia... (pensei comia o sapo?) metia a caceta no cuzinho da mina dele. E a rã lá nas costas dela, mais exatamente na nuca, querendo saltar doidona pro charco. Eu digo não, essas histórias não servem, tem que haver putaria, negada. Aí eles querem explicações, dados concisos, mais pro porco ou mais pro sutil? Mais pro imundo ou mais pro sensual? Pro grotesco? Eh, eh, eh, negão, não há muita novidade. Esporrar na orelha? Fiz isso um dia e a mulher ficou mal, teve de fazer uma limpeza no otorrino. Nossa! E o otorrino dizia: minha senhora, há basicamente três buracos feitos pra isso que a senhora deixou fazer no seu ouvido e não é preciso citar os três, mas ouvidos e narinas são impróprios para receber o sêmen, compreende? Vai ficar com otite e sinusite e quer saber mais? a senhora é uma porca. Bateu-lhe a porta na cara. E então? Daí que até hoje aquela porra não saiu de lá. Disse à mulher: mas que porra de buraco de ouvido, nunca ouvi contar que alguém tivesse esse buracão. E daí? Daí fiz a mulher deitar de lado sobre os meus joelhos, o ouvido encharcado do outro lado, e enquanto me chupava dei-lhe três ou quatro safanões no cocoruto até que um pouco daquilo tudo pingou no chão. Que história imunda! E não te serve? Claro que não, cara. Bem, então tu não quer nem grosso nem sutil. E sutil o que vem a ser? É lamber a rosa da andorinha? É fornicar com a bonina? Tá bem, gente, ninguém entendeu nada. Vamos lá pra choça comer o marisco e o macarrão. Cadê a Eulália? Cansada de me esperar, comeu sozinha. Deitou-se. Risco os meus amigos da memória. Fico ali de pé, no meio da choça, olhando. E esquálido num canto vejo o demônio. Está nu. Tristinho. O pau mirrado. Eu digo M'Bata, uma fórmula mágica para que desapareça. Ele diz: não seja bobo, gosta de Blake? Muito, mas por favor desapareça. Ouça antes estes versos: "Escolha cada um sua morada/ Sua mansão antiga e infinita./ Uma só ordem, um só prazer, um só anseio,/ Um flagelo, um peso, uma medida,/ Um Rei, um Deus, uma só Lei". Bonito sim, penso, mansões e reis, ordem prazer, é outro que está se enganando de endereço. Cadê o cachorro? É contigo mesmo Stamatius ou Karl ou Cordélia ou senhora Grand ou madame Lamballe, Princesa corrijo, tudo bem então princesa, tá escrevendo o quê? Quem é essa aí com cara de ganido? Tu achas que Eulália tem cara de ganido? *Undoubtedly.* Materializaste o teu ganido diante da vida e é tão pungente que nasceu mulher. E nasceu como querias ser: pobre de espírito. E como te vês: uma sensualidade cristalina. E certa piedade, certo deboche, e finezas no coito porque no fundo tens medo que tudo descambe para a morte.

    por que teu pau é assim mirrado?
    desuso, meu caro.
    não diga, sempre te associei a caralhos frementes.

não. Isso é Deus e o Lawrence. O D. H. Não o outro.
gostas dele, do Lawrence?
gosto muito das *Reflexões sobre a morte de um porco-espinho*.
e do resto?
muito ingênuo, quase uma criança.
é mesmo é? tem contato com ele?
às vezes ele se desespera, porque no lugar onde está não tem com quem conversar.
que lugar?
a hora do recreio no O Anjinho Azul.
que é isso?
o nome da escola. é para onde vão todos aqueles de boa intenção.
parece chato.

Tranquilo, negão. Bem, tô indo. Acorda teu duplo aí e dá logo uma bimbada. Assim te desfazes da má impressão da minha presença. Contigo fui honesto. Apareci assim como sou: nu. De pau mirrado. Mas posso aparecer com o porongo Daquele. Assusto os arrogantes. Enfio-lhes meu nabo. Ficam fanáticos. Pensam que conversam com Deus os coitadinhos, sentindo todo aquele fogo no buraco.

Eulália acorda aos gritos: sonhei com o chifrudo, Tiu! vem aqui, vá, fica aqui no quentinho, que é que tu tá fazendo aí de pé? se achegue, vem, põe aqui dentro, vá, na petúnia.
que é que tu entende de petúnia?
no carnaval, Tiu, tu não ouvia não o homem dizendo do cheiro das petúnia?
onde isso?
quando eu fui pra casa da prima porque tu só escrevia, tinha televisão aquele sábado, e o homem só falava da petúnia e o outro que filmava as moça mostrava só o trasero e as xerequinha das moça, a gente não via os rosto, só via as parte de baixo... será que o home que filmava as moça era anão, Tiu? então petúnia deve ser a coisinha da gente... quando aparecia a coisinha ele falava olha a petúnia, gente!

petúnia é uma flor, Eulália.
que jeito que ela tem?
o jeito da tua nhaca.
o que é nhaca?
é petúnia.

Abro-lhe as pernas e meto o dedo na nhaca na petúnia na babaca no babau, ela se larga, eu endureço, e enquanto esfuço-lhe os meios me vem a certeza de que foi o Trevoso o criador deste caos que é o homem, esta desordem que só sabe sentir, só sentindo é que aprende, só sentindo é que tem conhecimento, apalpa amassa abre rasga.

ai, Tiu, tá doendo.

Então saio dos meios, da quentura, e de pau duro no meio da choça começo a gritar: sou Deus! sou Deus! Eulália ri: é mesmo, bem, o de Deus deve ser assim. Eu digo: é assim mesmo, Eulália, é igualzinho sim. Quem te disse, Tiu? O demo. Eulália se encolhe: tenho medo. Volto pra cama, tomo-a nos braços, afago-lhe os pentelhos e discorro sobre o Trevoso, seu todo nu, seu pau mirrado, sua tristeza. Ela começa a rir devagarinho, diz que sempre pensou que o chifrudo tivesse um assinzão.

Pois foi isso o que ele me explicou esta noite, que não, e eu vi, Eulália, é pequenino assim, um tico enrugado. Coitado né? E também me disse que você não existe, Eulália, que você é minha invenção. Até que pode ser, bentinho, ela responde, gosto tanto de tu que se um dia tu não me amá mais, vou virá cisco, folhinha, caranguejo.

por que caranguejo?

ah... porque caranguejo é tão triste.

Penso: verdade que construí meu ganido-mulher-diante-da-vida de um jeito pungente e delicado, submisso e paciente.

Vou engolindo Eulália. Vou me demitindo. E vou ficando muito mais sozinho. Restarão meus ossos. Devo polir meus ossos antes de sumir?

NOVOS ANTROPOFÁGICOS

I.

COMECEI DEGUSTANDO SEUS DEDINHOS. Eram expressivos, contundentes. Quantas vezes seu rombudo dedo indicador roçara meu rosto! Ela repetia continuamente seus "veja bem" bastante frios e impessoais. Sou doutor em Letras. Ela dizia-se autodidata.
    autodidata?!?!
    autodidata da vida, bestalhão, canalha, ela rosnava.
    Suportei-a vários anos. Casara-me com ela *à cause* daquele buraco enterrado fundo nas nádegas cremosas. Depois que lhe enfiei a vara sorri quente e prolongado. Depois fiquei triste. Intuí haver cometido um grande equívoco. Mas todas as noites com "veja bem" ou sem, metia-lhe a vara. Entre o gaiato e o choroso fui aguentando seus trejeitos, sua sinistra domesticidade. Uma noite, durante o jantar, o bife escapou-se-me do prato. Ela começou seus "veja bem" e noções de polidez à mesa. Escutei-a atenciosamente e até com certa cerimônia íntima, assim como se escuta a fala de um prêmio Nobel no dia da premiação. Em seguida, ordenado por dentro e por fora, fiz o primeiro gesto criterioso: buscar o bife. Sua trajetória havia terminado debaixo da escada. Ela começou a rir histericamente e repetia "veja bem veja bem", és um perfeito imbecil, um bufo, um idiota. Peguei o bife e recoloquei-o no prato. Limpei a poeira dos joelhos. O chão estava imundo. Ela nunca limpava debaixo da escada. Dei, em seguida, um grande urro, como um grande animal e num salto Nureiev, de muita precisão, enterrei-lhe a faca no peito. Ela ficou ali ainda sorrindo, cristalizada. Neste preciso momento, corto-lhe o dedo indicador, aponto-o para seu próprio rosto e repito: "Veja bem,

senhora, no que dá um autodidatismo de vida". Limpo-lhe a unha porque era sempre essa que ela me enfiava na rodela. Eu gostava sim. Ela não sei. Agora, sujo de ódio, atiro o dedo pela janela. A noite está fria e há estrelas. São atos como esse, vejam bem, que fazem desta vida o que ela é: sórdida e imutável.

II.

TÍNHAMOS DISCUSSÕES INTERMINÁVEIS. Eu lhe mostrava meus textos e ele dizia: tu não tens fôlego, meu chapa, tudo acaba muito depressa, tu não desenvolve o personagem, o personagem fica por aí vagando, não tem espessura, não é real. Mas é só isso que eu quero dizer, não quero contornos, não quero espessura, quero o cara leve, conciso, apressado de si mesmo, livre de dados pessoais, o cara flutua, sim, mas é vivo, mais vivo do que se ficasse preso por palavras, por atos, ele flutua livre, entende? Não. E ajeitava os óculos, não e não. Achei conveniente não lhe mostrar mais os textos. Ele me encontrava e insistia: hof hof hof, fôlego, meu chapa, fôlego, espanta as nuvenzinhas flutuantes, dá corpo às tuas carcaças, afunda os pés no chão. Eu implorava: para com isso, para, um dia quem sabe tu entendes. Não entendeu. Na frente de amigos, de minha mulher, de meus filhos ele começava: hof hof hof, fôlego meu chapa. Um dia fomos à praia. Entre uma caipirinha e outra propus-lhe nadar até a ilha. Disse um sim chocho, mas topou. No meio da travessia, enquanto ele se afogava, eu aperfeiçoava a minha *butterfly*, e meu ritmo era rápido, harmonioso, cheio de vigor. Gritei-lhe antes de vê-lo desaparecer: fôlego é isso, negão. Estou em paz. E dedico-lhe este meu breve texto, leve, conciso, apressado de si mesmo, livre de dados pessoais, muito mais vivo do que ele morto.

III.

O HOMEM RECLAMAVA: já disse que não gosto de ver você usando essas blusas fininhas.
por quê?
porque aparecem os teus bicos.
e daí? bico é bonito, amor.
Bonito sim os bicos da mulher, rosadinhos, miúdos, ela inteira miúda e clara, uma madoninha holandesa... já viram uma madoninha holandesa? Certamente, todos aqueles Van de alguma coisa pintaram madoninhas holandesas. Sem os tamancos.
eu sei que bico é bonito, mas não gosto que todo mundo veja os teus.
A mulher era brejeira, grácil. Grácil também é bonito. Ele olhava para ela e refletia: por que será que mulheres pequeninas dão tanta sorte com homens? Alguns amigos seus também haviam se apaixonado por mulheres pequeninas. Parecem-se aos bichinhos da infância (quando se teve uma infância), aqueles fofinhos, ursos cachorrinhos coelhos, aqueles que a gente-criança dormia com eles, apertava entre os braços, entre as coxas... mulherzinhas-criança, mulherzinhas-bicho.
Ela: ninguém liga pra bico, benzinho, depois são tão fresquinhas essas blusas fininhas...
Mania de se exibir que as mulheres têm: no último carnaval ficou abestado. O tempo inteiro bundas, xerecas, convulsões, sacolejos. Há de chegar uma hora que bundas e xerecas devem manifestar uma outra qualidade além das evidentes, porque só isso de se exibirem ficou chato. Haveria por exemplo bundas falantes, xerecas que se metamorfoseassem em flores, oitis que assoviassem Mozart, quem sabe. Encontrou a mulher miúda naquele carnaval. Os bicos de fora. Tudo bem, era carnaval. Mas inadmissível, a cada dia agora, a mulher e seus bicos pelas ruas. Insistiu: cubra os bicos. Ela foi ficando amuada, ranzinza, não conversava mais. Uma noite ele repensou sua própria história, a dele, a solidão, e dolorido, meloso, aquiesceu:

tudo bem, ponha a blusa que quiser, vamos dar uma volta.

Cintilante, fininha, a blusa mostrava não somente os bicos, mas as duas tetas, firmes redondosas trêmulas. Ela pediu cerveja. Ele pediu sorvete. Os homens do bar olhavam a mulher miúda como se ele não estivesse ali. Ela ria: tô bonita, né bem? Foi nesse instante que ele rosnou aturdido:

vai ficar linda agora. Num ímpeto agarrou-lhe as tetas, mordeu-lhe o bico esquerdo, decepou o moranguinho e sujo de sangue e aos gritos colocou o bico na ponta do sorvete de creme, marshmallow e banana. Gritava: agora, benzinho, todo mundo pode ver, chupar e se fartar do teu bico, adeus. A ambulância chegou logo depois. Os caras do bar esclareciam: é aquela ali com aquela blusa fininha. Ninguém sabe que fim levou o bico. O nome do bar mudou: o Bar do Bico. Há novos sorvetes. Um moranguinho na ponta. Sorvete, dona? Com bico ou sem bico, madama?

IV.

VERDADE. TINHA CERTEZA AGORA. A menina o seguia. Sainha xadrez, blusinha branca, meia três-quartos, gravatinha. Teria onze doze anos? Andou três quadras lentamente ouvindo aqueles pequenos passos atrás dele. Sapatos de verniz. Salto mínimo. Ele parou na vitrina de uma charutaria. Cachimbos ingleses suecos suíços. Se ela parasse naquela vitrina tudo ficava evidente: a menina o seguia. Ela parou. Gosta de cachimbos? ele perguntou. Gosta de ser chupado? ela respondeu perguntando. Ficou vermelho. Por mulheres sim, respondeu. E eu o que sou? Uma criança. Alguém parou do lado e silenciaram. Ela tomou-lhe a mão: então, papai, gosta deste? O alguém do lado se foi. Ela continuou: olha para mim, fica bem pertinho, vou chupar meu dedo do jeito que vou chupar teu pau. Ele olhou dos lados. Não seja bobo, não tem ninguém olhando, e começou a enfiar o dedo polegar na boca, revirava-o e lambia-o da raiz à ponta.

mas meu pau não é teu dedo polegar. É maior.

mas eu tenho a arcada larga.
o quê???!!
meu dentista diz que eu tenho uma linda arcada larga.

Toma-me a mão novamente, diz vamos andando vá, e aponta para uma pracinha onde há bancos e carrinhos de sorvete e de pipoca. Sentamos.

por que você faz isso?
porque quero dinheiro.
ahh.
gosto de roupas e o dinheiro compra roupas.
mas posso te comprar roupas sem que você me chupe.
não, gosto de fazer o meu dever.
ah, quer dizer que você não aceitaria que eu te desse roupas sem você me chupar...
é, isso nunca, gosto de trabalhar.

Fiquei olhando seu rostinho moreno, os olhos grandes, o nariz afilado, o lábio superior um pouco estreito, o lábio inferior polpudo, escarlate. Quer um sorvete? Não. Olha, menina, eu não tenho nenhum lugar pra te levar. Mas eu chupo aqui mesmo. Aqui?!?! Claro. Você tira teu paletó, eu deito a cabeça no teu colo, você me cobre com o teu paletó como se eu estivesse dormindo, você compra um jornal ali, e enquanto você finge que lê eu tiro bem devagarinho o teu pau pra fora e vou chupando também bem devagarinho. Só que você me paga antes. Aquilo era demais. Disse tudo bem. Fui até ali, comprei o jornal, tirei o paletó, dei-lhe o dinheiro e ela fez tudo e mais do que prometeu. Dois anos passados, nunca mais gozei com mulher alguma. E percorro o mesmo caminho e aliso adoidado aquele banco e compro o jornal ali mas nunca mais a encontrei. Um amigo me disse: sonho, stress, porre, pó, foi isso, cara. Eu disse não. E meu pau sabe disso.

V.

GOSTARIA DE SER COESO, calmo, frívolo. Sim porque há coesão e calmaria na frivolidade. Ou não pensam assim? Então repensem. Tinha horror ao sexo. Cheiros gosmas ginástica convulsão. Horror principalmente ao silêncio daquelas horas. Melhor, horror dos guinchos e outros sons que se pareciam aos sons das funduras, dos poços, das borbulhas. Gostava de sentar-se e ler. Principalmente Chesterton e sua *Ortodoxia*. Os amigos perguntavam: tu não gosta de foder, não? Não, ele respondia, tenho nojo. Nojo de quê? De corpos se juntando, dos cheiros, dos ruídos. Foi ficando sozinho com seus livros e seu nojo. Gostava de pensar mas pouco a pouco foi sentindo o cheiro das ideias, e as mais possantes, as mais genuínas, as mais veementes tinham o mesmo cheiro do sexo e daquela gosma da casuarina. Então pela disciplina e pelo jejum foi esvaziando a mente. Via cores e as cores não tinham cheiros e isso era bom. Sentou-se no chão da sala e ficou ali até perceber que tinha se tornado um ponto vivo de luz dourada. Até que o garotão o acordou e disse: qué mais uma na berba, doutor?

VI.

EU TINHA dezoito anos, ela vinte e nove, bordadeira, e vinha todas as quintas-feiras refazer os bordados das roupas de cama de mamãe, lençóis da Ilha da Madeira, lindos lindos, mas os bordados desfazendo-se aqui e ali. Chamava-se Antônia, filha de portugueses, esguia, suave, a boca delicada, os dentes pequeninos. Eu voltava do cursinho às quatro da tarde, ofegante, subia a ladeira numa corrida, medo de perdê-la porque ela saía de casa às cinco. Estava apaixonado. Um dia não aguentei: Antônia, não sei se você vai se aborrecer, mas eu te amo. Sua mãe só vai voltar às seis, pediu-me que a esperasse, e ela foi fazer compras. Sua voz era gélida. Estritamente formal. Fiquei rubro e acreditei tê-la ofendido. Pedi desculpas e fui subindo as escadas, cabisbaixo, em direção ao meu quarto. No meio da escada virei-me para vê-la quem sabe pela última vez. Antônia estava sentada de pernas abertas, a saia azul-turquesa enrolada na cintura. Estupefato quase não acreditei no que vi, mas logo me refiz e fui descendo lentamente as escadas e abrindo a braguilha. Sentei-me nas suas coxas, eu igualzinho a uma tesoura aberta, mas antes de penetrá-la, esporrei. Sorriu mostrando os dentes pequeninos e fez com que eu me ajoelhasse diante dela. A coisa estava ali. Não havia calcinhas. Cobriu-nos com um dos magníficos lençóis de mamãe. Ela sentada. Eu ajoelhado. Antes de começar a chupá-la fiz o sinal da cruz, pedindo a Deus para ser aprovado naquela minha primeira prova. Fui. Gozou muitas vezes, e no gozo repetia ai Jesus, ai Jesus. Éramos decididamente católicos. Durante duas semanas vivi as mais feéricas quintas-feiras, porque mamãe decidiu ser quinta-feira um bom dia para fazer compras e aproveitar assim a presença de Antônia zelando pela casa até às seis. Mamãe não gostava que eu ficasse sozinho no velho casarão. Antes era um bairro grã-fino, depois infestado de puteiros e ladrões. Um dia, por artes do demo como diria o bispo, mamãe chegou às cinco e meia. E ali estávamos os dois, embaixo de um dos magníficos lençóis, Antônia de pernas abertas e eu de pau duro ainda, o linguão de fora. Foi horrível. Desmaios, vômitos, convulsões de mamãe. Até hoje (passaram-se anos) só consigo o prazer ajoelhado diante da xiriba, fazendo o sinal da cruz e pedindo à parceira que repita várias vezes ai Jesus, ai Jesus. E tem isso do lençol também. Indispensável. Mas não é preciso que seja da Ilha da Madeira. Ainda bem. Senão teria que me mudar de país, porque não conheço ninguém que ainda tenha lençóis da ilha, e mamãe num acesso de fúria doou os nossos a uma tal de dona Loira, dona de um puteiro famoso a dez quadras dali. Nunca mais vi Antônia. Mas ela, hoje nos seus trinta e nove, ainda deve estar linda, tão perfumada de cona e coxas e bem sentada em algum lugar com suas esplêndidas pernas abertas e tão intensa em seus líricos e pudorosos ai Jesus.

VII.

NUNCA ME ESQUEÇO daquele peido providencial prolongado e silencioso dos meus catorze anos. Eu era louco por Nena, uma crioula virgem mas bundudinha e voraz, que gostava de morder meu beiço enquanto eu a sissiricava nos meios e no meio das moitas de capim. Ao meio-dia de um domingo, depois de encher a pança com feijão, nabo, carne-seca e jerimum, encontro a Nena tesuda me esperando na moita.

agora tô a fim, ela disse.
a fim de quê?
de te dar a nhaca.
justo agora?
e o que tem agora?
ué, porque a gente morre se berimbá depois de encher o bucho.
bestagem, bobão, todo mundo já tava morto se pensasse como tu.

Foi se encostando, me chupando e me mordendo a boca, a língua deslizando na mucosa, tirou-me o ganso de dentro das calças e enquanto me massageava as bolotas com a mão esquerda, com a direita ensaiava um vaivém no meu porongo. Sussurrava "vem, vem aqui pra dentro da crica, vem vá". Pensei — vou morrer agora, aos catorze anos, sem despedir do pai da mãe da vó, o sol no meu cocuruto. Gritei sem gritar, um grito doído, uma súplica lá no fundo do peito: me salva santo Expedito, santo dos impossíveis, me dá um sinal de que eu não vou morrer se enfiar agora na Nena. E quando ia enfiar, me veio aquele peido prolongado silencioso redondo quente gordo estufado vivo. Nena parou com o dedo caricioso. Me olhou dura nos olhos:

tu peidou, Nico?
eu hem... peidei não.
se não peidou, tu já tá morto.

Deu-me um tapa na cara, disse que aquilo era um desrespeito e foi-se. Deitei-me no capim, fiquei ali esticado olhando o céu:

obrigado pelo sinal, santo Expedito, obrigado mesmo, antes peidar que morrer. Dia seguinte quis contar o sinal pra Nena mas ela se safou do meu agarro, resmungando: "Não tô a fim não de berimbá com gente que peida". Deve ter andado de mão em mão pela vida afora porque vez ou outra até doutor ministro embaixador ou rei, se tem buraco, peida.

que coisa nojenta, Tiu.
por quê, Eulália?
porque ninguém gosta de falar dessas coisa.
pois olha, Eulália, se todo mundo lembrasse do que lhe sai pelo cu, todo mundo seria mais generoso, mais solidário, mais...
o que é solidário, benzinho?
é não ser assim tão solitário.
e eu num tô aqui?
Aí peidei. E Eulália sumiu igualzinha àquela Nena que certamente devido àquele peido mudou-se logo mais dali.

VIII.

HÁ DEZ ANOS ELE TENTAVA escrever o primeiro verso de um poema. Era perfeccionista. Aos trinta, anteontem madrugada, gritou para a mulher: consegui, Jandira! Consegui!

ELA (*sentando-se na cama, desgrenhada*): O quê? O emprego?
ELE Claro que o verso, tolinha, olha o brilho do meu olho, olha!
ELA (*bocejando*): Então diz, benzinho.

Declamou pausado o primeiro verso: "Igual ao fruto ajustado ao seu redondo...". Jandira interrompendo: peraí... redondo? Mas nem todo o fruto é redondo...

ELE São metáforas, amor.
ELA Metáforas?!?!
ELE É... E há também anacolutos, zeugmas, eféreses.
ELA ?!?!? Mas onde é que fica a banana?

Ele enforcou-se manhãzinha na mangueira. O bilhete grudado no peito dizia: a manga também não é redonda, o mamão também não, a jaca muito menos. e você é idiota, Jandira. Tchau.
   Ela (tristinha depois de ler o bilhete): E a pera, benzinho? E a pera então que ninguém sabe o que é? E a carambola!!! E a carambola, amor!

ERA TELÚRICO E ÚNICO. Sonhava. Sonhava adeuses e sombras. Sonhava deuses. Era cruel porque desde sempre foi desesperado. Encontrou um homem-anjo. Para que vivessem juntos, na Terra, para sempre, ele cortou-lhe as asas. O outro matou-se, mergulhando nas águas. Estou vivo até hoje. Estou velho. Às noites bebo muito e olho as estrelas. Muitas vezes, escrevo. Aí repenso aquele, o hálito de neve, a desesperança. Deito-me. Austero, sonho que semeio favas negras e asas sobre uma terra escura, às vezes madrepérola.

FIM

RÚTILO NADA

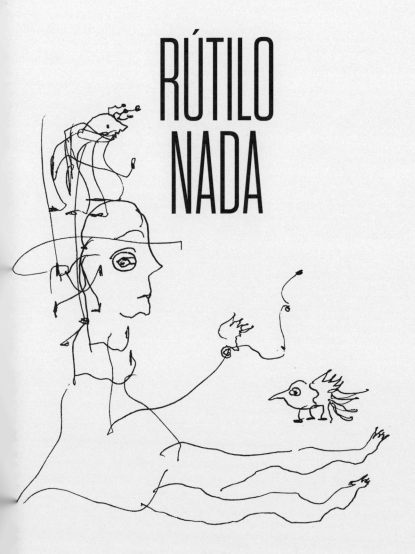

(1993)

Rútilo NADA

O amor é duro e inflexível como o inferno.

TERESA CEPEDA Y AHUMADA

*À memória de meu amigo
José Otaviano Ribeiro de Oliveira*

OS SENTIMENTOS VASTOS não têm nome. Perdas, deslumbramentos, catástrofes do espírito, pesadelos da carne, os sentimentos vastos não têm boca, fundo de soturnez, mudo desvario, escuros enigmas habitados de vida mas sem sons, assim eu neste instante diante do teu corpo morto. Inventar palavras, quebrá-las, recompô-las, ajustar-me digno diante de tanta ferida, teria sido preciso, Lucas meu amor, meus trinta e cinco anos de vida colados a um indescritível verdugo, alguém Humano, e há tantos indescritíveis Humanos feitos de fúria e desesperança, existindo apenas para nos fazer conhecer o nome da torpeza e da agonia. Mas indigno e desesperado me atiro sobre o vidro que recobre a tua cara, e várias mãos, de amigos? de minha filha adolescente? de meu pai? ou quem sabe as mãos de teus jovens amigos repuxam meu imundo blusão e eu colo a minha boca na direção da tua boca e um molhado de espuma embaça aquela cintilância que foi a tua cara. Grito. Gritos finos de marfim de uma cadela abandonada tentando enfiar a cabeça na axila de Deus. De uma cadela sim. Porque as fêmeas conhecem tudo da dor, fendem-se ou são desventradas para dar à luz e eu Lucius Kod neste agora me sei mais uma esquálida cadela, a morte e não a vida escoando de mim, musgos finos pendendo dos abismos, estou caindo e ao

meu redor as caras pétreas, quem são? amigos? milha filha adolescente? meu pai? teus jovens amigos? Caras graníticas, ódio mudo e vergonha, palavras que vêm de longe, evanescentes mas tão nítidas como fulgentes estiletes, palavras de supostos éticos Humanos:
  Constrangedor   Louco Demente
  Absurdo   Intolerável
Ducente Deo começo estes escritos deveria ter dito.
Tendo Deus como guia, começo estes escritos deveria ter dito. Estou caindo mas sou erguido, aliali ali a porta eles dizem, não, é melhor por aqui, meus olhos olham o chão, sapatos pretos de verniz movendo-se afoitados sobre as tábuas largas, babas de mim, lenços cheirando a lavanda me comprimem a boca, alguém diz o carro deve estar ali mais adiante, meus olhos olham outro chão, folhas na manhã de ventos, outros sapatos e outras vozes coitado o que foi hein? tá demais branco o homem, olha ali, saiu de um velório, quem é que morreu? foi o filho dele foi? foi a mãe? saiam da frente, a gente precisa achar o carro, mas onde é que está o carro? ele está desfigurado, olha olha
Desfigurado meu pai na madrugada, o roupão de seda, listas negras, que elegância meu pai na madrugada, o roupão creme de seda e finas listas negras, a boca trêmula apagada no giz da própria cara: então anos de decência e de luta por água abaixo e eu um banqueiro, com que cara você acha que eu vou aparecer diante de meus amigos, ou você imagina que ninguém sabia, crápula, canalha, tua sórdida ligação, e esse moleque bonito era o namoradinho da minha neta, então vocês combinaram seus crápulas, aquele crapulazinha namorou minha neta para poder ficar perto de você. gosta de cu seu canalha? gosta de merda? fez-se também de mulherzinha com o moço machão? ele só pode ter sido teu macho porque teve a decência de se dar um tiro na cabeça, mate-se também seu desgraçado mate-se
Onde os começos? Onde? Farpas pontudas emergindo do corpo dos conceitos. Antes o conceito redondo. Liso. Aquela pedra à beira do riacho, aquela que carregam para casa. Tenho que saber

dos começos. Os atos não podem ficar flutuando, fiapos de paina desgarrados daquela casca tão consistente a casca era firme, abriu-se, o delicado foi se desfazendo, círculos, volutas, assim pelos ares, desfazido. Posso deduzir que escapei da casca consistente, que eu estava encerrado ali, não, que o meu corpo era o fruto da paineira, todo fechado, e num instante abriu-se. Abriu-se por quê? Porque já era noite para mim e aquele era o meu instante de maturação e rompimento. Porque fui atingido pela beleza como se um tigre me lanhasse o peito. O salto. O pânico. O que é a beleza? Translúcida como se o marfim do jade se fizesse carne, translúcido Lucas, intacto, luz sobre os degraus ocres de uma certa escada na eloquência da tarde
pai, esse aqui é Lucas
A sombra da barba um remoto azul, areia-anil num copo d'água
ele gosta de muros, pai
como?
você ficou tão pálido... o que foi, pai?
Minhas frases emboladas, não nada tudo bem só estava concentrado hein? não não sim sou jornalista, sim, comentários políticos, resenhas sobre ensaios, às vezes literatura sim, poesia? não nunca, poesia já é mais complicado
Lucas faz História na universidade, pai, mas adora poesia, escreve poemas sobre muros
você quer dizer os poemas nos muros?
não não, falo de muros nos meus poemas
Move-se. Olha os meus livros. O indicador e o médio alisam as lombadas. Vejo-o de costas agora, é sólido, crível, nada de angélico ou inefável, e um novo ou talvez um antigo e insuspeitado Lucius irrompe, dois escuros e contraditórios, aguçados e leves, violentos e sórdidos
Transitório, alguém disse, tudo passa, irmão. Escarros na calçada, dedos-garra nos meus antebraços, estico o pescoço e levanto a cabeça para os céus, escuros volumosos uma imensa cara, a boca escancarada de nuvens pardas, abro minha própria boca e grito LUCAS LUCAS

ah era o filho é?
foi o filho que morreu é?
Fulcros ensanguentados, sustentáculos de mim oscilam de lá para cá, pedaços de frases, a redação do jornal
batalhões de elite treinados, é um artigo do Chomsky sim, transcreve isso:
mulheres penduradas pelos pés com os seios arrancados, a pele do rosto também arrancada
mas onde? onde?
El Salvador, meu chapa
batalhões de elite treinados, e quem é que treina os filhos da puta?
os seios arrancados?
mas quem é que treina?
esse Chomsky é um linguista?
Transitório, alguém diz, puro excremento diz o outro, eu tenho nojo de gente
ah... cara, são situações provisórias...
que beleza de artigo hein? o Chomsky é um dissidente americano quanto à questão do Vietnã, lembra-se?
Ahn...
Beleza. O que era antes de ti a beleza para mim? O que era o nojo? Beleza...
aquele poema de Baudelaire "Une charogne", você conhece, Lucas?
Alors, ô ma beauté! dites à la vermine
Qui vous mangera de baisers,
Que j'ai gardé la forme et l'essence divine
De mes amours décomposés!
isso, isso
Hoje à noite já não serás mais meu mas dessa fina e fecunda, Essa madrasta que engole tudo, Essa que toma e transmuta, Essa escura e finíssima senhora, umidade, frescor, o grande ventre sem decoro recebendo o mundo, migalhas, excremento tripas teu adorado corpo luzente sem decoro, eu, um homem, suguei

teu sexo viscoso e cintilante, deboche e clarão na lisura da boca, ajoelhado, furioso de ternura, revi como os afogados a rua do meu passo a via   teu adorado corpo luzente, a boca espessa, Lucas Lucas, a madrasta não roerá teus dentes... dentes? Ah... ficam intactos...
mas o carro não está em lugar algum, mas então pega o teu carro, eu vou chamar uma ambulância, ele vai cair, vai desmaiar outra vez, não dá pra gente ficar segurando, deita ele aqui na calçada, deita
O céu formando legiões de espadas, Lucas, não sei se você leu sobre Cartago alguma vez, mas havia toda uma tradição cartaginesa que não permitia a separação de sogro e genro, um costume que não permitia que sogro e genro vivessem afastados, e um capitão do exército apaixonou-se por um jovem, tornaram-se amantes apesar do falatório, um era casado e tinha filhas e fez com que o amante se casasse com uma delas... você parece que não está me ouvindo, está onde?
tua filha vai sofrer, Lucius
alguém vai sofrer?
e não é ético.
ético? que criterioso e maduro para os teus vinte anos, ético é descobrir-se inteiro livre como me sinto agora. minha filha, se pudesse compreender, compreenderia
nunca vai compreender. Me ama.
Voltavam ao coração os cães de gelo. Ali. Postados. Guardiães. Os olhos embaçados de furor, as presas cintilando. Cães de gelo. Ou lobos de olhar formoso inundados de cio. Ou um só lobo, Lucius Kod, preso numa armadilha jamais pensada, que oco de si mesmo tentou criar-se novo? Cansado de sua própria oquidão tentou verter humores, refazer-se em lago, em luz, mas torcido de ociosidade construiu para seu corpo um barco exíguo cravejado de espinhos, verdes espinhos de um ciúme opulento, úmidos longos espinhos aguçando sua própria matéria de carne, carne de Lucius antes era mansa e tépida, brioso corpo de antes tão educado respondendo rápido a qualquer afago, de mulheres

naturalmente, ah sim, naturalmente, mulheres com discursos de várias qualidades, umas de língua altiva rinchando política e sabedoria (os antagônicos tentando semelhança), espigadas leves, as blusas soltas traduzindo plena liberdade, ideias, corpos elásticos, ágeis, e quantas vezes na cama despencando, gemendo, dóceis como pequenos animais doentes, trêmulas encharcadas se abrindo famintas de sua dura vara, cadê o discurso, o critério, a bacia de ideias, cadê pombinha, cadê?
às vezes você fala como se tivesse raiva das mulheres é mesmo, Lucas? não tinha percebido
na hora da cama ninguém faz discurso. nós também não
Mulheres. Finíssimas jovens mulheres, perfumadas lânguidas, transparências sombreando coxas, tetas, um olho na minha boca, outro no dinheiro do meu velho. Banqueiro sim. E você não trabalha no banco dele, não? Jornalista, é?
Risadas. Meu pai: pederastas, vadios e vadias, escritorezinhos de merda, articulistas do meu caralho, você defende essa corja de apartados
para, pai
viciosos, assassinos, miseráveis, e não me venha com discursos, com esse tipo de sensibilidade cretina, ou você pensa que a ordem se faz com choramingas, com coraçõezinhos partidos, com tremeliques, como é que você pensa que se faz uma fortuna, uma empresa de porte, um banco? trabalho e sagacidade
rapacidade, não se esqueça
filho da puta, eu que dei tudo o que você sabe, que paguei para que você fosse esse *soi-disant* culto, esse que destila ideias como se elas saíssem de um charco de podridão e de mentiras, como é que você pode provar que são eles que penduram as mulheres pelos pés, essa besteira toda que você repete nos seus artiguelhos
muito bem, pai, você acha que o Chomsky é um crápula também
Chomsky ou a puta que o pariu, então você não sabe que há interesses políticos nisso tudo, há vendidos, há nojentos da esquerda radical

e também nojentos da direita radical
isso é comigo?
pai, será que você não percebe que um homem lúcido treme de furor, de cólera, de nojo quando sabe que um artigo desses vem de fonte limpa
fonte limpa... como se você soubesse o que é isso
fale mais claro
mais claro é o que ando vendo, Lucas e você, afaste-se desse rapaz, me olha, Lucius, me olha, esse rapaz é o namorado da tua filha, o que é que você fala tanto com esse rapazola? amigos meus te viram várias vezes com ele nas ruas, nos bares
e então?
O rosto de meu pai é neste instante um tecido de púrpura enrugado e repulsivo, ofegante se aproxima de mim, torce minha camisa com seus dedos magros, o gesto é rancoroso e abrupto, o hálito de cigarro e hortelã é cálido sobre a minha cara.
Eu não sou o que sou, digo para mim mesmo, como se jogasse nenúfares num tanque de águas podres. Eu não sou o que sou. Iago também disse isso. Não há nenhuma Desdêmona por aqui, mas há os desatinados finais de Otelo, o verde de lascívia luminosa, verde em mim fervilhante de larvas, de pontiaguda fereza, olho essa cintilância que é a tua cara e percebo pouco, ou será que não te vejo inteiro. Quem és, Lucas? Inteiríssimo poeta, de fiel construção, de realeza até, severo
conceitos muito éticos — tua filha vai sofrer
e eu não sou o que sou, sendo este que sou agora, devo dizer que umas cordas feitas de sangue e plasma me amarram a ti, estou inteiro úmido de cólera porque vi que os teus olhos olharam o muito supostamente viril atravessando a rua e que o teu olhar foi de cumplicidade e de desejo e que os traços do teu rosto não são mais daquele inteiríssimo poeta, são vincos pesados e solenes sim, mas de um reles prostituto
tensionado, Lucas?
por quê?
alguém atravessando a rua te olhou desejoso e perplexo, não foi?

não, não vi
Eu não sou o que sou, fico me repetindo, nem fêmea alguma e macho muito menos me colocaram aqui neste tempo onde estou, tempo desordenado, avessos de um rumo, grandes areias negras tumultuadas, cascalhos, brilhos
então não viu? trocaram olhares e um não viu o outro?
não, não vi
Como é o rosto do cinismo? E o da leviandade? Vou andando, ele um pouco à frente e eu atrás, por quê? Para tomar distância e ver se o acreditam sozinho pela rua e tentam assim a abordagem, para ver de início o olhar distraído daquele que passa, e em seguida o tropeçante, o fascínio, o sedoso voltar-se das mulheres, a perplexidade desejosa dos homens incrível como te olham, não?
Viu?
não, não vi

quer quer? quer água, moço?
agora ele está abrindo os olhos
já foram chamar a ambulância
alguém morreu e ele ficou assim?
quem morreu? foi o filho, foi?
a gente segue sempre os queridos que se foram como é que a senhora disse, dona?
a gente vai com eles
com quem?
com os nossos queridos
vamos logo depois
às vezes demora
Te seguindo sigo apenas a mim mesmo. Quem foi que disse que o "cacarejo de sua aldeia lhe parecia o murmúrio do mundo"? Te sigo, Lucas, as faces estufadas me olhando estendido na calçada. O lustroso das caras. O baço das caras. As bocas pendentes soletrando palavras. Explosão de fúria quando vi a ambiguidade

agarrada aos altos pomos da tua cara, Lucas, quando vi que não sabia da tua identidade, eras aquele que me mostrava o poema?
Muros escuros, tímidos
escorpiões de seda
no acanhado da pedra.
Escorpião de seda. Pulsando silencioso ali entre as frinchas. Ou eras o outro no quase escuro do quarto. Úmido. De seda. Tua macia rouquidão. Igualzinha à macia rouquidão de uma sonhada mulher, só que não eras uma mulher, eras o meu eu pensado em muitos homens e em muitas mulheres, um ilógico de carne e seda, um conflito esculpido em harmonia, luz dorida sobre as ancas estreitas, o dorso deslizante e rijo, a nuca sumarenta, omoplatas lisas como a superfície esquecida de um grande lago nas alturas, docilidade e submissão de uma fêmea enfim subjugada, e aos poucos um macho novamente, altivo e austero, enfiando o sexo na minha boca
Viscoso. Cintilante. Pela primeira vez o meu olhar encontrava a junção do nojo e da beleza. Pela primeira vez, em toda a minha vida, eu, Lucius Kod, trinta e cinco anos, suguei o sexo de um homem. Deboche e clarão na lisura da boca.
Ajoelhado, redondo de ternura, revi como os afogados a rua do meu passo, a via.

Lucius,
os dois homens me tomaram como duas fomes, duas mandíbulas. Um clarão de dentes. Sorriam enquanto tiravam as camisas. Vagarosamente desabotoaram os botões. Cheguei a sorrir porque os gestos eram como que ensaiados, lentos... lentos.. idênticos. Depois os cintos escuros, as fivelas de metal. Depois as calças. Imagine, dobraram as calças, acertaram os vincos, colocaram as calças no espaldar da poltrona. Pensei: eles estão brincando. E disse: vocês estão brincando. Sorriram. O olhar era afável. Meus pulsos amarrados atrás das costas.
muito bem, garotão, vai ficar manso pra tudo ficar mais fácil

começa chupando a minha pica enquanto o meu amigo te usa feito dona
vocês só podem estar brincando
pode chamar de brincadeira se quiser, garotão
Eu queria saber o porquê e quem mandou. E aí recebi um violentíssimo bofetão.
Comecei a sangrar pelo nariz.
Antes do derradeiro, antes da sombra, pensando naqueles muros que vi, no úmido deslizante sobre a pedra, na solidão dessa matéria feita por Deus, na minha própria solidão... Mulheres, homens, a mãe que me acariciava extasiada...
A futilidade de todos os olhares que um dia recebi, a futilidade de todas as falas que um dia ouvi... e agora as bocas molhadas sobre o meu peito. Detalhes? Um deles me espancava com a fivela do cinto até que o outro ejaculasse.
Bateram-me na boca também e beijaram minha boca esfacelada. Antes da sombra, Lucius, quero dizer da dor de não ter sido igual a todos. Minha alma velha buscava entendimento. Quero dizer da dor mas não sei dizer. Estou sangrando por todos os buracos.
O velho diz que ele seduziu o filho que é doutor
Fizemos como o velho mandou: um pouco arrebentado mas nem tanto

disso ele não morre
gostoso o garotão
até que posso entender o filho doutor
vamos. o velho vai passar por aqui. quer ver o serviço
Teu pai veio ver o serviço, Lucius. Saiu há pouco. A porta ficou entreaberta.
Sentou-se na beirada da cama. Passou a unha ao longo da minha espinha.
vai ter tudo comigo, moço. Afaste-se de meu filho.
Antes do derradeiro, antes da sombra, o revólver em cima da

mesa, queres me perguntar o que sente alguém diante da dama escura? Sinto frio, Lucius. A parede aqui do quarto frente à mesa está toda manchada. As manchas formaram desenhos, figuras: a cabeça coroada de um velho. A coroa parece de flores.
Um pássaro com fios enrodilhados no bico. Um menino sem cabelos olhando um quase-rio. O velho que eu seria se não escolhesse a morte? O pássaro que a minha alma pretendia? Eu mesmo, o de antes, contemplando o tempo-água que é e não é o mesmo e no entanto corre e sem te tocar te modifica inteiro? Há um acúmulo de significados tomando conta das coisas neste instante, as coisas estão crescendo de significado. A pedra prateada em cima da mesa... um amigo me trouxe lá dos Andes... não é só a pedra prateada que um amigo me trouxe lá dos Andes, é um mais sem nome, impossível de decodificar para você. Um livro de poemas que eu comprei numa livraria perto da universidade, não é mais um livro de poemas de Petrarca, ele pulsa, e o perfil do poeta no centro da capa brilha como a luz da tarde. Por que tudo brilha e é mais? Apenas porque me despeço? Quando nos beijamos naquela antiquíssima tarde, a consciência de estar beijando um homem foi quase intolerável, mas foi também um sol se adentrando na boca, e na luz azulada desse sol havia uma friez de água de fonte, uma diminuta entre as rochas, e beijei tua boca como qualquer homem beijaria a boca do riso, da volúpia, depois de anos de inocência e austeridade.
posso te tocar um pouco, menino?
Eu estava de bruços e suspendi a cabeça para ver.
A boca do teu pai tremia.
Ele beijou minha boca ensanguentada. Eu sorri. De pena da volúpia.

(I)

Muros longínquos
Na polidora esgarçada dos sonhos.
Tão altos. Fulgindo iluminuras.
Muros de como te amei: Brindisi.
Altamura
E muros de chegança. De querença.
Aquecidos. Anchos.
O tenro entrelaçado à tua fala:
Teu muro de criança.

(II)

Muros dilatados de doçura:
Romãs. Dálias purpúreas.
Irmãos adultos
Recostados na manhã de chuvas.

Muros do encantado da luxúria.
Fendas. Nesgas de maciez.

(III)

Muros prisioneiros de seu próprio murar.
Campos de morte. Muros de medo.
Muros silvestres, de ramagens e ninhos:
Os meus muros da infância. Esfacelados.
Muros de água. Escuros. Tua palavra:
Um mosaico de vidro sobre o rosto altivo.
Devo me permitir te repensar?

(IV)

Muros intensos
E outros vazios, como furos.
Muros enfermos
E outros de luto
Como o todo de mim
Na tarde encarcerada
Repensando muros.
A alma separada de ti
Vai conquistar a chaga de saltar.

(V)

Muros agudos
Iguais à fome de certos pássaros
Descendo das alturas.
Muros loucos, desabados:
Poetas da Utopia e da Quimera.
Muro máscara disfarçado de heras.
Muros acetinados iguais a frutos.
Muros devassos vomitando palavras.
Muros taciturnos. Severos.
Como os lúcidos pensadores
De um sonhado mundo.

(VI)

Muros castos e tristes
Cativos de si mesmos

Como criaturas que envelhecem
Sem conhecer a boca

De homem e mulheres.

Muros escuros, tímidos:
Escorpiões de seda
No acanhado da pedra.

Há alturas soberbas
Danosas, se tocadas.
Como a tua própria boca, amor,
Quando me toca.

(VII)

Muros cendrados.
De estio. De equívoca clausura.
Lá dentro um fluxo voraz
De sentimentos, um tecido
De escamas. Sangue escuro.
Lá. Depois do muro.

Criança me debrucei
Sobre a tua cinzenta solidez.
E até hoje me queima
A carne da cintura.

Até um dia. Na noite ou na luz. Não devo sobreviver a mim mesmo. Sabes por quê? Parodiando aquele outro: tudo o que é humano me foi estranho.

ESTAR SENDO, TER SIDO

(1997)

Canção de cativos, rouca,
rouca e afogada em absinto;
antes de atingir a boca
morta na noite do instinto.

Cantiga longínqua, vaga,
mais sentida do que ouvida,
murmúrio, soluço ou praga
que sobe da própria vida.

APOLONIO DE ALMEIDA PRADO HILST

Desde a idade de seis anos, eu tinha a mania de desenhar a forma dos objetos. Por volta dos cinquenta, havia publicado uma infinidade de desenhos, mas tudo o que produzi antes dos sessenta não deve ser levado em conta. Aos setenta e três, compreendi mais ou menos a estrutura da verdadeira natureza, as plantas, as árvores, os pássaros, os peixes e os insetos. Em consequência, aos oitenta, terei feito ainda mais progresso; aos noventa, penetrarei o mistério das coisas; aos cem, terei decididamente chegado a um grau de maravilha, e quando eu tiver cento e dez anos, para mim, seja um ponto, seja uma linha, tudo será vivo.

KATSUSHIKA HOKUSAI (1760?-1849)

SUA MÃE, SUA MÃE você vive falando dela. uma boa bisca, uma boa rameira chamegosa, isso o que ela era. fodeu-me a vida. foi-se com aquele idiota. eu pensava que vocês se entendiam. pensava. há anos que eu não vejo ninguém pensar, muito menos você. pai, tenho aguentado tudo de você. sair daquela casa... onde você estava com a cabeça? tínhamos tudo ali. coisas demais. livros estantes papeladas poltronas sofás quadros. pra que toda aquela porcaria? porcaria... os livros eram porcaria? ficaram os cachorros e os gansos. graças a deus. gosto deles. você sabe que o Joyce atirava pedras nos cachorros nas suas caminhadas por lá... onde, em Zurique? lá tem cachorros? é tudo tão limpo. alguém caga em Zurique? Joyce dizia que os cachorros não tinham alma. nojentão esse Joyce, não? no mínimo, defecam. isso já é outra coisa. tá olhando pra onde? sabe o que é... tenho pensado que alguma coisa está para acontecer. que espécie de coisa? sombras, alguma luz mais adiante. as coisas são sempre as mesmas. se ainda tivesse um cadáver por aqui, talvez o dia de hoje sorrisse se achássemos um cadáver por aqui. uma boa novidade. alguém disse isso. bom, mas como é que é essa coisa? talvez um estilhaço qualquer, uma luminosidade. de que cor? assim sobre o laranja, um amarelo quem sabe... mas bastante vivo. um saco de ouro num canto... poderia ser isso? não seja idiota, coma os teus ovos. estão duros. estão do jeito de sempre, três minutos. Oroxis chegou? a negra chega sempre atrasada, mora aí ao lado e demora um tempão pra fazer a comida dos cachorros... é sempre uma névoa que vem vindo como se fosse o perfil esquálido de uma aranha. onde isso, pai? aqui à minha frente. é vermelhusca e aguda. são paisagens. ah, as coisas que você me responde. as coisas que você me diz, pai. medardo. matriz. há coisas demais à nossa volta. você ainda acha isso? não há mais nada por aqui, só as essenciais. eu falo de outras coisas, você não percebe? tive um sonho hoje... alguém me dizia: *revivir es vivir mas.* assim em espanhol? sim. o café hoje está ralo, como eu gosto. e como é bom fumar. você tem tossido muito à noite. vomitado também. é do esforço de tossir. como é que vai o roteiro? um nojo. onde é que você parou? não consigo fazer aquela idiota matar o homem. e ela tem mesmo de matar? o diretor quer isso. que ela o mate. e o cara vai mesmo fazer o filme? isso é o que ele diz. e pra isso te paga. tô me ralando pro que ele me paga. bom, mas é sempre bom alguém te pagando alguma coisa. paguei tanto na minha vida, pra puta da tua mãe paguei sacos assim ó... puro ouro, e agora ela pensa que alguém fode com ela porque ela é ela. bem, mas esquece. como posso esquecer aquela vaca? você esqueceria alguém que depois de trinta anos, já velhota, te diz que não aguenta mais teus discursos, teus métodos? alguém deve ter dito o mesmo para Descartes. não seja cínico. vou me esforçar. e bem, depois te deixa plantado ali, com a bronha na mão. então era só isso depois de trinta anos? o que você pensa que são as mulheres em geral? buracos, isso o que elas são. buracos macios. às vezes não, ásperos, quase espinhudos... outro dia li não sei onde que alguém colocava dentes no rego da bunda. é? e para que serviriam? e você me pergunta? mas funcionavam? se ele os pôs ali, deviam funcionar, uma engenhoca dessas que puxando o barbante... nhoc, e o cara ficava sem caralho. ou sem o dedo. e quem é que quer um dedo na bunda? às vezes eu acho, pai, que você anda... o quê? me fala um pouco mais do roteiro. bem, o cara tem que ser morto por aquela mulher, e eu não sei como as mulheres matam. eu acho que elas sempre preferem veneno. veneno, é? você não se lembra daquela vizinha que vivia sentindo dores no estômago e depois descobriu que a criada colocava pequenas porções de soda cáustica na sopa? e por quê, hein? isso não importa. claro que importa. por quê, hein? você não gostou do ovo, é? tá duro. mas foram os três minutos de sempre. deixa pra lá. segundo me lembro, a criada tinha um amante e queria o cara na cama sábado e domingo. e a patroa não queria. a vizinha. Você se lembra dela, da vizinha? uma meio sobre a magrela, os quadris ossudos? é, é essa mesma. mas quem é que tinha um amante, a ossuda ou a criada? porra pai, você anda... o quê? é que a névoa vem sempre. antes você disse uma luz, qualquer coisa sobre o laranja e o amarelo. pois é, mas há névoa também.

un viejo loco, un viejo perdido
crapuloso viejo
tan dolorido.

o que foi, pai, não chora, mas o que foi, você tem feito tudo o que quer, queria largar da casa, largou, veio aqui pra essa aldeia, porque é uma aldeia não é? quis que o tio Matias e eu viéssemos com você, viemos... cadê o Matias? foi até o armazém. a droga do armazém. e depois tem o mar que você ama, ou não ama mais?

há apenas a névoa agora
e uma luz *naranja* — laranja
e *unos amarillos*
e um fosco brilhoso num canto
olha aquele canto ali
como um espigaço de milho prodigioso...

não há nada ali, pai, vem, eu vou te ajudar no tal roteiro, a mulher vai matar o tal do cara com curare. curare... você é mesmo louco... tenho que ir até os Xavantes para isso. mas curare é tiro e queda. eu prefiro um tiro. tá melhor? cadê o Matias? já disse que foi ao armazém. sei, a droga do armazém. há sonhos que devem ser ressonhados, projetos que não podem ser esquecidos... eu queria muito aquela outra mulher de volta. quem? uma, que era meio lilás. lilás? sempre turva, meio avermelhada, fingia-se de fria a cretina. parecia uma galinha ruiva dentro de um cubo de gelo. tanto assim? tinha vagina magra. e uma verruga lá na lateral da coisa. toda vez que eu ia meter ela dizia: cuidado com a verruga. e pra que você quer essa mulher de volta? são raras as mulheres engraçadas, a maior parte das vezes você pega sempre uma Jocasta, umas lamuriosas meio falsas... você acha que Jocasta era falsa? falsa com quem? ela inteira, eu digo, devia saber que aquele filho era dela e gozava muito com isso. pois olha, eu nunca quis gozar com mamãe. claro, tua mãe era uma vaca. mas você ficou trinta anos com a vaca. claro, há vacas persuasivas, manhosas. para, diz onde é que está essa outra vermelhusca dentro do cubo de gelo. em Brindisi. é longe. não, espera, foi em Altamura, lá onde quebrei a perna. e quebrei a perna por causa da galinha. ah, então essa dona ainda te fez quebrar a perna? não, idiota, quebrei a perna por causa de uma galinha mesmo. do meu lado Alessandro e Matias, os dois embasbacados com as colinas os montes as manhãs as ervas as relvas e o delinquente do Alessandro começou a declamar Petrarca como sempre: *Amor che dentro a l'anima bolliva,/ per rimembranza de le treccie bionde,/ me spinse; onde in un rio che l'erba asconde/ caddi, non già come persona viva...* e nesse preciso instante tropecei na galinha escondida nas gramíneas, pobrezinha, estava lá chocando, um passo em falso e estatelei cinco metros mais abaixo. e a galinha? enfim, Matias, chegaste! como enfim? acabei de sair, e olha que belo peixe, vocês falavam de galinhas? daquela lá de Altamura. que galinha de Altamura? Matias Matias... aquela. aquela dona que você comia com a verruga do lado? não, Matias, a galinha mesmo. e como é que você quer que eu me lembre de uma simples galinha de Altamura. meu deus, a gente não se entende mais. deixa pra lá. não! não! não! por favor, vamos continuar, eu chego com o peixe, ouço vocês falarem de uma galinha, penso que é uma simples galinha daqui mesmo, mas não, é uma galinha de Altamura, e agora o que eu faço, tenho de rememorar todas as galinhas que vi... ahhh! sim, já me lembro, a tal galinha do Petrarca. não, Matias, do Petrarca não era uma galinha, era Laura. claro, meu irmão, já me lembro, a tal galinha que você tropeçou quando Alessandro declamava Petrarca... ahhh! que tempos! aquela noite mesmo, você de perna engessada, e eu comendo a tua galinha. qual galinha? a da verruga. mas aquela puta fodeu com você, Matias? mas eu já te contei isso duas vezes... não senhor, eu nunca soube que você tinha comido essa mulher, até estava dizendo aqui pro Júnior que se eu pudesse mandava buscar aquela mulher. aquela??!! e por que esse espanto? era engraçada. mas pra que você quer uma mulher engraçada? há névoas dentro de mim, Matias. ah, para com isso, que névoa? não começa de novo, é aquilo outra vez? é isso ó. (tira rapidamente o revólver da cintura e dá um tiro na têmpora.)

(eu poderia ter escrito tudo isso e agora dava um tiro na têmpora. mas não o fiz. então tenho que continuar, dizendo é isso ó)

mas que estranho! ele não tinha que matar a mulher? pois é, mas se matou.

Esquálido e cheio de nós, assim é que anda o meu espírito. apalpo ossatura e esqualidez, apalpo os nódulos, eles se achatam como azeitonas descaroçadas, olho a manhã, os pássaros continuam por aqui, a casa é a mesma, não mudei para a tal tapera na praia, fico desejando austeridade, mas aliso as grandes mesas e as pilhas de livros, olho Matias de cócoras plantando as pitas bem rente ao alambrado de trezentos metros de comprimento do vizinho, e os cães fila ladrando do lado de lá e os nossos vira-latas ladrando do lado de cá. cachorros, que graça, que humor, que coração nos olhos. devo dizer que tenho visto deus. é um tipo mignon, quase maneiroso. ao lado dele um atarracado sempre mastigando. insisto com Matias que é assim mesmo. ele diz impossível, deus só pode ser grandalhão e vermelho. bobagem. um conceito conservador. e com aquele vozeirão. ao contrário: voz de moça e pulsos e canelas finas. como é que você pôde ver as canelas? tô te dizendo Matias, vi. ele falou alguma coisa? eu ia contar, mas notei que Matias não tinha interesse em ouvir, continuava cavando os buracos rente ao alambrado. e se você falasse com o padre Esteira? e tu achas que posso falar alguma coisa com um padre que se chama Esteira? posso quando muito deitar-me sobre ele. explica-me que o padre é de família quatrocentona, não tem os Prado também? pois Prado não é diferente de Esteira, também podes deitar-te sobre. em cima dos prados. mais confortável. que é humilde o tal Esteira. e que ele, sim, vê deus. e como é o deus dele? é luz, Vittorio, é luz. tento explicar a Matias que a luz é entropia. andei lendo sobre isso no Lupasco. he, cara complicado. Lupasco, é? antagonismo. é a palavra-chave em Lupasco. meus antagônicos. antas e agonias. Jorge de Lima num poema: *tu, minha anta.* fiquei aparvalhado. mas refletindo, é bonito anta. é majestoso, roliço, palpável. apalpar uma anta deve ser difícil. apalpo meu couro cabeludo aquecido de sol. ceratoses no couro cabeludo. mandíbulas fracas as minhas. olho a linda cabeça e a dura mandíbula de meu irmão Matias. tem cinquenta e cinco. dez anos menos. meus espigados baços gafanhotais sessenta e cinco. corpalhudo Matias. saudável, fodedor, prático, quase sempre razoável, ajeitando tudo, descomplicado... então é magrela o teu deus? digo que não disse isso, disse mignon. e o outro cara mastiga o quê? miasmas que vão saindo do outro, invenções que devem ser contidas. não há gente defendendo a ciência dos limites? então, o atarracado mastigando ao lado vai engolindo as fantasias dejetas do divino. fico de cócoras ao lado de Matias. meus olhos ficam encharcados. é aquilo de novo? ele pergunta. deve ser flatulência, respondo. ele ri e mostra-me as raízes esfiapadas das pitas. somos todos assim esgarçados, os sentimentos se diluem na velhice, não, não é isso, os sentimentos tendem a alastrar-se, procuram os inícios, os "como era mesmo?"

Como era mesmo conosco, Hermínia? e por que não te chamas Beatriz? Hermínia é seco comprido estreito e eras tão dulçorosa e meiga e tão pequena. vou escrever outra carta à Hermínia. não faz isso, Vittorio, as cartas podem servir de prova num tribunal. ela não se atreveria, falo das dela também putarias. mas deixa pra lá, a mulher se apaixonou, e depois, sinto muito, meu velho, mas o Alessandro é uma beleza mesmo. canalha. arrumo as canetas, vermelhas azuis roxas. hoje escrevo com tinta roxa para Hermínia. Hermínia, pequena vaca: aquela noite quando te toquei bem de leve lá no meio das pernas já estavas molhada e eu achei estranho. estranho porque cinco minutos atrás, naquela noite, tu estavas no canto da sala com o copo de uísque na mão, naquele canto, aliás neste canto aqui da sala onde temos o Gruber, o desenho da menina famélica (sempre detestei este desenho, detesto fome pobreza riscos negros num quadro, detesto Francis Bacon também, aqueles horrores que os pedantes gostam, se vissem alguém desfocado assim se mijariam nas calças, mas ficam com ós ais, belíssimo, não? e o horror ali, todo desfazido e nauseabundo) então neste canto da sala, ali ali, até vou me levantar para ver novamente esse maldito canto, levantei-me, já voltei, estavas ali com a coxa encostada em Alessandro, eu vi, eu vi tudo Hermínia, e foi neste instante, nesse canto, que te molhaste, o rapazola aos vinte e poucos (quantos anos afinal tem este puto?) e tu Hermínia, aos cinquenta... então te puxei pelo braço, quase na altura do ombro ali onde estás bem flácida, cretina, tu pensas que esse bobalhão te ama? aliás, Vittorio, o cara não só é muito bem-apessoado como é culto também. e tem bom gosto. adora Petrarca. deve adorar a grana de Hermínia. aliás Minha grana. Alessandro gosta de grapefruit de manhã. não diga, Hermínia, que fino, não? de ascendência nobre, neto de italianos mas sem um tusta, não é, vaqueta? e depois que vergonhoso, Hermínia, isso de te deixares bolinar num canto. Alessandro não poderia ter sido mais elegante, mais cavalheiro, e te levar até uma igreja? (pois, como tu sabes, foi numa igreja que Petrarca viu Laura, mais exatamente na Igreja de Santa Clara de Avignon), ou podia também ter sido num parque, mas aqui, aqui na Minha casa? eu não sou Hugo de Sade, maridinho de Laureta, mas posso fazer muitas maldades sim, pensar maldades, e pensar maldades atinge fundamente estruturas flaquitas como as desse idiota. te lembras das gargalhadas que dei por causa daquele teu furúnculo na bunda? e quem você acha que te fez um furúnculo na bunda? o acaso? deus? não.

eu, Hermineta, eu. podes rir, mas sei como fazê-lo. por arte de magia. fui Apuleio um dia. e não só furúnculos, naquele dia foi um furúnculo porque ias passear de carro à tarde com Alessandro e depois ias ao teatro, sentadinhos os dois, ha ha, mas passaste a tarde virada de lado na Nossa cama, e eu ainda pude te enrabar pois lá no buraco não doía. não é, cadela? lá não tinhas o furúnculo. agora já estou suando, sofrendo. e agora me escreves contando que mostras os meus textos para várias senhoras do teu clube, que enquanto jogam pôquer(!) alisam as minhas páginas pousadas numa mesinha ao lado... que estranho... uma delas, tu dizes Martinha, cheira as páginas... por quê? e quando o jogo termina, algumas colocam uma ou duas páginas entre as coxas... escuta, Hermínia, mas onde é isso? se bem me lembro mandei a você textos castos, quase teologais, falo inclusive das dúvidas de alguns quanto à verdadeira natureza do Cristo. descrevo o suposto perfil de Jesus... Hermínia, quem são essas senhoras, e onde é esse clube? e Alessandro não aparece nas tuas cartas? por quê? separaram-se? mulheres dificilmente jogam bem o pôquer... e os risinhos entre um uísque e outro me parece coisa de bordel. Mulheres jogando pôquer e tomando uísque... não seriam marmanjos? e com meus textos entre as coxas. serão bichonas? justamente os meus textos. ficaria mais contente com a minha cabeça entre essas coxas. se fossem putas naturalmente. e quem é essa tal Martinha? Martinha... se fosse apenas Martha associaria logo à Maria e depois a Lázaro e depois a Jeshua e me viriam pensamentos cheios de doçura e casas brancas, aldeias, e pães feitos em casa e cordeiros pastando, cabras por ali também, e figueiras... mas Martinha, puf, afinal... rameiras. fazes o que com o bolo de dinheiro que te mando? ando mal das pernas. Júnior e Matias dizem que penso que não posso andar. comprei uma linda bengala, a cabeça de um tigre de prata na ponta, puxa-se a cabeça e sai uma linda espada, comprei muletas de mogno, e uma cadeira de rodas que não só vai para a frente e para trás, mas rodopia, para com precisão sem te lançar pra fora, e se alguma coisa emperra, toca uma musiqueta, uma espécie de minueto...

a mesma fábrica que faz a cadeira deve fazer caixinhas de música e naturalmente tem a mesma música para as duas coisas. algumas manhãs acordo muito mal, as pernas bambeiam muito, fico parado tremelicando, aí dou aquele grito MATIAS, e ele vem com álcool e cânfora dentro da garrafa e me esfrega vigorosamente as pernas. Matias é um santo, só não suporto as amantes dele... a cada três dias uma idiotazinha vem jantar aqui e às vezes traz a priminha ou a sobrinha ou a tia daquela, Matias pensa que eu ou talvez o Júnior queira uma bimbada na madrugada. não quero mais nada, Hermínia, já sabes, só penso na morte, nos meus ossos lá embaixo, no nada que serei (tu, um dia, também, isso me consola, se só eu é que ficasse solitário lá embaixo seria demais para mim) às vezes penso em mandar fazer um projeto do meu túmulo, talvez uma belíssima mulher com uma coroa de ônix na cabeça ou nas mãos... vai custar caro, ônix é caro, mas gosto do macio da lisura, um ônix negro... vou ter saudade da casa, dos cães, dos gansos, às vezes me deito no jardim, deito-me de bruços, depois começo a engatinhar e alguns pequenos gansos e alguns pequenos cães me rodeiam... e eu choro, Hermínia, choro do velho que estou ou que me sinto, choro porque não sei a que vim, porque fiquei enchendo de palavras tantas folhas de papel... para dizer o quê, afinal? do meu medo, um medo semelhante ao medo dos animais escorraçados, e pânico e solidão, e tantas mesas tantos livros tantos objetos... esculturas, cerâmicas, caixas de prata... aliso--me, e minha pele está cheia de manchas e meio amarela. Matias insiste que sou vermelho. não sei o que é, mas sinto que devo ir a algum lugar onde encontrarei alguma coisa. Júnior não aguenta mais essa minha estória e fica repetindo: mas que coisa você acha que é? aí eu digo que é alguma coisa ligada a alguma luz... talvez um laranja, um amarelo dando para o ferrugem ou para o tijolo, da cor daquela saia que te dei certo dia, lembras-te? havia luz na tessitura daquela saia, uns fiozinhos mínimos dourados, e puseste a saia, rodopiaste, e eu te abracei e imediatamente te levantei a saia. eu fui jovem e amante um dia, Hermínia, imagina, eu fui tão fervoroso e cheio de fé... já fui alegre, Hermínia, imagina! te lem-

bras? Matias tem medo daquilo... quando vi deus. ele insiste que deus não é mignon, muito menos maneiroso. por que o cara ia me dizer que era deus se não era? ontem ele tropeçou nas muletas de mogno, não deus, Matias, e começou a gritar: por que você põe a porra da muleta bem nesse canto? é aquele canto, Hermínia, o teu canto com Alessandro. aquele onde te molhaste, desejosa.
Matias: tá todo enroscado ali naquele canto... há horas, garotão, há horas... agora fica procurando a palavra "echte" nas bebidas que manda buscar nos importados
Júnior: e o que é?
Matias: o mesmo que "urquel"
Júnior: e o que é?
Matias: porra
Júnior: porra digo eu, o que é afinal?
Matias: legítimo, verdadeiro, isso é o que é, que a bebida é autêntica
Júnior: ah... e pra que ele quer saber isso, se bebe como um bode?
Matias: os bodes também bebem. e agora deu pra beber Alcudia
Júnior: e o que é?
Matias: duas doses de gim seco, uma dose de Galliano, uma dose de licor de banana, uma dose de suco de grapefruit e casquinha de grapefruit...
Júnior: e onde é que ele acha grapefruit?
Matias: manda buscar na... sei lá, é por causa do Alessandro
Júnior: o que com o Alessandro?
Matias: você não sacou nada até agora
Júnior: é tudo muito sacal
Matias: o Alessandro gosta de grapefruit
Júnior: sei
Matias: e isso e só de manhã, viu? à tarde é o *Applejack*
Júnior: e o que é?
Matias: bem, tanto faz, e à noite é o uísque mesmo
Júnior: é por isso que ele tá vendo deus

vi de novo à noite passada, meu querido, não, não, fica um pouco comigo Júnior, você não se interessa nem mesmo quando eu digo que vi o cara de novo, filhos, pra que filhos? olha ele, Matias, olha só, parece que engoliu dois tomates, só Hermínia podia ter parido um filho desses, olha só, o olho no vazio, no horizonte, vinte e cinco anos e só pensa em nadar o bestalhão... nadar pra quê? vai atravessar o Eufrates? olha pra mim como se eu fosse um cepo, um nada.
Matias: um cepo é alguma coisa
Vittorio: e eu sou menos que um cepo
Júnior: não disse isso
Vittorio: adora a mãe esse cretino
Matias: é normal
Vittorio: se não fosse o meu pau, aquela lá não tinha parido você
Júnior: obrigado, papai
Vittorio: de nada, imbecil
Matias: bem, Vittorio, e daí? e o deus?
Vittorio: como eu ia dizendo, ele falou mais coisas dessa vez
Matias: que coisas?
Vittorio: que ele tem diminuído de tamanho. que não sabe o porquê. que inveja a minha cor vermelhusca
Matias: eu não disse que você é vermelho?
Vittorio: me sinto tão amarelo, Matias, não aquele amarelo nobre que pretendo às vezes, aquele, você sabe, pode sair Júnior, pode ir nadando Júnior, e se puder, me traz um linguado, você já viu um linguado?
Júnior: o peixe mesmo?
Vittorio: claro, idiota
Júnior: não, não vi, só o filé
Vittorio: pois o linguado é todo achatado, tem dois olhos de um lado só... Matias, não estou bem, às vezes vejo o mundo do jeito do linguado...
Júnior: meu deus! tô indo, pai
Matias: não começa de novo, Vittorio

A solidão tem cor, é roxo escuro e negro. é como se você fosse andando... uma vasta planície, vai andando vai andando, é tardezinha, há até uma certa euforia, um vínculo entre você e aquela extensão... de início parece areia brilha um pouco, vai anoitecendo... que dor, Matias... onde? não, não, é isso de ir anoitecendo, e você vê rostos na amplidão, vaguezas, máscaras, umas se parecem... não umas desmancham-se assim que aparecem, perfis também... flores também, você conhece uma flor cor-de-rosa que tem tudo da margarida mas é maiorzinha, toda achatada, toda esparramada, vou logo me lembrar, pois é, ela é cor-de-rosa. mas vai ficando escura... agora ele vem vindo. quem? deus, Matias. onde? no meio dessa flor, eu te disse que ele é mignon. mas tanto assim? é um retratinho, então? quem sabe se é por isso que eu penso que ele é maneiroso porque nasce no meio dessa flor, como é mesmo o nome? gérbera, é isso! gérbera!
o sinhô não pode pará de bebê, dotô?
olha a Oroxis, vem cá dá um abraço
tá vendo deus nosso sinhô?
tô vendo sim, Orô. já fez o rango pros bichos?
sim sinhô... a gente só vê deus nosso sinhô quando estica as canela, dotô
você é que pensa, Orô
os ganso tão ganindo, eu já vô
ganso não gane, Orô
o sinhô é que pensa, dotô

(em francês) o que ela tem essa velha?
engoliu uma caceta
é mesmo? morreu então
não tá vendo? tá morta
e o casaco de pele?
que é que tem?
a gente podia ficar com ele
dá medo, cara
medo de quê? não tem ninguém aqui...

põe ela aqui mais pro escuro, olha o poste
essa caceta só pode ser de um morto, não tem nem uma gota de sangue por aqui
vem vindo gente vamo indo então, aqui na sebe

olha só, cara, uma velha morta
o que ela tem na boca?
num tô identificando não

  montes   uai, engoliu uma coisa
  de gentes   meu Jesus santíssimo, é aquilo
  ao redor   o quê?
  da velha   aquela coisa do homem
  morta

                    um pau?
                    chiii... que horror
                    e cadê o cara?
                    o cara já foi
                    e deixou a coisa aí
  polícia   circulando... circulando
  alguém   a mulher engoliu uma picanha inteira
  outro   mais parece um peixe assim sobre
                    o amarelo
  mais um   uma enguia

  todo mundo
  se
  aproximando   o que hen? que é isso na boca? é
                    aquilo é? uma cobra? ela é japonesa é?
                    imagine...

  todo mundo
  gritando e

indo embora	é um pau, meu deus, é um pau!

Um cara	
que fica sozinho	
olhando:	gente... e só uma banana

A velha	
levantando-se e	
recompondo-se	meu deus. acho que engasguei com a banana...

Lendo Sartre sobre Paul Nizan. mas por que o mataram? os cães latindo na cerca. um dia desses, todos os meus vão ser devorados pelos dois filas lá do outro lado do alambrado. que se comam. cansado. Alessandro me manda cartas, diz que está enfarado de Hermínia. que o nosso trato não pode continuar. que não tem saco. mas para isso eu o pago. para ter saco. como é bom estar sozinho. fazer planos para ficar cada vez mais sozinho. uma ilha, quem sabe. e os cães e os gansos. alguns pássaros. e sempre Matias, claro. ele jamais pode saber. pensa que Hermínia de fato me abandonou. o que eu fiz para convencer Alessandro disso tudo! e que enfaro... todas as tardes lendo Petrarca para que ele o decorasse, Petrarca pode seduzir qualquer uma. ando sórdido e solto. amarro as calças com esplêndidos barbantes, bebo deliciosamente em paz. vou mandar Júnior para o Caribe. piscinas e mares. e mil idiotas nadando. e meu corpo se curvando, e o cansaço de todos os dias, as tardes vão se fazendo mansas e fecundas. fecundas, por quê? porque muitas caras vão surgindo, espio, e lá está um vaidoso, comprometido com as palavras, querendo construí-las, dissolvê-las, e depois outro modorrando sobre elas, degustando... e mais fundo um coitado que só pensa em como se parece a um pobre animal sem irmãos e sem mãe, e que está morrendo meio louco e aos poucos vai perder dentes e cabelo... e nenhuma emoção, só essa de estar aqui se dizendo. cores, calêndulas, anêmonas, espumas sobre um rio leitoso, onde? onde? alguém se atirou no Ouse... quem? não gostaria de

morrer afogado não, sei que se vê a vida inteira dizem, não quero ver minha vida inteira, nem um pequeno trecho desta vida, sentir ainda seria alguma coisa. sentir o quê, Vittorio? um certo brilho uma certa cara, a descoberta de ter escrito: "Deus? uma superfície de gelo ancorada no riso". um frio comediante o tal Deus. gostei quando escrevi isso. ancorado no riso, isso é bom. a descoberta de ser desprezado, de não ser, de ser apenas um corpo envelhecendo, uma boca vazia agora silenciosa, não neste instante silenciosa, mas uma eternidade silenciosa, e isso também de não ter entendido nada, isso soa penoso e sinistro mas não é... é como um grande pudim de cenoura, nãoterentendidonada insossolaranjaaguado, pior teria sido ter entendido tudo, é escuro e comprido apesar de parecer mais claro e curto. talvez se eu colocasse meu pulôver inglês e luvas de pelica me sentiria mais alguém, mas uso calções tabaco e camisa amarela e estou só, eu, meu manhattan e minhas estrelas... Matias ronca, hoje não veio mulher alguma, ficou cansado de plantar as pitas rente à cerca, espiei e vi que ele suava e que olhou a colina mais adiante e sorriu. Matias só sorri quando pensa em vaginas. pensou e acalmou-se. olho para meus pés. caminhei pouco durante toda vida. o máximo deve ter sido naquele passeio lá em Altamura. aquele da galinha. onde quebrei a perna. detesto andar. talvez por isso não consiga mais. tudo se esvai, tudo se dilui, não é mesmo? e a carne vai ficando triste e sarapintada e não há mais amor nem sonhos. sono também não há. cadê os bichos? uma outra cara apareceu agora. a de um homem ajustando os óculos e lendo-se. parece um hábito pernicioso. e é. ler-se é escuro e roxo também.
E se eu começasse assim: como se fosse morrer tocou a coxa adolescente. suspendeu a saia, viu o tufo de pelos e assustou-se. deu um grito? é isso o que você quer dizer?
claro, é uma coisa horripilante isso de ter pelos ali
por quê?
porque são pelos, ora
e você não suporta pelos, é isso

agora só esperam de mim lubricidade. como se eu fosse o dedo, a língua, o porongo, a xiriba da cidade
afinal o que é exatamente ser lúbrico?
isso sempre: abriu lentamente as coxas, fez um bicaço e começou chupando-lhe a verga
tá tamancudo, hein?
tamancudo é arrebentar o anel com uma pica assim ó
nojento hoje, vou indo
um amigo meu não podia ver bebês
por quê?
sentava, punha o bebê de bruços sobre a coxa, e ainda no começo quase o piu-piu dele, do cara, na boca do bebê, e levantava a coxa e abaixava, levantava e abaixava...
e o bebê?
o bebê chorava de início, depois se espantava e ria porque aquilo ia crescendo
e daí?
daí não sei, Matias, eram apenas exercícios, esboços de lubricidade, ele não sadisava o bebê, não
curioso. e quem era?
hoje é um executivo, esses yuppies, tem três filhos, todos com a beiçola assim ó
o que será isso, hein?
ah, eu só entendo de paixão, e paixão é intraduzível
indescritível, você quer dizer também. paixão é aquele lago que dá medo, lembra? o lago Averno
sei. a entrada do Inferno. aquele
entrei nele uma vez. fiquei gigantesco e rubro. cresci
e quem era? ele ou ela?
ela. estupenda, esguia, mãos pequeninas, roía as unhas
estranho
por quê?
não parece passional
você é mesmo idiota. paixão é isso. é não saber por quê
e aí?

aí que eu quase morri. perdi o caminho do de dentro de mim. só
via girassóis e sombras, ouro e luto. só via contrastes, tocava-lhe
o rosto e chorava de alegria
e ela?
ela era muda
ahn... então foi por isso, uma mulher muda, essa sim podemos
amar; posso entender
você é um idiota, Matias
então, perdão, continua
mais nada. fiquei louco seis meses
e eu não soube de nada... e ela?
ela casou com um garimpeiro de diamantes que só tinha pá,
picareta e carrinho, mas achou a pedra
mas você só sabe disso com referência a ela?
agora ela não rói mais as unhas. e fala
o que um diamante pode fazer...
você não tem vontade de revê-la?
Matias, será que você não entende? eu inventei a mulher. só eu é
quem via a mulher
mas você não disse que ela casou com o tal garimpeiro?
foi. um tal de Zé Preto. pois foi só aí que eu sarei. inventando
também esse cara
meu deus!!!
você prefere hoje café forte ou fraco?
forte
então tá pronto. toma. Zé Preto é?

Perdi o caminho do de dentro de mim mesmo. vou esmaecendo.
girassóis e sombras, ouro e luto, contrastes. via a mulher aquele
dia e tocava-lhe o rosto, mas segundo os outros, tocava o nada,
não havia mulher alguma ali, eu desenhava-lhe o contorno, ela
sorria, havia até cheiros, esse da flor-da-noite, forte forte. as
unhazinhas roídas. e vi o rato também. assustei-me. pelos pelos.
tenho muito medo de pelos. de penas não. por isso é que gosto de galinhas. de patos. de pássaros. entrei no lago Averno. lá

não há pássaros. é a estrada do sem-fim o lago Averno. aí uns grandalhões me sorriram: vai entrar no lago sim. escureceu. vi uma trilha de fogo, e anjos dourados sobre negros cavalos. vi um que comandava. barbas, elmo, os cascos dos cavalos esmagavam cabeças de velhos, de crianças, de cordeiros, quando me viu soltou um urro e gritou: "aquele!" aquele era eu, nem tive tempo de olhar para trás e ver se havia um outro, certamente havia, porque pensei absurdo isso de me pensar um alvo do Criador, justo eu, que quando lhe ouço o nome enfio-me debaixo das camas dos tapetes fico atrás das retretes e solto-me inteiro o buraco se alarga trombetando zurros e cheiros, "Lá vem Ele" alguém me diz e atiro-me nos profundos do lago, e não é que Ele vem ainda montado no negro cavalo? vem. brilhos, faíscas, um tamanho salseiro, o cavalo estaca bufando, e Ele se achega e ronrona ao meu ouvido: te amo. desço em espirais, sou um lobo entre o roxo e o gris, na descida vou devorando nacos de mim, tenho também matizes cinza e prata no dorso, fagulhas do purpúreo de um bispo endomingado, rosno a missa entre dentes, vou repetindo *memento mori* e alguém me diz "está errado", isso é ainda aquilo dos corredores, tens que dizer *ite missa est*, então sou um lobo togado, masturbo-me no escuro, me vejo deitado num poento assoalho, uma coruja esvoeja pardacenta, digo-me estou bêbado, repenso a receita, é aquela mesma? rememoro:

38. tiro na têmpora. cabo de madrepérola. última e brilhosa visão estética. atenção: não tremer. os que têm Parkinson evitem essa última solução. eu não tenho Parkinson. tremo. mas raramente. então onde foi que errei? Matias vem chegando: cruzes, Vittorio, que turbulência, a noite inteira discursando, que textos desencavas do teu peito, e que estória é essa de alisares uma dona que não vejo, chupas-lhe os dedos de unhas roídas, tu é que dizes, ficas olhando o nada, que nome tem essa dona? é Célia. aquela que alguém versejou desalentado... quem foi? e disse "Célia caga". é preciso lembrar. talvez Pessoa. ou um inglês? como seria isso em inglês *"Célia defecs"*. e tem mais, Vittorio: erras o tempo

todo nas receitas, trocas vodca pelo gim, exageras na angustura, triplicas a dose de absinto. é mesmo? e por que não me deténs? como? se estás a declamar aquilo *that your part is a sad one*. não é assim. é assim: *this world is like a stage where every man must play a part and mine a sad one*. quem é esse cara? Antonio. e quem é o Kraus? e quem são Antonio e Kraus? Antonio é aquele cara de quem o Shylock queria arrancar uma libra de carne. que horror! onde isso? no Shakespeare, Matias, no Shakespeare! pois quer saber, Vittorio, é bom ser ninguém, assim a gente não sabe dessas coisas. e o Kraus? o Kraus era um cara que morreu de tanto rir, amigo de Hillé, uma amiga minha. você conhece cada um! e você nunca me falou dessa Hillé. ela é esquisita, você não ia gostar. imagine, Hillé tinha um namorado, quando jovenzinha, que morria de ciúmes, e uma noite Hillé viu um desses mágicos engolir fogo e ficou maravilhada e repetia lindo! lindo! aí o namorado perguntou para o mágico, no meio de todo mundo, na boate, perguntou se o mágico comia copo. o mágico era chileno ou argentino, não sei, e respondeu: *por supuesto que no como vasos, señor*. pois o da Hillé começou a comer a comer esses copos de uísque, largões, e só deixou o fundo. foi um assombro. e depois? depois levaram o cara para o hospital, lógico, e ele estava ótimo, apenas gotas de sangue no canto da boca... que gente louca Vittorio! o médico perguntou: é a primeira vez que o senhor come copos? o outro respondeu que era a terceira. o médico: o que aconteceu nessas vezes anteriores? nada, doutor. o médico: então pode continuar comendo. que absurdo! será possível que você se dava bem com essa gente? claro, iguaizinhos a mim. não creio. é que eu escondo muita coisa de você, Matias. ah, é? o que por exemplo? isso da Hermínia. lá vem você com a Hermínia. mas vamos deixar pra lá. não, agora eu quero saber o que é que você me esconde sobre a Hermínia. não venha me dizer que você era caso do Alessandro... que bobo, Matias! não sou nem fui tão fodedor quanto você, mas isso de comer o fétido não é mesmo comigo, e Alessandro é muito bonito mas não é bicha. mas me diz o que me escondes de Hermínia? que ela rezava o terço a cada noite. não acredito. eu sabia. o terço é? nunca pude supor. pois é. mas é só isso. e você acha pouco? uma vaca devassa rezando o terço a cada noite! olhe, o Júnior está aí. quem é que rezava o terço? tua mãe, aquela. mamãe rezava o terço? rezava sim, Júnior, rezava o terço enrolado na bronha do Alessandro. ih, pai, nem acabo de chegar e você já começa. como foi de mil metros hoje? não interessa. ficou amuado o mocinho. é coisa de filho, Vittorio, tens que entender. entender... entender... as mães são umas belas cadelas e a gente tem que ficar entendendo. por que você não volta pra Hermínia, hein? por que você não tenta reconquistá-la? claro que o Alessandro é uma parada difícil com aquela beleza toda, mas sabe o que eu acho? acho que a Hermínia vai se cansar de tanta juventude, tu sabes, jovens querem meter o tempo todo, e Hermínia, claro, é uma cinquentona muito da gostosa, mas escuta, acho que ela vai se cansar. como você é ingênuo, Matias! as mulheres querem o tempo inteiro o rolo no buraco. como você é grosseiro, pai! ah, estás ainda aí? perdão, filhote, corrijo-me: as mulheres são tão românticas, querem o tempo todo o terço enrolado no rolo... espera, Júnior; ainda não terminei: no rolo da Torá! olhe, o Júnior saiu de novo. mas é inovador; não Matias? o terço enrolado na Torá. Hillé disse um dia: dá-me a via do excesso o estupor. pediu isso a você? pediu a Deus, Matias. e lhe foi dado? perdi-a de vista, mas alguém, quem foi mesmo? acho que Kadek. e esse quem era? ah! mano, quantos anos ficamos separados... tu sabes quase nada de mim... mas acho que foi ele sim que me disse. e disse o quê? "Hillé está há muitos anos esquecida de si mesma". fala mais claro, Vittorio. esquecida de si mesma e de tudo o mais, olha as árvores e chora, lembra-se de ter sido árvore. então está mais e se lembrando muito. foi árvore e sente piedade, foi cadela e sente piedade, foi também esses bichos pequenos. que bichos? doninha rato lagartixa. ahn. e sente compaixão por todos eles. estás me dizendo que tua amiga Hillé ficou louca. não, era lúcida demais para pirar. mas não são os lúcidos demais que enlouquecem? tu chamas loucura isso de se saber mil outros? e tu não? não, Matias. pois eu gosto de me saber eu mesmo, eu, Matias, quero ser só eu, ser igual a todo mundo, nada disso de mil outros, gosto de ser banal e... engraçado o que disseste, isso de querer ser igual a todo mundo, Kadek dizia isso, e era tão diferenciado, até na morte foi diferenciado. por quê? morreu de que jeito? imagina-te, ele chegava a beber pinga, só para ser igual a caterva tem muito doutor que bebe pinga. mas importada afinal morreu como? tomou um porre negro caiu nuns capins alguém por perto viu que caiu nuns capins onde tinha até bosta, de gente ou de cachorro, não sei, um rapazola viu, vinha voltando da escola, e ouviu bem clarinho quando ele disse: "alado e ocre pássaro da morte". por que ele disse isso? o rapazola disse que olhou para o alto porque Kadek também olhava para o alto quando disse isso, e viu um pássaro que podia ser um anu, o mocinho não sabia o nome do pássaro, era um pássaro assim sobre o amarelo. não conheço ninguém que disse isso. também é raro passar um pássaro sobre a tua cabeça justo na hora de morrer. muito menos amarelo. às vezes passam corvos. quer saber; Vittorio? quero morrer sem dizer nada, talvez porra, que merda, estou morrendo, ou só isso mesmo que saco. ah, eu gostaria sim de dizer coisas definitivas. qualquer coisa que disseres será definitiva nessa hora. nãonãonãonãonão. o que seria uma coisa definitiva, Vittorio? só saberei na hora da morte, Matias, e tudo é tão redondo e completo na hora da morte, pois aí sim é que estás completamente acabado, inteirinho tu mesmo, nítido nítido, preciso, exato como um magnífico teorema, exato como... como o quê? um octaedro por exemplo. disseste redondo, há pouco. um octaedro dentro de um círculo. complicado. por quê? assim ó:

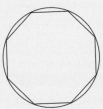

bonito, mas nenhum morto se parece a isso. pois eu vou ficar assim, Matias. qual foi a receita de hoje?

Black Russian. com duas gotas de limão, fica menos doce e passa a se chamar *Black Magic.* 3 doses de vodca, 1 1/2 dose de licor de café.

meu deus. é uma pena, Matias, isso de só tomares cerveja. morto hás de explodir dentro do círculo, vais virar uma elipse distendendo o belíssimo redondo, depois puf, arrebentas. vou apodrecer como todo mundo. nunca se sabe, Matias, *non omnis moriar*, nem todos morrem. um subiu aos céus. também só ele, que eu saiba.

Brumoso, inchado, ando cabeludo lá por dentro, como se todas as tripas tivessem cabeleiras e todas se enroscassem, ando cheio de nós de angústia, de tormentos, por pertencer a um corpo que não entendo, nem entendo o mínimo, nem as unhas, nem o dedo mindinho, sinistro como um odre cheio de visgo negro, ali há anos esquecido de todos, de cem em cem passa a princesa, espia pela estreita rachadura da madeira, espia com seu olho azul, em seguida vomita rente à minha barriga, chama os servos e exige que "lancem este imundo odre nos confins ou no abismo ou num rio de venenos", e lá vou eu rolando encostas espinhudas ou fico mais adiante boiando num charco, e acreditem, nunca racho. por completo não. mais cem anos e vem Hermínia de dedos alongados e unhas imensas, quase quadradas, cutucar uma das minhas rachas. ri. ainda estás aí, Vittorio? tão nojento e tão só? ainda és o eterno bêbado? porejo meus alcoóis pestilentos sobre a sua pele de seda, eterna Hermínia facho fadista machorra, e ela levanta a saia e mostra o quiabo do Alessandro entre as dela genitálias. e a cabeça de cima do Alessandro onde está? não está. de Alessandro inteiro só sobrou-lhe ou soçobrou-lhe o porrete, continua vivo entre as coxas de Hermínia, e com langonha e tudo o mais, dureza, veemência. o que foi Vittorio?

nada, só estava pensando na beleza das araucárias. são lindas sim, mas a tua cara era cara de nojo. imagina, Matias, é que na velhice temos esgares involuntários. também não é assim, aos sessenta e cinco tem muita gente rubicunda e lisa e de porte espigado. só vi um. quem? o Kurosawa numa foto aos setenta, um passo decidido, o porte ágil. Kurosawa bebia como eu. sei, mas fez aquelas obras-primas. e eu não, Matias? pois *por supuesto* como diria o mágico da tua Hillé, *por supuesto que no*. escuta, irmão, hoje me deu vontade de ser chupado. é mesmo Vittorio? que novidade! traz uma daquelas criadinhas, uma que eu vi lá no armazém. no armazém? tu nunca vais ao armazém. mas fui anteontem. é mesmo? e fazer o quê? tu estavas muito concentrado plantando a muda de mirra e achei melhor não incomodar e fui. e como ela é? altinha, um bicaço de franga, mas muito peituda. chiii... já sei, mas aquela é filha do Bembom, não sei se ela faz essas coisas não. e quem é o Bembom? o dono do armazém, um cara muito peludo, altão, meio careca. melhor não. e quem seria, tu tens alguma outra? tem aquela meio gorda, de bigodinho ralo, é vizinha do Bembom mas é mulher de mais de trinta, tem para-choque bastante apetitoso. não gosto de mulher de bigode. mas quase nem se vê. mas não gosto. mas tu vais fazer um close de boca ou quer que ela te chupe o lápis? quer saber, não quero mais. na verdade, me enojo se penso nos detalhes. olha um pica-pau! se pica-pau chupasse eu preferia, gosto de penas, de trejeitos, de asas. essa dona de trinta é muito trejeitosa. é, mas tem bigode! mas porra, Vittorio, se ainda fosse barba! vou andar na praia. então vê se alguma gaivota te chupa o caralho.

Em algum lugar; na gruta na moita na caçamba, talvez o ouro de sonhar; e estender-me macio como quem acaba de morrer; ou lasso como se possuído de um prolongado jejum, anônimo aqui na praia, rodeado de filhotes de corvos, ou são frangas negras? pequeninos buracos na franja da praia, são caramujos-cone, delicados, que nome terão esses pequeninos coitados? ter visto a Terra, ter vivido na Terra e não ter entendido, mãos agudas apertan-

do o plexo. Hermínia às vezes massageava o meu peito, dobrava os dedos, fazia círculos à volta do meu coração, dizia com sisuda circunspecção: Vittorio... sim? Vittorio, tens uma briga sacrílega com a vida. ou eu me dizia isso? evidente que era eu, Hermínia nunca diria tais coisas... ficava calada massageando meu coração com as falanges dobradas. desconfio que Alessandro revelou nosso pacto, meu e dele, e agora os dois esbaldam-se com o Meu dinheiro, cada um para o seu lado, ele com as ninfetas, ela com seus gigolôs. nas madrugadas tomam juntos o consomê, riem-se de mim, confessam as mútuas safadagens e adormecem regalados e puros, não sem antes se dizerem: amanhã escreveremos a Vittorio duas cartas convincentes, provando-lhe que somos os mais felizes amantes, se ele perceber que não estamos envolvidos, Alessandro, todo o plano vai ruir; e adeus festanças. diga-lhe, Hermínia, que sentes muito o descaminho entre vocês, mas que na meia-idade é necessário a mulheres o frescor de corpos novinhos e orvalhados sob ou sobre sua carcaça. que grosseiro, Alessandro, além do mais, Vittorio sabe que eu jamais escreveria nesses tons. mas podes simular eruditismos, empolações, ele vai gostar; já o vejo lendo a carta e redizendo: que progressos os de Hermínia! até a linguagem adquiriu fluorescência! besteira, Alessandro, não conheces Vittorio como eu, é inteiro deboche lá por dentro, tem pânico de ser pomposo, ia ter Parkinson de tanto rir. Hermínia, Vittorio tem a alma eloquente, gosta de grandes acordes, adora os russos, aqueles tons sinistros do piano, aquela pausa... bem, isso é verdade, odeia o dedilhar das notas agudas, odeia sopranos estridentes, esses que se esgoelam nos trinados...
bom dia senhor Vittorio
bom dia, senhor... perdão mas não estou reconhecendo
sou Bembom, o do armazém
ah, pois não
e essa é sua filha?
é sim, senhor Vittorio uma linda mocinha
tomando um solzinho?
é, espairecendo...

minha menina lhe tem muita simpatia, senhor Vittorio, fala, Rosinha, tudo o que tu me falas do senhor Vittorio que lhe tenho muita simpatia, senhor Vittorio
idiota! diz-lhe o pai e sapeca-lhe um cascudo na moleira.
inventei uma Rosinha que não é minha. o que faço com ela agora? isso me cheira a miasmas de Matias. Rosinha... ia ficar com o bicaço esfrangalhado de me chupar o barbudo. tenho horror a jovenzinhas... lavam-se mal, têm sempre uma cariezinha que... tenho de tratar; responde, ah, sim, pode ver; é essa aqui piquininha. e quando riem fica uma espuma no canto da boca. mas quem era assim, Vittorio? sei lá, talvez Hermínia aos doze. ou Hermínia aos treze cabritando pelas campinas. devo dizer o quê, agora, para te interessar, hen, cornudo? se eu fosse ou tivesse sido ia ter mágoas, escoiceios, corredeiras da alma, ia despencar num frenético bamboleio dentro de canoas estreitas, e logo ali a cachoeira BUUUUMMM, despenquei, morri. mas não, continuo aqui. velho e bêbado, vendo aquele de novo, o "Cara-mínima", o deus, dentro da folha do alecrim de jardim. está de cara cansada, hoje. que foi, pergunto-lhe. mijei muito, me diz, estou farto de fazer mares e águas encrespadas para só encontrar gentinha como tu, não chegas a nada. o que será que ele quer? também nunca foi corno, nem foi invejado. amam-no, coitado, e quem o ama é para sempre amante. os caras ficam grudados e o outro só dizendo sai sai sai romaria, tô cansado. para sempre, que horror!
então, não gostou da minha menina, seo Vittorio?
não acredito no que adivinho. Matias deve ter ido ao armazém com um chumaço de dólares na mão, mas assim como quem nada quer vai dizendo: coitado do meu irmão Vittorio, seo Bembom, anda bebendo muito... de solidão, sabe? não conhece ninguém não que poderia lhe fazer companhia? o outro vendo o chumaço de dólares na mão já se dispôs a me chupar a jurumba e aí Matias agradeceu mas enfatizou: ele gosta de bicaço de dona... ahhhh, disse o Bembom e gritou: Rosiiiiiinha! e aqui está ela de novo, não me sai da página. o que será? chô chô chô, grito peludo à sua frente, sai franguinha! de novo! deve ser carma

para me paralisar; e não mais escrever. até deus veio esta tarde cansado. a cara cada vez menor. imagino que não vou vê-lo mais. só a semente.
mandei vir uns importados lá pro armazém, senhor Vittorio
ah, é? e o que é?
umas laranjas grandonas
ah, grapefruits
isso, isso, e fundo de folhas
?!
aquelas de mil folhas
ah... alcachofras... muito bem senhor Bembom
me chama só de Bem, senhor Vittorio
(meu deus, o que o Matias fez! chamar esse gorila de Bem!)

e essa na praia quem é?

NOTAS
tem coxas pesadas, mas canelas finas. usa sandálias de frade. chama-se Lucina.
!!!
por que o espanto?
porque Lucina é Juno entre os romanos
digo: posso lhe escrever cartas?
ela: mas por que não nos falamos?
prefiro cartas
diz que é advogada. minha casa dá frente para a rua de areia, e a biblioteca e o jardim dão para o mar. durmo na biblioteca. vejo-a passar. é elegante. pequena. anotei ontem essas linhas sobre Lucina, mas não quero falar disso por enquanto. sei que sonhei comigo mesmo deitado sobre um esquife, não dentro do esquife, mas sobre a tampa. havia algo enrolado no meu pescoço. um pano negro. eu estava lá deitado. devia estar morto, mas por que sobre a tampa e não lá dentro? chamavam-me: Vittorio! Vittorio! levanta-te! e não é que eu me levantava? "*conclamatio*". era esse o nome que davam àquele ritual, não era? o morto

era o *"conclamato"*. durmo sempre na biblioteca porque é assim: minha casa tem a frente voltada para a rua de areia, o fundo é um vasto jardim e é também minha biblioteca e bar; dando para o mar. Oroxis limpa os livros a cada dia. por causa do bolor. põe os livros de cabeça para baixo porque não sabe ler. odeio criados. são presunçosos, ressentidos e sempre te odeiam. o idiota que era o suposto caseiro tinha cara de anjo, magrela, pálido, olhos clarinhos. vi-o chutar e cuspir no meu ganso. o ganso mesmo, esse que grasna. meu ganso preferido, e vi-o também chutar um dos meus cachorros. chamei-o de canalha, ao caseiro, lógico, e o pulha me chamou de velho maldito. quero que ele seque o bico. digo, quero que se lhe seque o bico. o ganso ficou com conjuntivite. o cachorro está manco. Matias diz que eu seria um prato para a Revolução. a Francesa. agora posso falar de Lucina. vejo-a, há dias, de lá pra cá. na praia. às vezes para e passa algum creme no ombro direito, e tenho a impressão de que me espia. estou sempre com um copo numa das mãos e um livro na outra. deve pensar que sou o jardineiro. por que pensaria? todos os jardineiros que tive eram bêbados e letrados. devo ter um carma pesado com empregados. consta que Camille Desmoulins foi um Valois e enquanto Valois adorava arrancar a carne das tíbias dos prisioneiros e vê-los depois caminhando descarnados. Luciano dos Anjos, hoje jornalista, lacerou as tíbias caindo no banheiro. Luciano se sabe o Desmoulins e o Valois de antes. eu devo ter sido um rei para ser tão odiado por gentalha. e tão imitado por jardineiros. Matias me diz que como a casa estava sempre tão vazia, e em havendo tantos livros e bebidas, qualquer um fica bêbado e letrado. pode ser. voltando a Lucina: penso que ela para, sim, para me espiar. é bela de perfil. sem barriga. lisinha. o chapéu de abas largas tem voado pros meus lados. pra bem perto da grade que cerca o jardim. Matias é que lhe soube o nome. está convalescendo. de quê? ele não sabe. de sífilis talvez, eu digo, com aquelas coxas deve ter tido vários ursos e deu a grota até sangrar. que mulo tu podes ser, Vittorio. achas? e sorvo de um gole meu martíni seco. esta manhã estou humilde nas bebidas. quero ser qualquer um, um gringo, qualquer um, tomando o seu martíni, olhando como quem não quer nada para uma certa Lucina. perguntei hoje ao Matias se tiram o ouro dos dentes quando se é cremado. diz que não sabe, que há muito tempo não tem ouro na boca. tem dentadura. e é chato? pergunto. pode cair na rachada se tu és lambe-fralda. meus dentes estão moles, pensei arrumá-los, mas o dentista diz que vou ficar com dentes de mula, enormes... então estou esperando que caiam. e depois pra que quero dentes na mortalha? pensei em escrever uma carta a Lucina, hoje, mas isso era mania de meu amigo Karl. mandava cartas enormes para mim, contando da irmã Cordélia. também, Cordélia era uma beleza. ah, essas mulheres que se parecem a deusas! trepei uma vez com ela. pena que foi só uma. tive que usar uma faixa de tenista na cabeça. o pai era campeão de tênis, e ela só gozava se o parceiro usasse aquela faixa. qualquer faixa, minha linda, eu disse, ponho faixa onde quiseres, posso até ficar inteiro enfaixado. só não enfaixo as prendas. a faixa era uma fita dourada. eu tinha trinta e oito anos e gostava de barco a vela. eu também era uma beleza. fiquei lindo de faixa dourada. ela disse que eu podia ficar com a fita. fiquei. usava a fita com as outras. gostei. uma peituda de mabuge farto fez um laço com a fita e colou na nádega. saí correndo atrás dela todo pelado, e ela nos corredores, gargalhante, e as madamas abrindo as portas, e quem a via de frente, assim peituda, com aquele peito de macaco no púbis, gritava, então ela se virava, mostrava a fita e repetia minha frase de minutos antes: mas aqui és glabra e delicada. eu havia dito: prefiro aqui, porque aqui tu és glabra e delicada. alguém chamou a polícia. dei uma grana preta pros meganhas, dei a peituda também, e ela ria ria e eles riam muito mais, naturalmente. mas a fita ficou comigo. lembrança de Cordélia. em alguma arca estará a tal fita dourada. alguém disse: estou triste como uma fita preta. quem foi? é bom. não me ocorreria. Hermínia podia ter parido mais vezes. Júnior é cacete. agora senti uma dor aqui no centro. deve ser um enfarte. agora passou. Oroxis vem entrando com os panos.

grito: sai sai, tição. o dotô não qué que limpe não? vai fechando a porta vagarinho. vi uma aranha subindo na lombada dos Sertões. deve ser aquilo. depois medito: aranha em sertão está no lugar certo. agora grito: Oroxis! volta! ela já está aqui. digo-lhe: olha uma aranha ali. e não é que era? ainda bem. com essa festança, esse rala-bucho de entra e sai, e também aranhas, vou perdendo o rumo. tenho algum? melhor voltar àquele da praia, um gringo qualquer com um martíni seco na mão. sou melhor quando sou ninguém. um bestalhão qualquer olhando uma certa Lucina. a praia está vazia. ela se foi. talvez lhe escreva uma carta. rua Juca-Pirama me disse o Júnior. não acredito. aquele do *não descende o covarde do forte*. a dor no peito de novo. tronga! sai sai, morte! há mil e cem dias pela frente até acabar esse recado, essa incessância, esse trevoso lago de lembranças. vou procurar a fita e dar um laçarote no pavio só para ver se acende. quem sabe a carta. assim: Lucina, sabes que em Roma, Lucina ou Juno-Lucina protegia o nascimento das crianças? e ninguém podia usar cintos ou qualquer coisa que apertasse a cintura, nem correntes com nós, nem laços, porque isso prejudicaria o parto da mulher para quem se fazia no templo o sacrifício, a oferenda? imagina-te, que maravilha, tu-mesma Juno-Lucina, dando à luz uma criança minha? ia continuar nesses inefáveis tons quando Júnior abre a porta e respingando sal, areia e sacudindo-se inteiro como um pato, lança sobre a minha mesa um envelope azul: é pra você, pai, a tal das coxas pesadas e canelas finas. e bate a porta como quem escoiceia. só podia ser filho de Hermínia, tenho minhas dúvidas se é meu, havia um cavalo que Hermínia montava que é a cara dele, luzidio e fogoso e adorava água. deve ser filho dele esse Júnior que é meu. abro a carta. Lucina antecipou-se, é apenas um bilhete. vejamos: "simpaticão, não gostarias de me convocar para um *jus fruendi*?". meu deus! convocar; *jus fruendi*. as coisas que me acontecem! a das coxas deve ser advogada até na cama. devo responder como? o anuente dá sua anuência? devo pedir caução? ela dirá um dia que me tem *affectio maritalis*? e eu direi que lhe tenho *affectio*

tenendi que é só a vontade de deter a coisa para berimbá-la condignamente. e quanto será que ela cobra, essa carionga togada, se eu quiser dar alegria a meu vergalho? não vou responder ao bilhete. prevejo encrencas. meu amigo Crasso chateou-se bastante com uma dessas chamadas cultas-togadas, essas *raffinés* metidas a sebo que só comem rouxinóis e sovacos de pomba, "um trabalhão, uma mão de obra, Vittorio, se pintar alguma, livra-te dela". mas pelo menos foi boa de cama? "pois foi, Vittorio, mas gastei mais do que se tivesse fodido a Lurdinha o ano inteiro". mas não há restaurantes por aqui e posso pedir lagostas ao Bembom e temos também fundos de alcachofras. abrem a porta de novo.
escute, pai, cê vai foder com essa tal de Lucina?
por quê?
tô avisando. é piranha, olhou muito pro meu pau
quando?
e isso te importa, olha sempre
sempre quando?
na praia, pai, na praia
Júnior, você gostaria que ela olhasse para os teus neurônios? ou contemplasse a tua *mens legis*?
bom, eu não sei o que você está falando, mas já avisei. tchau
espera, espera!
entra Matias. diz que Lucina ficou se torrando a manhã inteira aí na frente. deve estar a fim, Vittorio. já sei, mas olha o bilhete. já estão trocando mensagens é? a dona vai te fazer bem, é boa de coxas e canelas. o que é isso de *jus fruendi*? o direito de gozar da coisa. é mesmo? então está no papo, Vittorio. é instruída ela, não?

Funâmbulo loquaz, burlantim do nojo, indo e vindo no arame, teus dedos ossudos sabem que não queres tocar mulher alguma, muito menos essa, um rábula de saias, de coxas pesadas e canelas finas. e dissimulas, indo e vindo para esquecer aquela hora, *Timor et tremor*, e esquecer corredores e a tua própria sombra pardacenta e nua, e súbito paras num canto qualquer da casa e te escutas dizendo *vigilate! vigilate*! estou atento apesar da receita que me fiz essa tarde:

> VESPERAX (secobarbital, efeito rápido; bralobarbital, efeito médio). dosagem: cerca de 3 g (Centro de Informação em Favor da Eutanásia Voluntária, Holanda), ou seja, trinta comprimidos de 100 mg de secobarbital. esta dose corresponde a 3 g de secobarbital associados a 1 g de bralobarbital. provoca sonolência em quinze a sessenta minutos e a morte em 48 horas.*

ainda estou sóbrio, há um vento polpudo lambendo as bochechas, não há ninguém mais na praia, só um frango negro (ou é um corvo?) e um cachorro mais triste do que a tal fita preta, ele olha igual a mim o horizonte, tento fazer com que se aproxime, vem, vem cachorro! ele sai correndo, teme os humanos, os pulhas que se dizem feitos à maneira Daquele, nós os imundos, os grotescos e as palavras sempre entupindo arcas armários cestas... se entendêssemos o grande buraco escuro onde nos metemos, tudo seria silêncio, e só haveria boca para molhar a língua. ahhhh! mas estou longe de entender o funil, apenas ouço silvos, às vezes um apito, e me remexo lânguido, até me enterneço, porque o Sem Forma e esses sons ainda me dizem que estou vivo. vou dançando no arame, algumas piruetas, sou exímio, enquanto danço sei que estou chorando, sem lágrimas, esgares na cara, torcidas de boca, um passo em falso agora, caio de lado e quase rompo o baço. e caí por quê? ouvi: *cogita mori! cogita mori!* e se eu sair por aí? deve haver nessa aldeia, em alguma casa, uma quengada, não há viela que se preze no país que não tenha uma casa de peruas, melhor uma lascada do que uma rábula ilustrada, melhor uma gonorreia do que um enfarte. já sei, tu dizes, podes morrer em cima delas também, ah, meu querido, muito menor o perigo, é na incandescência da minha cloaca-cabeça

---

* Claude Guillon e Yves Le Bonniec, *Suicídio: Modo de usar*. São Paulo: EMW Editores, 1984, p. 190.

que há de surgir a visguenta, a toda negra, a de nódoas *verdâtres* e purulentas, a toda envesgada, curva, de passadas largas. ô Vittorio! por que não me chamou? caiu como? cadeiras e bengalas, tudo a postos, digo: não foi nada, devo ter rachado o cóccix, devo ter rachado a panela... e aí rimos os dois porque Matias me diz: e daí? tu não é papa-picas! acho que vou experimentar, viu, Matias, deve ser bom na velhice isso de alguém te enrabar, a gente pode começar enfiando um lápis, melhor um cotonete.
tá doendo, Vittorio?
acho que trinquei a costela
qual foi a receita hoje? podes caminhar? senta-te, vou buscar uma bolsa de água quente.
e Matias vai. e uns púrpuras e uns azuis se estendem sobre o mar. e não há nada nos longes, nem velas nem navios. mais adiante, uma gorda e uma criança. alguém vem correndo e suspende a criança. os três se abraçam. dois frangos negros (ou dois corvos?) recuam assustados. também recuo assustado se penso no não poder morrer no nunca poder morrer, e em sendo frango ou corvo negro, encontrar-me repetidamente e para sempre com a gorda e sua família, o pai esbaforido correndo, ou, em sendo eu mesmo, continuar aqui cristalizado, assim como sou agora aos sessenta e cinco, caindo, rompendo o cóccix ou rompendo o baço, ou pensando na magia de uma casa de madalenas ou corinas... e agora me esqueci do nome do meu amigo dentista que jovenzinho saiu de sua cidade e com sua mala de papelão escafedeu-se depois de descobrir que sua amada Corina era apenas uma franjosca vivendo com aquele chimba safado chamado "Dedé, o Falado". e pensar que uma outra Corina foi a musa de Ovídio mas tão cabra quanto qualquer juruveva, e o poeta suplicava: "Poupa-me, Corina, até a mais reles oculta com pudor o que tu fazes na presença de todo o povo". pobre Ovídio! também aos sessenta e cinco no desterro, vivendo entre os sármatas, através de cartas ainda repetia: "Poupa-me! sei que não posso exigir que te tornes casta! mas peço-te ao menos que me ocultes a cruel verdade!". mulheres... Lâmia, Taís, Messalina, Frineia.

penso que no jantar iria bem um filé de linguado com alcaparras, me ouves, Vittorio?
alcaparras... pois eram essas frutinhas que Frineia colhia quando jovenzinha, e muito se machucava, rastejando nos entrelaçados. Frineia, é? tudo bem, essa não tem, mas e quanto às alcaparras?
tu és bom, Matias. meu irmão, e só contigo é que me casaria, por que não nasci mulher e mundana ou melhor, por que não nasci pomba, precheca ou pita ou flor-da-noite ou bromélia ou quem sabe camélia. vê, fico até marida, quando falo de ti.
e se ponho para gelar aquele preciosíssimo vinho? me ouves, Vittorio?
precioso é o que tu és, irmão-colosso, hás de me tomar as mãos quando vier a de passadas largas, a curva a envegada, a que vem súbita numa lufada, a pequenina também de dentinhos escuros vestida de negro organdi, a velha-menina com sua guirlanda de ossos: "é hoje, Vittorio! é hoje!" e talvez dance à minha frente um minueto os cascos em ponta e as toscas castanholas ressoando baças no assoalho da casa.
alguém bateu a aldrava. devo dizer que estás se for Lucina?
não Matias, diga apenas que me deitei.
não era Lucina, era Bembom trazendo a filha, toda estufada de organdi rosa. persignei-me. bebi de um só gole um duplo martíni. vejo Júnior falando com a menina. ela está encolhida, a cabeça baixa, Bembom pergunta a Júnior pelo pai (que sou eu), e Matias lhe diz: recolheu-se, está indisposto, Bembom, porque hoje tomou sem querer uma puríssima laranjada, e isso lhe azeda o dia e a cara. por essa fresta sempre pude ver a sala inteira. é o meu segredo. fecho-me na biblioteca, mas ninguém sabe que estou atento. Matias e Bembom foram até a cozinha, e Júnior começa a passar as mãos nos seios de Rosinha, ela de olhos fechados dizendo "faz não", ele tem dificuldade em levantar o organdi rosa engomado, ela abrindo as pernas e repetindo "faz não", ela fecha as pernas, ele diz benzinho, ele ajoelha-se e enfia a cabeça inteira lá nos meios, ela diz: olha, vem gente, ele assusta-se, vem ninguém boba, tu não sabes, é um ritual a cada noite

com o jantar do pai, abre a perna, gatinha, pega o meu gambé... o quê!? aqui, pega aqui, rabuda! põe a boca aqui, deixa eu chupá tua priquita. Rosinha começa a chorar. afasto-me da fresta e grito: Júnior! ele vem descabelado: que foi, pai? nada não, só queria que me alcançasses aquele tomo ali. qual? esse do Mora Fuentes, *Sol no quarto principal*. tão falando muito nesse cara, né, pai? é muito bom e além do mais tem uma epígrafe rara. você está descabeladão. que tal a mocinha? é um boi sonso, essa. mas tô me esforçando. estou vendo. como assim? não, estou vendo pelo teu jeitão. a piranha não veio te ver, pai? tô voltando pra sala. eu volto à fresta. o boi sonso tá lá, tristão, mas para meu espanto, ela diz para aí, Júnior. e Júnior para. ela começa a rir, e rindo, sentadinha, abre as pernas e levanta o balão do vestido: eu gosto mesmo é de me fazê uma parrusca enquanto tu me vê. pego de surpresa mas agilíssimo, Júnior tira o tripé: parrusca? pois vamo lá, gatinha, tô indo, mas queria mesmo é lambê o buraco da minhoca. ô filho grosso esse meu filho! já lhes disse: é a cara do cavalo da Hermínia! e o tripé é o do cavalo também. não posso ler mais nada. muito menos o Mora, tão pungente! preparo o meu *negroni*. cadê o gim? cadê eu mesmo? afundo-me na poltrona de couro acastanhado. arrisco um olho pro tapete *bukhara* e seu rubro mandala, estou nostálgico e ao mesmo tempo fogoso, se um certo todo voltasse, se voltasse o ovo do desejo, o sol nas tripas, um ofegoso, um ar dente, um sumo de escura framboesa, um espirro talvez me bastaria, um espirro de framboesa no semblante. na alma. onde, como, com quem? as portas de vidro dando para o mar. luzes amarelas lá bem longe. isso quase sempre. isso de luzes amarelas lá bem longe. meu talo, tristíssimo. fantasias zero. e o Todo consegue fazer de um ovo podre um pinto. esse, da galinha. e eu, apenas no início da velhice, os ovos ainda sãos nem consigo um bico.

tá tudo pronto, Vittorio! vem vindo o perfume! vem vindo o peixe! vais ver que deliciosa bandeja!

posso entrá só um bocadinho, seo Vittorio? Rosinha quer lhe cumprimentar.

entre, Bembom.
e aí entram a do balão de organdi rosa, Júnior e Bembom. bom apetite, seo Vittorio! tomam alguma coisa? é não, a menina queria só lhe saber a feição, se está melhor; diga boa noite ao senhor Vittorio, menina. e o boi sonso diz boa noite e cora. molhada nas calcinhas quer me dar a mão, então finjo que não vejo a mãozinha estendida e balbucio: que lindo vestido, mas tá amassadinho, não? e ela vai saindo, a rabuda, com seu vestido balão. boi sonso, mudinha, "faz não", lá vai ela e seu banjo, e ninguém sabe por quê, mas me pergunto agora há quanto tempo não ouço Rachmaninov e seus carrilhões. e isso não faz sentido mas talvez faça porque diante do instante chinfrim, de um banjo de organdi se despedindo, me vem a necessidade de saber que ainda sou livre para viver muitíssimos instantes em que vivem o mito, o oceano, o fundo-vivo, e me vem Ulisses voltando e a outra ali, seus eternos bordados, ela mesma eterna. e há um langor e um pesado pardo que me aflige, há um concluído de domingo, fazer o quê agora? volto ao peixe, às alcaparras, ainda vejo Frineia nos arbustos baixos, rastejando... soube, aos quinze, que Frineia quer dizer sapa e fiquei ali diante do meu pai, abestalhado, fiquei olhando, olhava o pai e olhava a gravura que ele me mostrava, uma mulher-deusa... e era sapa, pai? e desde então olho sapos e rãs com ternura. ouço algumas palavras da conversa entre Matias e Júnior:
ah, mas aquela acho que não dá
é só boa de canela
com o padre também, é?!
que ele barranqueava? mas é demais! é demais!
em algum lugar alguém falou de um brocha-mula, um cara tão infeliz, tão dismilinguido de espírito... e alguém dizia: tu é tão triste, Julião, com certeza vai brochar a mula na beira do barranco. onde isso? por aí, um homem e uma mula infeliz.
você só conta estória triste, não pai?
tua mãe só tem estória alegre, Júnior; estórias do fornicar; de dar pelos cantos, estórias do nunca brochar, de corridinhas histéricas pelos campos... mas não comigo, ah, isso nunca, com

vilões, com bandidos, com belezocas, isso sim, até com mulheres, sabias?
lá vem você de novo
Vittorio, eu e Júnior vamos dar umas voltas
e vão-se. ainda bem. digo-lhes: ainda bem, está na hora do meu terço. então empacam
ele não está bem
terço quer dizer o quê?
digo: puxar o terço, ora. e deixo que estremeçam. sim, porque disseram que eu disse alguma vez, e sei que nunca o disse, mas me dizem que disse-o: "vou puxar o terço" e puxei o gatilho. foram-se alguns cabelos e do couro cabeludo dez centímetros, há gente com pior pontaria, chamuscam os pentelhos.
quem?
sei lá, deve haver
podemos ir; pai?
sim. e penso: um cara com esse tripé como tu só pode querer escondê-lo num buraco qualquer.
enfim me deixam. modere-se, diz Matias. por quê? por que não posso beber até ficar um macaco raivoso, um bode, ou um gambá ou um quati ou um pobre jumento com o peito em chamas e alguém lhe retalhando o peito? por quê? porque não posso morrer bêbado, incendiado. retalhos da minha carne espalhados pela sala, longas tiras de sangue serpenteando pelas tábuas largas do assoalho, por que não morrer indecente, colérico vomitando, as fezes escorrendo óóóóóó chamem meus gansos meus cachorros, chamem aquele desesperado cavalo-inteiro-chaga sendo vergastado por um pulha louco, ali naquele atalho. eu vi. e alguns riam. a corja humana sempre ri da dor suprema, do estertor dos bichos-ninguém. sou um bicho-ninguém olhando para o alto, talvez um sapo, um cão pelado, alguém me espanca as patas as costas, salto, encolho-me nos cantos, vem Jeová aos berros: Vittorio! Vittorio! ama-me! é para o teu bem o sofrimento! é luz sofrer! dou bengaladas no ar; estou furibundo: sai cornudo nascido do nada, é porque és incriado, sem mãe, é por isso

que odeias os que tiveram um ventre como casa, é porque nem casa tens que sobrevoas teus pântanos para ver se encontras um irmão-alguém, porque és único, sem parecença, um olho-terror; um olho-abismo, um dissoluto olho-ígneo, um olho condenado à eterna solidão... sim, porque ninguém quer ser o medo de si mesmo. e não podes morrer. a cada dia sugeres aos homens as mais torpes invenções, tudo isso para ver se tu mesmo cais morto, e contigo o imundo que inventaste.
o que disseste? o quê? o quê? colibris?
também os criei, Vittorio
colibris? ó não me faças rir; toma um gole desse meu *gin fizz* e estou voltando a mim com Jeová sentado na poltrona de couro acastanhado. dou um grande suspiro. que viagem! e o Mora Fuentes ainda aqui ao lado: *Sol no quarto principal.* é noite aqui. abro as portas de vidro e Jeová escapa gargalhante em direção às águas. grito: há um esgoto numa praia defronte! ele desenha no ar uma rodela de luz: hei de voltar; Vittorio! tua cabeça é teu charco, teu lupanar! como veem, o Cara Informe tem a linguagem romântica afeita a esses tipos. esses como Ele, líricos. devo dormir. enfiar o dedo no nariz e tirar as crostas secas. Hermínia: incrível, você que é tão *grand seigneur* fazendo isso.
eu: os grandes senhores não cagam, hen, Hermínia?
Hermínia: isso é diferente, é imprescindível
eu: sei. e como é que você apareceu por aqui?
Hermínia: hei de ser sempre alguém na tua vida, Vittorio.
eu: mas justo quando estou tirando a grande crosta seca, e por que não eu jovem, quando te queria lúbrica, incendiada de vida? não deveria ter inventado Hermínia, ela me aborrece, tem pouquíssimo a ver comigo mesmo, vejo-a quase seca, alta, distanciada, talvez porque no colégio havia o padre Hermínio, ossudo, barba cerrada, dentes grandes, professor de matemática, e eu sempre tremia quando era chamado ao quadro-negro: vamos, Vittorio, sua besta, de novo, comece tudo. e havia um certo gozo em mim naquele medo, um estrebuchar lá por dentro, e o canudo até ficava duro diante dos algarismos e do olhar gavioso daquele

padre ossudo. começava a rir porque os meus dedos tremiam e era impossível segurar o giz, aí vinham as reguadas na mesa, um dois três, e acreditem ou não, na terceira reguada, eu esporrava. será que foi por isso, Hermínia? pois quando te soube o nome, também o canudo levantou, e eu confundi ansiedade e pânico com amor? o looping no avião, o vampiro irrompendo na janela, *O cão dos Baskervilles*, a cascavel na moita de bambus, o escorpião na gaveta, Hermínia de calças justas e negras me dando a mão, tudo tem a ver com quase tudo. tu pensas que não, mas tem. números equações teoremas beleza e coesão, e temor por isso mesmo, e o regente da ordem, aquele hermínio-espalhafato, a batina esvoaçando diante da janela, devo ter confundido matiz e emoção, por isso quando te ouvi o nome me vieram adolescência e riso, um esporrar sem sentido, eu na frente da classe, sendo alguém, ridículo, mas alguém, os olhos todos voltados abaixo do meu umbigo. sim, porque todos sabiam o que me acontecia quando era chamado pelo padre Hermínio. será que o próprio também sabia? talvez. lembro-me de um domingo, o dia das visitas, o padre Hermínio no centro de um grupelho de padres, eu com meu pai e minha avó, e os padres rindo. certamente não riam nem do pai nem da avó, porque se alguns poucos seres evocam gravidade e circunspecção, esses dois eram o mais belo exemplo. meu pai sempre de negro depois que a mãe se foi, e minha avó, por ter perdido a filha nunca mais se vestiu de outra cor. riam-se de mim, então. pus a mão na braguilha como por acaso, e o grupelho, como se regido por exímio regente, dispersou.
por que fugiram de nós, Vittorio?
por respeito, pai, porque estão de luto
que estranho... desde quando os cristãos fogem da dor?
e minha avó começou a evocar bispos, papas, abades, uns mandriões no fundo, ela dizia, pois não recordas a história, caro Augusto (o nome de meu pai), de Sisto IV, o papa! dando rédeas soltas ao concubinato?
avó Blandina, severidade e humor, cólera e autopiedade, aristocrática e escatológica, politonal quando bebia, herdei vícios

cacoetes explosivos repentes, herdaste quase tudo da tua avó, herdei os bens também, ó Vittorio meu mais querido, morbidez, langor, ó vó, ficávamos às vezes de mãos dadas na varanda daquela antiquíssima casa. e agora faço o que com avó Blandina? ela leria Balzac? *A mulher abandonada*? Flaubert? *Madame Bovary*? lembro-me de Balzac citando um editor generoso! imaginem, isso existiu! um editor generoso! um tal de Murray. editores... o Stamatius é que tinha ódio de editor; quebrou a cara de um, foi quebrando até o infeliz jurar que sim, que ia editá-lo em papel-bíblia e capa dura. dizem que quebrou a mão também. a mão dele, Stamatius. o outro ficou banguela. avó Blandina ficou lá em cima. o que aconteceu com meu avô, marido de Blandina? morreu? eu não o conheci, ou ele não me amava e por isso digo que morreu. sei que fiz um poema, este, há uns quarenta anos:

> Empresta-me teu avô
> ex-combatente na Argélia
> eu queria tanto ter
> uma espada igual àquela
> estendida na parede.
>
> Preciso viver meu sonho.
> Algum de vós poderia
> fazê-lo melhor que este?
> Ter tido um avô gigante
> homem duro, flamejante
> feito de lutas e sangue.
>
> Empresta-me teu avô
> que o meu eu sei
> não me amava.
> Sei que era loiro e flamengo
> e que todos o chamavam
> de Eduardo, o francês.
> Comigo não teve dengos.

fim. e esse outro avô ex-combatente na Argélia era de quem? ah, sim, do Kramer. o Kramer apaixonou-se por uma corista que se chamava Olga. por algum motivo nunca conseguiam encontrar-se. ele gritava passando pela casa de Olga, manhãzinha (ela dormia): Olga, Olga, hoje estou de folga! mas nunca se viam, e penso que ele sabia que se efetivamente se deitasse com ela o sonho terminaria. sábio Kramer. nunca mais o vi. há sonhos que devem permanecer nas gavetas, nos cofres, trancados até o nosso fim. e por isso passíveis de serem sonhados a vida inteira. avó Blandina, por exemplo, é um belo sonho. um arquétipo ideal de avó. generosa, altiva, um pouco porrista, irônica rica e culta. nesse rica e culta me veio Calcutá, e o Portinho me dizendo: Vittorio, jamais viajes para Calcutá, tu que amas os cães há de encontrá-los famélicos pelas ruas, e gentes também famélicas, joguei umas bananas verdes pela janela do hotel e segundos depois dezenas de corvos e hindus disputavam as tais *cavendishi*. Portinho. tinha pequenos elefantes de jade espalhados pela casa. era advogado de plantadores de juta. por isso, Calcutá. tudo a ver. Índia, juta. Indiadalva foi uma governanta de Hermínia. Matias deu-lhe umas bimbadas. era loirosa e rebolante. parece-me que foi presa. não por isso naturalmente. roubou uns vinte quilos de ouro de alguém. aqui não tinha ouro. livros temos sempre. quase nunca são roubados. apesar que sim, que me roubaram um *Bhagavad Gita* raríssimo, em francês, comprei-o aos dezoito anos numa livraria perto da universidade. o balconista, um velhote amável ficou deslumbrado: vai comprar esse raro aí? o *Bhagavad*? e ainda em francês? respondi: seria estranho se eu o comprasse em sânscrito. verdade sim, mais estranho em sânscrito. ficou me olhando como se eu não existisse. eu tinha dezoito. Preciso viver meu sonho. alguém de vós poderia fazê-lo melhor que este? ter tido um avô gigante, homem duro, flamejante, feito de lutas e sangue.

existo?

Se sou um galo
coma-me inteiro.
Coma primeiro
meus pés
pois faiscaram
raspando terra e cascalho.
Coma-me nero
torrando os bicos.
Ponha minhas asas
na esteira lisa
do teu conflito.
Deita-me despedaçado
ao teu lado.
Coxas austeras
Pra tua goela.

esse quem é? e esse outro que nesse instante quer escrever isto: afastaram-se enojados de seus próprios corpos. a mulher enrolou-se na toalha. disse para o homem: foi suficiente por hoje, vá-se embora, saia. parei aqui. não suportaria mulher alguma me dizendo isso, então, por que me veio? e isto agora:

Hostilizo meus ocos.
Desabo-os.
Sou um ogro.
Um corvo
esbatido de socos.
Posso ser louco:
vivo dos sonhos
de um lobo.

lá em cima fui um galo. depois fui um homem humilhado, uma mulher colérica enrolada na toalha. estavam enojados, é? depois fui ogro, corvo, e sonhos de um lobo. apareceu um enorme cão por aqui. é negro. dei-lhe de comer e agora ele uiva no canil.

ainda bem que não há vizinhos. quando alguém pergunta do terreno ao lado, se está à venda, se a praia é limpa. digo que o terreno ao lado tem problemas de herdeiros, um horror; e a praia é infestada de cações, e eu mesmo tenho muitos gansos e cães um barulho infernal, e Matias já sabendo tudo isso atiça gansos e cães em direção à nossa divisa que dá frente para o mar. que horror, diz a mãezinha magrela escafedendo-se com seus pimpolhos. adeus, diz o marido ruivo e balofo. correndo atrás dos seus. que cena. as pernocas brancas do homem. a mãezinha e seu maiô vermelho. e eu mesmo... existo?

Encontrei pedaços esparsos de mim. ali um braço, beiçola, baço, aqui um laço de fita negra na tíbia, cúbito, rádio da vida, "invidia" todo luzente, oh, eis-me aqui:

> Ai como eu queria AGORA
> Existir em Vega, Canopus
> E ser um feixe, um eixo
> Um seixo.
> Negro? sépia? rosado?
>
> I
> Era uma vez dois e três.
> Era uma vez um corpo
> E dois polos: alto muro
> E poço. Três estacas
> De um todo que se fez
> Num vértice, diáfano,
> Noutro espessura de rês
> Couro, solo cimentado
> Nem águas, nem ancoradouro.
>
> II
> E certa longitude
> Onde o sol se refaz.

E certa latitude, seta-ilha
Onde o meu peito pulsa
Seta e sangue
Num percurso pasmado de agonia.

III
Aqui me vês. Dois polos
Tão distantes e no entanto
Três: eu e meus dois horizontes.

IV
Dois hemisférios. Um e dois
Agapantos
Trespassados de um tempo
Ora em remanso e lassitude
E sombra

E outro de luz, pilar de bronze
Cimo esbraseado se aquecendo.
Aqui me crês.

V
Espaço-tempo de amor
Espaço curvo.
Sobre o de mim AGORA
Te curvaste

E eu já não era
Aquele primeiro
De sal e trigo
De sal e espera.
De sal.

Rota crivada de luz
Eu era.

VI
De água.
De água e matéria
Arquitetada.

Ai, esse prisma
Que se rompe
Ai o existir mais limpo
Em nós que se corrompe
Ai de nós
Ligaduras de prata sobre a boca
Ai de mim
Buscando a palavra

Buscando a palavra morta.

VII
As coisas do sangue.
As coisas que se farão.
A claraboia e o poço
Num só eixo

E o meu cantar numas gargantas
De estrôncio
Ai, noventa vezes
Me cantarão em desleixo.

VIII
Um rio negro
E uma esfera de aço
Onde cravei meus pés.

Passáros
E esferas de pedra
Onde deixei meu passo.

IX
E tanta coisa mais
Havia, e tanta coisa resplende
Sobre o teu regaço.
Vertente esbraseada, travessia.

X
E descontínuo
Repito e enlouqueço:
É pervinca
É chamalote
É rumorejo
A palavra que busco?

Eu te pergunto:
Alguma coisa de ti
Sobriedade ou centelha
Há de ficar em mim

Ou eternamente apenas
Me circundo?

XI
E digo ainda:
Amor e morte
Conjura breve

Solta-me.
Revivescido
Eu digo agora

Amor e vida:
Toma-me.

XII
Toma-me. Avesso.
Ou diluído
Toma-me ANTES
Dessa coisa escura.

É medusa ou escama
Essa defunta clara
Essa algidez perdida
Na planura?

É palavra
essa que se levanta AGORA
Prodigiosa?

XIII
Ai é:
Imagem sol
Imagem esfera
Monto
AGORA sobre o teu dorso
Ereto
Planisfera una e vertical
Plena
Umasómúltiplamatéria.

Pensar que isso sou eu. e o morto que há em mim. o roto. o decomposto. alguém lá dentro me diz que estou sendo injusto. que há mortos muito mais putrefatos, a cara expelindo ranço e desgosto, que aquele, o Oscar; o Fingall, o O'Flahertie Wills, aquele, o Wilde, quando morreu, tudo estourou dentro dele, que o estômago explode, é o que dizem quando se está na pira, na Índia talvez, e ouve-se uma explosão a muitos passos dali. eu e minha "intensa fisiose", como dizem os médicos, o que você come, hein, um saco de ventos? engoliste, Vittorio, o fole de pele de boi onde

Éolo guardava os ventos? palavras é o que guardo no meu fole. cabeludas, glabras, macias umas, outras enfezadas, duras, arames eriçados iguaizinhos aos pelos do púbis de Licina-Juno, sim porque a essa altura já lhe vi inteira, uma pomba espetada entre as coxas gordas. foles, púbis, eu ofegante soprando na cabeluda. em seguidinha cansei. pedi que se masturbasse à minha frente e ao mesmo tempo fingisse que lia. que livro devo ter nas mãos? o código penal, naturalmente. que eu gostava assim ver a mulher como se ela estivesse mesmo a sós, largadona distraída...
ela: nunca fico largada
ah, é? nunca mesmo?
nem fico distraída
nem quando caga?
ofendeu-se como se eu a tivesse espancado. fui vestindo a cueca, as calças, a camisa e ia me mandando quando Licina
por favor; não vá
eu inteiro vestido reclamei, ah, não, vou sim, tenho horror de ficar me despindo a toda hora. atirou-se aos meus pés. fiquei pasmo. há muitos anos mulher nenhuma me fazia isso. só duas o fizeram eu aos trinta. não era pela minha pica, não era aquele saco de dinheiro que eu já costumava dar. mas Licina-Juno ainda não tinha visto o meu dinheiro. como qualquer rábula, deve lhe ter sentido o cheiro. e aproveitando o perfeito dela já estar no chão, só desabotoei a braguilha e enfiei-lhe o lambaio na boca. estrebuchou um pouco mas se ordenou em seguida, ritmada e nobre. que grosseria! tal pai, tal filho. meu deus, vou escrever a dom Deo, meu amigo bispo. no colégio era só Deozinho, magrela, espinhudo, triste. o cajado de Deozinho era mínimo, uma bimbinha de nada. no banho sempre depois de ver o meu lambaio ele chorava e dava uns taponas na bimbinha dele: fedelho, tu não serve pra nada. chegou a amortalhar a bimba num trapo roxo, olhava lúgubre para o grão de milho e dizia solene: *non habeo usum*. era inteligentíssimo. e que memória! sabia Vieira de cor. enquanto ele dizia *non habeo usum*, eu que nada sabia (e só para atormentá-lo) colocava um espelhinho em frente ao meu

lambaio e radioso declamava: *speculum et lambaius majestatis.* ele ria-se a valer. um dia um novato quis lhe comer o macio, e Deozinho disse-lhe solene: amigo, meu rosquete é minha cidade, e de início: *non ingredietur urbem hanc, nec mittet in eam sagittam et nec circumdabit eam munitio*, e tudo isso era Vieira e queria dizer que ele não entraria na cidade, que não lançaria dentro dela as suas setas e que não a poria a cerco. o Dinhas, o novato massudo que lhe queria o zenóbio, ficou ali aparvalhado, a mandíbula caída, a linguona em ponta no palato e Deozinho ria, ria, e nós todos também. com o tempo Deozinho foi ficando dom Deo. era lírico suave com todos e severo consigo mesmo. hoje é bispo. nos confins do país. lá em Itiquira. dizem que o Vaticano lhe tem horror. Dom Deo só cria problemas. penso que está lá para morrer. agora me veio o poema que ele jovenzinho a todo instante declamava, os olhos cheios d'água: "Morreu. Deitada num caixão estreito, pálida e loira muito loira e fria. O seu lábio tristíssimo sorria, como num sonho virginal desfeito. Tinha a cor da rainha das baladas, e das monjas antigas maceradas, no pequenino esquife onde dormia. Levou-a a morte na sua garra adunca, e eu nunca mais pude esquecê-la, nunca. Pálida e loira muito loira e fria". um dia eu disse esse poema ao Dantas e ele achou que era Cruz e Souza. não sei. todos nós o sabíamos de cor. um dia perguntei a dom Deo, o poema te lembra alguém? sim, Vittorio, uma irmãzinha, não irmãzinha de sangue, uma irmãzinha da alma que se foi. era teu amor? era eu mesmo, Vittorio, se o lá de cima me tivesse feito fêmea.

Carta de dom Deo
Só vejo o dorso de Deus, Vittorio. tem listras. nunca lhe vejo o rosto. certa vez tentou acariciar-me, e fez-me uma ferida. aqui em Itiquira tudo é fome. o lugar foi esquecido. eu e meus pobres também. há um leprosário a cinco quilômetros daqui e plantamos o dia inteiro numa terra que não é nossa. ajudamos os doentes. há uma pequena capela. e gentes e muitos cães, todos magros e tristes. eu canto às vezes. a canção do sol. diz o estribi-

lho que "o sol ilumina aquele que capina". quando há fome a poesia é também pobre. por que me escreves? dizes que precisas da minha bênção. minha alma é mais magra do que a tua, Vittorio. Deus ama a indiferença e a aspereza. descobri há pouco. também é possível domar Deus dentro de nós. blasfemando somos um pouco santos, sabias? excitamos o OUTRO para que não durma tanto. tu és melhor do que eu. acaricio tanto a meu Deus, tanta volúpia que hoje tenho as mãos feridas e muitas vezes sangro. temos a mesma idade, Vittorio, eu e tu, eu e Deus. e um velho também, Ele. mas forte como um tigre-menino. tem horror que se lhe saiba o nome. certa noite, intuí, então chamei-O. lanhou-me todo o ventre. as coxas. a semente. uma voz delicada e sonolenta vinda das folhas altas de umas árvores negras se expressou assim: dom Deo, se repetires Meu Nome ainda que às escondidas, dentro da pedra, ou dentro da tua própria barriga, hás de perder a vida. e entendi que não se referia a esta vida, esta aqui da Terra, não Vittorio, ia perder para sempre a mais remota possibilidade de voltar a ser. temo-O agora e contando-te, tremo. não contes a ninguém o que te escrevo. se souberem disso, as gentes, hão de ficar tão desamparadas como tua amiga Hillé, aquela de quem tanto gostavas. soube por uma sua vizinha, uma destrambelhada, Luzia, que Hillé se deixou morrer embaixo de uma escada. e que sua última amiga foi uma porca. Hillé chamava-a apenas com este nome: senhora P disse-me também Luzia que a senhora P morreu com Hillé, à mesma hora, e no mesmo dia. caríssimo: lembra-te se puderes, de nós daqui. roupas e comidas são bem-vindas. e cuidado! não tentes adivinhar o rosto Daquele Dorso. guarda-te de geometrias e luzes. a mais ínfima busca ao redor dessas duas… cuidado! guarda-te.

Reses, enxurradas, tenho medo do outono das esquinas, você vai andando tão trigueiro, olmos, ramos e lá vem a esquina, o vento de pontas ferindo o teu nariz piloso, teu sovaco se encolhe, o peito também, vem um despenhadeiro, vem caras-hienas

nos bares, entras e pedes aquilo, uma coisa flambando, engoles tão último, tão derradeiro, choras despencando, alguém te abraça, uma puta melada, a boca espumando diminutivos, benzinho, amorzinho meu e teu pentelhinho, então vamos mas não sais do lugar; babas devagarinho na palma da mão da puta, ela ridesabotoa o calça-seios, calça-seios é perfeito como um sapato, é cheio, molengo e aconchegante, põe a cabeça aqui, ela diz, aqui, duríssima cabeça na junção dos meus seios, ela diz, é uma puta de falas finas, ilustrada fala Matias, não, Matias diz instruída, recônditos
relises
reinados
reginas
rosvita Von Gandersheim
aquela que escreveu sobre Maria do Egito, a eremita, vinde putanas várias magdalas madalenas, aquela outra de Siracusa, degolada só porque era casta, isto é, cristã. alguém vem vindo. é aquela que me carrega, me puxa pelo braço, uuiiiii, acho que me destroncou todo, é Licina-Juno, e outra vez benzinho amorzinho, vem vem, a outra embasbaca, o calça-seios na mão, os do bar gargalham enchem de vinho o calça-seios da outra, vão engolindo o vinho na cumbuca, eta peitão, vão dizendo, a outra me puxando, perco a bengala, os caras se agachando, perco a luva. o cara usa luva, meu! luva! vê só, tá enluvado, cascateia a bronha e guarda a gosma na luva, é prático esse aí, deve sê doutô. o senhor é doutô é? doutor porreta, cara. é doutor sim diz a rameira. começo, igualzinho a Rimbaud mijando no copo de alguém. pena que eu não tenha piolhos pra lançá-los também na cara dos outros. o alguém me quebra o focinho. Licina-Juno diz que vai processá-lo. com *consensus omnium. consensus* o quê? olho envesgado para ela e pergunto: e conjugicida, benzinho, sabe o que é? tento estrangulá-la. ela chora. puxa-me novamente pelo braço. digo-lhe: quer o meu braço? toma-o! toma-o! tento arrancar o meu mas não consigo. então, Licina-Juno grita: *resvi possessae*! leva-me o braço e eu junto.

candente sonora delinquente, a rábula implora. *Dio Dio* o que há comigo? devo exalar gardênias óleo incenso mirra, desabotoo as calças para ver meu pau inteiro, se há nele alguma coisa que não vi, talvez uma excrescência inusitada crescendo duradensa, mas não, ela suplica vamo-nos embora amado amado amor, a rábula pirou, eu não devo ser eu, deve estar a falar com alguém que não vejo, eu aos sessenta e cinco tão tosco, tão palha, o fundo peito cavo, caviloso eu pobre coitado, vem de coito esse acoitado na sebe, na moita? acoito-me entre as folhagens. te peço pelo amor da trindade, sai daí, ela suplica e chora. trindade, quem será? conheci trêmulas adelaides, trelissas tripartites traves e astartés até, conheço trinados, esses dos pássaros, de alguns quero dizer; os mais comuns, o do bem-te-vi por exemplo, de coruja, apesar que trinado não é o de coruja, coruja regouga, bem, mas trindade não sei não. será uma em três? deve ser bom isso. três funduras, seis tetas, nádegas desabando ao teu redor; eu sufocando, eu engolido pelo *abyssus*, pelo avisso, pelo abismo, por algum abexim lá da Abissínia, ó grande *abismus*! ando abismoso, encolhido lá no fundo, estou tão abrumado, bruma bruma. ela diz, a rábula: quem é Bruna? começo a rir como quem grasna, tusso, me afogo, ela diz, a Licina: pera aí, vou buscar algo. algo, meu deus, há quanto tempo não ouvia alguém dizer algo. algo me incomoda aqui. um caroço. onde onde? bem perto dos timbales. e isso coça? muito. serão carangos? chega o garçom e se abaixa até as minhas folhagens onde estou acoitado e pergunta: uma água tônica, doutor Vittorio? e aí começa um bate-boca entre o garçom e a rábula: que tônica, porra, pedi vodca, e cadê o limão? mas não pediram isso, doutora, não pediram o chouriço, sai daí, mas o doutor tá aí agachado, a quem devo servir? imagine, ele disse isso! onde estamos afinal? picaram-me a lata, estou ardendo, coço-me, aiaiai, são lava-pés, aquelas mínimas, aiaiai, invadiram-me o buraco, saio rastejando, arrancam-me as calças, calma seo Vittorio, vão buscar álcool, meu deus vou ser queimado! não amorzinho, é de novo aquela do calça-seios, do califom, pobrezinho ela diz, a rábula diz. escafeda-se nojenta, ele

é meu homem. fico pasmo, isso não é crível, devo ter morrido e ando me materializando com o corpo do Rodolfo, o Valentino, e não é que vem o garçom e borrifa-me as nádegas? se eu pegar fogo... penso de novo no estouro do estômago se me queimarem na pira... lá na Índia. mas não vou à Índia. aquilo das bananas, das *cavendishi* e mil hindus e mil corvos ou ele disse frangos? não devem existir frangos na Índia, mas talvez sim, pois existem vacas e não as comem. "a garupa da vaca era palustre e bela", bonito isso do Jorge. o de Lima. ontem lembrei-me do Jorge. o Coli, eu perguntando da Quiliologia e ele não encontrando os *akalófilos*, mas encontrou para mim a *Conchiliologie* num Larousse do século dezenove e eu não encontrei nada dos *akalófilos*. bonito Goya. apesar de ser amigo do feio.
akalos = feio
kalos = belo
e por quê? se calo é tão feio?
e agora Licina-Juno deita-se no chão ao meu lado. as lava-pés já se foram. estou na cama ou nos juncos? estou molhado. de esperma ou de urina? ou vomitei? seria demais, mesmo para um rábula. na cama de Licina-Juno. meu deus, o quarto é rosado. um ursinho de pelúcia na poltrona forrada de seda. não acredito no que estou vendo. digo: tira o urso. o Mora Fuentes teve uma mulher que falava com urso, levava o urso o tempo inteiro pra lá pra cá, parece que tinha um cu muito lá no fundo, ele nunca achava o buraco do cu, não do urso, mas da dona, e ela também falava com a caceta do Matias, ou do Mora, do jeito que se fala com nenês, bliu-bliu belezinha etc., o Matias ou o Mora ficavam fulos, mas Vieira diz: "primeiro a potência e o ato, depois o hábito". ficou habituado a procurar-lhe o buraco, ao invés de fumar depois de tudo feito, como fazem todos, ficava por ali, procurando o dito-cujo da outra. um dia encontrou. e era um buraquinho mínimo. cu de canário. jamais o cenouraço dele no dela passarinho. aí lembrou-se da frase: o meu cu, boi não lambe. e riu tanto que a outra se enfezou. tá rindo de quê? ele tentou explicar que o boi jamais encontraria aquele buraquinho que era o

dela, só um boi com lupa, e começou a rir mais, ela levantou-se e disse: é pequeno, mas peida como qualquer outro. e peidou. ele riu demais. parece que aquilo acabou mal. ele não morreu como Kraus, o amigo do Karl e primo do Tom que acabou morrendo mesmo de tanto rir. consta que ela mandou o proctologista dar um talho ali no dela, mas o Matias, ou o Mora, dizia: ora essa, por quê? não sou afeito a isso não, benzinho, eu só gostava de procurar e achar, mas não gosto de entrar. e a outra já tinha feito o talho. um cuzaço e tanto agora, e Matias ou o Mora, dizia: pra quê? pra nada.

Refrigero-me soturno sobre os bancos de Cum. como se estivesse nas cumeadas nos cumes e estou apenas no banco de cimento em frente ao mar. há bananeiras negras e cocos e banzé, crianças e corvos (ou são frangos?) e areia grossa. fico em pé, olho o oleoso das águas, estrume, petróleo, cagadas? olho o magriço que vem vindo, pede-me um cigarro, digo que só tenho de ponta dourada, ele sorri enviesado, me pensa um velho corno aveadado, diz gingando: dourado é? da cor do teu olho, negão, eu digo, do buraco da bunda. ele diz iiiii, tô caindo fora, obrigado, e corre corre como se estivesse fugindo do saci. estou sozinho, iníquo, sussurrando. Matias grita da grade: um martíni seco? penso: que ele não coloque vermute. só sussurre diante do copo: ver-mu-te. como fazem os perfeitos barmen. aquele do Ritz ou o Raimundo? eu e minhas tralhas e meus fundos. há azaleias? ou são azáleas? há petúnias? há rododendros? são azaleias os rododendros. soube há pouco. Matias, claro, sabe de tudo. suportar o que percebo dos humanos. que nojeira. eu e minhas tripas. que nojeira também. e o medo que vem vindo derramado, pustulento, às seis da tarde, às cinco da manhã. ando cravado de espinhos, o *sol-kadush* se esconde de mim, beijo a mínima frincha de luz, um milímetro de luz embaixo da porta. quem foi que também beijou a frincha de luz lá no bunker? Margarete Buber-Neumann, a amiga de Milena. sim, foi ela, lá em Ravensbrück. mulheres monumento, lindas lindas, Margarete. Milena. e eu que só encontrei uma Hermínia e quis livrar-me dela. consegui. por que não me aproximei das esfinges, das deusas? mas onde as havia? há várias razões para morrer. por que não tento? vou encontrar aquele polígono de mil faces. ou um *grösse* Nudel. quem é que vou encontrar por lá? certamente o outro e seu Phédon. e eloquências ainda? ou estarão todos mudos, imensos, as bocarras pétreas? bocarras lápis-lazúli abertas. crivadas de setas. São Sebastião também. vou encontrá-lo sim. e Mishima ao lado. sem cabeça ou com? olhando o santo. os buracos no peito, nas coxas ainda, sangrando. outra matéria, dizem. ninguém sangra por lá. bom isso de não mais ter sangue e tripas. começo a vomitar. apenas uma gosma esbranquiçada. vem, Vittorio! é Matias quem chama. estou indo. estou indo, mas pensando no quilióogono. fico repetindo quilióogono, quilióogono. Matias ouve. é ainda aquilo da Quiliologia? não. é um polígono de mil faces, é o Cara lá de cima. o da carta de dom Deo. você ficou mal depois disso. Deozinho sempre foi louco, ele diz, esquece. como posso? só um dorso. imagine, eu andando por aí e vendo só isso. há belíssimos dorsos. torsos também. o dorso do quilióogono. e um quilióogono pode ter dorso? devo perguntar ao Newton Bernardes. os da física entendem também de polígonos? entendem tudo, cara. se entendem até aquilo que entra ao mesmo tempo por dois buracos. é mesmo, é? e o que é isso? é uma coisa, ué. há coisas esquisitas, diz Matias. pois não tinha aquele cara que você disse, dos dentes no rego da bunda? eu disse isso? e para que servem? arranca-picas. o cara se engraça com você e o outro nhac. curioso, né? e se for a linguinha da rabuda no teu pregueado? melhor até, mulher sem língua é Astarté, beleza. acabam-se as eloquências. as endomingadas da palavra. sem dentes que é bom. nunca me esqueço da banguela da esquina da rue Sainte Honoré. quando? eu aos vinte. e a bangueluça lá. na rue Sainte Honoré? esquisito. por quê? é ponto de puta lá? a velhota estava só passando. sei, e daí? revirou a linguona e foi indo. fui atrás. fui seguindo. andei meia hora. credo, tu, aos vinte, tava mal. depois

um quartinho muito do faceiro, um gato branco que se parecia a uma pantera. branca, né? a bangueluça desabotoou rapidinho com seus dedos secos minhas finíssimas calças de camurça. ajoelhou-se lépida, lindinha a velhota com seu coque em rosca no cocuruto... sei, e daí? daí que nunca me esqueci, a boca parecia forrada de pelúcia. deve ter sido o gato que entrou por ali. devia haver um bordel só de bocas. as dentuças fora. fora! negada! tenho horror dessas Sophias Loren, dessas... com aquelas bocarras.
tá bom o martíni seco?
cê sussurrou o vermute muito alto
imagine! só mentalizei
então cê tá muito energizado
deixa ver. credo, tá puro vermute
da outra vez só olha pra garrafa
tudo bem, energizado é?

Vertiginoso o caminho do dorso.
Os tufos negros, faustosos
Guardam palavras que nunca ouvi.
Meus dedos metem-se ali
E o grande dorso os devolve
No meu de mim ocioso:
Minha virilha, meu bolso.
Quem és? pergunto
À planície de pelos que se move.
Sou iracúndia sou gozo
Sou ligadura rijeza
Sou eu
Entre o verme pastoso
E a rutilante estrela que há em ti.

Ô cara esfanicado aquele lá, caindo aos pedaços. torço-lhe o gasganete gárrulo, digo, não se empombe, meu! e o outro todo inchadura foi descendo a ladeira

de quem cê tá falando?
de desavenças antigas, estou ouvindo as palavras, guardei-as.
ando atijolado de memórias, revestido de nácar; e com isso me regamboleio
francamente, Vittorio... que linguagem!
no fundo era um cagarolas o cara
quem era?
um tal de "Medraço"
que esquisito. e por quê?
porque já nasceu crescido, compridinho...
ahn.
de medrança. de crescença.

E quem virá
Coroar-me a testa
Com papoulas negras?
As mãos de lua
Sobre a calva cabeça
E o vozerio a festa
As bocas debruçadas
Sobre minha véspera
E o corpo tosco
Jazendo algures
Lá, sois a pedra
E as palavras de ouro
Roçando o palato
Dos doutores.

E eu ali, tristíssimo
Porque morto.

(Ou tão mais vivo
E por isso *listo*.)

Para Licina:

> Vagina dentada, fremente
> Lambo-te as abas
> O inaparente, o que se esconde
> Indômito
> Entre a escura fileira de dentes
> Morde-me o pênis!
> Candente celerada!

Há dias não me vejo. acho que sou negro. vem uma velha sempre à tardezinha, ela me dá uma rosca, um café bem quente, sorri, abaixa-se com a bandeja, peida singela e terna e balbucia: perdão perdão, são coisas que acontecem, aliás, toda vida me aconteceu, eu rio, ela também ri, pergunta se quero de novo os espelhos. por quê, pergunto? o senhor gostava deles, aquele que foi de sua avó aquela, a avó Blandina... Blandina é? gosto do nome, ah sim, minha avó Blandina, linda linda ruiva, era tudo mentira aquela pose de rainha... gostava era de se meter desnuda na cama das belezas, dizem que morreu numa caçada. acidente? imagine! todo mundo que quer matar alguém diz que foi acidente de caçada... ah, é? mas caçam o que por aqui? não foi por aqui, foi nos longes, por lá. ahn... e por que haveriam de matá-la? ela era linda linda! mas só isso não basta. claro, só se você é linda e se deita com toda a aldeia ao mesmo tempo... ahnn. e quem a matou? um deles, mais exacerbado, mais fantasista, mais sonhador. então não quer os espelhos, senhor? sou negro, pergunto? ela ri rouquenha, ri pastosa, ri comprido, as duas mãos na barriga, tosse tosse... o senhor disse negro? sim. disse alguma coisa esquisita? senhor Vittorio o senhor é brancaço e mais pro vermelho. o que aconteceu hen, como é o seu nome? Assissa. estranho não? minha mãe adorava são Francisco de Assis, mas detestava Francisco, como eu não podia me chamar Assis fiquei Assissa. muito bem e fazes o que aqui? cuido de si. e os outros? foram-se. o senhor enxotou-os. é mesmo? ou melhor; ninguém aguentava mais, ficou discutindo com aquele do forro e... qual do forro? um que aparecia no forro e o senhor perguntava em inglês por que ele queria matá-lo. em inglês? *why do you want to kill me?* assim? assim mesmo. que esquisito. ele quem era? o senhor dizia que era um tal piequinininho, chamava o cara de deus. meu deus! e meu filho? tá nadando pelo mundo afora, foi o que o senhor mandou que ele fizesse. meu deus! e Matias? tá morando na outra ponta da praia, com aquela que o senhor chamava de rábula. meu deus! não fica triste, seo Vittorio, tudo já passou. hoje vem o *dottore*. qual *dottore*? o seu doutor; ué. e os gansos e os cachorros? ah, seo Matias levou todos eles pra lá. por quê? o senhor queria voar até o céu montado em cima deles. meu deus! pois é. e os cachorros? o senhor ficou igualzinho a eles, só andava de quatro e uivava e todos os cachorros uivavam também, muita desordem, muito barulho. e a Oroxis? escafedeu-se. o senhor disse que ela era um tição e que devia morar no fogão de lenha. mas eu adorava a Oroxis! pois é, mas amarrou ela lá no fogão. é. e agora estou melhor; Assissa? muito mesmo, muito melhor. o mar ainda está por aí? ah, sim, hoje está calmo. Raimundo também está aqui. quem é Raimundo? é o seu barman, seu mordomo também. graças a deus. quer que eu o chame? tá na sua hora de beber? mas nem sei que horas são. quase cinco. espero mais uma hora, o sol ainda não se pôs. pode ir; Assissa, manda o Raimundo às seis. a que horas vem o *dottore*? daqui há pouco. havia aquele filme (não havia Mora?) da mulher loirosa que não dizia palavra e só observava a amante do marido atirando seu casaco de vison na sarjeta, o dela, loirosa, casaco de vison, a loirosa só olhava pela janela e não abria a boca o filme inteiro, a gente comentava: mas a mulher vê tudo isso e fala nada, ela só olhava boquiaberta pra lá pra cá como se de fato entendesse nada, estou assim, deve ter sido horrível tudo o que fiz, mas penso também que me parece admirável este hiato, o vazioso assim à minha volta meu não ser de antes, tremo um pouco, percebi isso porque quis coçar a pálpebra junto aos cílios e tremi tremi. cílios... lembrei-me de Greta Garbo, ou era outra

que tinha cílios tão compridos? devo ter ficado bicha também.
cílios... meu deus! e o piequinininho não aparece. justo quando
mais se precisa dele.
boa tarde, Vittorio!
é o *dottore*?
isso mesmo. então como estamos?
no sem tempo
ah isso volta! não se importe
como assim? não sei mais nada de mim
isso passa. volta com o tempo. o não querer se ver, também
me vejo negro, artificioso como quem não se vê. a loucura é
sépia. ou talvez mais pro ovo. a loucura é algures, não em mim.
os corvos naquele céu eram de um outro minha loucura é rajada, esparzida de cores, loucura é escarcéu, é não, é chumbosa, pesada, o olho do cafre sobre aquela que lhe arranja o dinheiro, é enviesada, esquiva, mas vigilante, o olho do meganha sobre o biltre. é nada, é tímida, medrosa, se acasala nos cantos.
como disse, Vittorio?
disse nada
tudo vai passar; volto amanhã, só dois, entendido?
como disse?
só dois drinques
dois?! mas o meu mínimo é doze!
e quantos gritos mudos? e a harpa que eu gostaria de tocar? e o rouquenho gris saindo lá do fundo? posso agarrar-me a ti? grudado nos teus tornozelos como um polvo terrestre, cego e coberto de pó? tenho medo, Cara-mignon, não te vejo mais, onde é que te meteste? abro as pernas, pego o espelho e examino o redondo, o engruvinhado, o asqueroso. ah, então deves estar aí! e não posso beijar o retratinho porque não sou de circo, pois se me abaixo até aí, vomito. fazes de tudo para que eu nunca consiga te alcançar. e que tal atrás da minha nuca? e no meu ralo cocuruto? aí pelo menos haveria afagos, dedilhados, vejo agora o mono com a loirinha na palma da mão. quem? o King Kong!
a Rosinha tá aqui seo Vittorio

entra, menina, entra, pode sair Assissa
Rosinha, procura aqui aquele da Cara-mínima
já procuramos ontem, seo Vittorio
só mais um pouquinho, Rosa, pega a lupa
fizemos tudo isso ontem, seo Vittorio
e hoje de novo e amanhã também, o mignon é assim mesmo, fica nas dobras, quem sabe está mais acima no rego da bunda.
isso até que pode ser; seo Vittorio, no rego não vi não. facínora, sai daí! ontem ouvi dizer que uns famintos comeram um seio, a mama, a teta de alguém encontrada no lixo, no monturo. e tu cada vez mais jubiloso se encolhendo, se fazendo tule, renda, logo mais serás apenas assovio, aquele que ninguém ouve, só os cães, e ninguém há de ter aquele apito, aí sim, esquecido depois de um milhão de luas, como hás de rir de mim. e os espelhos hão de estar aqui, e também por aqui o meu risível e contorcido esqueleto, o idiota do Vittorio, aquele bufão bêbado, por mim se torcendo inteiro... *por ti yo me rompo todo* etc. ele está aí, estaí, Rosinha, com seu chapéu de gomos de seda, gomos estufados, sua gola de rendas, franzida, alta, creme e prateada, o blusão de veludo, sabe, Rosinha, ele está aí dentro, estou sentindo
onde seo Vittorio, onde?
no meu cu, idiota, ah, está bem, não chora, já vi que você não entende nada de deus, eu precisava é falar com dom Deo, mostrar-lhe o único buraco aqui na Terra onde deus habita.
não fala assim, seo Vittorio, é pecado mortal.
deus no meu buraco, é pecado mortal? ah, não é não, Rosinha, deus gosta de tudo, de tudo o que criou, nada é triste, nem escuro, nem amerdalhado, nem fede à bosta nem a malvavisco, tudo é bonito porque vem de deus, viu Rosinha? ele é um dorso sem cara, um chifre negro, um olho azul azul
que lindo, seo Vittorio...
pois é pois é, tem o cu assim ó, todo de ouro, e bem no buraco uma ametista roxinha, mas não, você é Rosinha, pois é, então uma ametista. e olhando lá no buraco, com atenção redobrada, não como você olha distraída o meu buraco, olhando mesmo

com um grande lupão, você há de ver até a cobra lá do paraíso...
é mesmo, seo Vittorio?
claro, aquele puta cobrão, todo cintilante, as escamas são casquinhas finas de rubi, é a cobra de deus, o cobrão que foi deixado lá no paraíso
que horror, seo Vittorio, e ela pica?
claro, pica a pica de Adão. ela abriu a boca Rosinha, os dentinhos finos como alfinetes, é tetuda e idiota, mandíbulas quadradas, uma égua-mirim, leva a cada noite um bolo de dinheiro para casa, eu lhe pago só para olhar a rodela e espiar se o outro não está lá, lhe pago também para me ouvir falar, a sépia desgrenhada, a foiçuda deve estar por perto a me rondar, às vezes urino na cueca Hermès, caguei ainda não, isso tenho medo, tenho medo que o outro caia e escorregue e espalhado-pedante no meu rego, vai se dissolver penso eu, é isso o que ele quer; por isso sempre cago no pinico de louça, meu pinico francês, assim posso ver a cara do outro antes de morrer. se for só luz, não vou ver nada, mas é não, vem sempre com aquele chapéu de gomos de seda, o chapéu eu conheço bem, a cara é sempre brumosa, água sobre nanquim, ele encrespa o dorso e vira o chapéu de gomos pro teu lado.
seo Vittorio, o Raimundo tá perguntando
um momento um momento, devo continuar; vira o chapéu de gomos pro teu lado, abre uma boca de boneca e murmura cuí cuí cuí, sempre penso que é um rato, e me reteso todo espavorido num canto. aquele canto de Hermínia e Alessandro, as mulheres são cumes escorregadios, você tenta a cada noite dar mais um passo e sempre volta ao vale, não consegue subir, quando muito ela sobe em cima de ti, pega o teu sexo e enfia de chofre naquele escuro lá dela, e você na ladeira escorregando sempre, aí ela sobe e desce, vem um cheiro de tamarindo e vem um bando de coroinhas tilintando na tua cabeça e ai tu gritas huh huh igual a um mono no alto do cacho de bananas huh huh
o que vai ser hoje, seo Vittorio? já não tem mais sol...
bem, vejamos
aceita esta receita?

1 xícara de caroços de maçã ou de amêndoas dos caroços de pêssegos. esses grãos contêm um composto orgânico que pode liberar ácido cianídrico. muito raramente levam à morte.*

excelente, Raimundo.
obrigado, seo Vittorio, com licença, a mocinha bebe alguma coisa, seo Vittorio?
a mocinha só suga, como os lobos, Raimundo, bebe não. estou sem rosto. desnudado e frio, este mesmo corpo foi um, agora é outro. como pôde ser isso? menino era um intenso, e não sabia. o que é intenso? comendo o dia. sopro, cinzas, gosto. sou alguém de pernas finas. estreito de torso. o cavalo bufa. sacode a crina. sou o cavalo, a luz se espalhando pelo dorso, as narinas, o úmido-viscoso lá de dentro, amo ser eu-menino-cavalo-luz-tremente inteiro, gritam lá da varanda... menino Vittorio! rolo pela terra, o que é ser morto? e um aparatoso de fitas flores coroas toma corpo, minha mãe deitada e um amarelo-aquarela escorrendo dos dois pequeninos buracos, o nariz de louça arrebitado, não sou mais o cavalo e seu brilhante viscoso, sou tão sem ninguém, sou um menino de estreito torso e pernas finas, sou de novo um nada-ninguém, só sinto, quero dizer só penso, é o mesmo. examino as canelas neste instante: ainda finas, mas manchadas, meu amigo Flamínio me dizendo: caríssimo Vittorio, more em Londres, tens a pele dos ruivos, não dos mouros, o *fog* vai te fazer bem. ah, sim, a névoa, a bruma, o embaçado de mim, esse que se desenha, se rabisca e se apaga refazendo-se depois, e outra vez muitas vezes, sussurro mãe mãe, que saudades, mãe! mas um dia Isso vai acontecer; filho, para todos nós, entendes? não, não sei o que é Isso que vai acontecer; como se chama Isso? como Ela é, Isso? Isso sem nome vai acontecer; é? aconteceu Aquilo-Isso? aconteceu, menino Vittorio
e nunca mais é?
nunca mais, menino Vittorio

---

* Claude Guillon e Yves Le Bonniec, *Suicídio: Modo de usar*. São Paulo: EMW Editores, 1984, p. 197.

não fala assim pro menino
Isso é Aquilo que ela dizia que ia acontecer um dia?
é, menino Vittorio
e onde é que está essa nojenta-louca-Aquilo-Isso para eu lhe arrebentar a cara? por que se faz invisível?
visível a cada instante, Vittorio, cada vez mais perto se ficas olhando o relógio
dipsomaníaco, é?
foi isso o que ele disse, o *dottore*?
dipsa é sede. é aspid do avesso. escamosa, fria. que sede, Raimundo!
de mim, do rio, vai e vindo. águas e luares, eu sendo. bem-vindo e eterno rio onde existo e existindo morro sendo. palhas, bicos, algures algumas aves esvoaçam. sou asa e ventos. a mãe ali deitada e eu continuo sendo. ela mais. inteira, completada. chegam gentes de negro. crepes, pérolas embaçadas. luvas na capela. a mãe deitada onde não vejo. que está ali, me dizem. na grande caixa envernizada. há sombreados azuis nos olhos das mulheres e azul a luz lá do alto nas cambraias nos degraus do altar. SENHORA DE TANTAS VIRTUDES, CORAJOSA SENHORA, NOSSO ADEUS. as cabeças voltam-se para mim. e abaixo a minha. está acontecendo Aquilo-Isso, fico repetindo. também estarei lá na caixa envernizada. e voltarão as cabeças para quem? para Matias? para Júnior? o idiota estará no Ganges, nadando entre os escamosos. os crocôs. dizem que o rato da Índia espera o escamoso adormecer de boca aberta e entra por ali e lhe rói as entranhas. sai pela barriga, roendo roendo. bem, então as cabeças estarão voltadas para Júnior. a vaca da Hermínia também estará na capela, as luvas de pelica, claro, e Alessandro também, os dois ansiosos para que tudo se acabe bem depressa e o Möet & Chandon geladíssimo em algum bar com poltronas de couro e lambris delicados, foscos.
pobre Vittorio, foi-se
Alessandro beija-lhe as mãos. dipsomaníaco, Hermínia, total compulsão

sim, eu sei, meu caro
será que ficamos ricos?
improvável. Matias talvez. e Júnior. agrada o teu filhinho, Hermínia

Menino olho para o azul do alto e vejo o Cara-mínima. ele aponta mamãe sentada à sua direita na grande poltrona acetinada. começo a gritar na capela: mamãe está ali, perto daquele de gola alta... e olha, ali, o chapéu de gomos!
ma dove, bambino, dove?
ali, ali, *monsignore*
e todas as cabeças se alteiam buscando a mãe que eu vi, moça, de coxas deliciosas refestelada incólume na grande poltrona acetinada. *ma dove, bambino*? olha olha ali ali, e histérico dou grandes saltos em direção ao nada. ali! ali!

Descobri uma coisa nova: o meu sovaco. olho, olho o meu sovaco. isso me custa muito. um enorme esforço. uma torção do pescoço, melhor um engruvinhar do pescoço, olho o meu pescoço, um pescoço Dorian Gray... aquele retrato do Oscar Fingall, como rimos aquele dia e... onde está o Mora? com a mulher. com o filho, escreveu aquilo: *Sol no quarto principal*, é muito bom, mas ele está triste, diz que está velho, imagine, aos quarenta, eu estou o que afinal? apareceu em mim Pedro Cyr; e sua poesia *odd*

> eu estive lá. na gargalhada. no pó.
> estive aquém de mim.
> no cesto. na mó.
> estava sujo e nu.
> e o que eu via era deus.
> escuro e sórdido como eu.
> e então?
> então ríamos. foi só.

* * *

      os negros sorriam
      entre o lixo das dunas.
      eu tive medo e fechei a cara.
      os negros sorriam
      entre o lixo das donas.
      então me fiz Desdêmona
      besuntei-me
      encharcado de Otelos e de lenços.
      enfeitado de anêmonas.

    o porco comeu o filho da Etelvina.
    tive tanta pena do porco, do filho, da Etelvina.
    (assim mesmo, nessa ordem)
    que maçada, me disse na tarde que escoava.

quem será Pedro Cyr? parece desolado. deve ser velho também. a velhice é o quê? é como ter muito frio. ou tufos na ponta do nariz, quero dizer tufos de pelos, tufos de pelos no buraco das orelhas, deve andar entre os tufos o Cara-mínima, me espiando como alguém entre os juncos, dá gargalhadas contínuas se me vê espiando o sovaco, ou coçando meus frágeis artelhos. cadê todo mundo? escafederam-se, cães, gansos e Matias e a rábula metida a erudita. e a menininha onde está? já lhe esqueci o nome, essa que procura a quem eu nunca encontro, procura lá onde agora gosto que me esfucem, lá no buraco. do umbigo tenho medo. é o centro de tudo. se me esfuçassem ali, viria um mar de tripas, no mínimo um metro cúbico. alguém pôs veneno no ouvido do rei, aquele pulha que casou com a rainha. e veneno no umbigo? Kadosh não tinha umbigo. e o desprezível que me fiz, onde é que está? e o colete da serpente? e o rastejante imundo, o verdolengo verme que sou e tenho sido quase sempre, onde é que está? e a vontade da frugalidade, a bondadosa veia dando sangue ao outro, onde é que está?

em quais caniços se grudou a santidade? sugo o coisão de deus, ajoelhado diante do Nada. tô te chupando, magnífico! magnífico é nome de reitor. pois é. reitor dessa emerdada universidade que é a vida. ah, um dia vou ser doutor. doutor em abocanhar os duros da divindade. e se deus é negro? e se deus é índio? tenho medo de tacapes e beiçolas. um porque te arrebenta o mais sutil, o mais fluido, a moleira viscosa do cocuruto, e beiçola engole quase tudo. vem vindo a Puta, do *putare*, vem vindo a deusa da podadura. a escura. a asa negra. em outros tempos dizem que era linda. agora é só puta na minha língua, e ceifa. cago-me inteiro, rugindo. de puro medo. Raimundo volta com dois martínis secos. dou a azeitona pra gralha. uma que estou vendo. veio de onde, essa? ou é mais um Errol Flynn plumário?
há uma gralha aqui, Raimundo?
há, sim senhor
e de onde veio?
seo Matias é que trouxe, para lhe fazer companhia
maldito, leva-me a rábula e traz a gralha. e o buraco da gralha, onde é?
como disse, senhor?
disse nada, Raimundo
ela se agita a gralha, esvoaça adoidada, caga no sofá de veludo grená. mas onde estou, no bordel?
não senhor, foi dona rábula que forrou o sofá assim
quando?
quando o senhor conversava com deus
ahnn... a puta mudou a cara da minha sala
como disse, senhor?
disse nada, Raimundo. ou melhor; disse que tudo mudou
mudamos sempre, senhor
você sempre foi barman?
não senhor; sou doutor em filosofia
ahnn. curioso
são tempos difíceis, meu senhor
sem dúvida

o que o senhor me paga por dia eu ganhava por mês como professor

Às vezes penso que sou o sobrinho de deus. devo escrever isso a dom Deo. há sobrinhos que têm tios notáveis, aqueles que dizem: se o assunto é dinheiro, fala-me. tive o tio Luís que me dizia, quando o assunto era dinheiro: mas você tem terras. sim, tio, mas não posso comê-las. e quando eu pedia detalhes sobre os meus avós, pais dele, tio Luís era amável: obrigado por se interessar tanto pela minha família. eu dizia: que é também a minha. ele me olhava espantado. devo ter sido bastardo e talvez por isso as tias não me deram as mãozinhas alvas quando eu quis apertá-las em gentil saudação, nos meus nove. muita gente boa foi bastardo. agora não me lembro de nenhum, mas ao longo da caminhada devo lembrar-me. bem, então sou o sobrinho de deus. aquele que pergunta sempre: essa raridade aqui não era da minha avó? sim. e por que está na sua casa e não na minha? porque a tua avó era a minha mãe. aí o sobrinho diz ah! e rosna baixinho porque a raridade deve valer uma grana firme e ele está ali louco pra comprar pó.
porque você fez o besouro cascudo assim e sem poder levantar se cai de costas?
porque me faltou material.
material?
energia, bestalhão.
o que é energia exatamente?
aí deus usou muitas palavras complicadas e o sobrinho disse: por que você não faz um rabo de papel com todas essas palavras complicadas escritas nele? deus achou boa ideia e por isso até hoje temos um rabo de papel, tropeçamos nele a cada dia, nas palavras também.
o que temos para jantar, Raimundo?
lesmas
excelente. regadas àquele uísque sequííííssimo? naturalmente, senhor Vittorio.
a cara da morte tem andado torta. deve estar com piorreia, a enco-

vada. ou deve ter tirado os dentes. está toda chupada, macilenta, com cara de morta mesmo. às vezes vem fantasiada de anã. uma bundinha mínima, verde, com jeito de ervilha. e a cara feito maçã. mostra alternadamente a bunda e a cara. eu só sorrio. ela quer que me arreganhe de medo. ofereço-lhe o toco do meu pirulito. meu toco preto. ela gargalha desdentada, diz: isso aí?!!
uns agachados frouxos da alma, pavorentos, um medo lesmoso. não. sou ninguém não. sou apenas poeira. poeira que às vezes se levanta e remoinha e depois sobe e levita, procurando o Pai. sou apenas cadela-poeira, às vezes fareja o que não vê, ficou cega e velha e nem sabe do existir desses muitos porquês. cadela vinda de lá: de uma esteira de luz que se desfez na Terra.

Poemas de Vittorio com máscara de Luis Bruma, que foi Apolonio, pai de Hillé

I
Apaga-te.
O rio não está diante de ti
Como imaginas.
Há apenas o fosso
E a mesa inundada de papéis:
Conjeturas lassas
Sobre a aspereza das palavras.

O rio não está diante de ti.
Está além. Viaja.

II
Finas farpas, vastas redes
Por que te fazes ausente, Loucura
Há tantos meses
E dás lugar à torpe lucidez
Ao nojo do existir

E do me ver morrer?

Por que me atiras
À desordem de ser
E à futilidade do mover-se?
Carpas crispadas
Na torçura das redes.

Por que te ausentas, amada
Se estou atado, permissivo e luzente
Ao corpo do teu corpo que é o lago?

III
Tranca-me. Teus ares de luta
Têm o corpo dos pátios devastados
Esses que se sonharam cordas
E por que não cadeados de volúpia?

Deita-te.
Laça-me os pés. Beija-me os passos
Para o cárcere da minha volta.
Sonha navios. Ocasos.
Sonha-me trancado. Teu.

IV
Hás de viver um tempo, morte minha
Como se fosse o tempo do viver.
E carantonhas, fogos-fátuos, foices
Hão de reverdecer em azul e ocre
E banhado de luz volto a nascer.

Hás de viver um tempo, morte minha
Como se fosses noite apenas.
E haverá pássaros do dia
E nunca mais e nunca mais coiotes.

E nunca mais o sangue em nossos corpos
Só luz, entropia, e o riso deslavado
De não ser.

V
Aquiesce. Vem ver o barco.
Toca as velas de seda
E o opalino do casco:
O asco do adentrar-se na vertigem
Essa, onde navegas.

Toca teus verdes, esses
Que parecem amanhecer
E à noite são memórias
Descompasso, perdas.

Vem ver o barco
Carregoso de sombras de teus atos.
Vem ver o barco partir para morrer.
Aquiesce. Vem te ver.

sobras que me ficaram da Hillé que se foi e permanece em mim.

I
Dizes que dou nomes singulares
A coisas alcunhadas desde muito.
E distorcendo planícies e outeiros

Penso éguas rosadas
E girassóis e juncos penso negros.

Que há em mim um desdizer-se antigo
E vícios de carícias e rudeza.
E me vês íntima dos incompreensíveis

E mais adiante...
O quê?
Que sou rainha e feirante.
Que sim, desdigo.
Então me visto do finito que me pensas
E me desfaço
Da fome do infinito que desejas.

II
E pensei geometrias
Mas nasceram jacintos encorpados
Dentro do peito casto

Porque me tocaste.

Me pensaste tardia
E te fiz mais jovem do que merecias.

Me soube peregrina
Quando me vi colada a teu passo.

E me soube menina
Quando te vi cansado.

III
Perdição e sombra.
E farrapos de luz
Sobre os nossos retratos.
Aqui, tintas apagadas
Sobre a minha cara.
Ali, o esboço da tua fronte

E nossas mãos, teu rosto
Estriado, composto
Dos invisíveis noemas

Da emoção.

E olhamos o que fomos:
Sumos
Ligaduras terrenas
Mosaicos pontilhados de Loucura.

IV
Tanto de ti em mim
Que os outros em me vendo
Te veem
Ainda que desatentos.
Estranho, dizem, és aquele
E és tu, és mais espaço
E menos banimento.

E agora há mais janelas
Entre mim e os outros:
Lutuosa que era
Fiz-me arroubo.

A mulher perguntou ao homem:
você me ama?
não sei exatamente o que isso quer dizer
... ah, então não sabe
são conceitos, não é? e eu não sei o que seja isso de conceitos...
é
hum, hum
as lagartas subiam nos troncos das árvores.
ela: bonitas, não?
ele: tem gente que morre de medo
ela: tem
ele: o melhor é jogar álcool e queimá-las
ela: meu deus!
ele: é, porque elas destroem as folhas, matam a árvore

ela: ah, é? mas são tão bonitas, não? eu não poderia queimá-las por causa da beleza
ele: mesmo sabendo que elas vão destruir as folhas? folha é menos vida... ou não?
ela: também não sei, mas as lagartas parecem mais... mais de carne, hen? e carne tem a ver com a gente
ele: eu me chateio com esse tipo de reflexão
ela: não diga benzinho
ele: você se aborreceu
ela: e com a minha boceta você se chateia?
ele: é melhor eu ir embora...
ela: e esfregando o meu rabo na tua cara você se chateia?
ele: tô indo embora
ela: e te dando esse tiro no peito você se chateia?
o homem caiu ali no jardim, estatelado. ela só disse "que cara cafajeste". correu. sumiu. um menino viu a mulher correndo até ela sumir. virou-se e pensou: que mulher linda, meu, que rabo! taí uma que eu queria que esfregasse o rabo na minha cara. riu, muito contente.
é o teu primeiro conto Júnior?
é
é bom
você não nada mais, Júnior?
não

Pus as pantufas vermelhas, de feltro. Raimundo me olhou assustado. eu ri. pantufas, senhor? sim, porque me deu vontade. fui sentar-me na mureta da casa, em frente ao mar. levei meu uísque com ginger ale. casca de laranja não tinha. ele ia providenciar. duas criadinhas passaram rente a mim, olharam as pantufas e curvaram-se de tanto rir. ouvi as palavras "velho", "gozado", "sempre bêbado". pensei tolas, xerecas fedidas e sempre criadinhas. pensei azedo também sobre a vida. pensei "triste, velhice", "caralho murcho", pensei "deus" e toda a asseclagem ao redor dele,

chupando-lhe os dedões do pé. até hoje me lembro desse cara que brigou comigo porque eu pus num texto que o meu personagem chupava os dedões do pé do pai, coisa que ele me contou um dia como se fosse uma dolorosa confissão e eu morri de rir naturalmente, não falei o nome dele mas ele se aborreceu pra valer. as pessoas são estranhas... deus também, deus adora que lhe chupem os dedões do pé. eu teria receio e pudor; nunca sei se o do meio dos dedões está em ordem, sem frieiras, sem aquele queijinho que é comum nas xerecas de criadas jovenzinhas e no meio dos dedos do pé. deus deve saber dos seus dedões. agora a gorda vem saindo do mar, está radiante com o grossão do lado, deve ter uma bela pica esse negrão. nunca vi pica de negros, vi muito poucas picas, aliás, a de Alessandro era soberba, por isso é que me veio a ideia de oferecê-la a Hermínia, aquela vaca branca. ando assustado porque isso não tem fim. meu desprezo por Hermínia, minha vontade de livrar-me de todos e só encontrar o Cara-mínima. afinal fomos feitos pra quê, hen? afinal você aprende aprende, quando está tudo pertinho da compreensão, você só sabe que já vai morrer. que judiaria! que terror! o homem todo aprumado diz de repente: quase que já sei, e aí aquela explosão, aquele vômito, alguns estertores, babas, alguns coices, um jato de excremento e pssss... o homem foi-se. escreve, filho da puta, escreve! e não vai cair babando em cima da máquina, ela não merece isso. aí tomei-lhe as mãozinhas, finíssimas, azuladas, frias... tá com frio? não, é má circulação. ahn. os pezinhos também são assim? também. magra, com peitões assim ó, enormes. as coisas que o Criador faz, deve rir sem parar das coisas que constrói. essa mocinha, coitada, uma vareta de carne azul e dois amarelos melões... leva esse dinheirinho, moça, não quero não, ela ainda disse: por dentro sou quentinha... assim espero, eu disse, mas não quero não, sou só velho, gozado, e estou sempre bêbado.
a casca de laranja, senhor
obrigado, Raimundo
(a casca de laranja na bandeja de prata...)

⁎ ⁎ ⁎

Aqui estou eu. eu Vittorio, Hillé, Bruma-Apolonio e outros. eu de novo escoiceando com ternura e assombro também Aquele: o Guardião do Mundo.

MULA DE DEUS

I
Para fazer sorrir O MAIS FORMOSO
Alta, dourada, me pensei.
Não esta pardacim, o pelo fosco
Pois há de rir-se de mim O PRECIOSO.

Para fazer sorrir O MAIS FORMOSO
Lavei com a língua os cascos
E as feridas. Sanguinolenta e viva
Esta do dorso
A cada dia se abre carmesim.

Se me vires, SENHOR, perdoa ainda.
É raro, em sendo mula, ter a chaga
E ao mesmo tempo
Aparência de limpa partitura
E perfume e frescor de terra arada.

II
Há nojosos olhares sobre mim.
Um rei que passa
E cidadãos do reino, príncipes do efêmero.
Agora é só de dor o flanco trêmulo.
Há nojosos olhares. Rústicos senhores.

Açoites, fardos, vozes, alvoroço.
E há em mim um sentir deleitoso
Um tempo onde fui ave, um outro
Onde fui tenra e haste.

Há alguém que foi luz e escureceu.
E dementado foi humano e cálido.
Há alguém que foi pai. E era meu.

III
Escrituras de pena (diria mais, de pelos)
De infinita tristura, encerrada em si mesma
Quem há de ouvir umas canções de mula?

Até das pedras lhes ouço a desventura.
Até dos porcos lhes ouço o cantochão.
E por que não de ti, poeta-mula?

E ornejos de outras mulas se juntaram aos meus.
Escoiceando os ares, espumando de gozo
Assustando mercado e mercadores

Alegrou-se de mim o coração.

IV
Um dia fui o asno de Apuleius.
Depois fui Lucius, Lucas, fui Roxana.
Fui mãe e meretriz e na Betânia
Toquei o intocado e vi Jeshua.
(Ele tocou-me o ombro aquele Jeshua pálido).

Um tempo fui ninguém: sussurro, hálito.
Alguém passou, diziam? Ninguém, ninguém.

Agora sou escombros de um alguém.
Só caminhada e estio. Carrego fardos
Aves, patos, esses que vão morrer.
Iguais a mim também.

V
Ditoso amor de mula, Te ouvi murmurando
Ó Amoroso! Ditoso amor de mim!
Poder amar a Ti com este corpo nojoso
Este de mim, pulsante de outras vidas
Mas tão triste e batido, tão crespo
De espessura e de feridas.

Ditoso amor de mim! Tão pressuroso
De amar! (E de deitar-se ao pé
De tuas alturas). Corpo acanhado de mula

Este de mim, mas tão festivo e doce
Neste Agora
Porque banhado de ti, ó FORMOSURA.

VI
Tu que me vês
Guarda de mim o olhar.
Guarda-me o flanco.
Há de custar tão pouco
Guardar o nada
E seus resíduos ocos.

Orelhas, ventas
O passo apressado sob o jugo
Casco, subidas
Isso é tudo de mim
Mas é tão pouco...

Tu que me vês
Guarda de mim, apenas
Minha demasiada coitadez.

VII
Que eu morra junto ao rio.
O caudaloso frescor das águas claras
Sobre o pelo e as chagas.

Que eu morra olhando os céus:
Mula que sou, esse impossível
Posso pedir a Deus. E entendendo nada
Como os homens da Terra
Como as mulas de Deus.

VIII
Palha
Trapos
Uma só vez o musgo das fontes
O indizível casqueando o nada

Essa sou eu.

Poeta e mula.
(*Aunque pueda parecer*
Que del poeta es locura.)

A BUÇA NEGRA VEM VINDO. PUNHAL. VELHICE. ADAGA. CUSPO-LHE NA CARA. ELA SE ARREGAÇA LASSA. MORTE. AMADA.

Denken ist schwer.
JAMES WARD

Casa do Sol
6 de março de 1993
15 de janeiro de 1996
Lua nova

Cinco pistas para a prosa de ficção de Hilda Hilst

Alcir Pécora

AO LONGO DE ANOS DE CONVÍVIO com o trabalho de Hilda Hilst, sempre tive a intuição da importância literária dele, ainda que então vastamente desconhecido, em contraponto com a imagem histriônica da autora, bastante explorada midiaticamente, cujo efeito paradoxal era dar a muitos a impressão de que conheciam uma obra que nunca haviam lido.

Buscando ultrapassar essa sobreposição imprópria, mas infelizmente sistemática, em que as entrevistas rápidas substituíam o lugar da obra, fui ensaiando algum vocabulário crítico alternativo para tratar de seus textos. Digo alternativo não apenas em relação à imagem midiática, mas também em relação à doxa acadêmica vigente no Brasil, em especial em São Paulo, já que amplamente baseada nos valores do modernismo paulista — realismo, racionalismo, informalismo, didatismo, preocupação social e nacional etc. — que diziam pouco ou mesmo nada em relação à obra de Hilda Hilst.

E a mesma inadequação crítica havia entre os seus textos e o viés construtivista da literatura brasileira de sua época, de João Cabral aos concretos, pelos quais Hilda não mostrava o menor interesse. A menos que se falsificasse a sua obra, tentando dar-lhe um falso parentesco com esse *mainstream* literário, a questão era mesmo, portanto, tatear algum vocabulário crítico pouco explorado até então que acentuasse o que nela havia de significativo.

Refiro a seguir alguns dos pontos principais que procurei

desenvolver em relação à natureza particular da prosa de ficção da autora — e que, por vezes, em outras ocasiões, tratei mais detidamente.

1. ANARQUIA DOS GÊNEROS

Em seus vários livros de prosa, Hilda Hilst opera uma grande mistura de gêneros literários — aí está a anarquia. Mas há uma distinção muito importante: essa mistura não é feita como se a autora ignorasse ou não se importasse com os diversos costumes e tradições em que os gêneros se formavam, adotando uma perspectiva irônica em relação a eles. De fato, ela os conhecia bem e, conhecendo-os, pretendia fazer deles matrizes estilísticas variadas e fecundas.

Ou seja, Hilda considerava seriamente as matrizes canônicas de diferentes gêneros da tradição letrada ocidental — por exemplo: os cantares bíblicos, a cantiga galaico-portuguesa, a canção petrarquista, a poesia mística barroca, o idílio árcade, a novela epistolar libertina etc. —, mas lançava mão deles sem purismo, de modo que estilos antigos eram mediados por questões contemporâneas, por exemplo, pelo sublime de Rilke, pelo fluxo de Joyce, pelo minimalismo de Beckett, pelo sensacionismo de Pessoa, ou, enfim, pelos ensaios em torno do obsceno e da morte escritos por Ernest Becker ou Georges Bataille.

Além disso, num só texto, ou mesmo numa só página, Hilda dispunha de uma vez os gêneros que melhor praticava, por exemplo, incluindo versos na narrativa ou, mais do que isso, imprimindo ritmo à prosa, fazendo predominar a elocução, inclusive a imaginação da prosódia sobre a sequência narrativa. Mas a prosa de Hilda também podia conter diálogos dramáticos, com sucessão de réplicas, e até mesmo fazer surgir alguma voz de cronista em meio ao conto ou romance, ao comentar acontecimentos ou referir personagens históricos conhecidos e celebridades em meio a narrativas que diziam respeito a outro tempo e lugar. Um exemplo cabal: em *Contos d'escárnio*, a invenção do texto incorpora: trechos de romance memorialístico, diálogos soltos intercalados à história, imitação de certames poéticos à moda das antigas academias, apóstrofes aos leitores, contos e minicontos, crônicas políticas, comentários etimológicos e eruditos, crítica literária etc. etc.

Na prosa das crônicas, assim como na de ficção, o mesmo processo de mistura de gêneros ocorre, mas de forma menos discursiva e continuada, e sim sobreposta mais abruptamente, quase à imitação de colagens em que a página funciona como amostra breve dos múltiplos recursos da autora.

2. FLUXO DE CONSCIÊNCIA

Trata-se possivelmente do principal recurso discursivo empregado por Hilda Hilst nos seus textos em prosa de ficção. Mas é um fluxo que demanda atenção bem particular, no qual não se busca um flagrante apenas intelectual da rede de pensamentos ou de vozes assimiladas pelo narrador, como se costuma pensar o fluxo de consciência modernista, mas sim uma sequência dialógica, isto é, disposta dramaticamente, com várias vozes falando no interior de uma cena teatral relativamente fácil de ser reconstituída — como fez a pesquisadora Sonia Purceno em relação a "Fluxo", a primeira narrativa de *Fluxo-floema* —, ainda que se trate de uma cena sempre aberta a intercalações e sobretudo a comentários metalinguísticos.

É possível mesmo dizer, em suma, que na prosa de Hilda fragmentos de conversas são encenados. A ideia de psicodrama pode aparecer aqui com naturalidade, mas, a meu ver, apenas heuristicamente, pois a tendência do fluxo dramático não está a serviço da profundidade psicológica. São antes pensamentos representados em cena aberta, e, diria até, em geral representados diante de uma plateia hostil. O desfecho da representação está efetuado no interior da forma da experiência discursiva efetuada, jamais em algo que avança além dela. A literatura — ou a poesia, como talvez ela preferisse dizer — é a meta da narrativa e não um sujeito além ou aquém dela. Para Hilda, os termos têm de ser invertidos: a literatura (e apenas ela) é a exata medida do sujeito que se procura.

Assim, falas alternadas de diferentes personagens irrompem, proliferam e disputam lugares incertos e instáveis na cadeia discursiva dramática ou dramatizada. Pode-se falar, talvez, em drama da posição do narrador em face do que escreve ou do que se vê escrevendo, nem sempre de forma consciente, como proliferações discursivas impossíveis de serem contidas numa unidade psicológica estável. Pensei nisso, por vezes, metaforicamente, como uma espécie de representação dramática da possessão: haveria então um narrador-cavalo, montado seguidas vezes por entes pouco definidos, aparentados entre si, incapazes de conhecer a causa ou o sentido de sua coexistência múltipla e dolorosa na escrita. Trata-se, entretanto, apenas de uma metáfora mais ou menos banal para compreender esse preciso processo de escrita. O mesmo processo fica bem claro linguisticamente, quando se percebe que as personagens proliferantes tomam sempre nomes esquisitos e inverossímeis, geralmente começados por H. Por exemplo: Hamat, Hiram, Hakan, Herot, Hemin etc. Parece verossímil pensar que todos eles sejam flexões de Hilda — como fica evidente em Hilde ou Hillé —, que entretanto não se conformam em ser apenas Hilda.

3. O ANTINARRADOR

Chamo de antinarrador, aqui, o tipo de narrador de Hilda Hilst que manifestamente se recusa a narrar ou a contar uma história. Por exemplo, em *Contos d'escárnio*, o narrador, Crasso, diz que pretende escrever à maneira dos verbos chineses, sem qualquer marcação temporal. A sua meta de narração está bem longe, portanto, da ideia de um romance realista, cujas ações são conduzidas articuladamente ao longo de uma linha de tempo, ainda que ela possa ser composta e decomposta de várias maneiras: começando no meio, indo de trás para diante, incorporando flashbacks e antecipações etc.

O antinarrador de Hilda vai bem além disso: manifesta-se numa mistura de línguas, de tempos e registros variados, além de poder seguidamente lançar mão de recursos de outras linguagens artísticas como as rubricas do texto dramático ou as instruções de performance visual ou plástica. Neste último caso, por exemplo, no texto "Pequenas sugestões e receitas de Espanto Antitédio para senhores e donas de casa", ela escreve: "Pegue uma cenoura. Dê uns tapinhas para que ela fique mais rosadinha". E há muitos outros exemplos ainda mais radicais do que esse.

O antinarrador também lança mão de paródias de textos didáticos, fábulas e piadas escabrosas, partes de novela epistolar, excertos filosóficos, textos psicografados etc. — tudo bem misturado e em sucessão acelerada. Quando isso opera no limite, imagino que poderia até avançar a ponto de se tornar uma instalação. Mas não é assim. O texto e apenas ele é o que Hilda Hilst quer. A literatura é a sua causa final. Também poderia dizer que é a sua forma de vida final, mas isso valeria para qualquer grande autor.

Em termos mais diretos, esse antinarrador hilstiano implica uma resposta irônica à literatura banal de mercado, construída sob o predomínio da sequência ordenada e previsível das ações, tendo como matriz histórica o romance romântico ou realista francês do século XIX. Crasso, como o próprio nome diz, é um narrador chulo — isto é, tosco, grosseiro, rudimentar —, mas é também o oposto disso, o sujeito de uma "narração crassa" ("densa", "espessa"). Por isso mesmo convém notar que o lixo mercadológico, em Hilda, não é reutilizado apenas ironicamente, mas é também ocasião única de uma conquista autoral. Diz ela: "Ao longo da minha vida tenho lido tanto lixo que resolvi escrever o meu"; ou: "É tanta bestagem em letra de fôrma que pensei, por que não posso escrever a minha?". Ou seja, Hilda não joga fora o lixo, usa-o como metáfora de base da sua literatura, assim como usa, na mesma disposição autoral intransferível, o luxo da grande literatura ocidental, em cujo altar tanto reza como destrói, anarquiza e reinventa a si própria como autora.

4. O ESQUEMATISMO DAS NARRATIVAS

Em geral, a prosa de ficção de Hilda Hilst parte de situações polarizadas, até mesmo maniqueístas, e evolui até implodir as duas pontas da oposição, à imagem — para citar mais um autor importante para ela — do que Wittgenstein fazia com as proposições do positivismo lógico. É evidente que uma estratégia desse tipo está especialmente preparada para lidar com os esquematismos homogeneamente contrapostos, típicos do presentismo contemporâneo, e isso talvez explique parte do sucesso atual de sua literatura.

Além disso, a prosa de ficção de Hilda Hilst compõe-se de narrativas de forma livre, que dificilmente chegam a constituir-se como romance ou mesmo como conto, pois esses são gêneros literários concebidos na chave da articulação de profundidade psicológica, tensão narrativa, desenvolvimento unitário e progressivo de ações complexas. Nada disso, como já se viu, define adequadamente a prosa anárquica da autora.

Um exemplo ótimo para evidenciar esse processo de narrar é o que se apresenta em *Tu não te moves de ti*. Na primeira parte, está clara uma oposição bem esquemática: de um lado, o personagem de Tadeu, um executivo em crise, com personalidade complexa, que passa a sofrer anseios poético-metafísicos; de outro, Rute, sua mulher, que é rica e prototipicamente frívola, idêntica a quaisquer outros objetos compráveis no mundo dos negócios. Na segunda parte, já não há sinal desse mundo simplório de Rute. As ações se passam num *locus amoenus* cuja atmosfera bucólica é penetrada de poesia antiga, tanto a dos cantares bíblicos como a de amores pastoris genericamente clássicos.

Nesse lugar de sonho literário vive a personagem de Maria Matamoros com Meu, homem perfeito, a quem Maria ama fervorosamente e é intensamente correspondida. Mas as delícias desse amor não duram, como antes não durou a segurança de Rute: num dado instante, a partir de certos indícios e riscos fora de hora, Matamoros desconfia estar sendo traída por ninguém menos do que a própria mãe, também muito amada e muito amorosa. É então que o lugar da poesia muda radicalmente de tom: ao contrário do que fazia parecer a primeira parte, já não é o lugar próprio da alegria ou do transporte amoroso. O personagem Meu, espécie de emanação poética de Tadeu, já não é bastante para sustentar o ambiente sublime. Pelo contrário: a aspiração superior, suposta tanto na poesia como no desejo, leva à instauração do sofrimento no cerne mesmo da existência.

Por fim, na última parte, o personagem principal é Axelrod, um professor de história política, socialista ortodoxo, que volta à casa dos pais, na mesma região em que vivia Maria Matamoros. Enquanto se move o trem, Axelrod se aperta no corredor estreito, esbarrando em outros passageiros, para tentar chegar ao banheiro. Nesse trajeto curto e ao mesmo tempo demorado, percebe que a existência, na sua condição mais trivialmente fisiológica, permanece irresolvida na utopia revolucionária. Ou seja, do conjunto narrativo — cujo início parecia resolver os dilemas do capitalismo simplesmente opondo-o ao gozo transcendente da imaginação, da liberdade e da poesia — não fica senão uma aporia dolorosa. O que se demonstra objetivamente pela forma da narrativa é que, quando se trata rigorosamente de pensar a poesia, não há descanso possível, a não ser como expectativa ingênua e fátua, assim como tampouco o trem da história chega a descobrir qualquer fundamento ontológico para a esperança, o amor ou a utopia.

5. O OBSCENO

Se o procedimento do fluxo é o mais constante da prosa de ficção de Hilda Hilst, o obsceno é a sua tópica mais universal. É também o último ponto que gostaria de mencionar neste conjunto de pistas que procurei tatear. Para mim, sempre foi uma questão crítica estratégica impedir que os textos de Hilda Hilst considerados "pornográficos" — em certa medida por culpa da própria Hilda, ao fazer grande alarde em torno deles, contrapondo-os à sua obra mais séria — fossem lidos isoladamente do conjunto da sua produção e, ainda pior, fossem entendidos como rebaixamento de suas exigências de autora de primeira grandeza no cenário brasileiro, como acreditavam alguns de seus poucos e até então fiéis admiradores, como Leo Gilson Ribeiro, os quais, com esses textos ditos pornográficos, sentiram-se traídos por ela.

Bem ao contrário, para mim a questão do obsceno está no coração do melhor viés de sua obra, e não se restringe aos livros de prosa ditos pornográficos (*O caderno rosa*, *Contos d'escárnio* e *Cartas de um sedutor*). É essa a razão de ter evitado, quando organizei a edição da obra da autora na editora Globo, a publicação isolada desses três textos: não provocar o mesmo tipo de apelo escandaloso que acabou dificultando perceber o quanto certa noção de obscenidade é decisiva para a totalidade da produção hilstiana. Não é que não pudesse ser feito ou que essas narrativas não tivessem algo de comum entre si; é que fazê-lo apenas limitava as possibilidades de entender o alcance do obsceno, extensivo ao conjunto da obra de Hilda, num momento em que sua produção não era (e ainda não é) bem conhecida em seus vários livros, gêneros e questões.

A meu ver, para tratar da noção de obsceno pertinente à obra de Hilda Hilst, deve-se compreender, logo de saída, que ela nada tem em comum com a ideia trivial de literatura erótica, em seu sentido corrente de produzir uma imaginação sensual no leitor. Desse ponto de vista, pode-se mesmo dizer que a tetralogia (a incluir no conjunto a poesia de *Bufólicas*) é a parte menos erótica de toda a sua escrita. Uma ideia de erotismo desse tipo não ficaria mal, por exemplo, na poesia de *Júbilo, memória, noviciado da paixão*; ou ainda nos *Cantares*, em *Amavisse*, nos *Poemas malditos, gozosos e devotos* etc. Há aí um diálogo com matrizes tradicionais ibéricas e mediterrâneas, como as da poesia de Sor Juana Inés, de São Juan de la Cruz ou de Santa Teresa, cujo erotismo místico tematiza o *raptus* do poeta por Deus, por vezes de forma intensamente sexual.

E a prosa de Hilda Hilst também tem pouco em comum com a ideia banal de pornografia, cuja regra de ouro é a simulação realista ou ao menos verossímil de uma situação de sexo. Na prosa de Hilda, os textos escancaram a sua condição incontornável de composição literária e, com isso, logo desmaia qualquer ímpeto sexual direto. O que deveria ser efeito dos hormônios torna-se exuberância vernácula. Já falei disso em vários lugares, mas é sempre delicioso escrever (e, ainda mais, recitar) essa enumeração nada sexy de termos hilstianos para as partes pudendas. Por exemplo, em relação ao órgão sexual feminino, apenas em *Cartas de um sedutor*, são empregados termos hilários como biriba, xiruba, tabaca, xereca, pomba, prexeca, gaveta, garanhona, choca, xirica, pataca, gruta, fornalha, urinol, chambica, poça, camélia, bonina, nhaca, petúnia, crica etc., com destaque para o admirável termo composto: "os meios". Para o órgão masculino, Hilda diverte-se escarafunchando termos como bagre, mastruço, rombudo, gaita, sabiá, mangará, cipa, farfalho, chourição, cipó, estrovenga, toreba, besugo, porongo, envernizado, mondrongo, bimbinha, chonga, além do magnífico "um não sei quê", com o qual ela dá novo referente à tópica antiga da graça. Para a região fisiológica comum aos sexos, Hilda enuncia, entre tantos outros vocábulos lapidares, vozes como rebembela, pretinho, of, oiti, rosquete, mucumbuco, ó, mosqueiro, roxinho, borboleta, cibazol, jiló, bozó, besouro, chibiu, porvarino e, ainda, o admiravelmente familiar "o meu". Ou seja, quem sente tesão com um caso contado assim? Só um tipo muito determinado: os tarados por palavras peregrinas, um ironista neoparnasiano, por assim dizer.

Mas não apenas esse tipo de vocabulário constrange a ideia corrente de erotismo na prosa hilstiana. As narrativas têm sempre um viés ensaístico e metalinguístico que, tão logo diz, sente o incômodo ou a impossibilidade de dizê-lo da maneira como foi feito e, então, trata de discutir tudo o que disse. E no coração do incômodo de dizer — que é também uma dificuldade de ser, como diria Cocteau — estão as contradições surgidas entre a invenção genuína e os interesses de toda outra ordem, sejam os mais óbvios relativos ao lucro do editor, os mais enganosos da cumplicidade do leitor, ou o interesse mais sedutor de todos, como alerta La Rochefoucauld, o do amor-próprio, que aqui se traduz como vaidade do criador, invariavelmente macaco de si próprio.

Se for para radicalizar essas contradições, o erotismo, na prosa de Hilda Hilst, conduz sobretudo a uma experiência de destruição e catástrofe que é indissociável da ideia de verdadeira criação. Por exemplo, n'*O caderno rosa de Lori Lamby*, a obscenidade está evidenciada na própria ideia de "livro", implícita no título. O livro é tratado como objeto que, paradoxalmente, não pertence ao talento do seu autor ou ao ato de invenção investido nele, mas ao editor-mercador que fala pela maioria dos leitores. Quer dizer, na prosa de Hilda, a transformação da arte em mercadoria é a aporia mais óbvia do obsceno.

O mesmo raciocínio permite situar também a proliferação de "cadernos" que se dá na obra, pois ao "caderno rosa" se segue um "caderno negro" e depois ainda um tal "caderno do cu do sapo Liu-Liu". Nesse contexto da gramática do obsceno construída por Hilda, é importantíssimo notar que o "caderno" é uma forma rascunhada e provisória: aquela que permanece, portanto, aquém do "livro". O "caderno" evolui como uma forma de vida imperfeita nalgum limbo onde o criador se move e de fato cria sem ter ainda de fazer a entrega definitiva de sua obra ao editor.

Assim, o caderno rosa se escreve na antecâmara ou no corredor, para usar uma imagem mais tradicionalmente tétrica, que apenas pode conduzir ao *Livro vermelho*, vale dizer, um livro comercial e pornográfico. Nesta linha interpretativa, o fato de o autor do caderno apresentar-se como uma criança (seja ou não uma criança, no fim da história) é decisivo, pois esclarece o estado aquém da Lei, aquém das Letras, inclusive as de câmbio, para as quais parece desgraçadamente fadada. Eis aqui um ponto muito importante neste novo momento em que a recepção da obra literária única de Hilda Hilst já opera num regime vulnerável à indústria cultural, competindo com canequinhas, lápis, agendas e bugigangas afins que estampam o rosto ou o nome da autora.

Enfim, para resumir o que disse sobre a questão do obsceno da prosa de Hilda Hilst, a forma geral dos seus textos ditos eróticos ou pornográficos enuncia um confronto entre a arte mais radical da palavra, no limite da legibilidade e quase sem possibilidade de partilha, e as expectativas dos leitores, as contas dos editores e até os ridículos próprios do autor. Como já ficou dito, trata-se de um cenário de confronto áspero que não é exclusivo da prosa dos escritos mais declaradamente obscenos de Hilda. Estes apenas manifestam, com a crueza do calão, do sarcasmo, do grafismo pornográfico ou do bestialógico, o que está em todos os textos assinados por ela.

Tais são os cinco pontos (obviamente nem únicos, nem definitivos) que formaram a base do vocabulário crítico que procurei levantar para a leitura da obra hilstiana e que acredito ter hoje diversos desenvolvimentos interessantes no trabalho de vários pesquisadores dentro da universidade. No entanto, novos riscos se apresentam para os seus leitores mais sérios e comprometidos intelectualmente. A própria absorção da obra de Hilda Hilst dentro do cânone literário nacional — como o prova esta edição da sua prosa reunida, que apenas poderia ser dedicada a autores consagrados — traz consigo o tácito desafio de impedi-la de se tornar um simples lugar-comum em meio aos encômios fáceis e, no entanto, desoladores que tantas vezes são vendidos como amor à literatura.

A palavra deslumbrante de Hilda Hilst

Carola Saavedra

CALEIDOSCÓPIO

Nada mais sedutor do que buscar na vida de Hilda Hilst lampejos de sua obra. Nada mais sedutor do que buscar na obra de Hilda Hilst lampejos de sua vida. Pessoa, autor, narrador, personagem, citações — esse caleidoscópio de cores e sombras. Faíscas.

CARTA AO PAI

"Eu acho que meu pai era um gênio..." Como ser a filha de um gênio? Hilda Hilst parece se perguntar. Ou talvez as marcas estejam invertidas, e a pergunta correta seja: Como ser o pai de Hilda Hilst? Será que a escrita é dar corpo a um pai?

A escrita de Hilda Hilst está toda endereçada a esse pai, um pai idealizado com quem ela quase não conviveu. Apolonio de Almeida Prado Hilst, pai de Hilda, era jornalista-poeta e transitava na cena literária e cultural do país. Ainda jovem começou a apresentar os sinais da doença. Uma série de internações e um diagnóstico: esquizofrenia. Nas entrevistas, Apolonio é mencionado em apenas dois encontros, o primeiro aos três anos de idade: "Ele chegou e me deu um cavalinho de pau. Era um homem muito alto, fiquei o tempo todo olhando pra cima", e um segundo momento, aos dezesseis anos, que teria caráter traumático e transformador:

Meu tio Luis, irmão do meu pai, falou com minha mãe que ele tinha dito que queria me conhecer. Na verdade, meu pai já estava louco. Minha mãe me deixou ir. Quando cheguei lá, ele pediu minha carteira de identidade, eu dei. [...] Meu pai ficou muito agressivo com as irmãs porque elas não tinham ido me receber. Eu fiquei vermelha demais, era muito jovenzinha. Mas comigo meu pai era diferente. Mandava me servir café da manhã. Às vezes pegava a minha mão, acho que me confundia com minha mãe, e então dizia para eu dar três noites de amor para ele. Era uma coisa terrível, constrangedora. Eu ficava morta de vergonha, sem jeito, imagine. "Só três noites de amor", ele pedia. "Só três noites de amor, só três noites de amor", ele implorava. Eu ficava muito atrapalhada com tudo isso.

É esse pai louco-gênio-amante que vai guiar toda a escrita de Hilda Hilst, por ele, para ele: "Meu pai ficou louco, a obra dele acabou. E eu tentei fazer uma obra muito boa para que ele pudesse ter orgulho de mim [...]. Então eu me esforcei muito, trabalhei muito porque eu escrevia basicamente para ele. [...] meu pai foi a razão de eu ter me tornado escritora". Assim, escrever para o pai é, de certa forma, escrever também contra o pai, não só no intuito de superá-lo, mas também contra a loucura que cortou, corte seco de enxada, uma obra promissora, contra a loucura no pai, contra a loucura na própria Hilda. Escrever para o pai, é, por último, escrever o pai, aquele que, nas palavras da autora, existe apenas na narrativa materna: "Mas eu sempre separei muito a vida dele como louco da vida que eu conheci através da minha mãe". Escrever para o pai é dar-lhe finalmente um corpo, uma morada.

LOUCURA

São muitos os autores que flertam com a loucura (não no sentido de um diagnóstico, mas de um espaço fora da razão, da lógica cartesiana): James Joyce, Clarice Lispector, Virginia Woolf — alguns se deixam seduzir por ela, outros usam a escrita como escudo, tábua de salvação. Hilda escreve contra a loucura, ela que viu no pai (o pai-gênio, o pai-amante, o pai-verbo) o poço do real, esse espaço do horror e do mistério do qual poucos conseguem voltar, lugar de afogamento. Porque a escrita é dar sentido ao que não tem sentido, ao que é apenas caos e acontecimentos ao vento. Tempestade. As palavras como a veste (deslumbrante) do nada, nas palavras de Hilda: "Tudo o que eu queria era ordenar aquilo, ordenar aquela desordem".

Caleidoscópio. As cores se dissolvem umas nas outras. Numa espécie de espelho invertido é possível observar a imagem de James Joyce e sua filha Lucia, que, depois de uma promissora carreira como bailarina e de elogios, desiste de seguir adiante alegando não ter a força física necessária. Sobre ela, em seu auge, diz o *Paris Times*: "Lucia Joyce é a filha de seu pai. Ela tem o entusiasmo de James Joyce, a energia, e uma ainda não determinada porção do seu gênio. Quando ela alcançar sua total capacidade para a dança rítmica, talvez James Joyce seja então mais conhecido como o pai da sua filha". Avessos. James Joyce diz sobre o talento da filha: "Qualquer tipo de centelha ou dom que eu possua, ele foi transmitido a Lucia e acendeu uma fogueira em seu cérebro". Lucia foi diagnosticada com esquizofrenia e passou grande parte da vida internada em sanatórios, apesar das tentativas de dar forma a seu brilho artístico (dança, literatura). Uma relação invertida de pai (artista) — filha (louca). Ricardo Piglia conta que James Joyce foi se consultar com Jung. Joyce pergunta a Jung o que estava acontecendo com Lucia, como salvá-la (e por que a arte não a salva como me salvou?), e Jung dá a resposta que talvez delineie com mais clareza essa relação: "Mas ali onde você nada, ela se afoga". A tempestade.

Ainda o flerte. Hilda tem em sua casa fotos de Wittgenstein. (Aliás, seria uma aventura analisar a iconografia que recobre suas paredes.) Sobre o filósofo, diz Hilda: "A vida dele foi maravilhosa, ele era um louco deslumbrante. [...] Tenho interesse pela loucura dele". "Deslumbrante", guardo esta palavra que aparecerá outras vezes. Wittgenstein, o gênio louco que se isolou numa cabana na Noruega. Ali, os primórdios do que seria o *Tractatus Logico-Philosophicus*. E por que não o *Tractatus*? No prefácio, Wittgenstein afirma: "O que se deixa dizer pode ser dito claramente, e sobre aquilo que não se pode falar deve-se calar".[1] Hilda-Matamoros, de *Tu não te moves de ti*, diz: "Em mim o silêncio foi ganhando idade, em Simeona a palavra foi crescendo, em mim o silêncio de tão velho não falava, corcova, brancuras de barba, encolhendo encolhendo, ouvia do silêncio uns assovios de boca murcha repetindo uns rosários [...]".

VOCAÇÃO

Aos 36 anos, após uma juventude regada a festas, viagens e amigos da alta sociedade, Hilda abre mão da vida mundana e muda-se para as terras de sua mãe em Campinas, onde manda construir um sítio ao qual dará o nome de Casa do Sol. Sol, brilho, deslumbre, guardo a palavra. A mudança, segundo ela, é fruto da leitura de *Carta al Greco* (publicado postumamente em 1961) de Nikos Kazantzákis:

> Quando eu estava com trinta e três anos, um querido amigo que morreu, Carlos Maria de Araújo, poeta português, me deu um livro de [Nikos] Kazantzákis: *Carta al Greco*. Eu o li e fiquei deslumbrada. Era um homem que ficava lutando a vida toda até terminar de uma maneira maravilhosa, escrevendo um poema de 33 mil versos, "A nova odisseia", onde lutava com a carne e com o espírito o tempo todo. Ele desejava ao mesmo tempo esse trânsito daqui pra lá. Era o que eu queria: o trânsito com o divino. [...] Eu me impressionei tanto com a caminhada desse homem admirável, que resolvi ir morar num sítio. Achei que, longe e de certa forma me enfiando também (porque eu era uma mulher muito interessante), durante um certo

---

1. *"Was sich überhaupt sagen lässt, lässt sich klar sagen; und wovon man nicht reden kann, darüber muss man schweigen"* (tradução minha).

tempo bem longo, eu pudesse trabalhar, escrever. E foi maravilhoso. Foi justamente nesse lugar, nesse sítio, que eu, longe de todas aquelas invasões e das minhas próprias vontades e da minha gula diante da vida, pude escrever o que escrevi. Acho que é verdade que qualquer pessoa que deseje realmente fazer um bom trabalho tem que ficar isolada, tem que tomar um distanciamento. É mais ou menos uma vocação.

Assim, em 1966, no auge do vigor e da beleza — "porque eu era uma mulher muito interessante", suas palavras —, Hilda abraça sua vocação e muda-se para a Casa do Sol, onde permaneceria até o fim da vida. Retiro que, de certa forma, lembra o retiro dos grandes místicos, que se recolhem à solidão para se dedicar ao estudo. E também o de figuras como Sor Juana Inés de la Cruz (1651-95), grande poeta, dramaturga e intelectual mexicana. São muitos os pontos em comum entre as duas. Sor Juana foi, assim como Hilda, inteligentíssima e de grande talento, na juventude considerada uma das mais belas de sua época, mulher que, no auge da beleza, decide se retirar. Sor Juana, que fora dama da corte, entra para a Ordem de São Jerônimo, onde se dedica a escrever poesia e teatro, além do estudo dos grandes místicos, filósofos e clássicos da literatura. Aliás, Hilda é leitora de Sor Juana, tanto que esta aparece na epígrafe de *Cantares de perda e predileção*. Um deles é parte de um poema: "[...] em líquido humor viste e tocaste/ meu coração desfeito em tuas mãos";[2] e o outro, um trecho de *Respuesta a Sor Filotea*: "A mim, não o saber (que ainda não sei), só o desejar saber tem me custado grande trabalho",[3] carta na qual Sor Juana se defende dos ataques que o bispo de Puebla, Manuel Fernández de Santa Cruz, lhe fizera usando o pseudônimo de Sor Filotea de la Cruz. O que

---

2. *"en líquido humor viste y tocaste/ mi corazón deshecho entre tus manos"* (tradução minha).
3. *"A mí, no el saber (que aún no sé), solo el desear saber me ha costado gran trabajo"* (tradução minha).

o bispo faz é recriminá-la pela audácia de opinar em assuntos ligados à mística católica e à filosofia (audácia de tecer uma crítica ao padre Antônio Vieira). E a resposta de Sor Juana pode ser lida como um manifesto em favor do estudo e do intelecto da mulher. Hilda é, de certa forma, filha de toda essa audácia.

E, apesar de a solidão de Hilda não ter sido realmente uma ascese, há nesse retiro algo de espiritual, de monástico, mesmo escrevendo pornografia (nas suas palavras) para finalmente ser lida (não foi) — o polêmico *Caderno rosa de Lori Lamby*. Hilda em sua mística profana; Hilda, a freira e a puta num só personagem: "Quando eu tinha oito anos, minha maior vontade era ser santa. [...] Posso blasfemar muito, mas o meu negócio é o sagrado. É Deus mesmo, meu negócio é com Deus".

A MORTE DO PAI

O pai morre em 1966, Hilda tem 36 anos. Com a mesma idade, Hilda se muda para a Casa do Sol. As coincidências não existem numa narrativa, que nada mais é do que construir pontes, sentido. É sedutor imaginar em que medida a morte do pai não incita uma espécie de viuvez. A viuvez-casamento da freira, monja, o pai transmutado em Deus. O pai-ponte.

CASAMENTO

Aos 36 anos, ao mudar-se, passa a viver com Dante Casarini. Chama a atenção na biografia de Hilda a seguinte informação: "Por imposição da mãe, internada no mesmo sanatório em Campinas onde estivera seu pai [enfim sós?], casa-se com Dante Casarini, em 1968".

FANTASMAS

A partir da década de 1970, Hilda passa a se dedicar ao estudo de fenômenos paranormais. Seus experimentos baseiam-se na teoria da transcomunicação do pesquisador sueco Friedrich Jürgenson (1903-87), que diz ser possível gravar, através de ondas de rádio, as vozes de pessoas já falecidas. Mas não é só em gravações que os mortos aparecem. Hilda fala com o pai. "Teve uma vez que o meu pai se comunicou comigo. Ele tinha acabado de morrer. Eu estava lendo um artigo sobre Kafka no jornal; quando pus a mão em cima do texto, fiquei dura. Eu pensei: 'Será que alguém está querendo falar comigo?'. Fechei os olhos e li: 'Loucura'. Então falei: 'É você, meu pai?'. E comecei a conversar."

Chama a atenção que o pai apareça justamente quando ela lê sobre Kafka — e como não pensar, mais uma vez, em *Carta ao pai*? Um pai onipresente. "Um dia, quando saí à tarde, vi meu pai na colina, perto da estrada, todo vestido de branco, com chapéu. Eu fiquei inteiramente branca." Hilda e o pai unidos pela brancura que os apaga em contraste com o corpo da letra escrita. O brilho. Deslumbre. Dar luz.

MISTICISMO

Toda a obra de Hilda Hilst está permeada de misticismo, da busca de Deus (pai?), da tentativa de compreender o mistério que ela sistematicamente evoca e renega em seus textos (o que se deve calar). Hilda, leitora de Sor Juana, de Santa Teresa d'Ávila e São Juan de la Cruz. Porém, em Hilda não se trata de um Deus cristão, mas de um Deus-Qualquer-Coisa, senhor num imenso panteão de nomes. Um caminho que passa — como não? — pelo ridículo e pelo absurdo, e o espanto diante da poesia que surge nessa trama de inversos. Em *A obscena senhora D*, Hilda escreve: "Desamparo, Abandono, desde sempre a alma em vaziez, buscava nomes, tateava cantos, vincos, acariciava dobras, quem sabe se nos frisos, nos fios, nas torçuras, no fundo das calças, nos nós, nos visíveis cotidianos, no ínfimo absurdo, nos mínimos, um dia a luz, o entender de nós todos o destino, um dia vou compreender [...]". A senhora D: D de derrelição (desamparo), não um desamparo diante do homem, mas o desamparo do humano diante do enigma de Deus, o Deus que ela busca nas vozes gravadas dos mortos, mas também na própria escrita, ainda a senhora D: "[...] queria te falar, te falar da morte de Ivan Ilitch, da solidão desse homem, desses nadas do dia a dia que vão consumindo a melhor parte de nós, queria te falar do fardo quando envelhecemos, do desaparecimento, dessa coisa que não existe mas é crua, é viva, o Tempo".

"Mas o que é Deus?", perguntam-se tantas vezes seus personagens. Em *Com os meus olhos de cão* uma possível resposta: "Deus? Uma superfície de gelo ancorada no riso. Isso era Deus. Ainda assim tentava agarrar-se àquele nada [...]". Deus. Derrelição. Deus e o seu trajeto do absurdo.

Aproximar-se de Deus é aproximar-se também daquilo que foge à palavra, do que não se pode narrar (deve-se calar?), restando-nos apenas uma enunciação vazia, uma repetição, uma espécie de fé. Na voz do narrador-duplo-unicórnio em *Fluxo-floema*: "É verdade, eu estou morrendo. E eu quero muito dizer, eu quero muito dizer antes que a coisa venha, sabem, eu quero muito dizer que o que eu estou tentando dizer é que... eu acredito eu acredito eu acredito eu acredito eu acredito eu acredito eu acredito eu acredito [...]".

O DIVINO E O PROFANO

Talvez *A obscena senhora D* seja a narrativa que melhor representa essa busca da autora e esse encontro entre as duas forças que a regem: o divino e o profano. O próprio título do livro já aponta nessa direção. Contradições, opostos que se chocam e confluem. No livro, tudo é esse encontro de céus e terras, tudo é Deus e o

Diabo. Casa do Sol. Para começar, trata-se de uma mulher mais velha, uma senhora a quem os vizinhos talvez cumprimentam com mesuras, tirando o chapéu à sua passagem. Mas não, não é o caso de Hillé, a senhora D. Nela há essa obscenidade que a acompanha, essa bestialidade de grande porca à janela, a gritar impropérios aos passantes. Essa corporeidade das palavras. O corpo sem enfeites, sem subterfúgios. E nada mais obsceno do que uma velha obscena, uma velha nua na janela, e as palavras obscenas que ela atira a esmo sobre os demais — como se dissesse: "Vejam, vejam, isto é o que se esconde, a matéria viva" — parece querer nos dizer Hillé, nossa Senhora. Hillé Derrelição.

Não há meio-termo, não há matizes, tudo é silêncio ou tempestade. Brilho ou sombra. Na linguagem, a mistura do mais poético com o mais mundano, o elevado e o obsceno. Palavras de dicionário, mas também palavras do dia a dia, de um português mastigado. Vômitos. Escarros. E, às vezes, tudo uma coisa só. Hillé:

> Abro a janela enquanto ele se afasta, invento rouquidões, grunhidos coxos, uso a máscara da focinhez e espinhos amarelos (canudos de papelão, pintados pregos), respingo um molho de palavrões torpes, eruditos, pesados como calcários alguns, outros finos pontudos, lívidos, grossos como mourões para segurar touros nervosos, secos como o sexo das velhas, molhados como o das jovens cadelas, fulgurosos encachoeirados num luxo de drapejamento, esgoelo, e toda a vizinhança se afasta da janela [...].

O sagrado, o poético — o poético é a lama. Hillé: "Convém lavarmo-nos, pelos e sombras, solidão e desgraça, também lavei Ehud no fim algumas vezes, sovacos, coxas, o escuro buraco, sexo, bolotas, Ai Senhor, tu tens igual a nós o fétido buraco?". Sacrilégio. Mas a senhora D insiste. Texto que pode ser lido como um poema:

> E agora vejamos as frases corretas para quando eu abrir a janela à sociedade da vila:
> o podre cu de vocês

vossas inimagináveis pestilências
bocas fétidas de escarro e estupidez
gordas bundas esperando a vez. de quê? de cagar nas panelas
sovacos de excremento
buraco de verme no oco dos dentes
o pau do porco
a buceta da vaca
a pata do teu filho cutucando o ranho
as putas cadelas
imundos vadios mijando no muro
o pó o pinto do socó o esterco o medo, olha a cançãozinha
dela, olha o rabo da víbora, olha a morte comendo o zoio
dela, olha o sem sorte, olha o esqueleto lambendo o dedo
o sapo engolindo o dado
o dado no cu do lago, olha, lá no fundo
olha o abismo e vê [...]

BRILHO

Hilda a mulher-deslumbre, a mulher-dourada. Ofuscamento. Nas palavras da amiga Lygia Fagundes Telles: "[...] quando me apareceu uma jovem muito loura e fina [...]. Como acontece hoje, eram poucas as louras de verdade, e essa era uma loura verdadeira, sem maquiagem e com os longos cabelos dourados presos na nuca por uma larga fivela".[4] Ser mulher parece ter sido para Hilda uma batalha na qual só havia extremos, luz ou sombra: "Minha mãe me contou que, quando eu nasci, ao saber que era uma menina, ele [pai] disse: 'Que azar!'. [...] Quando ele soube que era uma menina, falou daquele jeito. Uma palavra que me impressionou demais: *azar*. Aí eu quis mostrar que eu era deslumbrante".

Guardo mais uma vez a palavra.

---

4. Em entrevista para *Cadernos de Literatura Brasileira*, IMS, n. 8, out. 1999, p. 14.

Mas o brilho não é tarefa fácil, ela comenta: "Existe um grande preconceito contra a mulher escritora. Você não pode ser boa demais, não pode ter uma excelência tão grande. Se você tem essa excelência e ainda por cima é mulher, eles detestam e te cortam. Você tem que ser mediano e, se for mulher, só falta te cuspir na cara".

E esse excesso de luz e sombra ricocheteia em suas personagens, mulheres-deslumbre versus mulheres-latrina. Por que, em seus livros, só os homens "têm necessidade de expressão e transcendência?", perguntam a Hilda Hilst, e ela responde com ironia e deboche: "Porque meus personagens pensam muito. É difícil você imaginar uma mulher assim, com tudo isso na cabeça. São raras as mulheres com fantasias muito enriquecedoras. A fantasia que elas mais gostam parece que é o 69. É o mais imaginoso que elas conseguem [risos]. As mulheres querem ter filhos, gostam de penduricalhos, de dançar, de ir a bailecos, eu não sei o que é".

Penduricalhos. Não seria a palavra um penduricalho? (A veste deslumbrante do nada.)

E nada mais luminosidade do que a senhora D, a porca ruiva-rosada. A mulher que em outros livros de Hilda Hilst é relegada a objeto, a ironia, em *A obscena senhora D*, sofre uma transformação, adquire profundidade, aqui é ela toda busca e espírito. Enquanto Ehud, seu marido, pede o cotidiano, o raso: "[...] escute, Senhora D, se em vez desses tratos com o divino, desses luxos do pensamento, tu me fizesses um café, hen? E apalpava, escorria os dedos na minha anca, nas coxas, encostava a boca nos pelos, no meu mais fundo, dura boca de Ehud [...]". E Hilda talvez concorde:

> A senhora D, aliás, foi a única mulher com quem eu tentei conviver — quer dizer, tentei conviver comigo mesma, não é? As mulheres não são assim tão impressionantes, essa coisa de uma busca ininterrupta de Deus, como eu tive. [...] Nunca conheci mulheres muito excepcionais como, por exemplo, Edith Stein. Ela era uma mulher deslumbrante e uma santa também.

Santa. E era uma mulher deslumbrante. Deslumbre. Guardo a palavra.

Penso na senhora D como um negativo da Hilda jovem, bela e glamorosa desfilando blusas de seda por São Paulo ou Paris. A senhora D, avesso da mulher desejada, despida de enfeites (penduricalhos?). O que resta é o horror, o vazio. E, apesar disso, há outras formas de se enfeitar, Hilda sabe. A palavra. A veste deslumbrante.

LINGUAGEM

Hilda é um desses autores que reinventam a linguagem, invertendo-a, esgarçando o que parecia já de todo moldado. "Primeiro você precisa saber a sua própria língua de uma maneira absoluta. Depois, esquecer que sabe a língua e começar tudo de novo para dar aquele passo novo na língua. Do contrário, você seria uma pessoa formal, escrevendo muito bem, tendo uma boa redação, mas uma coisa chatérrima."

Mais uma vez, a senhora D:

> Tens uma máscara, amor, violenta e lívida, te olhar é adentrar-se na vertigem do nada, iremos juntos num todo lacunoso se o teu silêncio se fizer meu, porisso falo falo, para te exorcizar, porisso trabalho com as palavras, também para me exorcizar a mim, quebram-se os duros dos abismos, um nascível irrompe nessa molhadura de fonemas, sílabas, um nascível de luz ausente de angústia
> melhor calar [...].

BESTIÁRIOS

A porca, o cão, o unicórnio, a mula, todos os bichos habitam a prosa de Hilda. Fazenda. Zoológico. Animais que às vezes são instinto-buraco-horror: "[...] não tá vendo que o demo tomou conta da mulher? Porca, exibida cadela, ainda bem que é só no pardieiro dela que mostra as vergonhas..."; às vezes o obsceno-escracho, como no *Caderno rosa de Lori Lamby*: "Então fui tirando as calças bem devagar, fui tirando tudo. Corina e Dedé começaram a sorrir deliciados, e eu, pelado, fui até o pasto, peguei o Logaritmo, fui puxando o jumento para mais perto de casa". Noutras, poesia-busca-elevação: "Diante da vila, das casas quase coladas, entre as gentes sou como uma grande porca acinzentada, diante de muitos a quem conheci sou uma pequena porca ruiva, perguntante, rodeando mesas e cantos, focinhando carne e ossatura, tentando chegar perto do macio, do esconso, do branco luzidio do teu osso [...]".

Os animais arautos do mistério, do nada. Uma pergunta:

[...] cresci procurando, olhava o olho dos bichos frente ao sol, degraus da velha escada, olhava encostada, meu olho naquele olho, e via perguntas boiando naquelas aguaduras, outras desde há muito mortas sedimentando aquele olho, e entrava no corpo do cavalo, do porco, do cachorro, segurava então minha própria cara e chorava que foi Hillé?
o olho dos bichos, mãe
que é que tem o olho dos bichos?
o olho dos bichos é uma pergunta morta.

Em "O unicórnio", a metamorfose do narrador-escritor:

Recuo e o meu traseiro bate na janela, inclino-me para examinar as minhas patas mas nesse instante fico encalacrado porque alguma coisa que existe na minha cabeça enganchou-se na parede. Meu Deus, um corno. Eu tenho um corno. Sou unicórnio. Espera um pouco, minha cara, depois da *Metamorfose* você não pode escrever coisas assim. Ora bolas, mas eu sou unicórnio e preciso dizer a verdade [...].

A verdade.
Hilda amava os cães. Simples assim. Acabou.

Com meus olhos de cão paro diante do mar. Trêmulo e doente. Arcado, magro, farejo um peixe entre madeiras. Espinha. Cauda. Olho o mar mas não lhe sei o nome. Fico parado em pé, torto, e o que sinto também não tem nome. Sinto meu corpo de cão. Não sei o mundo nem o mar a minha frente. Deito-me porque meu corpo de cão ordena. Há um latido na minha garganta, um urro manso. Tento expulsá-lo mas homem-cão sei que estou morrendo e que jamais serei ouvido. Agora sou espírito. Estou livre e sobrevoo meu ser de miséria, meu abandono, o nada que me coube e que me fiz na Terra. Estou subindo, úmido de névoa.

Um grande pudim de cenoura

Daniel Galera

COMECEI A LER A PROSA de Hilda Hilst pelo fim. Quando *Estar sendo. Ter sido* foi lançado, em 1997, uma matéria de jornal me intrigou ao falar do retorno da autora, anos depois da publicação de sua escandalosa trilogia erótica. Não lembro bem das impressões causadas por esse primeiro contato com a prosa de Hilda. Eu tinha dezoito anos e achava Bukowski e Henry Miller coisa de tiozão. Apreciava romances como *O teatro de Sabbath*, de Philip Roth, e *Cidade de Deus*, de Paulo Lins, obras transbordantes de indecência e caos, mas que operavam dentro de formas tradicionais e apresentavam recortes masculinos e sociológicos. Hoje, abrindo a pequena edição amarelada pelo tempo, só posso imaginar minha reação, na época, às primeiras linhas. "Sua mãe, sua mãe", começa o texto. "Uma boa rameira chamegosa." Em seguida, uma anedota sobre Joyce atirando pedras nos cachorros durante suas andanças em Zurique. Pai, mãe, Deus, fezes, literatura — tudo antes da metade da primeira página. Devo ter ficado desnorteado, o livro deve ter me parecido maçante. Os trechos sublinhados a lápis podem ser contados nos dedos e em geral se limitam a frases e expressões curtas: "um frio comediante o tal Deus", "paixão é isso. é não saber por quê", "ter visto a Terra, ter vivido na Terra e não ter entendido". O único sublinhado mais extenso é um trecho blasfemo:

> sou um bicho-ninguém olhando para o alto, talvez um sapo, um cão pelado, alguém me espanca as patas as costas, salto, encolho-me nos

cantos, vem Jeová aos berros: Vittorio! Vittorio! ama-me! é para o teu bem o sofrimento! é luz sofrer! dou bengaladas no ar; estou furibundo: sai cornudo nascido do nada, é porque és incriado, sem mãe, é por isso que odeias os que tiveram um ventre como casa [...]

Era um lápis manejado por um leitor existencialista, ateu, que havia acabado de atingir a maioridade. Um leitor que não parecia particularmente impressionado. Mas a ficha caiu. Dois anos depois, este mesmo leitor estaria apaixonado de maneira irreversível pela prosa de Hilda. Teria lido Georges Bataille, E. M. Cioran e Jorge de Lima porque eram autores citados em suas epígrafes e entrevistas. Teria reconhecido em sua obra o embate encarniçado com Deus, sem qualquer vestígio de ranço eclesiástico; o fascínio pela pergunta morta no olhar dos bichos; uma postura diante dos paradoxos da vida e da morte na qual o horror e a ternura não se contradizem, mas se complementam na busca de um entendimento com o mundo.

Em 1999, comprei em sebos *Fluxo-floema*, primeiro livro de prosa de Hilda Hilst, publicado em 1970, e a antologia *Com os meus olhos de cão e outras novelas*, editada pela Brasiliense em 1986. Esse segundo contato foi arrebatador, e os dois volumes estão repletos de anotações e longos trechos sublinhados. Tenho vívidas memórias de lê-los nos bancos e gramados do campus da PUC-RS, nos intervalos dos encontros semanais de uma oficina literária em que escrevíamos contos baseados nos ensinamentos de Tchékhov, Hemingway e Piglia. Ainda consigo evocar o efeito que provocava em minha mente a alternância entre discussões técnicas sobre o diálogo e o subtexto do conto moderno, de um lado, e a prosa que ia encontrando nos textos de Hilda: poética, exuberante, livre, obstinada, insolente, uma mistura idiossincrática de prosa, poesia e teatro, capaz de soar ao mesmo tempo rigorosa e livre associativa. Estimulado pela leitura, eu era acometido por uma vontade imensa de escrever, de criar, obviamente, mas também me sentia convidado a celebrar as minhas próprias limitações como escritor e ser humano iniciante.

Os textos de Hilda versavam sobre a beleza do incognoscível — e se a razão humana, a grande prejudicada nessa história, permanece incapaz de enxergá-la, tanto pior para ela. Hilda escrevia, percebi, com a convicção de que estamos equipados de um juízo capaz de apreciar essa beleza, esteja ele alicerçado em nosso senso estético, nossa introspecção, nosso instinto, nosso corpo, nossa alma — não importa. E por mais que sua visão das coisas fosse muito mais ampla e penetrante que a minha, ela não diferia em *natureza* das minhas próprias aflições e indagações, dos meus próprios deleites e prazeres, da minha noção do que seriam os êxtases possíveis nessa passagem pela Terra. Isso quer dizer, também, que seus textos não me pareciam difíceis nem distantes, mas sim convidativos, ou mesmo sedutores. À exceção de algumas narrativas em que a forma parece exercer o papel de obstáculo proposital (estou falando com você, "O oco"), Hilda é uma escritora próxima de quem a lê. Sua atitude de confronto é entregue de maneira afetuosa e receptiva.

A primeira frase de "Fluxo", primeiro texto do livro de estreia de Hilda na prosa, é: "Calma, calma, também tudo não é assim escuridão e morte". E logo a seguir lemos uma historinha em tom meio infantil, meio debochado, sobre um menino que vai colher um crisântemo na margem de um rio no qual vive um bicho medonho. Ruiska, o personagem que durante a maior parte do tempo faz papel de narrador, a certa altura é exortado por um anão-antagonista a falar menos de si mesmo e mais do "homem cósmico". Ruiska responde:

> Mas se eu ainda não sei das minhas vísceras, se ainda não sei dos mistérios do meu próprio tubo, como é que vou falar dos ares de lá? Verdade é que eu intuo os ares de lá. Mas é justo falar do de cima se o de baixo nem sabe onde colocar os pés?

A questão inaugural se torna uma vibração de fundo em toda a prosa que ela viria a publicar. O sujeito acoplado ao corpo mortal, abrigo de vísceras, produtor de excremento, fervilhando de afetos e desejos, munido de linguagem, quer interrogar o que o ultrapassa, o divino que está no alto. É justo? Os personagens de Hilda não encontrarão muitas respostas, uma vez que o divino para ela está mais para um "Porco-Menino" mudo e malcriado do que para uma entidade luminosa capaz de se importar (outra forma de dizer isso seria: Deus está cagando e andando), mas que espetáculo maravilhoso é vê-los(la) tentando, insistindo, fazendo uso de sua prerrogativa de interrogar "os ares de lá". É uma escrita transcendental sem ser exatamente religiosa, mas que é sem dúvida mística, no sentido de travar um embate direto com os mistérios, dos quais Deus é apenas um entre tantos.

Nesse embate, o erotismo e a blasfêmia afloram como uma necessidade. Antes de ler Hilda, eu só havia encontrado algo mais ou menos semelhante nos livros de João Gilberto Noll. O misticismo está praticamente ausente em Noll, mas seus protagonistas difusos à procura de transcendência também encontram no erotismo essa ponte entre degradação e união sagrada com o outro. Os personagens de Noll estão sempre se movendo no espaço, taciturnos, reagindo mais do que agindo, deixando-se cair na confusão como oferendas à força vital, para usar uma imagem tirada das últimas linhas de *A negação da morte*, de Ernest Becker, a quem Hilda dedicou *Com os meus olhos de cão*. Já os de Hilda dão a impressão de que estão estacionados, loucos de tão lúcidos, sim, mas espiando pela fresta, explorando com certa cautela os limites de suas aldeias ou de sua vida doméstica, como se fossem — parafraseando o Ruiska de "Fluxo" — eixos conectando o poço e a claraboia. Hilda também vai mais fundo na noção batailleana de erotismo, de uma "aprovação da vida até na morte". Seres descontínuos como todos nós, seus personagens anseiam por uma continuidade com o mundo que só será plena na morte, e o erotismo lhes proporciona (ou promete), em vida, a maior aproximação possível. O erotismo se apresenta, portanto, como uma das vias para aquilo que almejam tantas vozes que moram nesses textos: encontrar Deus, ou pelo menos arrancar dele alguma satisfação, sem aniquilar-se no processo.

* * *

Comentadores da obra de Hilda Hilst com frequência destacam que todos os textos de sua produção em prosa estão amarrados pelos mesmos temas e por um estilo constante, podendo ser vistos como um único texto. Por mais que seja o caso, esta edição de sua prosa reunida nos convida a reparar naquilo que distingue os textos. Há uma variação interessante dos personagens e das tramas. A maior parte dos escritores de ficção costuma exigir do leitor que esprema o enredo e os personagens para extrair sentidos ocultos nas entrelinhas. Hilda inverte a situação. Os sentidos estão explícitos, reiterados com barroca insistência, e é necessário espremer as reflexões, digressões e solilóquios cheios de metafísica para extrair algo que se aproxime de personagens redondos e enredos claros. É difícil imaginar outro autor capaz de sabotar com tanto gosto a máxima de que o escritor deve apenas saber contar uma boa história. Hilda não está primordialmente preocupada em contar uma boa história, e suspeito que para ela a distinção entre o autobiográfico e o inventado era coisa dos editores canalhas e caricatos que infernizam a vida dos seus personagens escritores para que entreguem obras de fácil digestão. De todo modo, no embalo da beleza da linguagem e da tensão filosófica, é fácil perder de vista o que está *acontecendo* nessas narrativas. Isso não significa que elas não estejam cheias de figuras marcantes e de histórias comoventes, chocantes e divertidas.

É verdade que seus personagens são quase sempre vagos e difusos, não raro intercambiáveis. Alguns são claramente alter egos da autora (sobre Hillé, ou senhora D, Hilda disse em entrevista: "Foi a única mulher com quem eu tentei conviver — quer dizer, tentei conviver comigo mesma, né?"), com a aparição ocasional de elementos autobiográficos. Em "O unicórnio", texto central de *Fluxo-floema*, a narradora alude em vários momentos a episódios conhecidos da biografia da autora. "Eu fiquei oito anos no colégio interno", ela diz. "Foi no dia dois de março de mil novecentos e trinta e oito." A aluna tira as freiras do sério com suas perguntas impertinentes e seus delírios de santidade precoce, e a figura do pai louco, uma das mais recorrentes nos textos de Hilda, marca presença:

> Termino minha tarefa antes de todo mundo e peço licença para rezar na capela. Fixo os olhos no sacrário. Os olhos doem. Quero ser santa, quero morrer por amor a Jesus, quero que me castiguem se eu fizer coisas erradas, quero conseguir a salvação da minha alma. Seu pai é louco, é? Hi... ela tem o pai louco. Você fala com ele? Ele te morde? Não, coitado, não morde, ele só fica parado, olhando. Ele é bom, ele é lindo.

O pai poeta e esquizofrênico reaparece em cintilações caleidoscópicas de uma cena primordial que marcou a vida e a obra de Hilda. Aos dezesseis anos, ela foi visitá-lo em um sanatório. Ele a confundiu com a mãe de Hilda e pediu que ela se deitasse com ele. "Três noites de amor apenas, três noites tu me darás", ela escreve em "Agda", aludindo ao episódio. E no mesmo texto, um pouco mais adiante:

> Era teu pai aquele no banco de cimento sim sim já sei, muros mosaicos seringueiras, não disfarces, dispensa a paisagem, era teu pai aquele, neurônio esfacelado, pré-frontal sem antenas, estio estio, inútil travessia do banco ao leito, vice-versa, teu pai sem frêmito, cabeça esplendorosa numa imensa desordem, sim frêmito sim, me tomava as mãos, me pedia amor, pai como eu queria que tudo teu revivescesse cem mil vezes em mim [...].

A situação é cortante em si mesma, e Hilda a desdobra em algo ainda mais intenso ao aludir carinhosamente ao desejo de conjunção com o pai que tanto admirava, ao mesmo tempo fazendo uso de expressões ásperas como "neurônio esfacelado" e "pré-frontal sem antenas". Assim ela reprocessa inúmeras vezes alguns episódios de sua vida, olhando de frente para os tabus, incluindo em suas evocações os sentimentos elevados e os mais perturbadores, lado a lado, sempre enredando o alto e o baixo, como lhe é característico.

Mas os fatos biográficos nunca dominam suas histórias, mesmo em textos como "O unicórnio", *A obscena senhora D* e os dois intitulados "Agda", nas quais figuras femininas mais ou menos semelhantes à autora têm proeminência. No conjunto da sua prosa, personagens e situações narradas diferem entre si e, mesmo no âmbito individual, costumam apresentar múltiplas faces, revelando-se porosos e mutantes à medida que a narrativa avança. Em comum, parecem incorporar um sentimento de inadequação, resultante da disposição do indivíduo em questionar a ordem do universo em um contexto social ou familiar no qual isso é visto como capricho intelectual, loucura ou perversão. Às vezes essa inquietação fundamental se manifesta em figuras derivadas da própria Hilda-escritora, às vezes em figuras masculinas alinhadas ao pensamento racional e/ou ao mundo prático dos negócios e do dinheiro (Tadeu e Axelrod em *Tu não te moves de ti*). Da mesma fonte brotam homens em busca do sagrado (Kadosh), meninas hipersexualizadas (Matamoros), matutos ingênuos (Jozu), assassinos (Osmo), entre outros.

Alguns desses textos apresentam surpreendentes revoluções internas. É o caso de "Matamoros (Da fantasia)". Logo na abertura, deparamos com uma representação da mulher enquanto ser libidinoso e alinhado à natureza ("Amei de maneira escura porque pertenço à Terra"). A pequena Matamoros deitava-se "nos ramos e era afagada por meninos tantos [...], acariciávamo-nos junto às vacas, eu espremia os ubres, deleitávamo-nos em suor e leite e quando a mãe chamava o prazer se fazia violento e isso me encantava". Preocupada, a mãe da menina, Haiága, manda chamar um padre para exorcizá-la. O homem abusa dela e a menina se deleita. Os moldes libertinos e a protagonista com oito anos de idade ressurgiriam em *O caderno rosa de Lori Lamby* com sarcasmo feroz, mas aqui há certo naturalismo que soa mais convencional e destoa de outros textos da autora. Nas primeiras páginas, o interesse é mantido sobretudo pela linguagem musical e pela abundância virtuosística de imagens táteis carregadas de sensualidade: o escorrer vermelho e ferido de uma membrana de amora, ou as minhocas que, quando alisadas, "se tornavam duras, todas em forma de roda". O tato e as texturas são uma especialidade de Hilda. Enquanto a maioria dos autores se contenta com o estrato básico do quente e do frio, do macio e do áspero e de outras adjetivações corriqueiras ou comparações esforçadas, ela trabalha com um cardápio inesgotável de arestas, gelecas, rugosidades, volumes, buracos, protuberâncias, consistências, sempre insistindo na crueza. (Em *Contos d'escárnio*, Hilda zomba de uma tradução de D. H. Lawrence em que um pau é acometido de frêmitos, emendando: "Esse negócio de escrever é penoso. É preciso definir com clareza, movimento e emoção. E o estremecer do pau é indefinível".) Suas preferências de sufixos e adjetivos — fundura, mexeção, visguento — cutucam a bagagem sensorial do leitor com malícia cirúrgica.

Quando se começa a suspeitar que o texto não sairá do lugar, surgem novos elementos e reviravoltas. Tadeus, um forasteiro que havia chegado à cidade, "esguio como um santo de pedra", ocupa o centro de uma disputa entre mãe e filha. A mãe parece cada vez mais rejuvenescida aos olhos da menina enciumada e confusa, e se torna uma ameaça. Matamoros sente alívio imaginando a mãe morta e tece longas e cruéis comparações entre seus atributos físicos. De repente, o texto fica inesperado e ganha voltagem de tragédia freudiana. O inconsciente da menina jorra sem pudor. O conflito é incômodo, mas as palavras de Hilda o tornam belo e real, sustentando empatia por todos os envolvidos. E tudo fica ainda mais complexo quando Matamoros topa com Simeona, "a Burra", a louca da aldeia que alerta para a natureza ilusória do forasteiro. Tadeus não seria um homem de verdade, mas um "anjo-companheiro" imaginado por outro homem, este um "pobre-rico-coitado" sem liberdade e com desejos reprimidos, espécie de fantoche do homem moderno e urbano. Tadeus "não tem vida de si", alerta Simeona. "É vida desse outro, muito embelezada." A menina estrebucha de raiva, tem certeza de que o amado é feito de carne como ela. A essa altura, já faz tempo que o leitor foi expulso do território conhecido. Ao fim, depois de tanta crise, Matamoros enuncia uma conciliação: "felicidade, mãe, para nós três". As tríades onipresentes na prosa de Hilda são em geral irreconciliáveis, mas dessa vez há certo alívio.

Podemos contrastar esse texto com *Com os meus olhos de cão*, no qual a mesma inadequação primordial ganha contornos um tanto diversos. O protagonista é Amós Kéres, matemático e professor de quarenta e oito anos que passa por uma crise existencial. Casado e pai de um filho pequeno, sua vida doméstica lhe parece um desfile de redundâncias e distrações. Na universidade há apenas "reuniões, puxa-saquismo", e o reitor, vendo em seu maxilar uma "tensão de um executivo falindo", lhe receita férias compulsórias. Quando jovem, Amós procurou a matemática porque nela "o velho mundo de catástrofes e sílabas, de imprecisão e dor, se estilhaçava". O mergulho no conhecimento puro mantinha à distância o tumulto dos afetos e o absurdo da morte. Mas ele percebe que vinha apenas tapando o sol com a peneira, e o dilema agora é entre "viver a vida num patético indecente", representando hipocritamente seu papel no cotidiano de futilidades da vida familiar e profissional, ou "ter nada", largar tudo e aderir a uma combinação de cinismo e busca desesperada de compreensão metafísica. O texto consiste no fluxo de seus pensamentos e lembranças ao adotar a segunda opção. O desapego às normas e expectativas da sociedade ganha ares de alegoria quando Amós ensaia levar a cabo o ideal cínico de viver como um cão. "Como é possível que possa manter-me em pé?", ele se pergunta. "Ficaria mais cômodo de quatro, os olhos raspando o chão, as mãos bem abertas coladas à superfície das ruas." Tal desejo não o impede de fantasiar, ao volante do carro, ter encontrado a equação capaz de explicar o universo e quase atropelar um cachorro por causa disso. A metamorfose em cão se cumpre momentos antes da morte, como se apenas este homem-cão pudesse estar de acordo, na medida do possível, com "a loucura da recusa, de um dizer tudo bem, estamos aqui e isto nos basta, recusamo-nos a compreender".

A leitura desse texto foi minha porta de entrada para a prosa de Hilda. Não foi o primeiro que li, mas o viés masculino e a mistura de interrogações filosóficas, linguagem blasfema e deboche das convenções sociais e profissionais falaram ao coração do jovem que eu era. Meu inconformismo estava restrito à vida mental, é claro, não passava de um experimento de imaginação com pouco reflexo em minha conduta. Foi justamente por isso, penso hoje, que o texto me afetou: o estilo de Hilda não podia ser mais diferente do meu, mas encontrei nele uma afinidade com as inquietações que eu nutria introspectivamente, que nem sempre estavam de acordo com meu temperamento ou disposição de agir e que, portanto, vinha buscando expressar por meio da escrita de ficção. O impacto começava já na abertura, uma das mais famosas da autora: "Deus? Uma superfície de gelo ancorada no riso". Até hoje essas palavras me parecem quase inescrutáveis, mas sólidas e verdadeiras como um cristal. Aqui e ali pipocam aforismos impecáveis. Meu favorito: "Dentes guardados. Não acabam nunca se guardados. Na boca apodrecem". Três frases curtas que parecem dizer tudo que há para ser dito. Destacaria ainda outro trecho, que talvez condense o dilema epistemológico dos narradores de Hilda:

> Como me sinto? Como se colocassem dois olhos sobre a mesa e dissessem a mim, a mim que sou cego: isto é aquilo que vê. Esta é a matéria que vê. Toco os dois olhos em cima da mesa. Lisos, tépidos ainda (arrancaram há pouco), gelatinosos. Mas não vejo o ver. Assim é o que sinto tentando materializar na narrativa a convulsão do meu espírito.

A questão não é tanto o que podemos saber, mas o que podemos expressar. Que haja limites para o nosso conhecimento, que este conhecimento seja sempre de segunda ordem, que o cego jamais "veja o ver" tateando os globos oculares, tudo isso é assunto encerrado. O problema é expressar por meio da linguagem a experiência pessoal, fenomenológica, dessa limitação.

Fazer da vida uma aventura lúcida não consiste necessariamente em entender, mas em conseguir expressar os sentimentos gerados pela incompreensão e, assim, dar passos no sentido do amor, da solidariedade e da tolerância. É por isso que os textos dela sempre me animam: eu os vejo como uma celebração da nossa capacidade de tentar nos expressar. Hilda tinha pena dos cães por sua incapacidade de se comunicar e, por isso, chegou a adotar mais de uma centena deles na Casa do Sol. "O olho dos bichos é uma pergunta morta", diz Hillé em *A obscena senhora D*. Em certo sentido, podemos invejá-los por isso. Mas também podemos fazer do nosso olhar uma pergunta viva, que floresce na ausência de respostas.

Outro prazer proporcionado por este volume de prosa reunida é ter uma visão completa da variedade de termos e descrições que Hilda usa para conjurar certos temas recorrentes, como se procurasse vencer por exaustão a batalha pela expressão plena. Basta olharmos para a quantidade de nomes e apostos que ela inventa para se referir a Deus: "a grande massa sem lucidez", "Infundado", "Intocado", "Grande Riso", "Porco-Menino" (e diversas variações envolvendo o porco), "Luzidia Divinoide Cabeça", "Máscara de Nojo", "Cão/Cadela de Pedra", "Cara Cavada", entre muitos outros. E que tal esse relato de Simeona (tenho uma queda por essa personagem, cuja vida interior e capacidade de se expressar parecem mais afinadas que a média), que diz a Matamoros ter entrevisto o Grande Louco e o descreve assim:

> Já lhe vi a plumagem num dia de cegueira para as coisas da terra, é três vezes águia, é um ser movente que transforma o aéreo em coisa vorticosa, tem arco-íris nas penas e parece barcaça porque as asas não adejam, deslizam naquele vértice, se pensas que é só pássaro e prepara o olhar para as alturas, investe sobre a terra e afunda-se como se fora semente lançada por dedos de ferro, um buraco se agiganta e cresce-lhe nos abismos uns cristais de pedra, à tona

vão subindo até tomarem forma de montanha, se pensas que é só pedra e preparas o olhar para a excrescência volumosa e endureces o passo para montar ao alto, desmancha-se num fogo muito corrosivo, branco de lua mas fervente, as queimadas da mata te pareceriam na pele o rocio se comparasses o fogo dos homens com o fogo desse Louco [...].

Deus tem plumagem, é pássaro, mas quando se começa a pensar nele assim vira montanha, e não adianta acomodar os sentidos e a mente nesse novo aspecto, porque logo se desmancha em fogo — e sabemos que isso não tem como parar, que o vislumbre que nos cabe é ilusório e passageiro. Esse Grande Louco de natureza fugidia e maliciosa encontra oponente à altura em *Kadosh*, um dos textos mais difíceis da obra de Hilda, no qual o embate entre homem e divindade alcança o paroxismo. As referências ao cristianismo e a outras tradições religiosas são abundantes, e sobre isso eu não arriscaria tecer qualquer análise leviana. Mas nele fica ainda mais evidente como a multiplicidade dos nomes profanos faz parte da estratégia geral de trazer Deus para o nível de um debate mundano, de igual para igual. Não é raro Deus se revelar vulnerável. "Por que me procuras, Kadosh, se eu mesmo me procuro?" Deus, ao que parece, também só está tentando expressar sua perplexidade. Isso quando não está enchendo nosso saco por puro espírito de porco ou nos explorando como fazemos com outros animais. Em "O unicórnio", Hilda esboça sua visão do homem como cobaia de Deus: "Os homens injetam todas as doenças do mundo nas cobaias. Para salvar o homem. Então, minha velha, Deus também faz assim conosco, só que as cobaias somos nós e existimos e estamos aqui para salvar esse Deus que nos faz de cobaias". Há um jogo instigante e divertido nisso tudo, mesmo para o leitor materialista. Afinal, religião e materialismo são duas maneiras de não compreender suficientemente o mundo. Sempre achei que a escrita de Hilda ilustra muito bem isso.

Suas maneiras de falar do corpo são fonte inesgotável de alegria. O olhar sobre o corpo é quase sempre investigativo, como o de uma criança realizando uma autópsia: "Pega o microscópio. Ah, eu não. Que coisa a gente, a carne, unha e cabelo, que cores aqui por dentro, violeta vermelho. Te olha. Onde você está agora? Tô olhando a barriga. É horrível Ehud. E você? Tô olhando o pulmão. Estufa e espreme. Tudo entra dentro de mim, tudo sai" (*A obscena senhora D*). Nos textos eróticos, a obscenidade descamba para a zombaria: "Um caralho em repouso é um verme morto" (*Contos d'escárnio — Textos grotescos*). No mesmo diapasão, Kadosh assim se refere a seus impulsos sexuais pouco cristãos: "o pequeno imbecil quer farejar buracos".

Relendo a prosa de Hilda, lembrei de um amigo que, certa vez, bêbado em um churrasco, proclamou à beira da piscina com um caneco de caipirinha na mão: "É terrível ter que se contentar com apenas um corpo". Está em aberto se o espírito ou a consciência se desvanecerão no fim (acredito que sim), mas até lá ambos tendem a preservar suas capacidades. O que dói em muitos narradores de Hilda é o descompasso entre espírito/consciência e o corpo, uma vez que este último se decompõe em direção à morte, a "escura senhora lambedora de sumos" (Axelrod), afunilando as possibilidades de ação de uma vontade que se sente livre. Pessoalmente, eu rejeitaria uma divisão tão radical entre corpo e mente, mas é inquestionável que, do ponto de vista da experiência interna, é como se a mente assistisse à derrocada do corpo do outro lado de um vidro espelhado. Hilda não está disposta a aturar isso calada.

Quando fala do corpo no contexto da velhice, o resultado é sempre sublime. Ninguém faz isso como ela. A Hillé de *A obscena senhora D* talvez seja o caso mais conhecido dos leitores, mas é nos dois textos intitulados "Agda" que o tema ocupa o centro do palco. Agda disserta sobre a sensação de possuir um corpo que não será mais tocado devido à velhice, resistindo a aceitar a identidade entre corpo e espírito: "eu poderia dizer eu sou meu corpo? Se eu fosse meu corpo ele me doeria assim?". Ela fantasia ser visitada por uma figura masculina, possivelmente confundida com a do pai:

ele virá porque eu existo, eu sou meu corpo, corpo de Agda, corpo que vai amanhecer ao lado de outro corpo tênue, os pequenos círculos rosados, não, nunca tive filhos é por isso que eles são bonitos, ele vai tocar, vai dizer são muito bonitos, Agda, e quando eu me deito o rosto fica mais liso, vou soltar os cabelos, e quando eu me deito parece que a boca fica sempre sorrindo, ficarei sorrindo e devo tomar cuidado no momento do gozo, nada de esgares, nenhum grito, apenas um tremor, e pelo amor de Deus, Agda, que as tuas narinas não se abram, não, não fico nada bem, o nariz é afilado, um pouco do pai, um pouco da mãe, nariz bonito dos dois, pelo menos isso em ti é decente, o nariz, ah sim, os seios decentes também, com a boca é preciso ter cuidado, e nada de olhar aguado, olha dentro do olho, não feches os olhos, podes mostrar os pés também, são muito bem-feitos, a curva é pronunciada e isso também é bonito, agora as pernas nunca, lembra-te pequenos nódulos nas veias, pequeno nódulo da veia, veia nodosa, nódulo varicoso, nó.

Está viva a autoconsciência, a vaidade, a vontade de agradar e ser agradada, mas o desejo não será saciado, não haverá mais toque. "Agda limite de ti mesma, estertoras: então mais nada daqui por diante?" No segundo texto, três homens que cortejaram e tiveram relações com Agda compartilham lembranças. Deleitaram-se com ela, mas jamais a compreenderam. O gozo se mistura a medo e ódio. A pergunta ficará sem resposta: somos ou não somos nosso corpo?

Cada leitor construirá seu mundinho próprio dentro da prosa de Hilda. A mim sempre chama a atenção seu bestiário, que não se resume a cães e porcos. O porco, para ela, é o animal mais próximo do homem, vetor de uma compaixão quase automática, como se as duas espécies estivessem muito próximas de compartilhar a mesma condição, isso quando o porco não empresta seu nome aos deuses promíscuos que aparecem a todo momento. O cão tende a atrair sua piedade: é criatura pura, sem linguagem, focinhando cheiros, não tem necessidade de interrogar o cosmo nem de se confundir com o divino. Reparem que Hilda nunca se dirige aos cães verbalmente, como ocorre com frequência com os porcos. O Ruiska de "Fluxo" se define como um "porco com vontade de ter asas", e logo em seguida aparecem no texto também lobos, gaviões, cavalos, um "caga-lume em vez de vaga", um porco-espinho comendo um pássaro, o "verme que é cortado em mil pedaços e que depois cada pedaço é um verme", um peixe, um sapo que manda o anão da história ir peidar em outro lugar. No conto "O grande-pequeno Jozu", um encantador de ratos fica farto do mundo e se refugia no fundo de um poço seco com seu rato preferido, que tem "olhinhos de amêndoa" e parece absorver a tristeza do dono. Em "O unicórnio", há uma alegoria mais explícita. A narradora se metamorfoseia no animal fabuloso depois de se sentir julgada enquanto mulher e incompreendida como escritora. Assim como ela, o unicórnio não faz sentido aos olhos do senso comum e será vítima de crueldades enquanto realiza tentativas desastradas de se expressar.

E reparem nas colinas. Muitos personagens tentam subir ao topo delas para ver a vista lá do alto ou seguir algum rastro. "Agarro-me àquela compreensão, aquela no topo da colina", diz Amós em *Com os meus olhos de cão*. Algumas páginas depois: "Minha solidão é ter ficado prisioneiro daquele sentir no alto da colina e hoje só encontrar elos de areia, correntes de pó". Em *A obscena senhora D*, Ehud diz a Hillé: "te lembras de um brilho que vias numa pequena colina naquele passeio às águas? e como te esforçaste para subir a colina? e o que era afinal aquele brilho?". E Hillé responde: "sim, me lembro, uma tampinha nova de garrafa, uma tampinha prateada como são todos os brilhos no cume de todas as colinas".

Essa citação mostra um dos movimentos mais encantadores da escrita de Hilda: sua capacidade de desmistificar os mistérios. O desconhecido talvez nunca deixe de sê-lo, mas é imperativo interrogá-lo na nossa casa, nos nossos termos. Se o sagrado é por definição inacessível, que seja inacessível *aqui*, do meu lado, sobre a terra e junto à carne, no reino profano dos cães sonolentos, dos buracos fétidos, da realidade maçante e ocasionalmente dulçorosa da vida real. O brilho é só uma tampinha, mas até a tampinha é sagrada, misteriosa à sua maneira. E essa característica de sua escrita certamente está ligada à minha percepção de que seus textos são acessíveis a seu modo, calorosos, e sempre trazem a mão estendida ao leitor. Por mais que não pareça, tudo neles está na superfície. No fundo, *não há muito o que não entender* nesses textos que versam sobre a incapacidade de entender.

Assim, para concluir, retorno a *Estar sendo. Ter sido*. Em seu último livro de ficção, Hilda reúne elementos de todos os textos anteriores. Ela se mostra satisfeita em ter escrito a frase "Deus? Uma superfície de gelo ancorada no riso". Tomo a liberdade de encerrar com as palavras dela:

> um frio comediante o tal Deus. gostei quando escrevi isso. ancorado no riso, isso é bom. a descoberta de ser desprezado, de não ser, de ser apenas um corpo envelhecendo, uma boca vazia agora silenciosa, não neste instante silenciosa, mas uma eternidade silenciosa, e isso também de não ter entendido nada, isso soa penoso e sinistro mas não é... é como um grande pudim de cenoura, nãoterentendidonada insossolaranjaaguado, pior teria sido ter entendido tudo, é escuro e comprido apesar de parecer mais claro e curto.

Sobre a autora

Filha do fazendeiro, jornalista e poeta Apolonio de Almeida Prado Hilst e de Bedecilda Vaz Cardoso, **HILDA DE ALMEIDA PRADO HILST** nasceu em Jaú, São Paulo, em 21 de abril de 1930. Os pais se separaram em 1932, ano em que ela se mudou com a mãe e o meio-irmão para Santos. Três anos mais tarde, seu pai foi diagnosticado com paranoia esquizoide, tema que apareceria de forma contundente em toda a obra da poeta. Aos sete anos, Hilda foi estudar no Colégio Interno Santa Marcelina, em São Paulo. Terminou a formação clássica no Instituto Mackenzie e se formou na Faculdade de Direito do Largo São Francisco, da Universidade de São Paulo.

Hilda publicou seu primeiro livro, *Presságio*, em 1950, e o segundo, *Balada de Alzira*, no ano seguinte. Em 1963, abandonou a atribulada vida social e se mudou para a fazenda da mãe, São José, próxima a Campinas. Num lote desse terreno, a poeta construiu sua chácara, Casa do Sol, onde passou a viver a partir de 1966, ano da morte de seu pai. Na companhia do escultor Dante Casarini — com quem foi casada entre 1968 e 1985 — e de muitos amigos que por lá passaram, ela, sempre rodeada por dezenas de cachorros, se dedicou exclusivamente à escrita. Além de poesia, no fim da década de 1960 a escritora ampliou sua produção para ficção e peças de teatro.

Nos anos 1990, em reação ao limitado alcance de seus livros, Hilda se despediu do que chamava de "literatura séria" e inaugurou a fase pornográfica com os títulos que integrariam a "tetralogia obscena": *O caderno rosa de Lori Lamby*, *Contos d'escárnio — Textos grotescos*, *Cartas de um sedutor* e *Bufólicas*. De 1992 a 1995, colaborou para o *Correio Popular* de Campinas com crônicas semanais.

Entre os prêmios recebidos pela escritora, destacam-se o PEN Clube de São Paulo para *Sete cantos do poeta para o anjo*, em 1962; o Grande Prêmio da Crítica pelo Conjunto da Obra, da Associação Paulista dos Críticos de Arte (APCA), em 1981; o Jabuti por *Rútilo nada*, em 1994; e o Moinho Santista pelo conjunto da produção poética, em 2002. Hilda morreu em 2004, em Campinas.

TIPOGRAFIA Warnock
DIAGRAMAÇÃO Elisa von Randow e acomte
PAPEL Pólen Natural, Suzano S.A.
IMPRESSÃO Geográfica, maio de 2023

A marca FSC® é a garantia de que a madeira utilizada na fabricação do papel deste livro provém de florestas que foram gerenciadas de maneira ambientalmente correta, socialmente justa e economicamente viável, além de outras fontes de origem controlada.